# Los Señores de la Muerte

# Los Señores de la Muerte

OLIVIE BLAKE

Traducción de Natalia Navarro Díaz

UMBRIEL

Argentina – Chile – Colombia – España
Estados Unidos – México – Perú – Uruguay

Título original: *Masters of Death*
Editor original: Tom Doherty Associates Tor Publishing Group
Traductora: Natalia Navarro Díaz

1.ª edición: febrero 2024


Plaza de los Reyes Magos, 8, piso 1.º C y D – 28007 Madrid
www.umbrieleditores.com

ISBN: 978-84-19030-75-7
E-ISBN: 978-84-19936-19-6
Depósito legal: M-33.357-2023

Fotocomposición: Ediciones Urano, S.A.U.

Impreso por: Romanyà Valls, S.A. – Verdaguer, 1 – 08786 Capellades (Barcelona)

Impreso en España – *Printed in Spain*

*Para Garrett, un supuesto mortal sin el cual*
*mi existencia sería desoladora;*
*para mi madre, que me ha asegurado que este libro*
*no es una blasfemia;*
*y para ti, por estar aquí cuando hay tantos*
*otros mundos llamando a tu puerta.*

# ÍNDICE

# PRELUDIO

Ni siquiera después de siglos de práctica resultaba menos inquietante cuando sucedía de este modo: de malas maneras. De forma grotesca. El asesinato nunca fue su método preferido de eliminación.

—¿Qué es esto? —preguntó, impaciente, mirando el lío de sangre que había en el suelo.

—Ah, bien —respondió una figura oculta por las sombras con un toque malicioso familiar en la oscuridad de la habitación—. Has venido. Por fin, podría añadir.

Preocupante. Muy preocupante.

—Esto es demasiado —indicó en lugar de arrojar conclusiones histéricas—. ¿Eres responsable tú de esto?

—Depende de cómo lo mires, ¿no? —respondió la figura con un leve gesto de desdén—. Bien podrías ser tú el responsable. Si es esa la terminología que vas a emplear.

Secuencialmente hablando, tal afirmación no era falsa y supuso que había sido rápido y descuidado con la literalidad.

Aun así…

—No soy yo quien sostiene el cuchillo —observó con calma.

—Tienes razón. —Un brazo se movió en la sombra cuando la figura tiró al suelo, entre los dos, el cuchillo, repugnantemente resbaladizo todavía—. Aunque en realidad no importa. Ahora que te tenemos aquí, quiero decir.

La sensación vacilante y primitiva de preocupación volvió a titilar de forma inútil. Mejor ceñirse a los hechos, como a qué era cierto y qué no.

—¿Me tenéis? Te aseguro que no me tenéis —dijo.

—Ah, bueno —habló una segunda figura que emergió a la luz—. Intenta escapar.

No.

No, no, no.

Todo iba mal. Muy mal.

—Pero ¿no eres…?

—Sí soy —confirmó la segunda figura al tiempo que asentía una vez.

—Pero ¿seguro que vosotros dos no sois…?

—Ah, solo por necesidad, por supuesto —dijo la primera figura y se produjo un movimiento en las sombras cuando las dos figuras intercambiaron un gesto de complicidad. El efecto fue insólito, como si compartieran dos planos separados de existencia.

Al fin notó la señal de peligro, del pasado que lo alcanzaba de una vez.

—No te preocupes, pronto lo entenderás —le aseguró la primera figura.

Dos ideas se presentaron ante él en una epifanía, como una promesa cumplida: un rostro. Un recuerdo.

No, tres ideas. La sensación mareante de estar irrevocablemente jodido.

No, cuatro ideas.

—¿Se supone que esto es un juego?

Al unísono, como un uróboro serpenteante, como la oscuridad que consume la luz, las dos figuras se rieron.

—Todo es un juego si juegas bien —respondió la segunda figura.

—Pero, estrictamente hablando, esto ya no es un juego —señaló la primera—. Ahora es una guerra.

Y entonces todo se tornó negro.

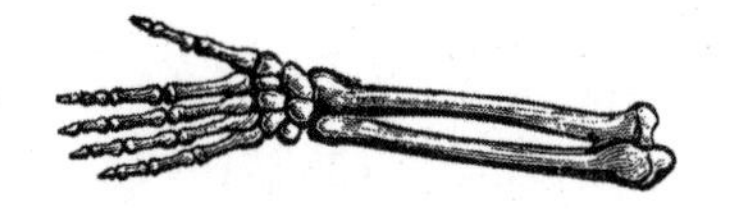

# I

# RELATOS DE ANTAÑO

Hola, niños. Ahora le toca a la Muerte.

Oh, ¿pensabas que no hablaba? Pues sí. Soy increíblemente ampuloso y trascendentalmente culto y, francamente, me decepciona que pienses lo contrario. He visto a todos los grandes y he aprendido de ellos, he tomado de aquí y de allá, y todo lo que ha sabido la humanidad, también yo lo he sabido. De hecho, soy responsable de la mayor parte de la adoración de la historia, nada define una carrera como una visita inoportuna de mi parte. Creerás que me querrán más por mi papel en la reverencia de la humanidad, pero, de nuevo, estás equivocado, más bien soy un invitado impopular.

Popularidad aparte, tengo que confesar que la fijación que tiene la humanidad conmigo es increíble. Halagadora, por supuesto, pero alarmante e incansable, y generalmente diabólica, y si no se manifestara tan a menudo en un fracaso espectacular, me esforzaría más por combatirla. La gente se pasa su tiempo en la tierra tratando de esquivarme únicamente para acabar cazándome.

Es curioso lo sencillo que es en realidad todo. ¿Sabes lo que hace de veras inmortal a alguien? Liberarlo del miedo. Si no teme el dolor, no teme la muerte, y en poco tiempo ya no teme nada y en su mente vivirá eternamente. Pero dicen que mis palabras filosóficas poco hacen para calmar su mente.

No hay muchos que me conozcan y tengan el privilegio de contarlo. Hay excepciones, claro, tú, pero esto es una anomalía. En general, como dirían los de tu clase, una persona puede ser dos cosas: humana (y, por ello, susceptible a los inconvenientes de mi profesión) o deidad (y, por ello, una molestia para mí).

Sin embargo, esto no es del todo acertado, pues, por lo que yo sé, una persona puede ser en realidad tres cosas.

Están aquellos a los que puedo llevarme (los mortales).

A los que no puedo llevarme (los inmortales).

Y los que hacen trampa (los demás).

Me explico.

El trabajo es bastante sencillo. En esencia, soy como un mensajero en bicicleta sin bicicleta. Hay una hora y un lugar para la recogida y para la entrega, pero la ruta que tome para llegar depende deliciosamente de mí. (Supongo que podría usar una bicicleta si quisiera y ciertamente lo he hecho en el pasado, pero no entremos aún en los detalles cenagosos sobre mis variantes de ejecución, ¿de acuerdo?).

Primero, es importante entender que existe algo que no es estar muerto, pero tampoco vivo, un estado intermedio. (La terminología necesaria cuenta con varias encarnaciones, todas ellas pueden variar tanto dependiendo de la cultura como del color de ojos, el pelo y la piel, pero el término «muerto viviente» parece funcionar de forma aceptable). Estos son los tramposos, a los que no les viene bien el momento, los que se aferran a la vida con tal ferocidad que, por un resquicio de una imperfección inicial que se abre como el mismísimo nacimiento del universo hasta convertirse en un enorme abismo de la mutación sobrenatural que desafía a la lógica, yo, sencillamente, comulgo con ellos. Coexisto con ellos, pero no puedo ayudarlos ni tampoco destruirlos.

En realidad, a menudo son ellos los que se destruyen, pero esta historia, como muchas otras, no es la que tenemos entre manos.

Antes de que digas nada, tengo que asegurarme de que tengamos claro los dos que esto no es un proyecto de vanidad. ¿Estamos de acuerdo? Esta no es mi historia. Es una historia, una importante, pero no me pertenece.

Por una parte, tienes que saber que todo empieza con otra historia completamente distinta, una que cuenta la gente sobre mí. Es una estupidez (y, francamente, difamatoria), pero es importante, así que aquí está, narrada con el poco desprecio que puedo sentir.

Érase una vez una pareja que gozaba de mala salud y estaban malditos con la pobreza, pero fueron lo bastante necios para tener un hijo. Ahora, sabiendo que ni al esposo ni a la mujer les quedaba mucho tiempo en la Tierra y que, en lugar de disfrutarlo (sean cuales fueren las diversiones que pudiera ofrecer la mortalidad, claro, nunca he sabido los detalles), el marido tomó al bebé de los brazos de la mujer enferma y comenzó el viaje por el bosque en busca de alguien que pudiera cuidar de su hijo.

Un niño, por cierto. Un mocoso, pero ya llegaremos a eso más tarde.

Después de caminar muchos kilómetros, el hombre encontró a un ángel. Al principio pensó en pedirle que cuidara de su hijo, pero al recordar que ella, como mensajera de Dios, consentía la pobreza que habían sufrido el pobre hombre y su esposa, desechó la idea.

Entonces se encontró con un segador, un soldado de a pie de Lucifer, y volvió a considerarlo, pero lo desanimó la idea de que el demonio pudiera llevar a su hijo por el mal camino…

( … con toda seguridad él lo habría hecho, por cierto, y se habría reído por ello. Francamente, podría hablar con todo lujo de detalles también de Dios, pero no lo haré, no es educado ponerme a despotricar).

(¿Por dónde iba?).

(Ah, sí).

(Por mí).

Al fin el hombre me encontró a mí, o eso afirman las historias. En realidad, no es eso lo que pasó, eso hace que parezca que tengo la libertad para pasearme por ahí y que me encuentren, y no es así, ni la tengo ni la busco. En realidad, la situación fue la siguiente: el hombre se estaba muriendo y, por razones obvias y no por motivaciones paternales, ahí estaba yo, con la inesperada carga de un bebé. Dicen que el hombre me pidió que fuera el padrino del niño; más acertadamente, masculló un sinsentido incoherente (deshidratación, la asesina de las cuerdas vocales), y entonces, antes de darme cuenta, tenía un bebé en los brazos y, cuando fui a llevarlo a casa (como haría cualquier mensajero responsable), la madre también había fallecido.

Bien, ahí estaba de nuevo yo para llevármela, pero no nos demoremos en la semántica.

Esta es la historia que cuentan los mortales sobre un hombre que era ahijado de la Muerte, quien, según dicen, acabó descubriendo mis secretos y vino a controlarme, y que sigue a día de hoy en la Tierra, eternamente joven, con la Muerte a su lado con un lazo de oro atado al cuello para evitar, sabia y valientemente, que me apodere de su alma.

Es una grosería y sigo muy descontento con Fox por no ponerle fin («Ni quejas, ni explicaciones», me canturrea con la voz de la que supongo que es la reina). Aunque le tengo cariño, tiene un punto de hijo de puta crónico, un carácter descuidado en general, de libertinaje, si lo prefieres, así que supongo que tengo toda una eternidad para lidiar con ello.

En cualquier caso, esto es la cuestión para mí, ¿no? Que esta no es mi historia en realidad.

Es la historia de Fox. Yo solo soy quien lo crio.

¿Por qué lo llamé Fox? No estoy muy actualizado con la cultura popular, pero siempre me ha gustado un buen cuento de hadas y, de todas las cosas que el niño podría haber sido (como diligente o atento, o educado, u honrado, o incluso un poco puntual), como un idiota, yo quería que fuera inteligente. Los zorros son inteligentes y él tenía una nariz diminuta. Así pues, se convirtió en Fox, «zorro» en inglés, y era tan inteligente como esperaba, aunque ni por asomo tan trabajador como debería de haber deseado. Se había pasado los dos últimos siglos haciendo… bueno, como ya he dicho, esta no es mi historia, así que no entraré en detalles; basta decir que Fox es…

Es un mortal, por decirlo de algún modo. Y no es uno que recomiende como amigo, ni como consejero, ni como amante, ni básicamente como nada importante a menos que quieras robar un banco o cometer un atraco.

Lo quiero, pero es un verdadero mierda y, por desgracia, esta es la historia de cómo me superó.

La historia real.

Por desgracia.

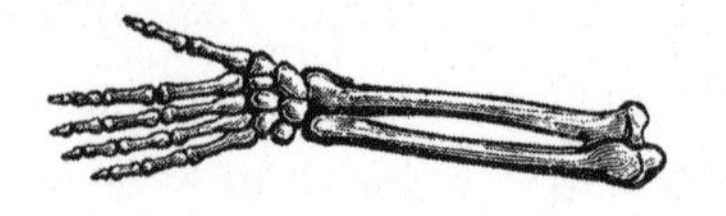

# II

## COMUNIÓN

En el cartel que hay en la puerta del pequeño espacio alquilado en Damen Street solo pone MÉDIUM. El edificio es viejo, pero la calle es segura y está cerca de la parada del metro, por lo que, aunque se trata de una zona extraña de la ciudad, es lo bastante segura para viajar sin que las madres quisquillosas se preocupen por peligros imaginarios, como los tatuajes y los fantasmas de la antigua Ucrania. Hay en la calle puestos de tacos y de dónuts modernos (sí, dónuts) y tiendas de segunda mano, todas ellas llenas de flecos y botas de piel de los ochenta. Y luego, apenas perceptible entre los demás, hay un edificio encima de una de esas tiendas, y si te tomas el tiempo para mirar sus ventanas ajadas de marcos negros, verás el cartel.

MÉDIUM.

La etiqueta del timbre está un poco descascarillada por el uso, pero el portero automático funciona bien y si tocas al timbre que dice D'Mora, probablemente oigas su voz, curiosamente relajante al viajar por el aire.

—¿Hola? —dirá—. Soy Fox.

—Hola —responderás, o tal vez «buenas tardes» si estás de humor para mostrarte amable y eres consciente de las implacables garras de Tiempo; y entonces te quedarás callado, como hacen muchos—. Busco una comunión con los muertos —admitirás entonces.

Y no lo verás, pero arriba, Fox D'Mora esbozará una sonrisa mordaz y se ajustará el anillo de sello de plata deslustrada en el dedo meñique de la mano izquierda. Toserá suavemente para apartar la risa de la garganta.

—Excelente —dirá por el portero automático y te abrirá enseguida.

Fox D'Mora no es el único médium espiritual de Bucktown ni, por supuesto, de todo Chicago, pero es el mejor, sobre todo porque es un maestro del disfraz. Tú, sin duda aprehensivo, es posible que entres a la sala donde ofrece sus servicios esperando ver cortinas polvorientas, velas estrechas titilando, tal vez incluso una impresionante bola de cristal. Fox, sin embargo, no tiene nada de eso y al encontrarte con la habilidad de un hombre extraño con un nombre extraño y una reputación todavía más extraña, puede que sientas algo que acabarás entendiendo que es alivio.

Porque lo que sí tiene Fox, por sorprendente que parezca, es una cocina de última generación y cerveza fría de barril, y, como un estupendo anfitrión, probablemente te ofrecerá un trago antes de guiarte a un asiento vacío de su salón. Él se sentará elegantemente frente a ti y te mirará con sus inescrutables ojos de color avellana. (Grises por los bordes, ambarinos en el centro, un rayo de sol en un brumoso tono sepia. Te evocarán a las hojas aplastadas del otoño, cartas de amor con las esquinas redondeadas, ese tipo de cosas del pasado).

—Bien —empezará Fox—. ¿Quién es?

Si aún tenías dudas antes de venir aquí, probablemente habrán empezado a disiparse ya. Por una parte, Fox viste bien, aunque no lo bastante bien para levantar sospechas. Sus manos en particular, expresivas y en constante servicio a la hospitalidad (sacan sillas y ofrecen bebidas, ajustan las persianas a tu gusto), están cuidadas, con las uñas limpias y cortadas. El reloj de muñeca es viejo y está un poco estropeado, pero tiene una correa de piel bonita y parece poseer algún valor. Tal vez lo consideres una reliquia familiar.

Seguirás tu escrutinio del hombre que tienes delante, este hombre, con un nombre tan raro y una imagen tan incongruente que puede (o eso dicen) cruzar con facilidad entre mundos. Verás que Fox, alto y delgado, pero no demasiado alto ni tampoco demasiado delgado, luce un pelo recién cortado, peinado en ondas y con la raya a un lado, a la moda, y que, en general, tiende a sonreír.

Fox es un hombre que sonríe e indudablemente eso te calmará.

Cuando te pregunte con quién has venido a hablar, dirás que con tu abuela o tu padre, o tal vez hayas sido menos afortunado y hayas perdido hace poco a alguien muy cercano, como a tu esposo o a tu hijo. Fox simpatizará al escucharte. Simpatizará con una mirada dulce de sus tonos de color sepia, una curva suave en su boca, y sentirás que te entiende.

Y lo hace de verdad. Fox ha perdido a mucha gente en su vida y ha sentido el dolor muy fuerte; sin embargo, tal vez no te importe en ese momento que Fox D'Mora no haya crecido cerca de otro ser humano en los últimos doscientos años más o menos porque, sean quien sea, y pertenezca a quien pertenezca su lealtad, simpatiza profunda y humanamente con tu pérdida.

Y, más importante, está presente y está aquí para ayudarte.

—Voy a llamarlo —dirá, o a ella, o a ellos, o a cual sea la identidad que le hayas solicitado, y entonces cerrará los ojos y moverá la mano con mucho cuidado hacia el anillo de plata que le adorna el meñique derecho.

—Ahora —murmurará—. ¿Qué quieres decir?

Las palabras, antes enterradas en tu alma, danzarán tentadoras en tu lengua.

Te inclinarás hacia delante.

Esto es la comunión.

Este ejemplo particular de invocación sucedió un día anodino de una semana normal en mitad de un año corriente, y no gracias a la economía. El estudio, o más bien la guarida de iniquidad bien camuflada, se encontraba en su estado habitual de soltería disimulada con prisas (los recipientes de comida para llevar enmascarados con éxito con un espray celestial, la colada aguardaba pacientemente por tercera semana consecutiva debajo de la cama, que estaba a su vez oculta detrás de dos estanterías, una de ellas robada, y un tapiz decorativo que faltaba en el Museo Metropolitano de Arte) cuando se materializó la Muerte con un *pop* inaudible al lado del codiciado sillón otomano de Fox, que no era robado. (Haberla comprado en una venta por liquidación de patrimonio a la que no habían llegado otros compradores era, sin embargo, un robo).

Frente al sillón habitual de Fox (sentado con las largas piernas cruzadas, la derecha sobre la izquierda, con los mocasines que sin duda le habría sustraído a algún profesor desprevenido y sin calcetines), estaba el habitual sofá biplaza: vintage, con tapizado capitoné, exquisitamente seleccionado para resaltar el sutil subtono verde de los ojos de Fox; porque él era muchas cosas, una de ellas vanidoso, pero nunca descuidado, nunca inintencionado. Nunca aburrido.

Y en el sofá biplaza, por supuesto, había una mujer. Muy del gusto de Fox, que, según podía afirmar la Muerte, comenzaba y terminaba con un pulso. Bueno, eso no era del todo cierto, las probabilidades de una amante muerta viviente eran bajas teniendo en consideración las inclinaciones de Fox, pero nunca eran cero. Tal vez, en cambio, era el elemento de ofensa lo que resultaba tan irresistible de Fox cuando llegó la Muerte.

—Bien. —La Muerte suspiró. Observó la ubicación de su ahijado, a la mujer en el sofá biplaza y al espíritu que flotaba entre los dos con pena. Un vistazo fue todo cuanto necesitó para determinar que toda la imagen era… ¿cuál era la palabra? Un negocio—. Ya veo que es más de lo mismo.

—*Shh* —siseó entre dientes Fox y abrió un ojo para sonreír con descaro, como haría a una tía favorita y solterona—. ¿Está aquí entonces?

—Sí, sí —murmuró la Muerte. Chasqueó suavemente la lengua mientras inspeccionaba a la mujer que había en el sofá de Fox (guapa, sí, demasiado para ser de las que disfrutaban de estas cosas, y de una clase que la Muerte, que definitivamente no era de los que disfrutaban de estas cosas, tan solo podía describir como fusión, como los burritos de sushi de la *food truck* que había allí cerca y donde derrochaba Fox tanto dinero con despreocupación) antes de lanzar una mirada al espíritu que seguía entre los dos. La solicitante, la mujer, se quedó paralizada un momento, incapaz de ver ni de sentir a la Muerte aparte de por un ligero escalofrío que experimentó, tal vez en un estado de *déjà vu*, como si fuera un sueño que recordara a medias, o la sensación fugaz de haber olvidado apagar el horno. En la opinión de la Muerte, siempre era mejor permanecer educadamente apartado del reino de la observación.

—Deja que advine. ¿Es su marido?

—Prometido —lo corrigió Fox con tono inocente—. Murió antes de que pudieran casarse.

—Qué jodidamente oportuno —señaló la Muerte con una sensación que experimentaba a menudo, pero que no había sentido nunca antes de aceptar la tutela de Fox. Era una mezcla de cosas. No se trataba de ira exactamente, más bien decepción.

—Papá —advirtió Fox, enarcando una ceja, expectante—. ¿Qué hemos dicho de las palabrotas?

La Muerte alzó una mano y tiró diligentemente de la goma que tenía en la muñeca a cambio del premio (si podía llamársele así) de la sonrisa indulgente de Fox.

—No entiendo por qué es necesario esto —gruñó entre dientes—. ¿Qué importa lo que diga yo si nadie puede oírme aparte de ti?

—Fuiste tú quien insististe en el propósito de Año Nuevo —le recordó Fox con brillo en los ojos.

—Me refería a ti, no a mí —dijo la Muerte con tono gruñón—. ¿Y hasta cuándo va a durar el propósito? Ha pasado por lo menos un siglo.

—Bobadas, has perdido la noción del tiempo —replicó Fox, quien, casi con toda seguridad, estaba mintiendo, a pesar de la esencia de bienaventuranza que adornaba los rasgos elegantes de su rostro—. Además, todas esas palabras malsonantes son malas para tu salud. ¿No has leído el libro de *mindfulness* que te regalé?

La Muerte, que era una criatura prácticamente omnisciente e incuestionablemente venerable, supuso que se estaba burlando de él y eso era en sí mismo una rama de la sospecha más perenne de que había errado en algo crítico durante los años de formación de su protegido terco. En lugar de insistir en el asunto, sin embargo, la Muerte volvió a girarse hacia la mujer acurrucada en el sofá, que esperaba pacientemente a que Fox invocara a su Bradley.

—Bien. —La Muerte suspiró—. ¿Qué quiere saber?

En el mismo momento en el que la Muerte estaba experimentando el bofetón habitual de ternura agonizante (y su eterna contrapartida cuando estaba con Fox: remordimiento contenido), Fox tenía dos pensamientos simultáneos. Uno podía describirse mejor como una espeluznante especie de ensoñación. El otro, de forma crítica, era el débil recuerdo de que aún tenía que pagar la factura de la electricidad. Carraspeó y se inclinó hacia delante para dirigirse a la mujer que buscaba su consejo.

—Eva —murmuró y la solicitante de esa tarde levantó la mirada al oír su nombre, emergiendo del habitual frío que producía su padrino. Fox, que tenía un sentido agudo para saber cuándo expresaba la gente su afecto con el contacto, tendió las manos y esbozó una sonrisa cuando ella colocó las suyas encima de forma delicada—. ¿Qué te gustaría decirle a Brad?

—Bradley —corrigió la Muerte junto al hombro derecho de Fox, conteniendo un bostezo.

—Bradley —rectificó Fox y se reprendió mentalmente cuando vio la duda titilar en la cara de Eva un momento—. Disculpa. Sé que no le gusta el diminutivo.

El tiempo presente tenía mucho sentido, aunque Fox, por supuesto, no podía ver a Bradley en la habitación. (La comparación no habría ayudado al ego ya de por sí problemático de Fox).

—Así es —susurró Eva y parpadeó, de pronto había humedad en las esquinas de sus ojos—. ¿Puedes verlo?

—Puedo —confirmó Fox, asintiendo, y miró una esquina del habitáculo al azar. Hizo caso omiso del gesto grosero de su padrino en la periferia, seguramente con la intención de comunicarle que sus dotes teatrales no eran muy buenas—. La banda —murmuró antes de añadir a Eva—: ¿Qué te gustaría decirle a Bradley?

Ella se mordió el labio y lo consideró. (La Muerte se dio un toquecito superficial en la muñeca y luego golpeó con un dedo la nuca de Fox).

—Dile —comenzó la mujer con un murmullo y tragó saliva, sobrepasada por la emoción como solía pasarles a los solicitantes. Fox se recordó a sí mismo que ese era el propósito, además de pagar la electricidad y, ahora que lo pensaba, el wifi (sus vecinos habían cambiado recientemente la contraseña y, por desgracia, la Muerte no podía ayudarlo con eso), más que las miradas que le había estado sosteniendo demasiado tiempo. (Seguramente fueran imaginaciones suyas, aunque su imaginación no era tan hiperactiva como aspiracional. Podríamos suponer que era la diferencia entre un artista que visualizaba su pintura base y el pecado más común de la ilusión pura)—. Dile que lo quiero y que lo echo de menos —dijo Eva a lo que Fox habría jurado que era su boca—, y que espero que todo vaya bien…

—No le va bien —la interrumpió la Muerte con frialdad. Parecía resentido—. Bradley ha cometido varios tipos diferentes de fraude fiscal y ahora está flotando por el Estigia. Ah —añadió con tono frívolo—, y la ha engañado. —Pausa—. Dos veces. Aunque, para ser justo, y estas son sus palabras y no las mías, esto lo destrozó. —La última parte la pronunció con rostro impasible antes de añadirle a Fox en privado—: No lo bastante para dejar de hacerlo, se ve…

—Él también te echa de menos —le aseguró Fox a Eva y le pasó el pulgar por los nudillos en un gesto reconfortante cuando ella inclinó la cabeza y luchó por contener las lágrimas—. Te desea toda la calma que pueda ofrecerte la vida…

—No, mal —espetó la Muerte—. Por cierto, ¿van aún los mortales al gimnasio, se broncean, hacen la colada?

— … en esas palabras no, por supuesto —rectificó Fox cuando Eva levantó la mirada con una arruga entre las cejas arregladas, confundida—. Pero Bradley nunca halló las palabras para decirte lo mucho que te quería —añadió en un impulso, cada vez más seguro de que Eva había cambiado de postura de forma prometedora—, y me ha pedido que te entregase la poesía que siempre creyó que merecías.

—Oh, santo cielo —murmuró la Muerte cuando Eva separó los labios carnosos. El sofá biplaza era ligeramente más alto que el sillón en el que estaba sentado Fox, un cambio de elevación que aumentó las apuestas cuando Eva descruzó las piernas y se inclinó hacia delante para cubrir el pequeño espacio que había entre los dos.

—¿Qué más dice? —preguntó, sin aliento. (Los dos pensamientos de Fox sufrieron un pequeño reajuste de prioridades. Podía adivinar las contraseñas y, aunque no lo consiguiera, internet era la interpretación más reciente de la vergüenza colectiva a gran escala).

—¿Qué dice quién? ¿Bradley? Nada —indicó la Muerte—. Dice «¿Qué Eva?».

—Dice —comenzó Fox, igualando el movimiento de Eva— que eras la única mujer que lo entendía. Que sabías lo que le pasaba con una sola mirada, que podías colmarlo de felicidad y lo convertías en alguien importante… valioso —murmuró, apretándole ligeramente las manos—. Dice que te miraba a los ojos y veía el valor de su propia alma y que está agradecido contigo por ello. Me dice que, como estuviste en su vida en sus últimos momentos, puede descansar en paz eternamente sabiendo que tú… —y aquí una suave humectación de los labios del poeta— seguirás siendo… feliz.

La mirada de Eva se suavizó y las pupilas se dilataron ligeramente.

—¿Feliz? —repitió, el aliento suspendido.

—Feliz —repitió Fox—. Y dice que sabe que harás tan feliz a otra persona como lo fue él contigo y que, aunque es hora de que él siga adelante y halle descanso, te desea todo lo mejor del paraíso y de la Tierra.

—Oh —susurró Eva y soltó el aliento.

—Oh, MIERDA —anunció la Muerte al lado de Fox.

—*Shhh* —musitó Fox torciendo la boca y lanzando una mirada amonestadora a su padrino—. Un tirón de la goma, papá.

—Ah, que te den —espetó la Muerte y dio un tirón teatrero de la banda de goma, y después otro, seguramente como ataque preventivo—. Vas a acostarte con ella, ¿no?

Fox, que no le veía sentido a señalar lo obvio, lo ignoró y dio la vuelta a las manos de Eva en las suyas para pasarle los dedos por las líneas de la palma.

—Tienes una línea del corazón preciosa, ¿sabes? —indicó y la trazó por la palma hasta que desapareció entre los dedos—. Te queda aún mucho amor para dar, Eva.

—¿Tú crees? —le preguntó ella y Fox sonrió.

—Lo sé —respondió con tono suave y ella lo miró maravillada.

—¿Crees que estaba destinada a encontrarte? —Llevaba un perfume seductor, un aroma botánico, pero no demasiado desagradable. Similar a un paseo por el bosque, las ramas quebrándose bajo los pies. El trino de un pájaro en el viento, como la emoción de una promesa cumplida.

—Espero sinceramente que te escriba una reseña horrible en Yelp —resopló la Muerte, interrumpiendo la ensoñación momentánea de Fox.

Lo dudaba. Como profesional, incluso como uno fraudulento, Fox tenía algo así como una garantía de satisfacción, aunque no siempre el beneficio era mutuo.

—Creo que Bradley te ha guiado hasta mí —confirmó y la Muerte soltó un gruñido.

—Me voy —anunció el padrino—. Ponte condón, idiota.

—La goma —murmuró Fox, y la Muerte puso una mueca de sufrimiento y le hizo una peineta a su ahijado antes de desaparecer de forma enigmática (y con su habitual parafernalia innecesaria) en el tiempo y el espacio.

—Ya se ha ido Bradley —le comunicó a Eva con una mirada de disculpa muy ensayada—. Ha pasado a la siguiente fase de la existencia, pero está feliz y…

Se quedó callado cuando Eva se inclinó hacia delante y atrapó sus labios con los de ella.

—Eva —resolló, fingiendo sorpresa—. Es decir, señorita…

—Fox —protestó ella en su boca y subió a su regazo en un ataque de epifanía, o posiblemente aceptación, similar a pasar las cinco fases del duelo de un tirón. (Fox D'Mora, un reconocimiento a su vocación)—. Esto —murmuró entre besos mientras le desabotonaba la camisa con una destreza admirable—. Esto es… esto tiene que significar algo…

—Estoy… —Fox se detuvo y bajó la mirada cuando le quitó lo que le quedaba de la camisa— muy seguro de que sí —continuó y buscó algo que fuera moderadamente… ¿cuál era la palabra? Moral, ético, algo que supusiera un mínimo de moderación. La memoria, como siempre, le falló—. Pero sigues vulnerable y has sufrido una pérdida. Tal vez no deberíamos…

—Oh, sí que deberíamos —insistió ella de forma muy razonable. Bamboleó las caderas contra las de él y echó la cabeza atrás cuando Fox, tras hallar sus argumentos sensatos, acercó la boca a la franja de piel que había debajo del cuello de su blusa—. Bradley habría querido… que yo…

Se oyó un *pop* por encima del hombro derecho de Fox.

—Se me ha olvidado mencionarte… —anunció la Muerte. Se tapó rápidamente los ojos y puso una mueca—. Oh, Fox. Fox.

—¿Qué? —murmuró él con impaciencia mientras Eva, efervescente y brillante, le tomaba las manos y las metía debajo de su falda—. Estoy ocupado —añadió y señaló a la mujer afligida (¡aunque muy sensata!) que tenía en el regazo. La Muerte puso los ojos en blanco.

—Mira, da igual —respondió—. Seguro que lo descubres pronto.

—¿El qué? —preguntó Fox y de pronto gruñó cuando los dedos de Eva (¡ágiles!, ¡creativos!, dignos de una grandiosa e intensa celebración que no podía enfatizar lo suficiente) se abrieron camino hasta el botón de sus pantalones—. Mierda —gruñó—. Luego me lo cuentas, papá.

—La goma —dijo la Muerte con una petulancia prodigiosa (dejando claro de quién la había aprendido Fox) antes de desaparecer y dejar a Eva deslizándose entre las piernas de Fox, sentada entre sus rodillas separadas.

—¿Lo hacemos? —preguntó la mujer y metió la mano debajo de sus bóxeres.

Fox D'Mora, un hombre con una contención digna de admirar y probablemente un héroe feminista, se movió por la tapicería de cuero del sillón y la alzó para encajar los hombros entre las curvas de sus muslos envidiables.

—Un segundo —susurró a su piel suave y sedosa. Le dio un tirón a la banda de goma de la muñeca izquierda (al servicio, por supuesto, del propósito de Año Nuevo de unos cuantos años atrás que le había traído uno o dos pecados alternativos)—. Vale —afirmó y acarició con la nariz lo que le encantó descubrir que era sedoso—, ahora sí.

Cuando por fin la exuberante línea del corazón de Eva Como-Se-Apellidara (y el resto de su palma) se cerró con pericia alrededor de él, Fox cerró los ojos con una satisfacción filantrópica y se recordó que tendría que hacerle un diez por ciento de descuento por sus servicios.

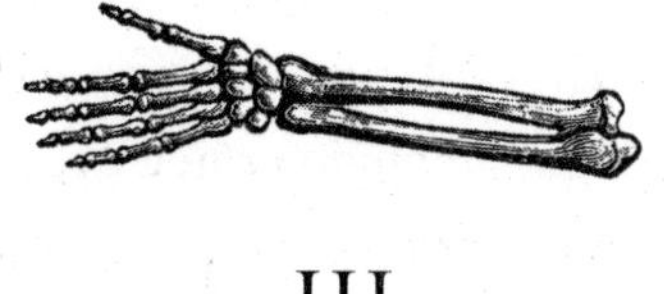

# III

## GESTIÓN

Viola Marek era una persona muy normal.

Muy, muy normal.

Casi agresivamente normal, en serio, menos por alguna que otra cosilla. Una cosa en particular, pero no hay prisas.

A fin de cuentas, acabáis de conoceros.

—He vuelto —anunció Vi en la expansión del recibidor de la mansión Parker. Puso una de las dos coloridas bolsas reutilizables (llena de variedades de charcutería exquisitamente seleccionadas, un pan rústico recién horneado del mejor mercado italiano de Streetville y la horrible botella de agua gaseosa que hubiera a la venta en Whole Foods) en el suelo frío de mármol y acercó la punta de un dedo a la compleja barandilla de madera de caoba—. ¿Te has portado bien? —preguntó, satisfecha por haber llegado sin una mota de polvo.

—Nunca —respondió Thomas Edward Parker IV y su voz resonó en el recibidor procedente del salón que había más cerca—. Es un insulto que lo preguntes siquiera.

Vi abandonó por el momento la segunda bolsa de verduras, asomó la cabeza en el salón y lo vio sentado encima de uno de los sillones victorianos. Las paredes eran de un tono esmeralda embriagador propio de la Edad Dorada, resaltadas con cintas de raso de estampados parisinos. La luz entraba a raudales por la vidriera que había junto a la chimenea; tocaba los relucientes paneles de madera de caoba con la ternura propia de la mano de Adán sobre la de Dios y caía con delicadeza en el único ocupante de la habitación, coronando las ondas también relucientes de su pelo inmaculadamente peinado.

—Tom —lamentó Vi y sacudió la cabeza al tiempo que se apoyaba en el marco de la puerta—. ¿Has probado a hacer alguna de las cosas que te sugerí?

—¿Qué? ¿Reflexionar sobre mi vida? Claro. —Aspiró por la nariz (una afectación molesta, pero fácil de olvidar), se puso de pie y golpeó sin gracia un jarrón largo y complejo que había encima de una columna esculpida neoclásica.

Un golpe peligroso, o lo habría sido si las circunstancias hubieran sido diferentes. Así las cosas, la mano de Tom atravesó el cristal y él frunció el ceño.

—No es que pueda causar mucho daño —dijo, señalándolo deliberadamente.

Vi, que había sufrido cosas peores que no poder destruir un jarrón valorado actualmente en tres veces su renta anual, reprimió un suspiro de irritación. Tom Parker no era el cliente más difícil con el que había tenido que trabajar, pues no tenía acceso a su teléfono ni a su e-mail y, por lo tanto, no podía acosarla fuera de sus horas de trabajo o intentar enviarle memes. No era técnicamente un cliente y, en realidad, según algunas definiciones, tampoco era una persona. Era, sin embargo, un problema.

Pero cualquier intento de sarcasmo, aunque sin duda sería satisfactorio, era inevitablemente inútil.

—No seas tan duro contigo —le recordó por, tal vez, décima vez esa semana—. Seguro que puedes causar un poco de daño si te lo propones.

—Liberales —musitó Tom y soltó un suspiro de frustración que resonó en la habitación y perturbó la estática en el aire—. Vosotros y vuestro optimismo incorregible. Es insoportable.

(No estaba clara su sinceridad al referirse al progresismo de ella. Probablemente fuera culpa de Vi por provocarlo con sus camisetas con el eslogan «Cómete a los ricos» y su colección de corpiños desgarradores que se aseguraba de dejar por allí; también él había sido indeseablemente claro con respecto a sus muchas reservas sobre los impuestos de sucesiones. En cuanto a moda, sin embargo, no sentía ningún interés por los sombreros, rojos ni de otro tipo, por lo que estaban, básicamente, empatados. No obstante…).

—Sí —le recordó Vi—, lo sabemos.

—Sinceramente, ¿cómo puedes vivir contigo misma? —preguntó Tom y lanzó una patada inútil a un tapiz de siglos de antigüedad mientras Vi, al recordar su desinterés por la conversación, decidía marcharse sin más y regresar al recibidor a por sus bolsas con carnes sabrosas.

Tom, por desgracia, la persiguió en medio de la brisa de un aire acondicionado recientemente actualizado (exorbitante, absolutamente impío mantenerlo, pero ¿quién que pudiera permitirse esta casa no iba a desear la decadencia de unos veinte grados frescos y otoñales?).

—Todo el día danzando por ahí, haciendo dinero gracias a mi familia. Y todo ese dinero —lloriqueó Tom detrás de Vi y levantó las manos antes de atravesar una pared para seguirla a la cocina— TOTALMENTE DESPERDICIADO…

—¿Cómo puedo vivir conmigo misma? —repitió Vi, enarcando una ceja mientras refrescaba los tulipanes blancos (fuera de temporada, francamente obscenos, por Dios que esta casa se estaba comiendo vivo su presupuesto, pero ¿qué había aparte de los tulipanes blancos que destacara tanto la opulencia como el gusto?) en el jarrón de la cocina—. En mi cuerpo —le recordó—, completamente viva.

No era inteligente hacer un comentario sardónico a su costa, lo sabía, pero, por suerte (o más bien por desgracia), él no pareció sufrir el desprecio intencionado.

—Ah, por favor —protestó—. ¿Completamente viva?

Vi se quedó parada, enfadada.

—Sí —contestó y se volvió hacia el frigorífico con las manos llenas de agua con gas La Croix. Vio en la superficie espejada del electrodoméstico de última generación la señal de que Tom había encontrado una fuente de entretenimiento para esa tarde, así que colocó la puerta apresuradamente en un ángulo estudiado y la abrió para ocultar la mirada de condescendencia que sabía que era inminente en su rostro.

—He visto lo que tienes en el bolso —le recordó él con tono sombrío—. Los cartones de zumo están bien, eso te lo reconozco, pero ¿crees que no me he fijado en que no comes? Has tenido... ¿cuántas jornadas de puertas abiertas ya? Y nunca tocas tus preciados platos de quesos —señaló y se colocó a su lado mientras ella empezaba a meter latas en el frigorífico—. Y no entras en la habitación con el rosario de mi abuela —añadió en una victoria inminente—, ni miras tu reflejo...

—Eso es porque odio mi pelo —lo interrumpió.

—Bobadas, Viola —replicó él, regocijándose en su incomodidad—. Si eso no fuera lo bastante obvio, está el hecho de que eres la única persona que puede verme —concluyó con una floritura triunfante—. ¿No te parece una señal de advertencia? —Recolocó sus cócteles Pamplemousses de forma que las etiquetas quedaran alineadas.

—Lo primero de todo —le informó Viola tras recuperar el control momentáneamente—, la gente ve fantasmas a todas horas. Puede que yo sea significativa de algún modo. Para tu vida, o tu muerte, o yo qué sé. —Se encogió de hombros y sacó del cajón el juego de cuchillos de queso con mango cerámico de Crate and Barrel. Los había comprado, por supuesto, para la venta prevista, cuando esas compras le parecían sensatas y no el vacío en el que vertía su vida y su cordura durante los últimos tres meses—. ¿No se te ha ocurrido pensarlo?

—¿Se te ha ocurrido la posibilidad de que puedes verme porque tú también estás muerta? —contratacó Tom con tono irritado y se llevó las manos a las caderas en un gesto beligerante. Desde ese ángulo, el agujero de su camisa (blanca y cuidadosamente planchada, excepto por la sangre del centro, donde había entrado el cuchillo) ofreció a Viola una imagen indeseada de su pecho que la hizo girarse y concentrarse en una selección de quesos refinados—. Responde a eso, Vi —se burló Tom. Apretó los labios y aguardó.

—No estoy muerta. Tú estás muerto —le recordó—. Como mucho, yo soy una muerta viviente. Hay una diferencia importante. Además —continuó, buscando un poco de miel para echar al lado del queso brie—, me estoy ocupando de mi condición.

—Ocupando de tu con.... —Tom se interrumpió y la miró fijamente—. Viola, ¡eres una vampira!

Ella suspiró.

—Solo un poco —murmuró—. En lo importante, no.

Y era verdad.

Sí que era verdad.

—¿Cómo va el fantasma? —le preguntó esa mañana Isis Bernat, la amiga de Vi. Se acercó a ella cuando se encaminaban a Magnificent Mile, infestada de turistas—. ¿Sigue siendo un idiota?

—La mayor parte del tiempo —confirmó Vi. Isis era entrenadora personal y, como las dos tenían un horario de trabajo irregular, su amistad había florecido sobre todo debido a su exceso de tiempo libre. (Casualmente, Isis era también una demonio y se habían conocido en una reunión de Criaturas Anónimas en Old Town, pero Vi no consideraba esto un detalle significativo).

—¿Quieres? —preguntó Isis, ofreciéndole un cartón de zumo, y Vi asintió.

Hizo un agujero en el cartón con una pajita de plástico y, por un momento, se le revolvió el estómago al pensar en otras perforaciones más satisfactorias; en mordiscos y…

—Estás poniendo esa mirada —le advirtió Isis y Vi se estremeció. Se llevó rápido la pajita a los labios.

—Lo siento —musitó—. Últimamente me siento un poco mal.

—Estás pálida —coincidió Isis, sonriendo, y Vi puso los ojos en blanco.

Isis, al contrario que Vi, era en muchos sentidos el retrato de la salud. Era una mezcla de detalles tropicales: bronceada, fulgurante y fresca, y tenía unos músculos que encajaban en su profesión. Por supuesto, Isis llevaba mucho tiempo lidiando con su condición, unos cuantos siglos más o menos, por lo que ella había sido quien había enseñado a Vi a coexistir en la civilización.

—Zumo —le dijo la primera vez y le ofreció un cartón del tamaño de su palma con una desconcertante sonrisa amarilla en la etiqueta (diseño de Isis, descubriría más tarde Vi)—. Hay que admitir que a la gente le parece un poco infantil —añadió y señaló el líquido rojo y viscoso que ascendía por la pajita—, pero si solo te juzgan por el jarabe de maíz con fructosa, a mí personalmente me parece una victoria.

—¿Eh? —dijo Vi.

Por entonces era todo muy nuevo.

Viola Marek nació muy normal. Pelo castaño, ojos marrones; lo bastante guapa en una valoración de cerca, pero no demasiado para llamar la atención en una multitud. No estaba asociada con ningún tipo de espectro (que ella supiera) y no tenía ninguna cualidad que distrajera particularmente (ni marcas de viruela, ni ausencia de extremidades, ni psicosis desencadenadas; tampoco marcas de belleza), y era la única hija de dos académicos muy convencionales: su padre, un profesor de estudios hebreos de la Universidad de Berkeley, y su madre, una profesora de periodismo en Columbia.

Sí, era hija de padres divorciados, pero ¿no estaba eso en la cumbre de la normalidad ahora?

Vi había terminado la escuela como la mejor de la clase, pero no demasiado buena, y había escogido una carrera que no era exageradamente estresante ni requería que fuese un genio. Estaba definida por su diligencia y su habilidad por mantener la cabeza gacha. Por ello, cuando llegó al culmen de su programa de arqueología y la enviaron (con otra media docena de alumnos) a una excavación en la península de Bondoc, en la isla de Luzón, durante las vacaciones de primavera en el último curso, esperaba hacer... más de lo mismo.

Lo que no esperaba era la mordida.

—Hola —le dijo el hombre en un saludo tan normal como cualquier otro. Su madre era filipina (y también ella, suponía, aunque su madre era más bien de los suburbios de Las Vegas; no muy diferente al caso del abuelo de Vi, a quien nunca había conocido, que era de Varsovia, pero su padre, a quien sí conocía muy bien, era de Brooklyn) y Vi no se fijó en si se acercó a ella primero en inglés o en tagalo. ¿Estaba pálido? Tampoco se fijó. Pero es que no sabía que los muertos vivientes frecuentaban los climas tropicales. Una lección: no conoces una cultura de verdad hasta que te muerde uno de sus mitos.

—Hola —respondió en un esfuerzo por mostrarse educada. Se hizo visera sobre los ojos para protegerse del sol y miró con los ojos entornados su silueta. Más tarde entendería, tras una investigación exhaustiva sobre los vampiros de Asia del sur, que su error fue no haberlo mirado a los ojos; si lo hubiera hecho, evidentemente habría visto su reflejo del revés y eso habría sido suficiente para que echara a correr.

Por desgracia, no lo hizo y estaba sola, y aunque le pareció encantador y amable cuando le ofreció agua y comida (cosas que podías aceptar con normalidad por esa época, en gran parte por la suposición de Vi de que él formaba parte de su grupo de investigación), cambió en el momento en el que el sol se puso.

Y cuando Vi despertó de nuevo, a kilómetro y medio aproximadamente de su campamento, también ella había cambiado.

—Buenos días —le dijo el hombre, definitivamente en inglés esta vez, mientras se lamía los dedos. Cuando Vi bajó la mirada y descubrió una herida donde debería de estar su hígado, dedujo que ella era el manjar en cuestión—. Vamos a casarnos, mi amor.

Recordó entonces fragmentos de la noche anterior: un hombre que se había portado como un jabalí salvaje y una explicación con colmillos a su estado ensangrentado.

Recordó también dolor, pero no lo sintió. Parecía una sensación que ya no existía en las limitaciones de su realidad y, en cambio, vio cómo se reparaba solo su estómago y la piel se cerraba por encima cuando el sol se alzaba de nuevo.

—Oh —dijo, parpadeando—. No, gracias.

Él apretó los labios, disgustado.

—Sí —insistió—. Boda.

—¿Por qué? —le preguntó y él se encogió de hombros.

—Solo —le dijo y, aunque era un motivo suficientemente normal para una institución suficientemente normal, no estaba obligada a aceptar.

Tras golpearlo con una roca y tratar de vendarse la herida del estómago, se marchó tambaleante al campamento de su profesor y se vio de pronto incapaz de explicar por qué, en cuanto el sol se ponía, veía el mundo con unos ojos diferentes.

Específicamente, ojos de gato.

La primera vez que bajó la mirada y vio patas donde tendrían que estar sus manos, fue del todo alarmante; aunque el impacto inicial de los nuevos descubrimientos estaba por entonces acercándose al punto de lo previsible. Se puso a dar vueltas por allí, insomne y hambrienta, y cuando el sol salió, estaba exhausta.

No era capaz de retener la comida; la carne le olía rancia, le revolvía el estómago y, a pesar de las señales, no comprendió lo mal que podían salir las cosas hasta que su profesor se cortó por accidente cuando eran los dos últimos que quedaban en la cola para el taxi hacia el aeropuerto. El olor de su sangre (ácido y cítrico, pero también almizclado e intenso, y con un toque cobrizo de algo que le provocó un inesperado gruñido de anhelo) supuso tal shock para su sistema que la resistencia fue del todo inútil. Cuando los ojos del profesor, marcados por la preocupación, conectaron con los suyos, deseó haber pensado en advertirle que comprobara si veía su reflejo del revés.

Estaba muy arrepentida por cómo había transcurrido la situación, aunque mentiría si dijera que no le había resultado carnalmente satisfactoria. Fue una experiencia cruelmente eufórica en realidad y ningún sabor humano (ni dulce, ni amargo, ni salado, ni agrio, ni el truco distintivamente filipino para mezclarlos todos) podría compararse nunca con el sabor del corazón del profesor Josh Barron. Ni siquiera había tenido que sazonarlo.

Es una filosofía generalmente aceptada que no puede acabarse la universidad cuando te has comido una parte de tu profesor de investigación, así que Vi no se molestó en regresar a Indiana. Se alegró, sin embargo, de elegir estudiar en el Medio Oeste. A pesar de su oposición inicial, descubrió que ahora disfrutaba del aguanieve de una nevada inusual sencillamente porque no parecía, ni sabía, ni olía como donde había estado antes. Al llegar se puso a temblar, congelada, y le gustó la frigidez del frío; le hacía sentir más o menos viva, por así decirlo, y por lo tanto fue capaz de dar algunos pasos para cambiar su vida.

Chicago era una elección natural. Una ciudad más grande ofrecía mejores medios de camuflaje y a Viola Marek le parecía más fácil pasar desapercibida entre los millones de personas que se cruzaba cada día. No estaba particularmente cerca de su padre ni de su madre y conservó su voz humana incluso cuando adoptaba la forma gatuna, por lo que los mensajes de «lo siento, no puedo volver a casa todavía» o «lo siento, estoy muy ocupada con el trabajo» suponían un esfuerzo bastante sencillo. Para entonces ya había comprendido que mientras prestara a sus dos progenitores la misma cantidad de inatención, ninguno se molestaría especialmente.

Muchos inquilinos tenían gatos, era una mascota muy normal, así que Vi compró una caseta y un rascador. Afirmó tener un gato atigrado muy activo, pero en realidad usaba estos objetos para impulsarse hasta la ventana (con un pestillo roto a propósito) junto a la escalera de incendios de su apartamento de Lakeview.

Vi consiguió su licencia de vendedora de bienes inmuebles, el mejor empleo que se le ocurrió que podía obtener con tres cuartas partes de un título universitario, y se estableció con bastante rapidez en la cara norte de las casas de bolsa más excepcionales de Chicago. Era un trabajo que no requería mucha colaboración y le dejaba libres las noches, lo que le daba cierto grado de libertad para que, los días en que sus ojos estaban más rojos que de costumbre, pudiera optar por las llamadas telefónicas en lugar de por visitas para enseñar casas.

Encontró el edificio ruinoso en la Old Town cuando estaba allí haciendo visitas para tantear posibles ventas. Isis Bernat estaba fuera, fumando.

—Uf —dijo Isis al ver que Vi inspeccionaba la moldura del siglo XVII del edificio—. ¿Hace mucho que no comes?

—¿Disculpa? —preguntó Vi con el ceño fruncido.

—Parece que no tienes sangre en las venas —respondió Isis. Una incómoda elección de palabras que, por el aspecto de su rostro (una mirada cómplice, una afirmación menos vocacional que la de un médico o un detective y más la de un tutor o un padre), debió de ser intencionada.

—¿Pasa algo ahí? —preguntó y señaló el edificio del que parecía que había salido Isis. Esta se encogió de hombros y aplastó el cigarrillo con la suela de sus zapatillas aparentemente nuevas.

—Ven a ver.

Por alguna razón, Vi aceptó y la siguió por las escaleras estrechas y chirriantes (¡suelos originales! ¡Autenticidad histórica! Para bien o para mal, la venta que Vi no acabaría haciendo ya se estaba formando en su mente), y vio cómo daba tres golpes con un intervalo deliberado de pausas en una puerta antes de que esta se abriera un poco.

—¿Quién es esa? —preguntó alguien. Una pareja de ojos detrás de la puerta, de un tono azul claro, contemplaron a Vi desde la distancia.

Isis se encogió de hombros.

—Vampira —respondió y Vi parpadeó, sorprendida.

—Acceso concedido —confirmó la voz y entonces abrió la puerta, dejando a la vista una habitación pequeña y destartalada con más o menos una docena de sillas plegables colocadas en el centro y un puesto improvisado con bebidas junto a la puerta.

—Toma —dijo Isis, que tomó un vaso pequeño de cartón con un estampado bucólico de ovejas y sirvió en él un poco de ponche—. Bebe, pareces hambrienta.

—Gracias —contestó Vi, confundida, aunque aceptó el vaso. Lo giró y contempló las lágrimas granates que caían por los laterales del interior ceroso, como una copa estimulante de cabernet—. ¿Qué es?

—0 negativo —respondió Isis—. No te preocupes —añadió rápidamente—, es de un donante.

—¿Qu...?

—Bebe —replicó Isis con firmeza y tomó a Vi de la muñeca para tirar de ella hacia el círculo de sillas que había en el centro de la habitación. La empujó a una silla—. ¿Has ido alguna vez a una de estas?

—¿Una qué? —preguntó Vi y dio un sorbo.

No era ponche. Definitivamente no.

Pero estaba delicioso. Más tarde descubriría que 0 negativo sería su bebida preferida.

—Reunión. Hay muchas. Bueno —añadió, al parecer reconsiderándolo—, un par en el South Loop, unas cuantas más cerca de Evanston. Puede que una o dos en el Loop, pero allí no vive nadie en realidad, ¿sabes lo que te digo? Aunque si necesitas un almuerzo —se encogió de hombros—, ese es tu lugar. Los expertos en finanzas tienen la mejor mierda, ¿sabes? Pero es complicado seguirlos.

—Sí —respondió Vi en voz baja y dio otro sorbo.

—Mejor —apuntó Isis. Se fijó en la complexión de Vi y asintió—. Tienes mejor aspecto. ¿No comes lo suficiente?

Por algún motivo, Vi no encontró razones para discutir.

—Sobre todo busco ratones —explicó e Isis gruñó.

—Ese es tu problema —señaló—. Necesitas humanos. Puedes hacerlo sin matar a nadie. —Hizo una pausa y se metió una mano en el bolsillo para sacar un chicle—. A menos que te parezca bien lo de matar —añadió, encogiéndose de hombros y con el paquete en la mano—. ¿Un chicle?

—Claro —respondió Vi—. El chicle, quiero decir. No el asesinato.

—Eh, cada cual con lo suyo. Personalmente, me parece un engorro. Matas a personas y tienes que mudarte, ¿sabes? Tengo clientes a los que hacer un seguimiento. Toda la eternidad para ello. No puedo estar mudándome cada dos por tres. —Movía una mano, gesticulando de forma exagerada mientras hablaba—. Además, ¿has probado alguna vez las pizzas de Lou Malnati's? Si has probado la buena, quiero decir. La Chicago Classic, bien hecha. Joder —gruñó y su tono rozaba la sensualidad—. Absolutamente deliciosa.

—¿Comes pizza? —preguntó Vi con tono divertido mientras sorbía el «ponche». Isis se encogió de hombros.

—No soy una vampira —explicó y se señaló a sí misma—. Puedo comer.

—Aun así, ¿no es...?

—Menos las verduras —dijo, estremeciéndose—. Lo deja todo pastoso.

—¿Qué? —preguntó Vi, de nuevo confundida—. Ah, sí. La pizza.

—La pizza. —Isis espiró, feliz—. A veces tienes que darte un capricho. La sangre es necesaria, por supuesto —añadió, señalando el vaso de Vi—. Pero, eh, tengo un paladar variado.

—¿A qué te dedicas? —A Vi le pareció una pregunta normal en esta o cualquier otra circunstancia. Isis se metió la mano en el bolsillo por segunda vez y sacó una tarjeta de trabajo.

—Entrenadora personal. La pizza es un lujo —aclaró y señaló el músculo con forma de lágrima de su muslo como prueba—. Pero, como te he dicho, hay que darse algún capricho.

—¿Y el tabaco? —preguntó con tono escéptico Vi, mirando la tarjeta—. Equinox —leyó en voz alta, sorprendida—. No es fitness, es vida.

—Vida —repitió Isis con una carcajada—. ¿No te parece hilarante? Me encanta, joder. Y el tabaco es solo un hábito malo. Todos tenemos nuestros vicios. —Suspiró. Sacó los pies y los puso en el centro del círculo—. Los míos son la humanidad y los cigarrillos.

—¿Vas a dejarlo? —preguntó Vi en un intento por mostrarse conversadora y divertida. Isis se volvió y la escrutó.

—¿Ha sido una broma?

No era muy buena, pero Vi nunca había sido conocida por deslumbrar en la primera impresión.

—Más o menos.

Isis se quedó mirándola un buen rato.

—Me gustas —declaró por fin y levantó los pies para que pasara alguien—. Pareces fresca. —Hizo una pausa—. ¿Cuál era tu postura sobre lo de matar?

—Lo he hecho una vez —admitió—. Me sentí mal.

—Remordimiento. —Isis exhaló un suspiro en señal de empatía—. Un impulso humano de mierda.

—¿Entonces tú no eres humana? —Vi le dio otro sorbo a su no-ponche. Isis sacudió la cabeza.

—Creo que el término genérico es demonio, aunque me parece un poco injusto —lamentó—. ¿Qué hay de lo de naturaleza versus crianza?

—Creo que eso es otra cosa diferente —comentó Vi con cautela, pero entonces un hombre (o algo que se parecía mucho a un hombre) se aclaró la garganta en la parte superior del círculo, el punto más alejado de la puerta.

—Teléfonos apagados, por favor —pidió.

—Sí —contribuyó Isis—. Somos criaturas, no animales.

—Señorita Bernat. —El hombre suspiró, impaciente, e Isis sonrió y se inclinó para susurrar a Vi al oído.

—Hombre lobo —explicó, señalándolo—. Se llama Lupo. Se cree creativo. —Puso los ojos en blanco—. No lo es.

—Mmm —murmuró Vi y Lupo continuó hablando.

—Veo que tenemos a alguien nuevo entre nosotros —anunció y se volvió para mirar a Vi—. ¿Te gustaría presentarte?

—Oh. —Vi se aclaró la garganta—. Sí, claro. Hola, soy…

—Levántate, por favor —la invitó Lupo bruscamente y Vi se puso de pie. Se sintió extremadamente estúpida cuando los ojos de la sala se volvieron para mirarla.

—Hola —repitió, moviéndose incómoda—. Soy Viola…

—Hola, Viola —respondieron los demás al unísono.

—… y soy… —Vaciló—. Eh… Supongo que podría decirse que soy…

—Habla fuerte —le susurró Isis, sonriente, y Vi la ignoró.

—Soy una vampira —pronunció sin gracia.

Miró a su alrededor, aguardando la reacción.

—Si eres una vampira —señaló uno de los jóvenes que había en la parte izquierda del círculo—, ¿por qué no estás en una de las reuniones nocturnas?

—Sí —añadió una mujer a la derecha de Vi—. ¿No hay una especie de regla fundamental sobre el sol?

Isis resopló fuerte y cruzó un tobillo por encima del otro en una exhibición dramática de desprecio.

—Sois todos unos idiotas sin cultura —informó al grupo—. Si esto no es una prueba de sesgo inherente, duradero, europeo, entonces, francamente, no sé qué es.

—No soy una vampira como Drácula —afirmó Vi, asintiendo, y volvió a dirigirse a su público (por supuesto, sin mencionar las raíces antisemitas de la novela, que supuso que no tenían tiempo de tratar)—. Soy, eh… Técnicamente, una asuang. —Su pronunciación de la palabra seguía sonando rara a pesar de su amplia investigación *post mortem*, como si retrocediera dos generaciones a oídos de alguien que hablara esa lengua—. Me mordieron en Filipinas.

Se produjo un revuelo indistinguible de discordancia, algo parecido a un murmullo de acuerdo, o incluso conmiseración.

—Sudeste de Asia —lamentó Lupo con tono empático, dando voz a lo que al parecer era el consenso del grupo y lanzando una mirada a Vi que pretendía ser reconfortante—. Un campo de minas, incluso para nosotros.

Vi se fijó en que tenía el rostro lleno de cicatrices, pero amable. Si lo pensaba, tenía la mirada de un cachorrito.

—¿Y bien? —habló Isis y le dio un golpe a Vi en la parte trasera de la rodilla con el pie—. ¿Qué te trae a este círculo de degenerados?

—Soy agente inmobiliaria —explicó Vi—. Solo estaba mirando el edificio.

—Ah. —La expresión de Isis se agrió y los demás gruñeron con desagrado—. Pues no vendemos —dijo con los labios apretados.

—Isis. —Lupo volvió a suspirar y se rascó los pelos desgreñados de la barba castaña—. Eso lo digo yo.

—Pero no estamos vendiendo, ¿verdad? —insistió Isis y Vi se apresuró a aplacarla al oír su tono combativo.

—Solo estaba mirando —aclaró rápidamente—. No tenía ni idea de que hubiera nada como... esto —admitió a falta de una palabra mejor—. Solo intento ubicarme, tener un trabajo de verdad y todo eso...

—Todos tenemos trabajos de verdad —le informó Isis—. Lupo es consejero especializado en drogas.

—Tuve un problemilla con la heroína un tiempo —indicó él ante la mirada de sorpresa de Vi—. Ayuda tener un propósito.

—Yo trabajo en programación informática —apuntó el hombre a su izquierda e Isis se giró para mirarlo.

—Eres un *hacker* —lo corrigió con una mueca—. Y esa mierda de cebo a la que llamas «trabajo» no ayuda a nadie, ¿sabes? Es un fae —añadió, girando el cuerpo para murmurar a Vi por encima del hombro—. No vayas a molestarle, te perseguirá en tus sueños y te destrozará el disco duro.

—Entendido —aceptó Vi.

—Yo trabajo en la banca —indicó la mujer a la derecha de Vi—. Banca *online* concretamente.

—Trol —informó Iris, tosiendo en el puño, y la mujer apretó los labios.

—Camarera —dijo otra mujer con un débil acento francés. Vi se quedó deslumbrada un instante tras oírla hablar, como si le hubieran golpeado la cabeza y se acabara de despertar, y lo primero que vio fue la imagen de unos labios rosados, unos ojos azules intensos, un destello de unos dientes perfectos…

—Sirena —interrumpió Isis. Le dio a Vi otro codazo y se cruzó de brazos—. Mantén las distancias, ya sabes a qué me refiero.

—Ah, bien. Soy hetero —le aseguró Vi a la sirena, quien sonrió.

—No por mucho tiempo —murmuró esta y se echó el pelo rubio por encima del hombro, como si Vi le hubiera lanzado un desafío.

—Lo importante es —se aventuró Lupo, retomando la presentación— que es muy posible llevar una vida normal, Viola. Estamos aquí todos para apoyarnos —añadió con tono reconfortante—, para que no volvamos a caer en los malos hábitos.

—Malos hábitos —repitió despacio Vi—. ¿Como…?

—Asesinato —respondió el *hacker* fae—. Y/o engaño para llegar a la sangre.

—Conducir a los hombres a su muerte —admitió la sirena al tiempo que se miraba los dientes en un espejo perlado diminuto.

—Robo —añadió la trol—. Y acumulación. Era adicta a las apuestas *online* —le dijo a Vi en privado—, pero pienso que la criptomoneda es el futuro.

—Cheryl, ya hemos hablado de esto —señaló Isis antes de que Lupo la interrumpiera.

—Todos tenemos nuestros impulsos individuales —le aseguró el hombre lobo a Vi—. Pero hacemos lo que podemos para venir aquí. La mayoría de nosotros sobreviviremos a todos los humanos que entren en nuestras vidas. —Parecía un poco afligido al decir esto—. Es importante tener una comunidad. Una red de seguridad.

—Para conservar la honestidad —indicó Isis con tono irónico. Levantó la mirada y le dio un golpecito en el codo a Vi—. ¿Te unes?

Vi parpadeó, considerándolo.

—Sí —contestó, sorprendida por lo normal que podía resultar un grupo lleno de criaturas mitológicas—. Sí, creo que sí.

—¿Y bien? —dijo unas semanas más tarde Isis, asintiendo en dirección a Vi, que estaba llegando al lugar donde solían quedar, fuera del edificio en la Old Town. Isis estaba de pie en la esquina con un café con leche a medio beber y una bolsa de calcetines que se había comprado sin necesidad mientras Vi, que estaba pasando por uno de esos días en los que llegaba cinco minutos tarde a absolutamente todo, corría sin aliento proveniente de la dirección del lago—. ¿Qué novedades hay en el vertiginoso mundo inmobiliario? —preguntó con tono alegre y brindó con su vaso de Starbucks—. ¿Es un mercado de compradores? ¿Hay quesos nuevos en tu banquete?

Sí y sí, aunque Isis no preguntaba de verdad. Todas sus preguntas tenían un tonito de afabilidad omnisciente.

—Malas noticias —anunció Vi, resoplando por su día de pequeñas crisis—. Tengo un problema con un fantasma.

—Entonces sí que son malas noticias —comentó Isis. Tiró el cigarro e hizo un gesto para que entraran—. ¿Poltergeist?

Vi frunció el ceño, pensativa.

—¿Cuál es la definición de «poltergeist»? —preguntó. Isis se detuvo también para considerarlo.

—Criaturas problemáticas —decidió al fin—. Significa «fantasma ruidoso» en alemán.

—Pues sí que es ruidoso. —Vi exhaló un suspiro—. Un bocas.

—Ah. ¿Algún asunto sin concluir?

—Si lo tiene, no sabe lo que es —murmuró Vi—. Dice que no sabe cómo murió, o quién lo mató, o por qué.

—¿Quién es? —preguntó Isis—. ¿Alguien importante?

—Thomas Edward Parker IV. —Vi imitó los modales altivos de internado de la costa este del hombre e hizo énfasis en la palabra «cuarto»—. Se aparece en la propiedad de la que te he hablado, en la mansión. La casa Parker en Gold Coast.

—¿Es un Parker?

Isis parecía impactada… no, peor, parecía compadecerse, y no de Vi, que estaba obviamente más afectada que el fantasma de un multimillonario blanco. («Millonario», la corregiría más adelante Tom, «y no cuentes el impuesto sobre el patrimonio»).

—Bueno —añadió Isis con aspecto contemplativo mientras subían las escaleras desvencijadas (*menos encantadoras ahora*, pensó Vi)—. El pobre estaba maldito desde el nacimiento. Conoces la maldición de los Parker, ¿no?

—Yo no lo llamaría «el pobre» exactamente —gruñó Vi, pensando en cómo había tonteado Tom con la electricidad en la inspección de esa mañana. Gracias a él, la casa había suspendido las diferentes inspecciones tres veces y la lista de contratistas que no eran ladrones glorificados era ya lo bastante corta sin tener que añadir «lidiar con lo paranormal» a la retahíla de especificaciones—. Y no creo que esté maldito. ¿Son reales las maldiciones? —preguntó, pensativa, mientras las dos saludaban con un gesto de la cabeza a Lupo y se servían un vaso pequeño de ponche (B positivo. No era su bebida preferida, pero era refrescante de vez en cuando).

—¿Reales? —repitió Isis con incredulidad y le lanzó una mirada amonestadora a Vi—. Me sorprende que esa frase tenga algún significado para ti a estas alturas.

—No lo tiene —admitió ella. Dio un sorbo y se deleitó con la sensación del líquido en los labios agrietados—. Pero soñar es gratis.

Todo esto para afirmar que a Vi le estaba yendo muy bien, dadas las circunstancias. Aunque esto, por supuesto, no ayudó a bloquear la diatriba actual de su poltergeist.

—No puedes ser un poco vampira, Vi —continuó Tom—. Imposible —añadió con tono dramático y su actitud habitual fruto de que no le habían reñido lo suficiente de niño—. O estás muerta o no lo estás.

—Te lo repito: muerta viviente —lo corrigió Vi—. Parece que no me escuchas…

—O parece que sigues intentando vender mi casa —contratacó Tom, obstinado—, ¡y me estoy poniendo firme!

La condición de ella era eterna, pero no su paciencia.

—Thomas —dijo y él puso una mueca al notar el cambio en su tono de voz—, ponte todo lo firme que quieras —lo invitó—. No vas a conseguir nada.

Esto, como la mayoría de las cosas, no se lo tomó bien.

—Tienes que admitir que hay un fantasma en la casa —le recordó Tom—. Echa un vistazo.

—No tengo que admitir nada —replicó Viola, imitando la obscenidad indiferente de Isis—. Al menos no ahora. Además —añadió, y su voz se agudizó una octava en un intento renovado de optimismo forzado mientras regresaba al recibidor a por la carne—, cuando esta casa monstruosa esté vendida, dudo que sigas en ella, Thomas Parker.

—¿Sí, Viola Marek? —preguntó él con tono burlón—. Me gustaría ver cómo me echas de aquí.

—Y a mí también —murmuró ella. Se detuvo en la puerta de la casa, buscando a compradores que sabía con decepcionante seguridad que no acudirían—. Te aseguro que a mí también.

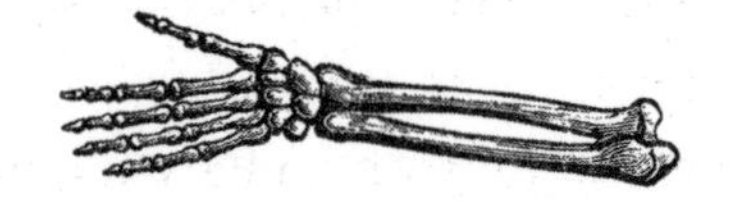

# IV

## SEGADORES Y SEMBRADORES

Una persona que vive en una ciudad suele conocer los tipos diferentes de llamadas a la puerta y la peculiaridad de oírlos. A fin de cuentas, con siete fruterías y tiendecitas a un tiro de piedra, no suele ser un impulso muy común acudir a la casa de un vecino en busca de un poco de azúcar, en especial cuando no puedes evitar, malditas sean las paredes, enterarte de que tu vecino estuvo tocando sin miramientos baladas edulcoradas de pop alternativo hasta las tres de la mañana y, por lo tanto, no está despierto a las ocho de la mañana.

Una persona de ciudad conoce las llamadas habituales (la entrega de un mensajero, por ejemplo, que opta por dar tres golpes secos) y las llamadas expectantes (las que pertenecen al repartidor de entrega de comida tailandesa, que da dos golpes apresurados). Hay cierta transitoriedad en estas llamadas; la de «Estoy aquí, me iré enseguida», y esas son las llamadas a las que uno aprende a anticiparse.

Esta llamada, sin embargo, fue seca y decidida.

Uno, dos; una pausa significativa.

Amenazante. El reflejo poético te diría que así es como llamaría la Muerte.

Sin embargo, Fox, el receptor de esta llamada en particular, conocía bien a su padrino, y la Muerte no se había mostrado ni una sola vez respetuoso con sus límites.

Fox frunció el ceño y miró la calle por la ventana; no había nadie. Una llamada inesperada era algo ya de por sí extraño, y era todavía más raro por la ausencia de la llamada por el portero. Se acercó a la puerta y oteó por la mirilla, esperándose a alguien que estaba haciendo encuestas políticas (o, peor, al nuevo inquilino que vivía en la puerta de al lado), pero soltó una carcajada y abrió la puerta.

No era la Muerte, no; pero tampoco se alejaba mucho.

—Cal. —Fox suspiró y el segador encapuchado se volvió donde parecía estar leyendo una literatura particularmente interesante (un anuncio que se asemejaba a las noventa y cinco tesis que expresaba el descontento por la zona compartida de buzones) al otro lado del pasillo—. Puedes atravesar paredes, amigo. No tienes que llamar a la puerta.

Calix Sanna se retiró la capucha negra de la cabeza; tenía los rizos oscuros tan despeinados como siempre cuando se encogió de hombros.

—Intento ofrecerte un mínimo de dignidad, Fox —respondió—. ¿Tan malo es eso?

—Bueno, yo siempre digo que eficiencia antes que formalidades. —Fox movió a un lado en la puerta y le hizo un gesto para que entrara—. ¿Qué te trae por Chicago?

—Un poco de calma. —Cal echó un vistazo al estado habitual de uso incorrecto fuera de horas de servicio con cierto juicio. (En defensa de Fox, los bóxeres en el suelo estaban limpios y, probablemente, también las copas de vino)—. El jefe está un poco molesto. Veo que no has cambiado mucho desde mi última visita —añadió, examinando todavía la casa—. Me alegro.

Fox se lo imaginaba. Además de ser un soldado de Lucifer, Cal era también una criatura de costumbres.

—¿Te vas otra vez a la guerra? —le preguntó Fox. Entró en la cocina, olisqueó una taza de café olvidada y determinó que estaba frío.

—No lo creo. —Cal se encogió de hombros y lo siguió—. Puede. No sé decirte. Ya sabes cómo es —añadió con tono serio y se acercó a la estantería de Fox—. Con él siempre hay equilibrio. «El equilibrio es el rey. Sin mí, nadie sabría que Dios es bueno», dice. Lo dice como diez veces al día.

—No está equivocado —coincidió Fox y le dio al café un sorbito para probarlo. (No estaba perfecto, pero tampoco le parecía buena la idea de preparar otra cafetera)—. ¿Quieres algo? —preguntó por encima del hombro y reprimió una sonrisa al oír el suspiro predecible de Cal.

—Fox —murmuró—, sabes perfectamente bien que no he comido ni bebido nada en casi mil años.

—Un mínimo de dignidad —le recordó él y dio otro sorbo (estaba bien, en serio) antes de unirse a Cal en el salón—. ¿Has venido entonces de visita?

Cal asintió.

—No es por trabajo, ya sabes a qué me refiero —aclaró.

—Siempre sé a qué te refieres —dijo Fox y, como respuesta, Cal le ofreció una de sus sonrisas y se apartó de la estantería para acomodarse, incómodo, en el sofá biplaza.

Cal Sanna era un hombre relativamente serio, siempre lo había sido, incluso cuando estaba vivo, pero era una compañía agradable y, por serio que pudiera resultar, Fox nunca lo había considerado una persona triste. Cal tenía cinco sonrisas diferentes. Una para cuando estaba contento de verdad, que Fox había visto en unas doce ocasiones distintas; una segunda para cuando estaba enfadado, en la que forzaba a sus labios a tensarse sobre los dientes; una tercera para cuando quería expresar humor en un momento indulgente de diversión; una cuarta (mucho más común) para cuando no deseaba expresar humor, pero no podía evitarlo (se trataba de esta sonrisa en particular); y, por último…

—No has visto últimamente a Mayra, ¿no? —preguntó Cal con tono inocente.

… una quinta que Fox sabía que estaba reservada para Mayra Kaleka.

—No —respondió—. Aunque puedo invocarla si quieres.

Cal desvió la mirada.

—No, no —murmuró con aire ausente—. No quiero molestarla.

Fox esbozó entonces una de sus muchas sonrisas, cada cual más alarmante que la siguiente; Cal, por supuesto, no la vio, pues estaba concentrado en el horizonte rosado de sus pensamientos.

—Calix —lo amonestó Fox. Le dio otro sorbo al café frío—. ¿Hay que jugar siempre a este jueguecito?

—No es un juego —insistió Cal, aunque cerró los dedos de forma reflexiva alrededor de la pequeña caja de madera que tenía en la mano.

Fox levantó la mirada y se fijó en el lugar de donde había tomado la caja, en la estantería. Suspiró y sacudió la cabeza.

—Ya tienes su reliquia —señaló—. No tardaría mucho en llamarla.

—Sí, claro —murmuró Cal. Fox, que estaba perdiendo la paciencia, abandonó la taza de café y se puso de pie. Le quitó a Cal la caja de la mano y sacó el brazalete dorado que había dentro—. No —se apresuró a decir Cal—. No, Fox, espera…

—Mayra —le dijo Fox al brazalete cuando Cal se levantó de un salto y se dispuso a arreglarse los botones del uniforme militar debajo de la capucha—, ¿nos haces una visita, por favor?

Se oyó un chasquido, un obstáculo en el tejido de la realidad, una especie de retardo en el que la imagen y el sonido se separaron momentáneamente y regresaron después, uniéndose con un fuerte restallido de succión. La iluminación de la habitación se volvió cegadora, llegó a raudales, y cuando los puntos negros desaparecieron de la visión de Fox, la luz se había replegado hasta formar la silueta de una mujer blanca y dorada con unas alas con un brillo celestial.

Fox siempre había pensado que era como una tarde otoñal y volvió a pensarlo ahora. Tenía el brillo de finales de septiembre, suave y solemne conforme se alejaba. Era el último aliento del verano, ese pequeño resoplido justo antes del final que da una sensación como de tristeza, de pérdida, en el instante previo a que toda la belleza y la libertad mueran.

—¿Qué quieres ahora, Fox D'Mora? —preguntó Mayra con un suspiro.

Al verla, sonrió.

Mayra Kaleka era un estudio en contradicciones. Llevaba el bonito pelo castaño trenzado y recogido formando una corona alrededor de la cabeza y la piel bronceada le resaltaba el color verde jade de los ojos, innegablemente celestial. Poseía una belleza a raudales, en abundancia, rica. Su voz, sin embargo, y la postura de sus hombros, eran combatientes, estridentes y duras, y la diferenciaban de otros ángeles a los que había conocido Fox.

Eso, por supuesto, además del hecho de que Mayra Kaleka a punto estuvo de no ser un ángel.

En lo que respectaba al cómputo celestial, había numerosas áreas en las que Mayra se quedaba muy corta. Su temperamento, por una parte. Era más bien violento y tenía tendencia a la ira, casi toda dirigida a su profesión, y eso le hacía perder puntos, por supuesto. Una brillante y adorable cortesana, Mayra sabía muy bien que su posición en el imperio mogol, en particular como la hija de una familia india emigrada, residía sobre todo en su talento atrayendo hombres a sus redes. Mayra era astuta e ingeniosa, brillante y serena, y despiadada en lo que respectaba a su competencia. Cuando el arcángel Gabriel se lo hizo saber y su compañero el arcángel Rafael mostró su acuerdo, Mayra les dijo a ambos que se fueran a tomar por culo o, que, si lo deseaban, que se dieran el uno al otro.

El problema era que Mayra había sido también un dechado de actos nobles.

Hay algo en las mujeres y, en particular, en las mujeres cuya supervivencia depende de hombres sin conciencia. Hombres que lo tienen todo y que no son cuidadosos con sus trofeos, y entonces esos trofeos, como Mayra Kaleka, aprenden a cuidarse solos y, a veces, si tienen mucha suerte o son muy desgraciados, aprenden a cuidar de otros. Cuando el imperio mogol comenzó a caer frente el imperio maratha y Delhi ya no era segura, Mayra condujo a muchas mujeres y niños a la seguridad y los alejó del peligro a costa de su propio bienestar.

Al final la convocaron, como hacían con todas las almas, a lo que le pareció la habitación de un hombre. (Tal vez a otros les parecería el vestíbulo de una estación de tren o el altar de una iglesia o la sala de espera de un dentista).

—Eres egoísta —señaló Rafael tras su muerte y Mayra puso una mueca.

—No vayas a darme una lección de moral —respondió ella—. ¿Dónde estabas cuando nos moríamos? ¿Mientras sufríamos, dónde estabas tú?

—Observando —contestó y Gabriel asintió—. Ha de haber equilibrio en este mundo. ¿Cómo, si no, reconoceríamos el mal al verlo?

—¿A quién le importa que lo reconozcáis? —preguntó ella—. Si el cielo significa mirar para otra parte, entonces no lo quiero. No sois mis dioses —añadió con tono firme—. No tenéis ningún derecho sobre mí.

Rafael y Gabriel intercambiaron una mirada irritante.

—Cierto —admitió Rafael—. Te ofrecemos otra cosa completamente diferente.

—¿Has valorado la posibilidad de un trabajo después de la muerte? —sugirió Gabriel.

Ahora que podía, Mayra puso cara amarga.

—Asqueroso —murmuró—. Incluso muerta los hombres quieren que se la menee.

—No es eso —replicó rápidamente Rafael—. No, me refiero a un trabajo… como ángel.

Mayra se quedó mirándolo.

—¿Te parezco un ángel? En serio, ¿te lo parezco?

—Un poco —admitió Gabriel—. Pero esa no es la cuestión. Y es cierto que hay otras cosas que puedes hacer…

—Tejer para las parcas —comenzó a enumerar Rafael, marcando la lista con los dedos—. Servir a los dioses olímpicos. Luchar para Lucifer...

—Pero ¿por qué iba a hacer nada de eso? —preguntó Mayra—. Estoy cansada. La vida me ha agotado. Quiero descansar.

Los dos arcángeles suspiraron.

—Por desgracia, no has llegado ahí, me temo —dijo Rafael, señalando una gráfica que se materializó detrás de él.

—¿Qué es eso? —Mayra lo miró con el ceño fruncido. Parecía un pergamino, marcado con símbolos que no entendía, pero suponía que se trataba de un método de contabilidad.

—Tu registro —explicó Gabriel—. Como ves, eres apta para existir después de tu muerte sin recibir un castigo cósmico, lo que, por supuesto, no está garantizado y, desde luego, no es algo insignificante —comentó con tono generoso—. Tienes la opción de esperar simplemente tu momento en lugar de ver tu registro alterado a la fuerza. Existe una variedad de lugares para este propósito, aunque admito que no merece la pena visitar ninguno de ellos. Así pues, como te he dicho, puedes permanecer suspendida en una de las diferentes formas del purgatorio o... —Aquí hizo una pausa ceremoniosa—. Puedes hacer uso de tiempo extra, Mayra Kaleka.

Ella lo fulminó con la mirada.

—¿Qué tengo que hacer para cambiar mi final? —preguntó con tono brusco.

—Nada demasiado arduo —le aseguró Rafael—. Hacer un seguimiento de otros registros. Entregar mensajes. Ofrecer consejo, por supuesto —añadió—. Cuando sea necesario.

—Yo nunca he recibido consejo —replicó ella—. Y vaya si lo he pedido.

—Los tiempos cambian, Mayra Kaleka —indicó Gabriel—. También podemos concederte milagros. Limitados, claro —añadió y miró a Rafael en busca de su aprobación antes de continuar—. Tal vez... ¿cinco milagros al año? Pero has de tener discreción.

Mayra lo consideró.

—Esto es poder, entonces —comentó con calma—. ¿Me estáis ofreciendo poder?

—Te estamos ofreciendo una forma de cambiar tu destino —corrigió Rafael—. Tu registro cambiará más despacio que cuando estabas con vida, pero cambiará si te lo trabajas.

—¿Y para quién trabajaría? ¿Para vosotros?

—Para él —la corrigieron los dos al unísono, señalando arriba, y Mayra frunció el ceño.

—Él no es mi dios —dijo y ellos se encogieron de hombros.

—Tus dioses te enviarían de vuelta —le recordó Gabriel—. A la Tierra.

Mayra se estremeció.

—¿Y bien? —habló Rafael—. ¿Aceptas?

Mayra lo pensó de nuevo antes de decir que esto, al menos, era una oportunidad. Y había tenido muy pocas.

—De acuerdo.

Y así fue como Mayra Kaleka se convirtió en un ángel.

—Un placer siempre, Mayra —dijo Fox y ella resopló, en desacuerdo, y vio a Cal en la habitación.

—Oh. —Su expresión cambió—. Cal, no...

—Hola, Mayra —la saludó él y tragó saliva—. Espero que no estuvieras haciendo nada importante.

Ella abrió la boca, pero entonces la cerró.

—Bueno, no es molestia. Me he quedado sin milagros —admitió y fue a sentarse en el que bien sabía que era el sillón de Fox, dejando que este se pasara al sofá biplaza con una mueca—. Me temo que no soy muy útil por el momento, a excepción de con los registros.

—¿Qué hiciste con el último milagro? —preguntó Fox con tono neutro. Alcanzó una copia de *Chicago Tribune* y la abrió—. Algo interesante, espero.

—Por desgracia, no —gruñó Mayra—. Hice aparecer un poco de dinero extra para un comedor comunitario en Detroit.

—Eso es importante —comentó Cal y se inclinó hacia ella—. ¿Por qué no es interesante?

—Cerró igualmente —señaló Mayra con tono tenso y los labios apretados—. A veces me pregunto si no sería más amable provocar una inundación en todo el país. O una plaga bubónica. —Se abandonó a una especie de ensoñación—. Si lo hubiera hecho a mi manera, me habría enfadado con los prestamistas y habría seguido adelante y empezado de cero.

—¿Quiénes son los prestamistas en esta analogía? —preguntó Cal.

—¿Por dónde empiezo? Multimillonarios, políticos eternos, aseguradoras de salud, iglesias, Asociación Nacional del Rifle…

—Oh, ese humor celestial que tienes —señaló Fox. Se lamió el dedo para pasar la página del periódico—. Qué delicia, palomita mía.

—Tiene razón —dijo Cal, claro.

—Gracias, Calix, pero Fox ya lo sabe. Simplemente está siendo insoportable por placer. ¿Cómo te va, por cierto? —preguntó, como si de pronto le importara el bienestar de Cal o como si estuviera haciendo un comentario sobre el tiempo. Fox escuchó, divertido, cuando Mayra se volvió hacia Cal—. Llevo tiempo sin verte, Sanna.

—Ya conoces al jefe. Nos tiene inmersos en una campaña —comentó Cal—. Desde hace una década más o menos.

—No entenderé nunca cómo puedes seguir las líneas tan fácilmente —comentó Mayra y apoyó las sandalias en la mesita de Fox—. ¿Eres un luchador de corazón, soldado?

—Sí —respondió Cal—. Sí, algo así.

En realidad, Calix Sanna era de un pueblo muy pequeño; de una isla, concretamente. Él no sabía que el mundo era tan grande, no se lo imaginaba tan ilimitado, tan vasto, y aunque te habría dicho sin ápice de duda que el mar tal y como él lo conoció durante el curso de su insignificante vida no tenía principio ni fin, no habría sido capaz de expresar con palabras la inmensidad real del mundo ni habría siquiera considerado la magnitud de poder contemplar su belleza.

El mundo de Cal era solo una cuestión de cómo podían transportarlo sus pies hasta el día en que se convirtió en soldado.

Cal Sanna no era egoísta ni tampoco abnegado; ni ético ni indecente. Nunca se había acostado con una prostituta ni había matado a un hombre por un desacuerdo baladí, pero tampoco había dado de comer a los pobres ni había salvado a niños. Su mundo era pequeño y su hermano lo más grande que había en él, por lo que cuando Stavros Sanna decidió robar borracho sus pérdidas en el juego al propietario musculoso de una taberna con demasiados cuchillos, a Cal solo se le ocurrió acudir en defensa de su hermano.

El cuchillo en su carótida fue una especie de despertar abrupto.

—Calix Sanna —suspiró con desagrado el arcángel Rafael cuando Cal abrió los ojos ante la imagen de unas colinas rocosas con los pies plantados en la inclinación de una montaña—. Qué suceso más desafortunado.

Cal, que nunca había tenido grandes aptitudes para la conversación, se quedó mirándolo.

—No eres un perro de tres cabezas —dijo al fin.

—Cierto —afirmó el arcángel Gabriel—. Cerbero está en otro lugar.

—Y también Hades —añadió Rafael—. Te ofrecemos otra cosa completamente diferente.

—Algo distinto al río Estigia —aclaró Gabriel—. Lo cual, te aseguro, no es un buen uso del tiempo.

—Sois ángeles —comentó Cal. Ya había visto antes pinturas de ellos—. ¿Voy a ser un ángel entonces?

—Me temo que no —contestó Rafael—. Estás en el extremo más bajo de importancia.

—Bastante bajo —añadió Gabriel con tono lamentable—. Pero sospechamos que eres de utilidad.

—Ah, entonces vais a ponerme a trabajar.

No le importaba trabajar. No le importaban muchas cosas, en realidad; ni tampoco le preocupaban muchas cosas. No obstante, sentía cierto grado de curiosidad.

—¿Puedo ver antes el mundo? —preguntó a los arcángeles y se quedó un momento en silencio—. Pensaba... que tal vez una vez muerto al fin podría verlo. Solo una vez —añadió, preguntándose si estaría pidiendo demasiado—. Si no es demasiado problema.

—¿Qué? ¿Ahora? —preguntó Rafael, sorprendido. Al ver que Gabriel se encogía de hombros, suspiró—. Si insistes, supongo que sí.

Movió una mano y, a pesar de la colina y su aparente ascenso a ninguna parte, una ventana se materializó en el aire, de la nada. Gabriel apartó una cortina diáfana (que no estaba ahí un momento antes, aunque Cal no seguía la pista de esta ni de otras singularidades) y Cal, impactado, se acercó un paso para echar un vistazo.

—¿Dónde está mi pueblo? —quiso saber—. ¿Detrás de ese orbe azul?

—No, no —respondió Rafael con cierto tono de impaciencia—. El orbe azul es el mundo. Tu mundo, en cualquier caso —aclaró con cautela—. Hay muchos otros, por supuesto.

Cal sintió que de pronto se encogía.

Se sintió muy asustado y muy pequeño.

—Si eso es el mundo... —comenzó, vacilante, pero se quedó callado.

Gabriel asintió despacio, en solidaridad.

—Apenas has visto nada, Cal Sanna —le informó—. Pero no tiene que seguir siendo así.

Cal presionó los dedos en el cristal, todavía mirando.

—¿Dónde está Chora? —preguntó por encima del hombro, y Rafael señaló otra ventana que no estaba antes allí y atrajo a Cal a un segundo saliente.

—Ahí. —Señaló en el cristal y Cal vio las casas de pescadores que tan familiares le resultaban, los muros descascarillados por el viento y el mar; el pueblo con su piedra moteada que posteriormente se convertiría en blancos y azules brillantes—. Pero allí —añadió Rafael y señaló la primera ventana mientras Gabriel hacía girar el mundo alrededor de sus dedos para señalar la isla de Mykonos— puedes ver lo pequeña que es en realidad.

Cal entendió entonces que no había visto nada y que conocía menos que nada, y que esto no podía ser el final.

—¿Qué puedo hacer? —Se volvió despacio hacia Rafael—. Tengo que verlo.

—¿El qué? —preguntó el arcángel.

—Todo —respondió Cal y, en un gesto seráfico de bondad que más tarde descubriría Cal que era muy poco habitual, Gabriel posó una mano en su hombro.

—Ven —le indicó con amabilidad—. Vamos a buscarte un uniforme.

—Bien —dijo Mayra. Carraspeó después de que hubiera hablado Cal y adoptó una fachada de normalidad—. En cualquier caso, es un placer inesperado, aunque inconveniente. Te he echado de menos —añadió y las palabras sonaron alegres y multifacéticas, como si yaciera algo más oscuro detrás.

—¿Sí? —preguntó en voz baja Cal.

Fox, que sabía cuándo un momento era privado, cerró la copia del *Tribune* y se puso de pronto en pie.

—Bueno —comenzó mientras se ponía el periódico bajo el brazo y se preguntaba una vez más qué había hecho con la taza de café—, supongo que yo…

Y entonces se detuvo al captar un sonido. Una llamada en la puerta.

Un primer golpe, vacilante, seguido por dos toques suaves y luego un momento de silencio. Su habitual reflejo urbano (*¿quién puede ser?*) se apoderó de él. Fox permaneció inmóvil donde estaba, la cabeza ladeada, divertido.

—¿Esperas a alguien? —preguntó Mayra.

Fox frunció el ceño.

—No.

Vivir en una ciudad es un estudio en llamadas a la puerta.

Pero ni siquiera Fox podría haber sabido cómo cambiaría esta las cosas.

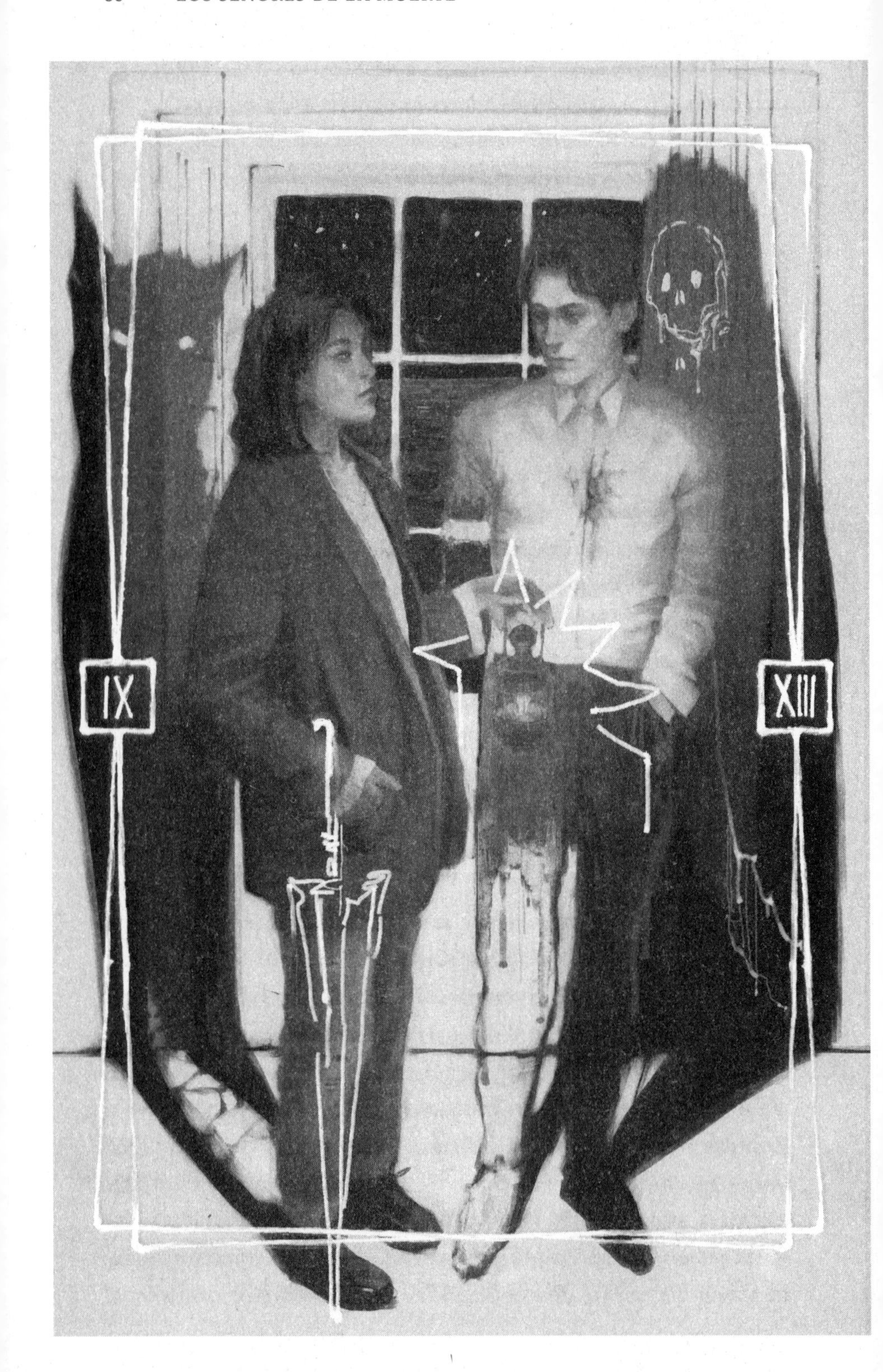
IX
XIII

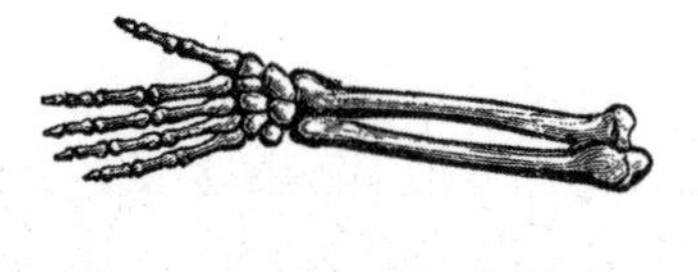

# V

# LOS BELLOS Y LOS CONDENADOS

Thomas Edward Parker nació pobre. Un hombre agrícola. Su familia y amigos lo llamaban Tom y era un hombre de clase obrera, uno con quien podías tomarte una pinta al final de un largo día de trabajo en la granja familiar tras haber servido con dignidad a vuestro apellido y vuestro país. Pero cuando el grano se malogró un año y Tom Parker decidió abrir una tienda de telas con el excedente que había reservado de años anteriores, se convirtió en una especie de patrón en la zona; y entonces abrió otra tienda, y luego otra, hasta que dejó de ser un hombre de clase obrera y se convirtió en un empresario. No obstante, conservó la camaradería con el vecindario y, en poco tiempo, se volvió un hombre muy rico.

Thomas Edward Parker Jr., el único hijo de Tom, era un joven vivaz al que llamaban Ned (para que no lo confundieran con su padre) y llevó la cadena Parker de proveedores textiles al futuro mediante el desarrollo de bienes raíces urbanos de Chicago, atrayendo a otros negocios similares y transformando la ciudad en una especie de éxito comercial. Era un tanto mujeriego y, en casi todo, un hombre hecho y derecho (un hombre de ciudad, digamos, y ciertamente no un hombre común, al contrario que su padre), por lo que fue toda una sorpresa para todos cuando Ned tomó a una esposa adorable y sensata. Fue Ned quien construyó la mansión Parker en Gold Coast, quien engatusó a la ciudad hasta que esta, también, floreció; y, donde Tom Parker fue un hombre rico, Ned

Parker se convirtió en un hombre forrado. Cuando murió de forma misteriosa y pasó su riqueza e imperio empresarial a su hijo mayor, la familia Parker ya se encontraba entre la élite de Chicago.

Thomas Edward Parker III, el hijo mayor de Ned Parker, era un hombre muy serio a quien llamaban Ed, que tomó los contactos y la riqueza de su padre y los desarrolló a lo largo de Lake Shore Drive, invirtiendo en algunas de las viviendas más deseables de la ciudad. Mientras que Tom Parker fue un faro para la gente y Ned Parker un emblema de los *nouveau riche*, Ed Parker contaba con el linaje para establecerse entre los denominados Old Money de Chicago, atendiendo al lujo y haciéndose un nombre gracias a su gusto impecable. Cuando se topó con una muerte no natural, muchos pensaron que había sido resultado de la envidia, o tal vez a pesar de ella, pues Ed Parker no fue un hombre particularmente bueno, ni tampoco muy querido. Se declaró finalmente que había sido un trágico accidente y todo el mundo pasó página rápido.

Thomas Edward Parker IV, bastante distante ya en la línea genealógica como para poder hacerse llamar Tom de nuevo, era un asunto completamente diferente. La suya se trataba de la era de las redes sociales, de la influencia, del *lifestyle* y el inevitable hastío, y, como resultado, Tom Parker era más un producto que un creador, mucho más. La suya era una vida de celebridad moderada, cada uno de sus movimientos por la ciudad era grabado, un rompecorazones con sabor a *Forbes* esperando a ser conquistado. Para entonces, el imperio Parker estaba en unas manos satisfactorias. Poseía una junta de directores de la cual el tío de Tom, Benjamin James Parker, asumió la regencia como presidente hasta la esperada graduación de Tom en la Escuela de Negocios Booth de Chicago. (O al menos tenía la intención el tío Benji de servir hasta entonces, pero Benjamin Parker perdió también la vida, como resultado de una operación de corazón fallida, o eso fue lo que desvelaron a la gente).

El único trabajo de Tom era no meterse en líos, asegurarse de que la máquina Parker funcionara bien, y aplacar a su junta directiva y a los donantes con buenas opiniones hasta que llegara al fin su momento para gobernar.

Holgaba decir que el joven Tom Parker era un muchacho muy carismático, aunque un prototipo que estaba pasando un poco de moda, y fue una gran pérdida para todos cuando lo encontraron apuñalado en la extravagante mansión de su familia.

«La maldición Parker ataca de nuevo», declaró el *Tribune* en la portada y luego se difundió por Twitter.

#MaldiciónParker fue *trending topic* en una hora y conmocionó a la élite de Chicago.

«¿Han entrado en su casa? —susurraban aferrándose a collares de perlas—. ¡Nuestra riqueza, nuestro prestigio! ¿No hay nada sagrado?».

«Si hubiera tenido un arma», decían (la tenía), o «¡Si hubiera tenido un guarda de seguridad!, podría haberse salvado» (también lo tenía).

«Podría, podría, podría».

Pero el dinero puede comprarlo casi todo, la paz incluida (por falsa que pueda ser), y cuando el resto de Gold Coast se gastó una parte de sus fortunas familiares en mejorar sus sistemas de alarma y militarizarse para la llegada de los implacables ladrones, fueron olvidando poco a poco lo que había sucedido en la mansión Parker.

Tardaron más o menos un mes en sacar al mercado la casa. Era una maravilla arquitectónica, construida a partir del sueño americano y llena de adornos europeos. Si Tom Parker IV hubiera estado vivo cuando se puso en el mercado (o hubiera ofrecido una casa sin las paredes manchadas de sangre), se habría vendido en un instante, o tal vez en menos.

Pero nadie quería la casa y las semanas se convirtieron en meses.

Sobre todo, porque estaba encantada.

Cuando Tom Parker abrió por primera vez los ojos y vio que era incorpóreo, fue para él más que un inconveniente menor.

—Mierda —exclamó, mirándose el cuerpo—. Hay mucha sangre.

Nadie respondió.

Entendió muy rápido que estaba muerto. No era idiota (sí, era un privilegiado, pero había hecho un par de cosas para merecer su plaza en la Universidad de Chicago, aparte de la cuantiosísima donación Parker que probablemente no había hecho nada para socavar su mérito) y no tardó mucho en darse cuenta de que no podía tocar nada, ni hacer mucho para llamar la atención de la gente. Tenía cierto control sobre su alrededor (a menudo jugaba con las luces en los diferentes salones, aunque solo fuera para entretenerse cuando llegaba gente para toquetear las pertenencias de su familia), pero, en general, era poco más que un mueble.

Tampoco era muy reconfortante que estuviera atrapado en la casa de su familia.

Esto estaba lo primero en la lista de cosas que no podía explicar. A excepción de unos pocos recuerdos vagos que experimentaba, sabía perfectamente bien que ya no vivía allí. La mansión había sido sobre todo un museo en los últimos años, una parte estaba abierta a visitas guiadas desde la muerte de su padre, y Tom vivía en un ático en Streeterville, ingeniosamente sobrio, con un estilo definido mayormente por líneas y espacios limpios, y los esfuerzos de un diseñador de gran prestigio. Tom nunca mostró mucho interés por la mansión Parker y no le gustaba ni lo más mínimo encontrarse ahí atrapado por lo que podría ser toda una eternidad.

Cuando pusieron la casa a la venta, sin embargo, a Tom le gustó todavía menos y se esforzó por hacérselo saber a la gente provocando fallos de electricidad y ruidos que culpaban normalmente al cableado anticuado y deficiente. (*Como si mi familia hubiera recurrido alguna vez a algo menos que lo mejor*, pensó, resoplando).

Todo cambió cuando llegó Viola Marek con la intención de vender la casa de Tom Parker.

—EH —le gritó con la seguridad de que una vez más pasaría desapercibido, pero con la sensación de que el aburrimiento y el letargo serían menos sombríos—. TU MADRE ES UNA PUTA Y TU PADRE ES UN…

—Vaya, qué grosero —dijo la chica que luego sabría que se llamaba Vi y, como un niño pequeño que emerge de una rabieta, Tom dejó de moverse para mirarla con la boca abierta.

—Tú… —Hizo una pausa y miró a su alrededor—. ¿Puedes verme?

—Sí —confirmó ella con la impaciencia que habría esperado de una chica más guapa; no es que ella fuera fea, *per se*, pero…—. ¿Cómo has entrado aquí? —le preguntó.

Tom la miró un poco más antes de bajar la cabeza, preguntándose si la masa sanguinolenta que tenía en el pecho resultaba menos visible bajo la suave luz del pasillo que llevaba hasta la segunda mejor salita de su madre.

—¿Vienes con el contratista? —insistió Vi con el ceño fruncido—. Porque me parece que habíamos dicho el próximo mar…

Se quedó callada, mirándolo. Entonces gruñó y alzó las manos como si él fuera la molestia en cuestión y no la víctima obvia.

—Oh, no —murmuró, frotándose la sien—. ¿No estás aquí de verdad?

—¿Qué? —preguntó Tom, que había logrado encontrar la voz tras el impacto de que esta fuera su primera conversación en más de un mes—. Por supuesto que estoy aquí.

—Pero ¿estás…? —Vi suspiró—. ¿Estás vivo?

—No. —Tom entrecerró los ojos, desconfiado—. ¿Y tú?

—Sí, por supuesto —contestó ella e intentó atravesar la pared del pasillo con la mano, pero, por supuesto, fracasó de inmediato y con torpeza—. Mira. —Dio otro golpe en la madera—. ¿Ves?

Él miró. Y lo vio.

Se sintió un poco decepcionado.

—No pareces muy sorprendida —comentó—. Estoy decepcionado.

—He visto cosas más raras —admitió, aunque en un intento de mostrar más educación, añadió—: Pero eres mi primer fantasma.

—¿Qué te parece? —preguntó Tom y se colocó a su lado—. Bien, ¿no?

Vi se quedó mirándolo.

—Un poco translúcido tal vez.

—Preferiría cambiarme de camisa —comentó, señalándose el pecho apuñalado—, pero ya ves. Da igual. —Tuvo la extraña sensación de que estaba esforzándose por ganarse su aprobación, algo que no solía hacer. Ahora entendía por qué. Era agotador.

—Imagino que tienes tareas pendientes —señaló ella y retomó el camino hacia lo que parecía ser la cocina, una habitación que Tom no usaba y que ciertamente no había tocado desde el comienzo de la economía compartida (para ser justos, era un acto filantrópico apoyar a los restaurantes locales y una pérdida de recursos, los de él en específico, cocinar)—. ¿Tú eres Tom Parker? —preguntó y encendió las luces.

—Sí —confirmó él, encantado, aunque le habría sorprendido que no lo conociera—. ¿Y tú eres...?

—Viola Marek. Puedes llamarme Vi.

Estaba equivocado en lo de que no era guapa. O acertado, supuso, pues sabía que lo era, pero no era el tipo de chica que solía ver o con quien solía hablar, lo que sonaba... insufrible, algo que Tom no era. No del todo. La mayor parte del tiempo.

A veces.

—¿Qué estás haciendo? —le preguntó y señaló una hogaza de pan rústico italiano que estaba cortando en rebanadas gruesas y crujientes—. ¿Quién te ha dejado pasar?

—Yo. —Señaló las llaves en la mesa—. Estoy vendiendo la casa.

Ya lo había adivinado para entonces.

—¿Quién se lleva el dinero? —preguntó Tom. Nunca se había molestado en discutir ese tipo de cosas mientras estaba con vida, pero últimamente había descubierto que la mayoría de sus conmovedoras teorías sobre las normas sociales parecían mucho menos valiosas cuando no había nadie que las aplaudiera.

—No sé quién. —Vi se encogió de hombros—. La vendo en nombre de tu fideicomiso, creo. Son los que han contratado a mi agencia. Pero yo solo soy una agente inmobiliaria, así que... —añadió con tono empático mientras apartaba las migas antes de disponer las rebanadas de pan en la segunda peor bandeja de su abuela (no, por Dios, ni siquiera eso; era de Ikea, se había dejado la etiqueta en la parte de abajo).

De pronto pensó de nuevo que era posible que se quedara atrapado ahí, en esa casa, para toda la eternidad. Era una sensación parecida a desmoronarse o a que te apuñalaran de forma misteriosa en el esternón. Y entonces sí que le importó mucho que la mujer sorprendentemente interesante que cortaba un pan con aspecto delicioso estuviera jodiendo todo lo que perteneció a la familia de Tom y, por lo tanto, jodiendo al propio Tom. Aunque no necesariamente podía seguir este hilo de pensamiento ni explicar cómo o cuándo se le había ocurrido, sabía con seguridad que Vi debería de estar tan atrapada en la situación como lo estaba él.

—Espera —insistió Tom. Dio un pisotón que desencadenó una corriente de estática que resonó en los oídos—. No puedes vender la casa.

Vi parecía consumadamente indiferente. (Tom reparó en que esta expresión le pegaba mucho más que las anteriores, parecía un reflejo natural. Incluso sus ojos sardónicos eran grandes y cálidos y adorables, y experimentó una punzada de algo directamente en el pecho ensangrentado).

(Odio).

—En realidad sí puedo —le informó ella, y de pronto la imaginó haciendo cosas como tejiendo sombreros y sermoneándolo porque nunca apartaba la mirada del teléfono—. Aunque lleva en el mercado demasiado tiempo, así que...

—No, no puedes —repitió Tom—. Me niego a compartirla.

—Entonces vete —lo invitó, señalando la puerta, y él frunció el ceño.

—Pensaba que ibas a gustarme, pero creo que no es así.

—¿Por qué? —preguntó Vi—. ¿Porque estoy vendiendo tu casa?

—PORQUE ESTÁS VENDIENDO MI CASA —confirmó Tom, para nada en voz baja—. ¿Esto es una broma o qué? Es obvio que no puedes venderla mientras sigo dentro de ella...

—¿Cómo moriste? —lo interrumpió. Posó las palmas de las manos en la encimera para impulsarse y las piernas quedaron colgando cuando se encaramó encima de ella—. Con un cuchillo, claro —añadió. Tomó un poco de pan y le señaló la sangre en la camisa—. Pero los detalles...

—Bájate —le ordenó él y pasó una mano por donde estaba sentada. Vi hizo caso omiso y se encogió de hombros, y eso tuvo un efecto que lo encolerizó, pues se vio forzado a mostrarse defensivo con cada centímetro cuadrado de una casa que nunca le había gustado. (Francamente, le parecía del todo ordinario, como guiñarle un ojo a una guillotina)—. Vamos, es mármol de Carrara...

—Sí, pero no es tu mármol de Carrara —le recordó Vi y dio dos golpecitos en la encimera para enfatizar sus palabras—. Así que ya sabes, no puedes decirme qué hacer.

—Sí puedo —repuso con brusquedad, y casi pensaba que podía. Cuando estaba vivo, se abrió camino por el mundo sin demasiados problemas y no entendía por qué tenía eso nada que ver con la posesión de huesos—. Muestra algo de respeto por mi casa, ¿no?

—La respeto —le informó ella—. Estoy intentando venderla. Literalmente, tiene un valor para mí.

—Entonces puede que sea a mí a quien me gustaría que respetaras —dijo Tom, aunque preferiría no haberlo hecho, porque su acompañante parecía arrollada por la indiferencia—. Es mi casa. La estás tratando como... como... —farfulló, en busca de un maldito comentario apropiado—. Como si no fuera nada. Como si no tuviera alma. Y no es así. —Se sintió un necio, pero también tuvo la sensación de que debía de continuar porque, aunque las palabras no tuvieran sentido, al menos él estaba *in crescendo*—. ¡Estoy yo dentro!

—Esta casa y tú no sois simbióticos —puntualizó—. Como mucho, eres el parásito.

Tom retrocedió, afligido.

—Esa es una postura —consiguió decir sin desinflarse como un pequeño globo.

Ella le sonrió, tal vez con suficiencia.

Eso lo irritó, o lo excitó.

Ninguna de las observaciones era de utilidad.

—Tu muerte —continuó Vi, meciendo de nuevo las piernas—. ¿Qué sucedió?

Tom gruñó.

—No lo sé —murmuró—. No me acuerdo.

—Entonces esa es tu tarea pendiente —comentó y él frunció el ceño.

—¿Quién dice que tengo tareas pendientes? Tú no me conoces.

—Eres un fantasma —le recordó—. No estás persiguiendo a una persona, ¿no? —añadió y señaló la casa vacía—. Aquí no vive nadie.

—No —confirmó Tom—. Pero ¿por qué estoy en mi casa? Me parece muy restrictivo.

—Lo es —afirmó Vi sin atisbo de nada que pudiera asemejarse a la compasión—. Pero yo no redacto las normas.

Tom estaba muy seguro de que la odiaba.

Pero entonces recordó que era la única persona con la que había hablado en semanas y que, tal vez, sería la única persona con la que hablaría y, con el impacto de una epifanía divina, lo golpeó la idea de que puede que no se tratara de una coincidencia.

—Creo que estás equivocada —comprendió él y la fulminó con la mirada—. Creo que mi tarea pendiente es evitar que vendas mi casa.

Vi se quedó pensativa.

—No. —Sacudió la cabeza—. No lo creo. Puede que aquí pasara algo —sugirió—. Aparte del asesinato, claro. ¿Se llevaron algo?

—¿Cómo voy a saberlo? No puedo usar internet precisamente.

—¿De verdad no te acuerdas de nada? —insistió Viola, y por primera vez parecía sentir algo más que imparcialidad—. ¿Por qué estás aquí?

—No lo sé. —Tom puso cara de pez y suspiró ante su franqueza inintencionada. No eran las palabras, estas comportaban un hecho y eran verídicas, sino más bien el tono de la idea que lo había estado atormentando (juego de palabras aparte)—. Sinceramente, recuerdo muy poco de ese día.

—¿Y qué recuerdas?

Tom se quedó callado, pensativo.

*—Tom —susurró la voz de Lainey en el teléfono—. Por favor.*

*—Gracias por la propuesta, Elaine —respondió—, pero va a ser que no. —Miró a la mujer que tenía al lado, que, milagrosamente, no se había despertado—. Estoy ocupado.*

*—Solo es un favorcillo —insistió ella—. Uno muy pequeño.*

*—Eso dijiste antes, pero…*

—Espera —lo interrumpió Vi—. ¿Quién es Lainey?

—Mi novia —contestó y Vi frunció el ceño.

—¿No has dicho que estabas con una chica?

—Bueno, mi exnovia —aclaró al reparar, tarde, en que el cuadro que estaba pintándole a Vi era un poco plano. ¿Merecía la pena defenderse? Probablemente no. Si se basaba en los sentimientos que estaba experimentando, sabía que era muy poco probable que Vi se solidarizara con su situación de todos modos. Por lo tanto, sus sentimientos por Lainey no eran un asunto de importancia y, además, Tom Parker no necesitaba la solidaridad de nadie. Él no suplicaba—. Aunque probablemente acabara casándome con ella.

—Ah, ¿y eso? —preguntó Vi precisamente con el tono escéptico que preveía Tom. No iba a obtener el beneficio de la duda por su parte, eso estaba claro.

—Por el bien de la empresa —le informó sin energía—. Es una Wood.

—¿Una qué?

—Una Wood —repitió él con énfasis, consciente de que estaba cavando su propio agujero, pero ¿qué le importaba lo que ella pensara de él? No tenía que gustarle, y, además, era divertido—. ¿No te suena?

—¿Es como Parker? —preguntó y Tom se encogió de hombros.

—Un apellido más antiguo, pero con algo menos de dinero. Has oído hablar de los Chicago Cubs, ¿no?

—Sí —confirmó ella—. Claro.

Tom volvió a encogerse de hombros.

—Entonces has oído hablar de Lainey.

*—La última vez que me pediste un favor pequeño, casi me arrestan —respondió Tom mientras la chica a su lado se estiraba; Sarah, o Lauren, o puede que Megan, un nombre que había sido muy común en la década del 2000, pero que no se había visto mucho desde entonces. La cuestión era que no estaban muy familiarizados el uno con el otro—. En serio, si fuera más joven, el tío Benji me habría pegado.*

*—Aún no eres muy mayor para un azote, Tom —dijo Lainey.*

*Miró a la mujer que tenía al lado.*

*—Calma, nena —murmuró al teléfono y Lainey se rio.*

*—Venga, Tom. Solo esto.*

*Él resopló.*

*—No.*

*—¿Ni siquiera si me pongo…?*

*—No*

*—Pero llevaré el…*

*—¡No!*

*—Te la chuparé tan fuerte que te haré gritar —susurró y, para su desgracia, Tom se estremeció.*

*—No te necesito —le dijo él, mirándose las uñas—. Lo he superado, Elaine.*

*Prácticamente podía saborear el desagrado de la chica por el teléfono.*

*—Deja de llamarme así.*

*—Entonces deja de llamarme…*

*—Nunca.*

*—Elaine…*

—No lo entiendo —señaló Vi y Tom gruñó por la constancia de sus interrupciones—. ¿Cuál es exactamente tu relación con Lainey? ¿O es Elaine?

—Prefería Lainey. Y yo, por mi parte, prefería ponerla nerviosa.

—¿Y qué te hace pensar que lo hacías? —preguntó Vi y Tom frunció el ceño.

—Claro que lo hacía —espetó él y entonces sacudió la cabeza, reacio a modificar lo que hasta ahora había sido un asunto muy claro entre él y una mujer que no era Vi—. Aunque eso no tiene importancia.

—Sí que la tiene —señaló Vi con tono ofensivo—. Parece que no tenías ningún control en la relación, ¿no?

—¿Qué? —preguntó Tom, espantado—. Claro que sí.

—Estabas en la cama con otra mujer —le recordó ella—, hablando por teléfono con tu ex.

—Sí, diciéndole que me dejara en paz —replicó—. ¿Cómo no va a ser eso tener el control?

—Ella te llamó. Tú respondiste.

—Sí, pero…

—Tú respondiste —repitió y Tom la fulminó con la mirada. Vi sonrió.

—¿Cuál fue el favorcito que te pidió antes? ¿Ese por el que te pegaron? —aclaró y él puso los ojos en blanco.

—Fui a recogerla a un sitio. Eran las tres de la mañana.

Le pareció adecuado detenerse ahí, pero Vi, por supuesto, no estaba de acuerdo.

—¿Y? —preguntó, expectante—. ¿De dónde la recogiste?

Tom carraspeó.

—De su casa.

Vi frunció el ceño.

—¿Y por qué estuvieron a punto de arrestarte?

—Pues… —Tom suspiró—. Porque Lainey acababa de robar allí.

*—Tom —dijo Lainey—. Es lo último que te pido y te dejaré en paz.*

*—No te creo.*

*—No es gran cosa…*

*—Siempre dices eso.*

*—Eres demasiado precavido, Tom —lamentó—. Uno de estos días se me va a pegar.*

*—Sinceramente, ojalá.*

*—Tom.*

*—Elaine.*

*—No tiene gracia —lloriqueó—. Ven.*

*—¿Por qué?*

*—Porque decir cosas como «se me va a pegar» sin un componente físico es aburrido.*

*—Creía que habías dicho que habíamos acabado, Lainey.*

*—Nosotros no hemos acabado nunca, Tom.*

*—Sí, hemos…*

*—Te dejaré hacer eso que te gusta —lo interrumpió—. Ya sabes, eso que quieres siempre.*

*Tom tragó saliva.*

*—Te he dicho…*

*—Te conozco, Tom. He oído cómo te ha cambiado la voz. Me deseas, ¿verdad? Quieres esposarme a tu cama —dijo con una carcajada—. Esa es la única forma en la que puedes retenerme, ¿eh?*

*Tom suspiró.*

*—Elaine.*

*—Tom.*

*—No tiene gracia.*

*—No, no la tiene —coincidió ella—. Tendría más gracia si pudiera ver.*

*—¿Ver qué?*

*—Ver cómo te resistes —murmuró—. Tienes algo que te delata.*

*—¿El qué?*

*—Tu polla. —Soltó una carcajada.*

*Tom se miró el regazo, sobrepasado por el repentino deseo de morir muy despacio en sus brazos.*

*—Ven —susurró Lainey.*

*Tom tragó saliva.*

*—Diez minutos.*

—Dios mío —exclamó Vi con una carcajada que sonó más a rebuzno que a risa—. ¡Te tiene en el bote!

—No —insistió Tom y Vi negó con la cabeza.

—Ingenuo —dijo, riéndose.

*Su último recuerdo sólido era el vestido azul de Lainey.*

*Puesto, primero, y luego en el suelo.*

*Recordaba el sexo. El sexo con Lainey era siempre memorable, no porque ella fuera flexible (aunque lo era) o porque fuera atrevida (que también lo era), sino porque había en ella algo intuitivo, en ellos juntos.*

*Era en realidad poético, de un modo sucio, de un modo que les robaba la independencia por la que tanto luchaban y los reducía a mitades. Había un anhelo mutuo cuando estaban juntos que no podía verse satisfecho más que por sus susurros en el oído de Tom, o los gemidos de él en la boca de Lainey.*

*No era un vestido de noche. No era de seda.*

*Era un vestido veraniego. Recordaba el tacto del algodón bajo los dedos.*

*Era verano.*

*Hacía calor.*

*Tom estaba sudando, pero ella tenía el aire acondicionado apagado; odiaba el sonido que hacía. Odiaba la mayoría de los sonidos, la mayoría de las cosas; lo odiaba también a él la mayor parte del tiempo, excepto cuando hundía las uñas en sus caderas y luego lo amaba, y se lo decía, le decía cuánto.*

*—Eres malo para mí —le susurró con el pelo pegado a la nuca y a los hombros—. ¿Verdad?*

*—Soy bueno para ti —respondió él—. Te hago tanto bien, Lainey, tanto…*

*—Para —lo interrumpió con los dedos en sus labios—. Hablo en serio.*

*Tom se detuvo.*

*—Eres malo para mí —repitió ella, mirándolo.*

*La miró a los ojos y contuvo la respiración.*

*Contó los segundos, los latidos.*

*Un segundo, dos segundos, tres segundos, cuatro…*

*—Necesito esto, Tom. —Deslizó el pulgar por su barbilla—. Necesito que hagas esto por mí, por favor, cariño.*

*Quería preguntar por qué, pero sabía que no iba a contárselo.*

*—Sigo dentro de ti —señaló él, que era lo mismo que decir «sí, sí, sí».*

*Lainey sonrió.*

*—Sacude mi mundo, Tom —lo invitó. Se echó hacia atrás, estirada, descaradamente exuberante bajo él—. Y cuando acabes, hablamos.*

—Así que te acostaste con ella —señaló Vi—. ¿Y luego qué?

—Eso es todo —respondió Tom, encogiéndose de hombros—. Lo único que sé es que me desperté aquí. Ahí, en realidad —corrigió y señaló un punto en el que en el pasado había una alfombra en el suelo, una persa, de las preferidas de su madre, que claramente había acabado manchada por su horrible asesinato—. Bueno, no me desperté, pero...

—Sí, ya —dijo Vi—. Despertaste espiritualmente. Te levantaste —corrigió.

—Me levanté —confirmó él y puso una mueca—. Jodido, ¿no?

Vi esbozó una sonrisa ladeada.

—¿Y dónde está ahora Lainey? —quiso saber—. Es una pregunta obvia, supongo.

—No lo sé —respondió él con honestidad—. En una ocasión escuché a los detectives mencionar que llegó a la escena cuando se enteró de que había muerto, pero después de eso no pudieron encontrarla, así que...

Se quedó callado.

—¿Por casualidad te pidió que robaras en tu casa? —preguntó pensativa Vi. Parecía que le estaba dando vueltas, sopesándolo, analizando la historia desde todas las perspectivas, y Tom no sabía si le gustaba o no. Estaba haciendo un esfuerzo, claro, pero no le agradaba la implicación, especialmente porque estaba al ochenta por ciento seguro de que la odiaba mucho—. Si es la clase de persona que roba en su propia casa, puede que necesitara dinero —aclaró.

—Lainey no ha necesitado dinero nunca. —Era ridículo que lo sugiriera, pero, claro, Vi no era Lainey. Vi no pertenecería nunca a ninguno de los círculos de Tom, en realidad; era una idea que estaba reforzando de algún modo, pero solo conseguía hacerlo sentir peor consigo mismo. (No le interesaba la claridad existencial de la muerte, que, al parecer, explicaba todas estas sensaciones innecesarias)—. Nunca ha hecho nada porque lo necesitara.

—Excepto a ti —señaló Vi.

Tom frunció el ceño.

Lo valoró.

Lo desestimó.

—No —contestó—. Dudo que me necesitara de verdad. No acudió al funeral. Vinieron muchas personas a la casa para presentar sus respetos, pero... —Se quedó callado, un silencio inintencionado que le pareció profundamente incriminatorio. Se encogió de hombros—. Ella no.

—Ajá. —Vi se puso a dar golpecitos en la encimera con los dedos. Tenía unas uñas normales, tal vez un poco largas. Más tarde notaría la frecuencia con la que se las limpiaba y que, a pesar de ello, sus manos solían tener un ligero olor a tierra—. ¿Cabe la posibilidad de que te hubiera matado ella?

—Parece la respuesta obvia, ¿no? Y, sinceramente, no me sorprendería que me quisiera muerto, fueran cuales fueren sus motivos, si es que los tenía. No solían parecerle útiles.

—¿Qué? ¿Los motivos? —preguntó Vi.

—Sí —señaló de forma ambigua, queriendo decir algo más vago, o tal vez algo de mayor alcance todavía.

Lo que lo atormentaba y fascinaba al mismo tiempo de Lainey era que nunca encontraba útil nada; no categorizaba las cosas por su uso. No era una actitud poco común para alguien con su historia, pero (y no había forma de explicarle esto a Vi), siempre hubo algo más importante para Lainey, algo más profundo que el tedio de la riqueza excesiva. No era solo apatía, era agotamiento profundo. Algo más oscuro y más culpable que el aburrimiento, más desesperado que el próximo colocón.

—Da igual. —Tom carraspeó—. Tuviera o no motivos, no creo que lo hiciera. Podría haberlo hecho en algún momento. Estoy seguro de que guardaba una pistola en la mesita de noche. Un cuchillo incluso. Podría haberme destrozado. Lo hizo —bromeó y soltó una risa forzada que sonó demasiado triste—. Pero literalmente, ya sabes.

Vi le lanzó una mirada piadosa.

Tom aumentó el odio a un noventa por ciento.

—Entonces Lainey no —declaró Vi.

Tom carraspeó.

—Lainey no —confirmó.

Vi abrió la boca para hablar, pero volvió a cerrarla. Lo intentó de nuevo, ladeando la cabeza, pero alzó después la mirada y los dos captaron el eco suave de un sonido en el pasillo.

—Compradores potenciales —comentó, mirándolo—. Quieren convertir la casa en un centro de rehabilitación para gente rica.

—Eh... Bien. —Se quedó un momento callado—. Probablemente rompa algo —le advirtió.

—De acuerdo. —Vi se mostró indiferente. La miró con los ojos entrecerrados, buscando una prueba de lo contrario, pero parecía sincera—. Preferiría que no lo hicieras, claro, pero...

—Vi —la interrumpió, mirándola. Era un truco que su padre usaba siempre: mirar a la persona a los ojos y usar de forma deliberada su nombre. Una imitación de intimidad, decía siempre Ed, y Tom siempre lo escuchó—. Mira —dijo con tono conspirador—, lo cierto es que me gustas. —Se quedó callado un segundo—. Bueno, en realidad es mentira.

Ella asintió.

—Entendido. Sigue.

—Probablemente me gustes —se corrigió él—, así que no es nada personal, pero...

¿Cómo expresarlo con palabras? ¿El desorden de las cosas, el parpadeo de la conciencia que sabía ahora que era fugaz, la revelación desgarradora de que, al final, la vida era poco más que las encimeras que solías odiar?

—Vale, lo entiendo —lo interrumpió Viola con un movimiento de la mano—. Échalos.

—¿De verdad?

—De verdad. —Asintió.

Se bajó de la encimera para salir de la habitación. Por algún motivo, Tom experimentó un ápice de decepción ante la idea de que se marchara y de que eso supusiera que se quedaría inevitablemente solo.

—¿Hablamos luego? —preguntó él, saboteándose a sí mismo.

Vi puso los ojos en blanco, tomó la bandeja de pan y se quitó las migas de la chaqueta.

—¿Por qué no? —murmuró, más para sí misma que para él, y se dirigió a la puerta.

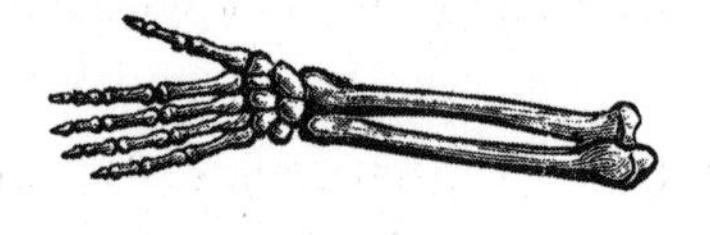

# VI

# MITOS MODERNOS

—Tienes un fantasma —afirmó Isis.

—Tengo un fantasma —confirmó Vi—. Y uno muy hablador.

Muy, muy hablador. De primeras pensó que si Tom se mostraba amigable con ella, tal vez relajaría su actitud de asustar a la gente en la casa, pero no había sido el caso. Los últimos compradores potenciales habían sufrido todos algún tipo de shock eletromagnético con alguna superficie de la casa. «Es un día caluroso», les aseguró ella, pero se mostraron tan dispuestos a comprar sus excusas como lo estaban a comprar la casa.

Normal, ella tampoco lo habría hecho. Había muchas cosas en la casa que no eran de su gusto, incluido el ocupante deprimente que había dentro de ella, aunque no era lo único.

—Y supongo que a la gente no le interesa la idea de comprar una casa encantada, ¿no? —continuó Isis.

—La mayoría solo creen que tiene las tuberías viejas o que los materiales son defectuosos, y el precio de derribar un edificio histórico y rehacerlo entero, y con todos los permisos que eso requiere... —Se encogió de hombros—. Eso los asusta más que un fantasma.

—Ricos —murmuró Isis con los labios apretados en señal de desaprobación—. ¿Por qué son siempre tan tacaños?

—Humanos —intervino Sylvester, el fae *hacker* que se hacía llamar por el diminutivo Sly, que estaba sentado dos sillas a su izquierda en el círculo—. Son los peores.

—Muertos —los interrumpió Louisa, la sirena, a la derecha de Vi, sacudiendo la cabeza—. ¿No era ese el tema?

—Sí, muertos —confirmó Vi—. Una persona muerta, en realidad.

—Un Parker muerto —especificó Isis y Sly frunció el ceño.

—¿Cuál?

—¿Cuál? —repitió Vi, sorprendida—. ¿Es importante?

—La maldición —indicó Isis, asintiendo.

—La maldición —suspiró Louisa con melancolía—. Echo de menos las maldiciones.

—¿Tú echas de menos las maldiciones? —preguntó Sly—. Pensaría que yo soy quien…

—Parad —advirtió Isis y chasqueó los dedos—. Centraos.

—La maldición —insistió Vi y se volvió hacia Isis—. Ya lo has mencionado antes, que los Parker están malditos. ¿Es un…? —Vaciló—. ¿Una cosa humana? ¿Un rumor o…?

—Los humanos hablan del tema —respondió Isis de forma ambigua y los otros dos asintieron—. Es una especie de mitología moderna. —Desvió la mirada y la dejó perdida—. Me recuerda a los viejos tiempos.

—Sí, exacto —coincidió Louisa. Había un ligero entusiasmo en su tono de voz que se expandió por la habitación y provocó un escalofrío visible en la columna de cada criatura allí presente excepto Lupo, quien, como de costumbre, ahogaba todo el barullo previo a la reunión con unos AirPods de imitación muy baratos. (Casi nunca se conectaban bien al Bluetooth, pero protegían de forma increíble contra la sirena, por lo que eran unos tapones para los oídos estupendos)—. Ya sabes, las historias.

—¿Historias? —preguntó Vi una vez que se recuperó del efecto de Louisa. (La sexualidad era un espectro, razonó, que volvía todo esto muy normal y elegante).

—Historias —dijo con firmeza Sly y arrastró la silla para colocarse delante de ella—. Érase una vez un hombre que engañó a la Muerte y, al tercer día, después de que un burro mudara la piel y una serpiente pidiera un deseo en un puente, la Muerte se lo quedó. —Se encogió de hombros—. Ya sabes, ese tipo de cosas.

—La gente solía creerse esas cosas —señaló Louisa, empujando su silla junto a la de Sly—. Ahora no. Ahora la gente cree en las coincidencias —añadió mientras se retiraba el esmalte de uñas—. Abrazan el caos.

—Todos no —replicó Isis—. Está claro. O no lo seguirían llamando «maldición», ¿no?

—Vale, esperad un momento —pidió Vi con una mano levantada—. ¿Entonces ha muerto más de un Parker?

—Todos los Parker han muerto de algo que o bien es del todo inexplicable o completamente improbable —explicó Isis—. Este fue apuñalado, ¿verdad?

—Verdad —confirmó Vi y se acordó de la sangría en el pecho de Tom que lo había seguido hasta su vida después de la muerte—. Pero no robaron nada de la casa ni saltaron las alarmas, y...

— ... no vieron nada en las imágenes de seguridad —terminó Sly con tono aburrido—. Aunque eso no significa nada. Si sabes piratear el sistema de alarma...

—Pero nadie lo hizo —le recordó Isis—. ¿Recuerdas? Fue un tema complicado. Lo comprobamos.

—¿Lo comprobasteis? —preguntó Vi con el ceño fruncido—. ¿Por qué?

—Nos vimos obligados. Los primeros sospechosos son siempre las criaturas —explicó Louisa—. Lupo creía que alguno de nosotros podía tener algo que ver.

—No —se apresuró a asegurarle Isis cuando Vi miró a su alrededor en busca de pruebas de actividad criminal—. No es verdad, pero, eh, hay que preguntar, ¿no?

—Supongo —aceptó—. Entonces un multimillonario...

—Millonario —la corrigió Sly—. Te sorprendería cuánto dinero donan cada año los Parker...

— ... millonario entonces —aclaró Vi con rapidez para evitar una lección sobre el legado de los Parker y cualquier discurso posterior sobre si era o no inmoral hacerte una fortuna a costa del insufrible salario mínimo—. Un millonario murió asesinado de forma misteriosa y sin sospechosos, ¿y nadie sabe cómo ni por qué?

—Ni un alma —confirmó Isis—. Ni criaturas ni nadie.

—No es verdad —replicó Louisa—. Seguro que la Muerte lo sabe.

Vi se rio.

Pero entonces dejó de reír al ver que nadie más lo hacía.

—¿Qué? —preguntó, incrédula—. ¿La Muerte?

—Tiene un ahijado —comentó Sly como si hablara de un familiar lejano y no de una manifestación de un fenómeno natural—. Vive en Wicker Park.

Louisa: Bucktown.

Sly: Ups.

Louisa, tranquilizadora: Un error común.

Vi: Un momento. (La conversación había tomado mucha velocidad en este punto, como si fuera un partido de pimpón). ¿La Muerte tiene un ahijado?

—Es un médium. —(Esta fue Isis)—. No es técnicamente una criatura, pero sabemos de él.

Vi: ¿Cómo?

—Disrupciones, ya sabes —dijo Sly, moviendo la mano alrededor de sus cabezas—. Neblina entre reinos, si lo preferís. Según los rumores, lleva vivo cientos de años.

Louisa: Y quién no.

Sly: Precisamente.

—Pero ¿es humano? —interrumpió Vi, confundida.

Isis: Es humano, sí. Totalmente mortal. Pero creo que cuando es la Muerte quien te cría, hay una gran posibilidad de que puedas hacer lo que quieras. Es mortal, pero también es... —Se encogió de hombros—. Un privilegiado, podríamos decir.

—Nepotismo —murmuró Sly con tono desaprobador y Vi frunció el ceño.

—¿Habéis dicho que es médium?

—Un fraude más bien —indicó Louisa con tono alegre—. Pero podría ser un buen comienzo si quieres deshacerte de tu fantasma.

—Quiero —confirmó Vi—. Quiero mucho.

Se estaba cansando de recibir llamadas por ello. Le recortaban su tiempo por las tardes y nunca llegó a sentir aprecio por hablar mientras estaba en su forma felina. Le resultaba desagradable, le hacía daño en la garganta.

(Pequeñeces, supuso, pero bueno. Si ella había perdido la oportunidad de tener un «felices para siempre», una vida después de la muerte sin problemas le parecía algo aspiracional, si no justo).

—¿Seguro? —preguntó Iris, sonriendo—. Pareces un poco encariñada con el señor Parker. Es por esa aura de preocupación que tienes. —Le dio un codazo—. Parece que te gusta.

Vi resopló.

«Gustar» era una clara exageración.

—Me siento mal por él —la corrigió y así era, eso podía admitirlo—. No me gustaría estar en su posición. Estar así de atrapada. Pero… —Enfatizó la palabra con una sacudida de la cabeza al recordar su posición, que no era exactamente una maravilla—. La conclusión es que necesito vender la maldita casa y no hay forma de evitarlo.

—Claro —señaló Isis—. Puedo acompañarte a ver al médium si quieres. Siempre he sentido curiosidad.

Louisa, asintiendo: Lo mismo digo. Pero él reconoce a una criatura en cuanto la ve.

Sly: No es muy simpático, o eso he oído.

Eso le pareció a Vi poco prometedor, pero no iba a insistir en el tema.

—¿Cómo se llama? —preguntó.

Isis sonrió.

—Fox D'Mora. El puto ahijado de la Muerte.

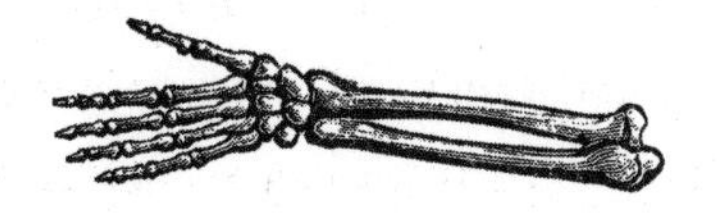

# VII

## ENGENDROS

—¿Esperas a alguien?

—No —respondió Fox y se acercó a la puerta para mirar por la mirilla. Frunció el ceño a ver a dos mujeres. Una era inocua, tenía un aspecto no amenazante. La otra lo miraba de forma perturbadora por la mirilla, como si le estuviera devolviendo directamente la mirada desde el otro lado. Se estremeció, pero dejó a un lado la sensación y abrió la puerta lo suficiente para hablar.

—¿Sí? —preguntó sin mucha paciencia.

Las mujeres se miraron. Una, la perturbadora, que tenía una constitución atlética y la piel de un tono bronceado propio de una amazona, le dio un codazo a la otra.

—Hola —dijo la otra. Tenía la piel olivácea; tal vez era mestiza, puede que blanca y de alguna raza isleña, aunque estaba bastante seguro de que la habría pasado por alto con mucha facilidad—. ¿Eres Fox D'Mora?

—Sí —confirmó, aunque no le agradaba admitirlo—. ¿Y tú eres…?

—Viola Marek —respondió y tomó aliento, como solían hacer muchas de sus visitas antes de admitir sus intenciones. «Necesito hablar con alguien», parecían prepararse para decir sus solicitantes, meneando la cabeza, o «Necesito acceder al otro lado». A la mayoría les costaba; a fin de cuentas, la necesidad de hablar con los muertos era una compulsión. Una obsesión para algunos. Una necesidad, y muchos se enfrentaban a sí mismos antes de confesarlo a su llegada.

Esta mujer no.

—Tengo un problema con un fantasma —comentó sin más.

Fox parpadeó.

No era algo nuevo exactamente, pero la confesión era sorprendentemente ligera.

—Interesante —contestó sin dar más detalles. Aún no había determinado el valor de la conversación. Había sido una semana tranquila hasta la fecha, pero el silencio era preciado y este resultaba molesto. Había algo insólito en la visita, desde la llamada siniestra con su cadencia portentosa hasta la extraña sensación de que la otra lo estaba mirando desde el otro lado de la puerta. Incluso ahora le hormigueaba ligeramente la piel, como si fuera estática. Tal vez si no decía nada consecuente, las dos desaparecerían de forma espontánea.

Viola miró a la mujer que había a su lado y esta se encogió de hombros.

—El caso es —siguió Viola, que interpretó el silencio de Fox como una invitación para continuar, a pesar de que esto era solo verdad a medias— que soy una agente inmobiliaria. Necesito vender la casa —añadió con tono conspiratorio—, pero no puedo…

—¿Por el fantasma? —adivinó Fox y ella asintió.

—Por el fantasma —confirmó.

Fox se quedó un momento callado, pensativo. Sonaba definitivamente irritante y, además, no podía estar seguro con esta luz, pero tenía la extraña sensación de que su reflejo en los ojos marrones de Viola estaba del revés.

—¿Qué tal la Muerte? —irrumpió la otra mujer, clavándose los dientes en el labio al sonreír.

Fox parpadeó de nuevo. (Igual había oído mal o atribuido de forma errónea un nombre propio donde no había ninguna intención).

Frunció entonces el ceño. (Por la mirada de la mujer supo que la había entendido perfectamente bien).

—Disculpa —dijo, aunque no lo pensaba—. ¿Qué?

—¿Es verdad que lo llamas «papá»? —preguntó la mujer sin nombre y con eso se vio confirmada la sospecha de Fox. Soltó un gruñido impaciente cuando lo comprendió con una claridad irritante, como si fuera la llamada de un gong.

—Sois criaturas —dedujo y entendió ahora por qué le habían parecido tan extrañas—. No trabajo con criaturas. Os deseo mucha suerte. —Se movió para cerrar la puerta—. De verdad, buena suerte para vender la ca...

Se oyó un fuerte golpe en la puerta cuando Viola extendió el brazo para evitar que la cerrara.

—Perdona —dijo, aunque no parecía más arrepentida que él antes y se preguntó cuánto tiempo persistiría su falta de sinceridad—. Me temo que no voy a dejarte escapar tan fácilmente.

—Una afirmación atrevida —comentó Fox.

—Ah, venga —exclamó Mayra detrás de él y Fox se sobresaltó al recordar su presencia en el apartamento—. Déjalas entrar.

—Ah, hola —saludó la otra mujer, mirando a Mayra por la rendija—. ¿Un ángel?

—Irónicamente, sí —respondió ella—. Tan claro como que tú eres una demonio. —Apartó a Fox de un codazo para mirar más de cerca a Viola mientras murmuraba para sus adentros, pensativa—. Pero tú eres otra cosa. —Ladeó la cabeza con curiosidad.

—Sí —afirmó Viola, que miró con desconfianza por encima del hombro—. Aunque no creo apropiado que se entere todo el pasillo.

—Algo muerto —indicó Mayra, al parecer tratando todavía de averiguar la clase de engendro que era Viola, y entonces se le iluminó la mirada—. Ups —musitó para sí misma y abrió más la puerta. Tiró del cuello de la camiseta de Fox hacia atrás para permitir la entrada a las dos mujeres—. Entrad.

—Sí, bienvenidas a mi casa —susurró irritado Fox, fulminando a Mayra con la mirada—. Me dan igual las reglas y lo interesante que te parezcan, yo no trabajo para criaturas...

—¿Qué pasa? —preguntó Cal. Se levantó cuando entraron en el salón, Fox enfadado detrás de Mayra mientras esta conducía a las criaturas adentro—. ¿Quiénes son?

—Isis —respondió la demonio, tendiéndole la mano—. Tú eres un segador, ¿no? Eh —exclamó, haciendo un gesto entre los dos y sonriendo—. Del mismo equipo.

—Sí —respondió Cal con calma y Viola frunció el ceño.

—¿Qué es un segador?

—Un soldado de Lucifer —explicó Isis con la actitud de alguien que siempre está en posesión de la respuesta, lo que era, por cierto, una de las cualidades que menos gustaban a Fox en los demás—. Y ella —continuó, señalando a Mayra— es una contable de Dios…

—Prefiero el término «auditora» —la corrigió Mayra—. Es más específico.

—Cierto, cierto, debo haberlo perdido en la traducción…

—Bueno, antes que nada, dejad de simpatizar —anunció Fox, y tanto Isis como Mayra le lanzaron una mirada escéptica de desaprobación, pero le hicieron una señal para que hablara—. Mira —se volvió hacia Viola—, entiendo que necesites ayuda…

—La necesito —lo interrumpió—. Él… el fantasma no sabe cómo murió, ni por qué sigue aquí… —aclaró mientras la demonio, Isis, asentía de forma alentadora (algunos dirían «permisiva») a su lado.

—Y, como ya he dicho, es completamente comprensible como problema —le aseguró Fox, insensible ante los pronombres referidos al fantasma o cualquier otro detalle de la situación—. Sin embargo, no trabajo con criaturas. Ni criaturas, ni dioses, ni semidioses. Siempre acaba complicándose la cosa —añadió como explicación, pues Mayra le estaba lanzando una mirada fría que solía hacerlo sentir como uno de los niños pequeños de *Mary Poppins*—. Maldiciones, ya sabes, ese tipo de cosas. Vienen con el caso, no son mi fuerte y siempre tengo que sacrificar más de lo que me gustaría.

Y era cierto. (Aunque siempre exageraba un poco; en realidad, una sola vez había sido suficiente para que Fox abandonara a los muertos vivientes y/o inmortales por completo).

—¿No puedes al menos hablar con él? —preguntó Viola en un tono que Fox asoció a una petición de que hablara con su jefe—. Con el fantasma, quiero decir. O ya sabes... con la Muerte.

Fox resopló fuerte.

—Te aseguro que la Muerte mostraría aún más oposición que yo a esto —le informó—. Sería más bien un favor y no estoy seguro de que tengas nada que merezca mi tiempo.

—Miente —habló Mayra y Fox la fulminó con la mirada.

—¿Qué significa eso?

—Eres un coleccionista, Fox —le recordó y señaló su alrededor, la habitación, sus muebles y objetos en las paredes, las estanterías, las cosas que una persona normal llamaría «decoración» y que al parecer Mayra consideraba los desechos de una urraca—. Por eso conservas mi reliquia y la de Cal, y no me hagas hablar de ese reloj...

Fox se removió, incómodo, y se metió el reloj debajo del puño de la camisa cuando vio la mirada codiciosa de la demonio fija en su muñeca.

—¿Y? —murmuró.

—Y estoy segura de que una demonio y una... ¿vampira? —adivinó y Viola asintió haciendo que las bonitas mejillas de Mayra se ruborizaran de satisfacción— podrían tener algo de valor para ti, ¿no crees?

—Eso sin mencionar que el fantasma en cuestión es un Parker —añadió Viola como si acabara de recordarlo, dando un paso implorante hacia él, como si la proximidad ayudase—. La casa está llena de reliquias familiares, así que...

—¿Un Parker? —repitió Fox, sorprendido—. ¿Tom Parker? No, espera —rectificó con el ceño fruncido—. Está muerto.

—Pues sí —dijo impaciente Viola—. Ya ves, es lo que suele pasar con todo este tema de los fantasmas.

—No, me refería al primer Tom Parker —aclaró Fox—. He oído hablar de él un par de veces. Hace mucho tiempo. —Sacudió la cabeza—. Claro, éramos contemporáneos cuando llegué aquí, pero este debe de ser... —Se quedó callado, pensativo—. ¿El cuarto?

—Sí, el cuarto —confirmó Viola—. Thomas Edward Parker IV.

No le entusiasmaba, pero Mayra estaba vigilando y Cal lo miraba de una forma que sugería que los dos sabían que Mayra estaba vigilando y, además, solo era una pregunta. Una llamada.

—Bueno, vale. —Exhaló un suspiro con cierto desagrado cuando Mayra se pavoneó, encantada—. Supongo que puedo llamar a mi padrino ahora, si me prometes que serás breve —gruñó—, y que os iréis tranquila y sosegadamente, sea cual fuere su res…

—Ah, no —lo interrumpió Viola—. En realidad, necesitamos que vengas a la casa, porque parece que él no puede salir.

Fox notó que tensaba la boca, tanto por la interrupción como por la nueva información, que era irritante. Ahora infringía dos reglas. Podría haberle enviado un correo electrónico.

—No hago visitas a casas —comenzó a decir, pero Mayra lo interrumpió gruñendo fuerte.

—¿Quieres que saque tu registro, Fox D'Mora? —Chasqueó los dedos y apareció un pergamino dorado en el aire—. Siento informarte de nuevo que estás en negativo —dijo. (Isis, la demonio, se inclinó hacia delante para intentar ver el contenido del pergamino cuando Mayra lo retiró de su vista)—. Muy en negativo, en realidad, tal y como llevas desde mitad del siglo XIX…

—No importa —le recordó Fox; no le interesaban los detalles de su aburrida existencia moral—. ¿O tengo que recordarte que no voy a morir pronto?

—¿Ves? Nepotismo —le susurró Isis a Viola y Fox hizo total caso omiso.

—Vamos —insistió Mayra. Se ajustó las alas para poder encogerse de hombros—. Me he quedado sin milagros, Fox. Necesito algo que hacer.

—Ah, ¿entonces tú también vienes? —preguntó; sentía que se le había ido todo de las manos muy rápido. Justo el otro día era un empresario respetable con la cabeza entre las piernas de una clienta y ahora lo ninguneaba un ángel sin que pudiera obtener ningún beneficio (aparte de ciertas ventajas incuantificables para su alma, por la que nunca antes se había preocupado y que, desde luego, tampoco le preocupaba ahora)—. ¿De pronto te interesan las historias de fantasmas, Mayra Kaleka?

—Me apunto —indicó Cal con la solemnidad que lo caracterizaba—. ¿Qué? —preguntó cuando Fox se quedó mirándolo, enarcando una ceja—. Nunca he entrado en la mansión Parker. Parece interesante.

—Ah, sí, claro —murmuró Fox con los ojos entrecerrados mientras Mayra contemplaba con aire inocente el techo—. Por supuesto, por eso…

—Yo no tengo interés en este asunto, Fox D'Mora —dijo Cal con una de sus sonrisas insufribles—, y tampoco intenciones ocultas, así que, naturalmente, no me imagino el motivo de tu tono.

—Vale, muy bien —dijo Viola con incertidumbre, juzgando el tira y afloja entre los asociados completamente inútiles de Fox como una afirmación de su causa—. Mañana hay una jornada de puertas abiertas por la tarde, pero si queréis venir justo después de…

—¿Acaso quieres organizarme el día? —preguntó Fox, que ya había perdido gran parte de su dignidad hoy y no recordaba dónde había puesto su taza de café—. ¿Qué problema hay con ahora mismo?

—El problema que hay con ahora mismo —replicó Viola con tono neutro— es que, si no subimos al metro lo bastante pronto, voy a convertirme en una aterradora bestia del infierno.

—Se refiere a un gato —señaló Isis.

—Me refería a lo que he dicho —indicó Vi, y Fox, claramente superado en número y repentinamente hambriento, exhaló un suspiro hondo y sufrido.

—De acuerdo, mañana entonces.

—Excelente —intervino una Mayra encantada. Se tiró de una pluma del ala y se la entregó con gran ceremonia a Viola—. Cuando estés preparada para que llegue, pídele un deseo a esta pluma, ¿de acuerdo?

—¿Un deseo? —Viola parecía no saber si echarse a reír—. Qué… fantasioso.

—Una chorrada fantasiosa, más bien —dijo Isis y Mayra asintió.

—Muy inconveniente —estuvo de acuerdo—. Demasiado caprichoso, sin duda, pero tiene sus ventajas.

—¿Y a ti? —preguntó Viola, volviéndose hacia Cal—. ¿Cómo te encuentro?

—Ah, yo me quedo con Fox.

—Y una mierda —protestó Fox.

—Mayra. —Cal se volvió hacia ella—. ¿Qué decías del registro de Fox?

Mayra carraspeó con seriedad.

—Muy en negativo, empezando por el día en que robó un poco de...

—VALE —exclamó Fox y puso los ojos en blanco—. Vale. Vale. En resumidas cuentas, tengo una cita con unas criaturas en la casa de un hombre muerto y a un segador durmiendo en mi sofá...

—Yo no duermo —le recordó Cal y Fox levantó las manos.

—Pareces estresado —comentó Isis—. ¿Por casualidad todo esto te está generando sentimientos complicados? Si es así, estoy segura de que podemos arreglarlo con un entrenamiento. ¿Has probado meditación de escaneo corporal?

—No hables más —le dijo Fox—. Me estás dando dolor de cabeza.

—Estupendo —declaró Viola y se volvió hacia la puerta—. Hasta mañana entonces.

—No, estupendo no —aclaró Fox—. No es nada estupendo, pero sí, mañana nos vemos.

La demonio se detuvo a su lado y lo miró.

—¿Cuántos años tienes? —le preguntó y él gruñó.

—¿No te he dicho que dejases de hablar?

—Es curiosidad...

—¿Cuántos años tienes tú? —le espetó y ella sonrió.

—Soy eterna —respondió con cierto aire de eternidad.

Fox apretó los labios.

—Muy bien, yo tengo veintisiete, ¿estás contenta?

Isis sonrió.

—¿Llevas mucho con veintisiete?

De nuevo, a Fox se le erizó el vello de los brazos, como si hubiera estática. Esta vez tuvo una sensación primaria añadida de sellado, como si le hubieran aplicado con cuchillo una gruesa capa adhesiva en la mente.

—Muy mortal que te lo preguntes —comentó en lugar de decir la verdad y ella se rio.

—Me esfuerzo por mostrarme cercana —señaló.

A Fox se le revolvió el estómago. Mil pensamientos le atravesaron la mente y originaron otros mil más. Los reprimió todos. Los sacó de su mente y los apartó.

—Me recuerdas a alguien que conocía —comentó entonces, retrocediendo un largo camino en su memoria—. Y, para que lo sepas, lo odiaba.

Isis parecía curiosamente victoriosa.

—Muy bien —aceptó y sonrió.

Era una sonrisa perturbadora y Fox se quedó sin palabras. Se acercó a la puerta, la abrió y las instó a marcharse.

—Adiós —se despidió sin mirarlas.

—¿Crees que lo sabe? —preguntó más tarde Mayra con la mano en el hombro de Fox.

*Por supuesto que no lo sabe*, pensó.

No puede saberlo.

(¿Puede?).

(Por esto no trabaja con criaturas).

—Sí —respondió con el ceño fruncido.

Mayra sonrió con amabilidad. Uno de sus pequeños milagros que no tenía precio.

—Que duermas bien, Fox. —Le dio un beso en la mejilla.

—Buenas noches —susurró él.

—¿Un zumo? —ofreció Isis, tendiéndole uno cuando cambiaron de metro para tomar una ruta un tanto más complicada pero mucho más oportuna de regreso a sus respectivas casas. Vi aceptó y miró a su alrededor, incómoda.

—Algo va mal —comentó. Perforó el cartón y se lo llevó con calma a los labios—. Simplemente va… mal. —Trató de deshacerse de la sensación intangible y se concentró en la sangre que le empapaba poco a poco la lengua como si fueran uvas, y fue efectivo, aunque por un momento fugaz—. No tiene nada que ver con Fox —añadió después de tragar. Aunque la visita no había sido una maravilla, no había sucedido nada en el encuentro que le generara esta incomodidad. Vi conocía a clientes difíciles, vendedores puntillosos, otros renuentes. Funcionalmente, eran todos iguales y Fox era solo un humano—. No puedo explicarlo.

Isis miró a su alrededor, aparentemente de acuerdo con ella.

—Hay aquí más criaturas de lo normal —señaló, confirmando aparentemente la teoría de Vi—. Hay cierto tufillo general a muerto viviente en el aire.

Cerca de ellas en el metro había un hombre de traje y una mujer con ropa de deporte. Ninguno de los dos parecía sospechoso ni fuera de lo normal. Más allá estaba el clásico pasajero con la música muy alta en el teléfono, una mujer con un carrito de bebé, un adolescente con el uniforme del instituto. Ninguno tenía aspecto paranormal, pero tampoco lo tenían Isis o Vi.

—¿Cómo lo sabes? —preguntó Vi, mordiendo la pajita de plástico.

—Sé muchas cosas. —Isis se encogió de hombros—. Algunas por gajes del oficio. —Le movió la barbilla hacia el carrito del bebé—. Lo que hay ahí dentro es muy viejo —comentó en voz baja—, así que intenta no mirarlo a los ojos.

—Nunca he preguntado qué conlleva ser un demonio, ya sabes —comentó Vi, mirando de nuevo a Isis. (Tenía un aspecto tan normal que Vi no sabía qué más supondría ser como ella)—. Siempre lo dices como si no significara nada, pero nunca he preguntado.

—Tiene cierto toque poético, supongo... todo eso de expulsar tus demonios —respondió con un movimiento de la mano—. Distintas habilidades, claro, pero en el fondo, existimos para recordar a los mortales su yo interior. Seguro que permanecer cerca del ahijado de la Muerte hará maravillas en mi complexión —añadió y se volvió para echar un vistazo a su reflejo en las ventanas rayadas del tren—. Nos sienta muy bien el sacrificio de sangre, pero el trauma psicológico basta si no hay más remedio. Especialmente el que ha sufrido él.

—Parece... —Vi se quedó callada un instante—. Un poco inmoral, ¿no? Aprovecharte así de él.

Isis asintió, pero se encogió de hombros.

—No puedo evitarlo. Los demonios se alimentan de la pena. Por eso vivo siempre en una ciudad, hay mucho de eso, en especial con condiciones climatológicas como estas. Probé una vez en Los Ángeles —añadió con cierta nostalgia—. Allí, sin embargo, hay una especie de vacuidad. Demasiados trasplantes, demasiados artistas. La melancolía y la pena no son lo mismo.

—Creo que no me había dado cuenta de esto sobre ti —dijo Vi.

Isis volvió a encogerse de hombros.

—Eres una criatura —apuntó con tono fraternal—. A las criaturas las dejo tranquilas. Ya tienen sus problemas. Además, soy una demonio, no un monstruo. Pero Fox, por otra parte...

—¿Por qué estaba tan molesto? Parecía que le estuvieras leyendo la mente, pero...

—Lo estaba haciendo —confirmó Isis—. Bueno, no tanto leyéndosela, lo hacía de forma elemental. Es más bien como captar una huella. Rastrear las partes que importan y sentir los puntos de presión.

Interesante.

—¿Y cuáles son los puntos de presión de Fox?

—Abandono —respondió Isis sin dudar—. Decepción. Resentimiento. Culpa.

—¿Culpa? ¿En serio?

—Sí, culpa —confirmó ella, asintiendo—. Suele pasar cuando alguien vive cientos de años. No puede evitar cometer uno o dos delitos en el camino.

Vi asintió, pensando en jornadas de puertas abiertas y fantasmas ruidosos. Le dio otro sorbo al cartón de zumo y miró a su alrededor. Esta vez vio varias cabezas girándose hacia ella en el momento en el que se llevó la pajita a los labios: varios pasajeros estaban fijándose en la presencia de sangre. Experimentó una especie de escalofrío en la columna, como si las miradas estuvieran fijas en su nuca.

Tragó con dificultad y se acercó más a Isis.

—¿Piensas que Fox puede arreglar esto? —preguntó con tono neutro, e Isis sonrió.

—Eso espero. Si vamos a meternos en este lío —añadió, fulminando con la mirada al hombre trajeado, que parecía intentar buscar su cartón de zumo—. Toma —dijo, lanzándoselo—. Bébetelo y déjanos en paz.

El individuo se sorprendió, pero asintió a regañadientes y se alejó por el metro.

—Un gul —explicó Isis cuando Vi enarcó una ceja—. Creo. Algo muerto, eso seguro. Probablemente le gusten los cadáveres también, por lo que parece.

—Qué asco —determinó Vi, estremeciéndose.

—Dice la vampira —le recordó Isis con un codazo—. La asuang. ¿No tienes tú algo raro con los bebés no nacidos?

Vi se contuvo para no mirar a la mujer con el carrito. Era más fácil ahora que Isis le había contado que no era humano.

—Sí —asintió—, pero lo estoy controlando.

—No puedes controlarlo todo —dijo Isis con fingido tono aciago, como la narradora que empieza un relato calamitoso—. Además, no estoy totalmente segura de que hayas pensado en esto. Sabes que, si Fox lo consigue, Tom se irá, ¿no?

—Se me había pasado por la mente, sí —respondió con sarcasmo Vi—. Es mi principal objetivo.

—Se irá —repitió Isis— para siempre.

—Sí. Correcto.

—¿Estás segura de que eso es lo que quieres? ¿No sientes ni un poquito de oposición?

Vi luchó contra la extraña sensación de que estaba siendo por completo invadida.

—Creía que habías dicho que dejabas en paz a las criaturas. —Isis sonrió.

—Lo siento —entonó como respuesta sin atisbo alguno de culpa—. Es la costumbre.

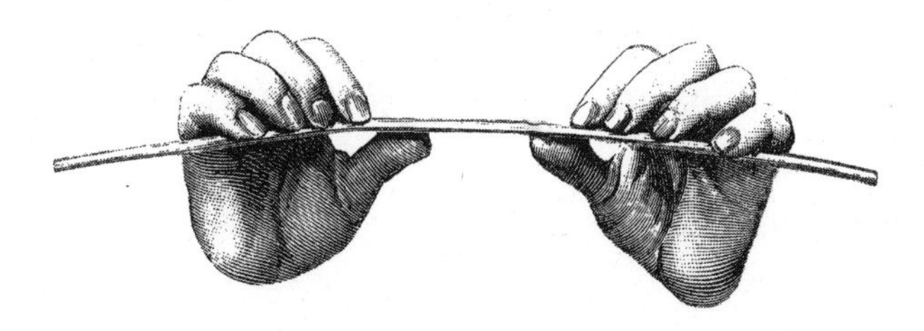

# INTERLUDIO I:

## ACTOS

Fox es humano y, por lo tanto, sueña. Esa noche tiene el mismo sueño; el mismo de siempre, de cada noche. Lo ve como si estuviera presenciando una obra de teatro.

[Se abre el telón y hay dos amantes en una cama. Las velas titilan suaves y la cama, diseñada para un único ocupante, es demasiado pequeña para los dos. Así y todo, se acurrucan juntos, empapados en la calidez mutua, y susurran; no porque les dé miedo que los oigan, sino porque temen la retribución. Temen que sus palabras vuelvan y los persigan, y por ello las limitan, las mantienen cerca].

[La escena comienza con un hombre joven, demasiado joven. Los hombres jóvenes son unos necios].

[Acto I, escena I. Comienza la obra].

**El necio:** ¿Crees que seguirás amándome? Si nos hacemos viejos y grises.

**El ladrón:** Nunca serás viejo, Fox. Y tampoco gris.

**El necio:** Tú sí. Algún día.

**El ladrón:** Muy mortal de tu parte.

**El necio:** Tú también eres mortal a pesar de tus esfuerzos por ocultarlo.

**El ladrón:** Bueno, intento mostrarme cercano.

**El necio:** A veces me pregunto...

**El ladrón:** ¿El qué?

**El necio:** Si te odio.

**El ladrón:** No me odias. ¿No habías dicho que me querías?

**El necio:** No. Te he preguntado si tú seguirías amándome.

**El ladrón:** Ah.

**El necio:** ¿Y bien?

**El ladrón:** La pregunta no se aplica a nosotros, Fox. Duérmete.

**El necio:** ¿Por qué?

**El ladrón:** Porque no.

**El necio:** Eso no es una respuesta.

**El ladrón:** Eres un crío.

**El necio:** No soy un crío.

**El ladrón:** Dice él con tono de crío.

**El necio:** Es una pregunta sencilla. ¿Seguirás queriéndome?

**El ladrón:** No vas a envejecer nunca, Fox, ni yo tampoco. No lo permitiré, ¿recuerdas?

**El necio:** Pero sabes qué quiero decir, ¿no? Supongamos que no envejecemos. Que vivimos para siempre. ¿Me querrás entonces? ¿Por toda la eternidad?

**El ladrón:** Fox.

**El necio:** Es una pregunta sencilla.

**El ladrón:** Sí, pero la respuesta no es fácil.

**El necio:** Entonces es un «no». ¿Me quieres ahora acaso?

[Silencio].

**El ladrón:** ¿Y si te digo que te querré, Fox D'Mora, cada día mientras esté en este mundo? ¿Te haría eso feliz? ¿Eso es lo que quieres?

[Más silencio].

**El necio:** ¿Estás mintiendo?

**El ladrón:** A saber. ¿Crees que estoy mintiendo?

**El necio:** Creo que te gusta mentirme.

**El ladrón:** ¿Por qué me quieres entonces?

**El necio:** Porque soy un necio. ¿Por qué me quieres tú?

**El ladrón:** Porque eres un necio.

**El necio:** Y porque eres un ladrón.

**El ladrón:** ¿Y qué es lo que se supone que he robado?

**El necio:** Este reloj, para empezar. Mis afectos.

**El ladrón:** Ah, sí. Un robo fortuito.

**El necio:** ¿Te arrepientes?

**El ladrón:** ¿Por ti? Puede.

**El necio:** Muy filantrópico por tu parte.

**El ladrón:** Duérmete, Fox.

**El necio:** Duérmete tú.

**El ladrón:** Muy listillo, ¿eh?

**El necio:** Bésame.

**El ladrón:** Listillo y exigente.

**El necio:** ¿Por favor?

[Hay un beso, no lo da ni lo recibe nadie. Es un beso compartido].

**El ladrón:** ¿Contento?

**El necio:** Sabes raro.

**El ladrón:** Eso es lo que me llevo por complacerte. Mofa.

**El necio:** No, quiero decir que… sabes diferente.

**El ladrón:** ¿Diferente cómo?

**El necio:** Diferente como… como el aire cuando huele diferente después de la lluvia.

**El ladrón:** ¿Tengo sabor a cambio, quieres decir?

**El necio:** Sí, supongo. A cambio.

[Se quedan en silencio].

[El silencio se alarga, vacila, late].

**El ladrón:** Me temo que voy a costarte mucho, Fox, y lo lamento desesperadamente.

[El necio batalla con su necedad. Por un momento, gana].

**El necio:** Creo que voy a dormir.

[El ladrón traga saliva con dificultad].

**El ladrón:** De acuerdo.

**El necio:** ¿Te quedarás hasta que me duerma?

[Una pausa].

**El ladrón:** Siempre.

**El necio:** ¿Estás mintiendo ahora?

[Sí, y los dos lo saben].

**El ladrón:** No se sabe.

[No hay escena II. El necio se despierta solo. Termina la obra].

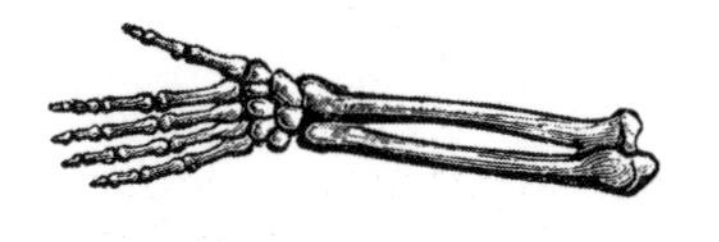

# VIII

## PUERTAS ABIERTAS

—Hoy me he acordado de algo más —anunció Tom, y Vi ladeó la cabeza para indicar que lo escuchaba mientras contemplaba a compradores potenciales deambular por la casa Parker, conjeturando sobre temas de rehabilitación, bibliotecas institucionales y/o saunas personales—. He recordado que era el cumpleaños de alguien ese día. Ya sabes —añadió, señalándose el pecho—. Ese día.

—No sabía que querrías hablar justo ahora —comentó Vi con ironía, sin mirarlo—. Creía que estarías ocupado con tus tareas de poltergeist. —Movió una mano para abarcar el salón, que era uno de los escenarios preferidos de Tom para sus travesuras—. Con todos estos propietarios potenciales aquí, ya sabes. Tus oportunidades para sembrar el caos son espectacularmente ilimitadas.

—Ninguna de estas personas es un comprador serio —replicó con el ceño fruncido. Vi enarcó una ceja, permitiéndose una muestra cautelosa de interés (esto, a diferencia de la mayoría de opiniones de Tom, valía la pena saberlo, dada su posición como vendedora en este caso en particular)—. Mi padre siempre tuvo ojo para este tipo de cosas. Mira a ese. —Señaló a un hombre en una esquina—. Está examinando esa pintura demasiado detenidamente como para que no sea eso por lo que realmente está aquí. Probablemente espere que aparezca en una venta de patrimonio o algo así. Y esa mujer —comentó—, ha arreglado su traje más de una vez; los botones no están perfectamente conjuntados. No tiene dinero para comprar la casa.

—A lo mejor trabaja para otra persona —sugirió Vi—. Hay gente que quiere convertirla en un edificio gubernamental.

—No —replicó Tom—. Estaría tomando notas, haciendo fotos; la persona que quisiera comprar la casa desearía detalles de la inversión, seguro. Si quieres mi opinión, parece una bloguera. Ha estado mirando todas las alfombras, juraría que está buscando manchas de sangre.

—Dios, menuda panda de buitres —murmuró Vi, sacudiendo la cabeza—. Aunque tal vez solo le gusta el traje.

—No —la corrigió Tom—. Mira —añadió y Vi lo hizo, miró a la mujer desde la distancia mientras se movía, tirándose de la falda de tubo—. Creo que la tela le parece incómoda. Más bien parece que es su único traje. Ha ganado un poco de peso, parece. Por eso la ha arreglado.

—Se te da bien esto —afirmó Vi a regañadientes.

—No tengo nada mejor que hacer —respondió Tom—. Además, he mirado su bolso y tiene ahí el recibo de la modista.

Vi puso los ojos en blanco.

—Eres lo peor —dijo, y él no replicó.

—Da igual —continuó él, como si Vi solo hubiera hecho un comentario sobre el tiempo—. Fue el cumpleaños de alguien.

—El tuyo no. Lo busqué.

Tom emitió un sonido terriblemente irritante.

—Vi-ola —canturreó con la mano en el corazón ensangrentado—. ¿Sabes cuándo es mi cumpleaños?

—Más bien sé que no era tu cumpleaños porque tampoco era Navidad —le recordó Vi—. Porque, como recordarás, para el resto del mundo el 25 de diciembre es un día más significativo que tan solo por el cumpleaños de Thomas Edward Parker.

—Thomas Edward Parker IV —señaló él con un movimiento del dedo—. Una distinción importante.

—Exacto —dijo ella, ahogando un bostezo—. ¿Y de quién era el cumpleaños? ¿De Lainey? —preguntó, mirándolo.

—No, de ella no, lo habríamos mencionado alguno de los dos en la llamada de teléfono. Además, normalmente en su cumpleaños la llevo al restaurante que le gusta en South Loop. Le encanta la tarta *red velvet* de allí porque le echan nata a la crema de queso... —Se quedó callado al ver la mirada en su cara—. ¿Qué?

—¿Llevas a tu exnovia a cenar en su cumpleaños? —preguntó ella con tono burlón—. ¿Y todo eso de «hemos terminado»? ¿Era un jueguecito?

Tom le lanzó una mirada de irritación.

—Habíamos discutido —explicó—. Teníamos nuestros altibajos y, definitivamente, ese era un bajo... Aun así la habría llevado a cenar por su cumpleaños. Era una tradición. Cuando eres la cuarta persona con el mismo nombre de mierda —murmuró, más para sí mismo que para Vi—, sueles encariñarte con cosas que resultan repetitivas.

Vi se encogió de hombros. Esto, como gran parte de la vida y de la historia de Tom, era un asunto muy difícil de entender.

—¿Por qué habíais discutido?

—No estoy seguro —admitió con una mueca—. No dejo de intentar recordar, pero es como si algo me bloqueara. —Se inclinó hacia delante y se frotó las sienes—. Me da dolor de cabeza.

—Curioso —comentó Vi, y, al contrario que la mayoría de las cosas que le decía a Tom, lo pensaba de verdad—. No deberías de sentir así las cosas. —Ella misma no sentía dolores ni penas. Solo hambre.

—Pensaba que sentiría menos en general —coincidió Tom—. Recuérdame que se lo pregunte a la Muerte cuando lo veamos.

—¿No lo has visto antes? Fue a buscarte, ¿no? —Ella no lo había visto, pero supuso que su muerte no contaba en realidad. Su condición era más una escapatoria de la vida que un final de verdad.

—Puede que sí, puede que no. —Tom se encogió de hombros—. La pérdida de memoria, ya sabes. A saber. A lo mejor realizó una interpretación adusta y completa de *I Ran* y me he olvidado de todo...

—Es un clásico, digan lo que digan —lo interrumpió.

—Lo sé, por eso la imagino en el repertorio de la Muerte.

—Disculpa —interrumpió alguien su conversación y se acercó a Vi. Tenía el pelo rubio dorado, que contrastaba con sus ojos azules pálidos (un poco como metales mezclados, pensó Vi, y de pronto recordó destellos dorados y plateados), cuidadosamente peinado hacia atrás. Vio una línea fina y dentada en su labio superior, que se niveló cuando el hombre sonrió, estirándose por encima de sus caninos—. Eres la agente inmobiliaria, ¿no? —preguntó—. ¿La señorita Marek?

—Sí, soy yo —confirmó Vi y le tendió una mano—. ¿En qué puedo ayudarte?

—Es solo curiosidad —comenzó y le estrechó la mano con firmeza, pero sin mucha presión—. Sé que se organizan algunas visitas guiadas de esta casa. —Señaló la habitación y ella asintió—. ¿Cuándo son?

—Los fines de semana al final de la mañana —respondió Vi—. Por supuesto, terminarán cuando se venda la casa. Por ahora, sin embargo, la Fundación Parker tiene una participación mayoritaria tanto en la casa como en la oficina. Dicen que Wynona Parker, la esposa de Ned Parker, quien construyó la casa, fue quien empezó las visitas hace casi cien años —añadió, ofreciendo un poco de encanto anecdótico—. Le gustaba especialmente el solárium.

—Sí, sí, interesante —dijo el hombre con tono falso, mirando la habitación—. ¿Cómo es la seguridad aquí?

—Pobre —respondió Tom—. Obviamente.

—*Shh* —siseó Vi mientras el hombre seguía inspeccionando el techo—. Es excelente, señor. Aunque la mayoría de las pertenencias de la casa están aseguradas —añadió. Notó algo raro en su comportamiento—. Y protegidas por perros —comentó en un arranque de inspiración.

—No es verdad —protestó Tom—. Papá era alérgico, así que...

El hombre se movió y miró justo al punto donde estaba Tom.

—Buen intento —le dijo sin más a Vi—, pero no hay motivo para ahuyentarme. ¿Crees que soy un serio comprador? —Dio una vuelta para que apreciara la elegancia de su atuendo—. Te aseguro que, si decido que quiero la casa, será mía.

—Oh, no, señor —le aseguró Vi—. Yo solo…

—Viola —lo interrumpió el hombre y la miró con desconfianza—. ¿Puedo llamarte Viola?

—Claro —aceptó con una sensación aciaga y él asintió, complacido.

—Veo que te he dado una impresión del todo errónea, pero deberías saber que haces un trabajo encantador con la puesta en escena y que me he guardado una de tus tarjetas para el futuro. La foto no está mal, por cierto —comentó, sosteniéndola entre dos dedos—. Luces una blusa sin cuello con aplomo.

—Con aplomo tal vez no —terció Tom—. Algo más degradado. Estás bien, pero…

—Gracias —le dijo Vi al hombre en voz más alta que la de Tom, a pesar de que nadie podía oírlo. (Ella sí y eso era razón suficiente)—. Es una buena blusa.

—¿No es curioso cómo se ganan nuestro cariño los objetos? —preguntó el hombre. Se metió la mano en el bolsillo y sacó una manzana pequeña y amarilla. Parecía un híbrido de manzana y pera que Vi sabía que vendían en un rincón oscuro del supermercado. Limpió una parte con la mano, encogiéndose de hombros, y le dio un mordisco. Masticó despacio y esperó educadamente a hablar una vez que había tragado—. Esta blusa —continuó, alzando la tarjeta— es buena porque hace que tu cuello parezca, ya sabes… —Hizo un gesto con la mano en la que tenía la manzana—. Hace que parezca regio. Como un pilar.

—Supongo —aceptó Vi y entonces, por razones que no podía explicar, continuó con la conversación—. Aunque es más que eso. Por el material. —Se encogió de hombros—. Siempre sienta bien.

—Sí, claro, pero nadie está cuestionando tu material —dijo el hombre en una especie de tangente sin fundamento—. ¿Nadie te ha preguntado de qué estás hecha últimamente? Supongo que no —se respondió él solo y le dio otro bocado a la manzana—. Porque eres buena o mala independientemente de a quién sirvas, ¿no?

—Bueno. —Vi lanzó una mirada a Tom, que parecía igual de sorprendido—. ¿Cuál es tu filosofía sobre las casas entonces?

El hombre se lo pensó.

—¿Qué hace buena o mala a una casa? Sus cimientos, supongo —postuló, asintiendo—. Aunque también su anatomía. Las tripas y esas cosas. Esta casa... —añadió y estampó de forma abrupta un pie en el suelo— tiene tripas. Unos buenos huesos. Buen rostro. ¿Y su alma?

Se quedó callado, aguardando, y ella parpadeó.

—Yo... —Vi vaciló—. ¿Qué?

—¿Cómo es el alma de la casa? —preguntó de nuevo, con menos paciencia esta vez—. Antes que nada, ¿tiene?

—Es un objeto inanimado —le recordó Vi con cautela y él se encogió de hombros.

—Las casas tienen alma. Esa sensación cuando entras en una casa y hueles la comida, oyes a los niños reír y jugar. Esa es el alma. Un alma, pero no la de esta. Esta casa, bueno... —Volvió a encogerse de hombros—. Si tuviera que adivinar, diría que tiene el alma de una iglesia. Ha presenciado demasiado. Lo ha presenciado todo. Austera. Posee un sentido verdadero de jerarquía. —Se movió y dio otro mordisco. Señaló el techo y desplazó el brazo para abarcar la habitación—. Iglesias. Tienen lágrimas en el suelo —comentó, pensativo—. Puedes sentirlas. Saborearlas. Este lugar no es así.

Volvió a hacer una pausa, masticando despacio.

—Este lugar tiene sangre en las paredes —señaló con tono sombrío.

Vi se sentía incómoda, quería que la conversación acabara antes de que alguien los escuchara.

—¿Eres...? —comenzó, pero se detuvo—. ¿Es esto...? ¿Eres un bloguero o algo así? Porque si es así...

—No —respondió él. Llegó al corazón de la manzana y lo tiró a la papelera que había al lado de ella—. ¿Por qué?

—Esto... Yo...

—Ah, ¿hay de verdad sangre en las paredes? —preguntó, riendo—. Solo era una suposición, *jenta mi.*

Vi no reconoció las palabras, pero frunció el ceño igualmente, disconforme.

—Aunque no cambia nada para mí —le aseguró el hombre—. Yo tengo sangre en las venas. ¿Tú no? ¿Por qué iba a asustarme que hubiera también en las tuberías?

Alguien, a unos metros de ellos, levantó la mirada y frunció el ceño al oír su conversación.

—¿Podrías dejar de decir esas cosas? —le pidió Vi con toda la educación que pudo.

El hombre sonrió y la cicatriz estrecha de su labio volvió a estirarse.

—Claro, *my.*

—¿*My*? —repitió Vi y él sacudió la cabeza.

—*My* —dijo de nuevo y, al ver que no se enteraba, levantó la mano para escribir la palabra en el aire. *Møy*, escribió, y esta vez Vi asintió—. Significa «guapa». Tómalo como un cumplido.

—*Mansplaining* —murmuró Tom y puso los ojos en blanco—. Hasta yo lo detecto.

—Lo de los cumplidos no es para dar cierta especie de... impresión halagadora? —le preguntó al hombre con indiferencia y él se echó a reír.

—No te preocupes, *møy*. Mis intenciones son puras. O, al menos, más puras de lo que sospechas, imagino.

—Siento curiosidad por tus intenciones de compra —le recordó.

—Ah, claro. Bueno, esas tampoco son lo que esperas, creo.

—¿Estás interesado entonces?

—Ah, sí que estoy interesado —afirmó—. Pero veo que he monopolizado tu tiempo, así que creo que ya he visto lo que necesito. Mucha suerte, Viola Marek —le deseó y se dio un golpecito en la cabeza, como si llevara un sombrero—. Y tú podrías hacer la colada, pero mis mejores deseos también para ti —añadió a Tom y entonces se retiró, dejándolos a los dos mirándose, confundidos.

Vi frunció el ceño.

—¿Acaba de…?

—Un momento —dijo Tom, mirándola—. Espera.

Desapareció y, tal y como le había pedido, Vi esperó, contemplando a la gente.

El hombre era muy raro, pero no sabía qué pensar de él y tampoco sabía si merecía la pena perder el tiempo pensando en ello.

Su segundo pensamiento, poco después, fue que el cartón de zumo que llevaba en el bolso era particularmente tentador en ese momento, aunque no estaba segura de qué hacer tampoco a ese respecto.

Se sentía un poco mal y era difícil de explicar, incluso a alguien que lo entendía, como Isis. Por algún motivo, de pronto era muy consciente de sus dientes. Quería hincarlos en algo. Observó a la mujer del traje entallado, aunque evitó mirarle el vientre. Tenía que evitar cualquier cosa que atrajera su atención últimamente y cada vez estaba más segura de que esto era una de esas cosas.

Sí, ahí estaban las señales. El tufo a té de jengibre para las náuseas proveniente del termo que tenía la mujer en la mano, los tobillos hinchados, las tiritas que mostraban precisamente dónde habían empezado a clavársele los zapatos, el aumento de peso que la obligaba a ponerse el traje incómodo. No había tocado el vino ni ninguno de los quesos suaves ni los embutidos.

Junto a los sentidos agudizados de Vi, había solo una conclusión razonable.

—¿De cuánto estás? —le preguntó a la mujer. Era una pregunta que siempre le había preocupado formular cuando era humana, pero no ahora… con su condición. Ahora reconocía a una mujer embarazada cuando la veía, sentía el latido de una criatura viva aunque estuviera dentro de otra, algo en realidad mucho más desconcertante que práctico.

Aunque no olvidaba la practicidad de esto.

La mujer se mostró sorprendida.

—Catorce semanas —respondió—. Estoy empezando el segundo trimestre. ¿Tienes hijos? —preguntó, aunque parecía escéptica—. Mis compañeros de trabajo piensan que estoy engordando.

—Vaya con la gente. —Vi suspiró y sacudió la cabeza—. Son lo peor, ¿eh?

La mujer se acercó y si el corazón de Vi fuera funcional, se le habría acelerado.

—Te voy a ser sincera —dijo la mujer. Al parecer, pensaba que habían forjado un vínculo por la posesión compartida de un útero—. En realidad, no he venido a comprar esta casa. Estoy escribiendo un libro sobre la familia Parker y...

*No te acerques más*, pensó Vi, y trató de concentrarse.

—De acuerdo —respondió con dificultad. Se sentía un poco mareada—. Naturalmente, la gente es curiosa. Pero... —Hizo una pausa y notó un tirón en los dedos, la salivación en la lengua. Una sensación extraña ascendió por su columna, como si deseara que la mujer saliera corriendo, que huyera para poder perseguirla—. Deberías de irte —terminó con tono ronco y la mujer frunció el ceño.

—Perdona. —Parecía sentirse traicionada—. Pensaba que...

La tensión en la espalda de Vi rugió en sus piernas y le agarró con un movimiento rápido el brazo a la mujer. Esta parpadeó y le miró los dedos. Vi recordó en el último momento que era una vampira, pero también, y más importante, era agente inmobiliaria; se sacudió por dentro.

«¿No tienes tú algo raro con los bebés no nacidos?», le había preguntado Isis.

(Sí, algo insignificante, también conocido como gusto por la carne).

—Lo siento —se disculpó y se obligó a convertir el movimiento en una palmada alentadora—. Entiendo que es tu trabajo, por supuesto, pero la próxima vez organiza una cita con la fundación. Esto es para la venta —aclaró—, así que prefiero no tener distracciones.

La mujer asintió y se apartó. Vi exhaló un suspiro de alivio.

—Gracias.

—Ningún problema —respondió la mujer. Miró la comida y señaló la tapenade. Vi había puesto al lado el pan—. Ahora me siento un poco culpable por participar, pero te juro que parece que el bebé solo quiere aceitu…

—Tengo que irme —la interrumpió Vi y se volvió de forma brusca. Miró a su alrededor, buscando a Tom, y echó entonces un vistazo al reloj. ¿Dónde se había metido?

Diez minutos.

¿Qué estaba haciendo?

—Eh —dijo Tom, que persiguió al hombre rubio a la puerta este de la casa (junto al garaje, que en el pasado fue un establo). Puso una mueca al ver que el extraño abandonaba el edificio y estaba ya a unos pocos pasos de lo que Viola llamaba de forma encantadora (es decir, de una forma acorde a una molestia desagradable, aunque pasablemente bonita) el perímetro de persecución de Tom—. ¡EH! —gritó de nuevo, originando una onda de tensión electromagnética en el aire por el énfasis (Vi asociaba este efecto a la sensación de tener un horrible y repentino recuerdo del instituto).

El hombre se detuvo al fin. Se quedó un momento muy quieto, mirando la nada.

—He pasado algo por alto, ¿no? —preguntó.

Entonces se giró bruscamente y miró a Tom con los ojos entrecerrados.

—Ah, sí —dijo, asintiendo con seguridad—. Estás muerto. Error mío.

Tom se quedó con la boca abierta.

—Esa no es la reacción habitual —señaló un momento después.

—Bueno, supongo que yo no soy del todo normal tampoco, pero gracias. Las líneas entre los reinos son inherentemente delgadas, me temo. A veces no pienso que alguien las ha cruzado.

Tom lo evaluó en busca de la verdad y llegó a una certeza.

—Dios mío —fue todo lo que dijo como respuesta—. ¿Qué eres?

—No reviste importancia —contestó el hombre—. ¿Qué eres tú?

Se produjo otra pausa, esta vez para la estimación.

—Un fantasma, creo. Vi piensa que soy un poltergeist.

—¿Vi?

—Viola —aclaró Tom—. La vampira de ahí. Perdona —comprendió, al darse cuenta de lo que había dicho—. Me refiero a la agente inmobiliaria.

—Ah, mierda, no me digas. Eso también lo he pasado por alto, supongo.

—No pareces muy preocupado —comentó Tom—. ¿Te encuentras con tipos sobrenaturales a menudo?

—Como he dicho, solo hay diferencia si la destacas tú —comentó el hombre con una facilidad digna que impresionó a Tom, como si lo hubiera dicho su abuelo—. Esta mañana me sirvió el café un pelirrojo bajito, pero eso no significa que sea un leprechaun. Tampoco significa que no lo sea —afirmó—, pero el café estaba bueno, así que la diferencia es irrelevante.

—Supongo que es una forma de verlo —señaló con calma Tom y frunció el ceño—. Pero no creo que hayas venido a comprar mi casa.

—Ah, ¿es tu casa? —preguntó el hombre—. Interesante.

—Sí. Soy Tom —explicó—. Tom Parker.

—Brandt —se presentó el hombre—. Solberg.

—¿Es un pseudónimo?

—Lo he actualizado para adaptarlo a los tiempos —confirmó Brandt—. A los norteamericanos les cuesta horrores el nórdico antiguo.

—¿Cuán antiguo es tu nórdico antiguo exactamente? —preguntó Tom.

—Lo suficiente. Si no, habría dicho simplemente «nórdico».

*Cierto*, pensó Tom.

—Entonces… la casa… —insistió.

—No voy a comprarla —confirmó Brandt las sospechas de Tom—. En realidad, voy a robar.

Tom parpadeó.

—¿Qué?

—Mira, tampoco es que tú puedas hacer mucho con las cosas que hay aquí —le recordó Brandt—. Y pareces un tipo agradable. No sé si puedo basarme en mucho. —Señaló la herida de cuchillo de Tom—. La mayoría de los tipos agradables a los que he conocido nunca han recibido una puñalada en el pecho, pero, bueno, ya sabes. —Se encogió de hombros—. No soy de los que mienten.

—Parece que sí lo eres —señaló Tom y, de nuevo, Brandt se encogió de hombros.

—No hay forma de saberlo, ¿no?

Tom, en este punto, se sentía un poco mareado.

—No estoy seguro de que quieras robar en mi casa —determinó un momento después.

—Bueno, lo entiendo. La mayoría de las personas no lo creen.

Hubo un momento de silencio.

—Pero voy a hacerlo —le aseguró Brandt con cierto tono de disculpa—. Hay algo que necesito.

—Oh.

—Además —añadió Brandt—, es técnicamente mío.

Ja.

—Lo dudo.

—La gente suele hacerlo —señaló con benevolencia.

Tom se quedó nuevamente callado, pensativo.

Por una parte, aunque aceptara la premisa de que las cosas de la casa ya no tenían ningún valor para él (discutible, dependía del artículo en cuestión), un robo, en especial en una casa, atraería bastante atención hacia la vivienda y la convertiría de nuevo en el escenario de un crimen. También expondría una vez más la casa como un lugar con una seguridad profundamente inefectiva y eso contribuiría a que siguiera sin venderse.

Por otra parte, Vi se pondría furiosa.

O tal vez esa fuera la primera parte.

—Puedo ayudarte —se ofreció Tom.

—Eso sería extraordinario —señaló Brandt.

—Aquí estás —dijo Vi al ver a Tom cuando volvía al salón—. ¡Han pasado casi veinte minutos!

—¿Me has echado de menos? —preguntó Tom con tono ofensivo. Vi puso los ojos en blanco (¿necesitaba especificar en voz alta semejante ocurrencia?).

—¿Qué te ha dicho?

—No mucho. Es raro, eso seguro. —Tom no parecía muy perturbado por esta afirmación y eso era prometedor—. Ha dicho algo sobre que no ve las líneas entre los reinos.

—¿Reinos? —repitió Vi con el ceño fruncido—. Suena falso.

—¿No has dicho tú que un ángel, un segador y el ahijado de la Muerte van a venir esta tarde? —repuso Tom—. No me pareces la más indicada para discutir qué es real y qué no, Viola.

—Viola —repitió ella, farfullando—. ¿Me estás haciendo la de Elaine?

—No. Si lo hiciera, te llamaría Elaine.

Sencillamente, no había un método adecuado para describir la agonía de intentar mantener una conversación con Tom.

—Muy bien —dijo Vi, un ejercicio de contención en una batalla más amplia y fútil por la cordura—. En cualquier caso…

—En cualquier caso —confirmó Tom—, ya se ha ido. Y no creo que sea un comprador.

Vi tampoco lo creía, pero no había nada nuevo en eso. Confesarlo en voz alta solo le alegraría el día a Tom.

—Estoy pensando en intentar hablar con promotores comerciales la próxima vez —comentó en cambio, mirando a su alrededor—. Este lugar podría ser un hotel encantador, ¿sabes?

—Dios, no tienes imaginación. —Tom puso los ojos en blanco—. ¿Se te ha ocurrido ahora? El tío Benji intentó conseguir la aprobación de la junta para hacer eso hace unos veinte años. Nunca aceptaron.

—Puede que lo hagan ahora —Vi se mostró optimista—. A menos que esté expresamente manifestado en alguna parte que no pueden, claro…

—Lo está —le informó Tom—. Es una estipulación para la propiedad de la casa. Tiene que vivir gente aquí. No sé por qué, pero Wynona se aseguró de que Ned Parker lo dejara especificado en su testamento. Mi abuela —aclaró sin necesidad—. Dijo que era importante.

—Cómo no. —Vi suspiró y sacudió la cabeza. A ella le sonaba como una de esas cláusulas estúpidas de las celebridades, como solo comer M&M azules. La clase de cursilerías que solo se le ocurrirían a los ricachones—. Tu familia es un manojo de bichos raros. No me extraña que estuvieran malditos.

—Eh, no bromees con las maldiciones —le advirtió Tom de un modo que resultaba gracioso, gesticulando de forma exagerada—. Yo lo hacía y mírame.

—No creo que murieras por una maldición. Creo que moriste por un brutal apuñalamiento.

—Puedes pensar lo que quieras, Viola Marek. No significa que tengas razón.

No debería de haber sonado siniestro, claro, porque era Tom Parker, quien era incapaz de cualquier amenaza significativa más allá de la que afectaba a la paciencia de Vi, pero parecía demasiado complacido consigo mismo para tratarse de alguien que estaba a punto de ser sobrenaturalmente desalojado, y ahí estaba el problema.

—Muy bien —fue la única respuesta de Viola para ocultar el escalofrío que le dio.

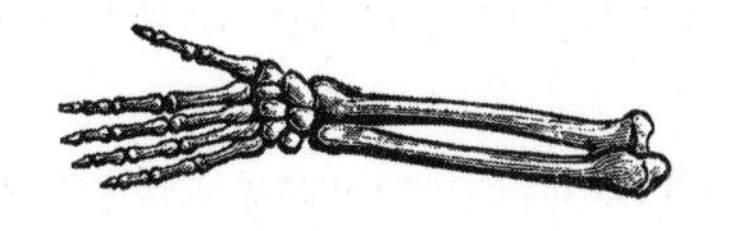

# IX

## CAUSA Y EFECTO

—Tenemos un problema —anunció el arcángel Rafael. Su pisada ingrávida poco perturbó la nebulosa que había debajo de él, salvo por la brisa que provocó a su paso, fresca y con olor a manzana—. Parece que la Muerte ha eludido su deber.

—Eludido —repitió su colega, el arcángel Gabriel. Levantó la mirada de los informes de empleo que estaba clasificando—. Suena serio.

—Lo es —confirmó Rafael—. No está localizable.

—¿Quién? ¿La Muerte? —preguntó Gabriel con el ceño fruncido. Se estiró con un bostezo—. Imposible. Debe de haber algo mal.

—He ahí el problema —coincidió Rafael—. Creía que era obvio.

(Y lo era, claro, pero aun así).

(Algunas cosas sencillamente necesitan decirse en voz alta).

—Bueno, vamos a detenernos un momento —dijo Gabriel y Rafael se cruzó de brazos—. ¿De qué trabajo estamos hablando exactamente?

—Del principal —respondió Rafael—. El transporte —aclaró—, no la seguridad.

—Bueno, entonces la cosa está segura, parece. —Gabriel exhaló un suspiro—. Es un alivio.

—No tan tranquilizador como me gustaría —repuso Rafael de mala gana—. Puedes ver que no hay línea de recepción.

(Gabriel se había dado cuenta, pero había preferido no decir nada porque tenía la esperanza de que, si lo ignoraba, simplemente desaparecería, o mejor aún, el problema gotearía a alguien que estuviera muy por debajo de él en la nómina).

(Proverbialmente hablando, por supuesto. No les pagaban, esto no era reaganomía, e incluso sugerir algo así sería prodigiosamente indigno).

—No ha habido Finales entonces —adivinó y Rafael puso una mueca.

—No exactamente. Los Finales siguen según lo previsto.

Gabriel esperó, perplejo.

—Pero…

—Pero sin la Muerte que los transporte, no están llegando a las puertas —continuó Rafael tras ceder a su irritante pasión por las pausas dramáticas—. Hay… mucha inquietud.

—Un momento —dijo Gabriel—. ¿Y dónde están entonces? Los muertos, quiero decir.

Rafael vaciló.

—Están… —Se detuvo y tosió—. No del todo muertos.

De nuevo, Gabriel frunció el ceño.

—¿Cómo no del todo muertos?

—Digamos que probablemente deberíamos de hacer una visita a la morada de la Muerte.

Gabriel se estremeció.

—No es mi morada favorita —lamentó.

—He ahí el problema —confirmó Rafael.

¿Dónde reside la Muerte?

En los muertos, claro, y en las almas de los vivos; en sus miedos por el futuro y en las pérdidas de sus pasados. La Muerte vive en los silencios demasiado tranquilos, en las partes más profundas de la noche. La Muerte tiene su hogar en los momentos de rigidez, en los segundos antes de una caída; en la franqueza apesadumbrada de las manos del cirujano, el arco del arquero, el hacha del verdugo, la aguja del enfermero. La Muerte acecha, acosa, aguarda… o eso es lo que creemos, en nuestra vanidad y en nuestro orgullo egoístas, pues la Muerte vive tan intensamente en nuestra conciencia que es muy difícil imaginar que pudiera tener un hogar propio.

Sin embargo, a pesar de nuestras ideas equivocadas, sí tiene un hogar, como la mayoría de personas y cosas y seres, y la morada de la Muerte no es una sombría mansión Tudor, ni un castillo de piedra dura, ni una casa victoriana. La Muerte reside en el Árbol de la Vida, que se asienta encima de una cueva de su propia construcción. Duerme (metafóricamente, por supuesto) en una especie de casa en el árbol, construida con madera encantada que le prestó el árbol, pero vive abajo, donde el interior enjoyado de una caverna solitaria refleja la luz de sus muchos tesoros.

La cueva de la Muerte se ilumina sola, y ver el interior es ver la manifestación de deseos, de la fantasía, pues la Muerte es un coleccionista de oficio y su colección privada es muy grande.

—Bien —dijo Rafael con cuidado de no arrastrar sus alas seráficas por el suelo húmedo y lleno de musgo de la cueva de la Muerte—. Diría que no está aquí.

—Diría que tienes razón —coincidió Rafael—. Por mucho que lo aborrezca.

Se quedaron callados, pensando en su apuro.

—Nunca antes se había ido —comentó Rafael a nadie en particular—. No me gusta.

—Dudo que su intención fuera fastidiarte a ti personalmente —señaló Gabriel con tono amable y Rafael suspiró.

—¿Crees que se ha dado cuenta alguien más? Los demás querrán saberlo lo antes posible. Él —dijo, señalando hacia arriba—. Y él —determinó, golpeando el suelo con el pie.

—A menos que lo encontremos antes nosotros —sugirió Gabriel—. A él, quiero decir —aclaró, abarcando con el brazo la cueva de la Muerte.

Rafael se animó al escucharlo.

—A lo mejor lo encontramos nosotros antes —afirmó y se quedó callado un momento—. Tendremos que buscar a alguien —comprendió—. Pero ¿a quién?

Gabriel ladeó la cabeza y sopesó sus opciones.

—Es un asunto urgente —señaló, vacilante—. Por lo que, aunque ciertamente sería poco ortodoxo, tal…

—No lo digas —murmuró Rafael, encogiéndose.

— … vez simplemente deberíamos de invitar a ambos lados.

Rafael suspiró.

—Temía que dijeras eso —lamentó.

—He ahí el problema —indicó sabiamente Gabriel.

—He ahí el problema —coincidió Rafael.

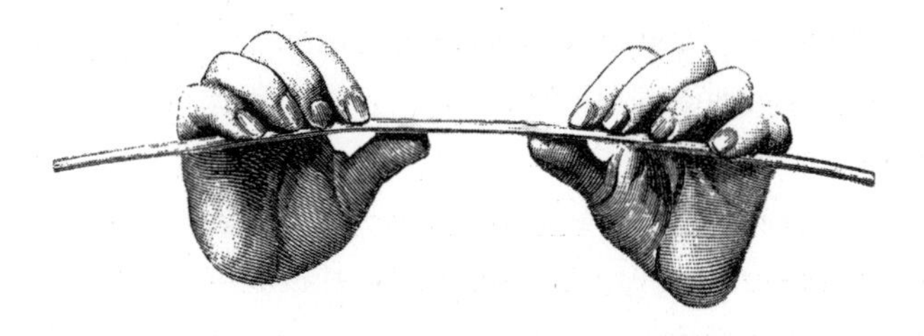

# INTERLUDIO II

## DESEOS

No hay nada más revelador del carácter de una persona que los deseos silenciosos que se guarda para sí misma, enterrados en los recodos y las ranuras de su corazón. Mayra Kaleka se ha visto llevada por el deseo de muchas personas y puede decir con autoridad que algunos corazones son más oscuros que otros, y pueden poseer una opalescencia intrigante; pero por muy oscuro o ligero o multifacético que pueda ser un corazón, todas las cosas relacionadas con el verdadero yo de una persona pueden leerse y medirse por alguien (como Mayra, por ejemplo) que sepa dónde mirar.

Si Mayra impartiera un poco de sabiduría, diría que todos los deseos son más oscuros de lo que imaginamos porque están muy cerca de los anhelos y, desde ahí, a solo unos centímetros de las ganas, y por lo tanto pueden fácilmente convertirse en vicios, que son justamente lo que Mayra se dedica a contabilizar y, siempre que se pueda, evitar. Ella es una soldado, libra muchas guerras pequeñas y, en su experiencia, incluso la más oscura de las naturalezas humanas se puede interpretar por la intención de algo tan fantasioso como un deseo.

Creer que un deseo es siempre puro y bueno es abrazar la confusión.

Echar un vistazo al motivo por el que late el corazón de una persona, sin embargo, es comprender quién es.

En ese momento en el que Mayra no está despierta ni dormida, oye un susurro distante que roza las plumas sedosas de sus alas. No puede negarse cuando la llama un corazón y sus ojos se abren y escucha.

*Deseo sentir algo*, oye, y posee el dolor sombrío propio del agotamiento, un sentimiento que Mayra recuerda bien. Siente aún un eco de vez en cuando que resuena en sus huesos ligeros como plumas y, aunque la muerte y la vida y la vida después de la muerte tienen muy poco en común, Mayra es como ha sido siempre, y no ha perdido los recuerdos.

Envía una pequeña onda por el aire; el solicitante la notará como una brisa delicada que le aligera los hombros.

*¿Bueno o malo?*, pregunta Mayra.

El estremecimiento de la pregunta asciende por las muescas de la columna del solicitante.

*Deseo sentir algo mucho, mucho más grande que yo*, responde el corazón del solicitante.

*Deseo estar al borde de la ruina y la derrota, saltar al abismo lleno de peligro.*

*Deseo sentir que mi sangre se vuelve fría por el miedo y mis mejillas arden por la vergüenza; deseo una felicidad que me llene los pulmones y una tristeza que me arrolle como una corriente. Deseo sentir tanto y tan intenso que me inunde en oleadas. Deseo arrastrarme hacia algo; deseo perder partes de mí en el camino. Deseo un hambre que me guíe, una pasión que me consuma, sensaciones de tomar y tener y perder y anhelar, y deseo que todo esto tenga un precio, uno muy elevado…*

*… y deseo el coraje para pagarlo.*

*¿No es ya todo bueno por ser algo?*, pregunta el solicitante.

*¿No es malo porque…* —el deseo suspira— *puedo colapsar bajo todo esto?*

Mayra escucha y piensa.

Se ha quedado sin milagros, lo sabe, y este no es un desafío menudo.

Pero algunas cosas solo necesitan un pequeño empujón.

—¿Qué desearías? —pregunta Isis, balanceando las piernas, sentada en la encimera de la cocina mientras Tom la mira desde el otro lado de la habitación.

—La paz mundial —responde Vi y se guarda de nuevo la pluma en el bolsillo.

—Deberías haber apuntado a algo más probable —dice Isis—. Como un queso sin calorías.

Es un argumento válido. Vi, sin embargo, tiene cierta familiaridad con los imposibles.

—La próxima vez —es todo cuanto contesta y se encoge de hombros.

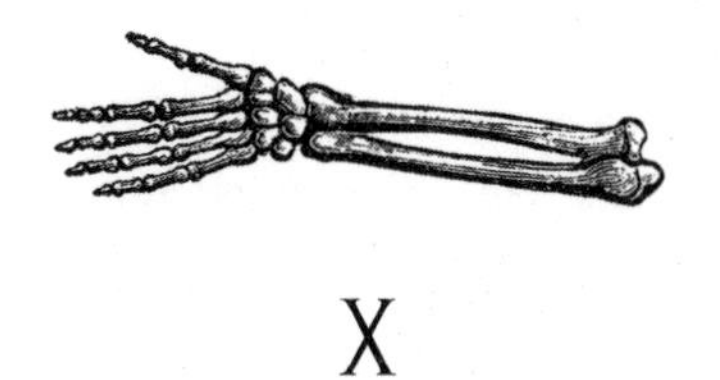

# X

## LLAMADA Y RESPUESTA

Decir que la mansión Parker es llamativa es una subestimación impenitente, aunque Fox ya ha visto casas así antes. Uno de los peligros de haber vivido a lo largo de la historia es haber presenciado los variados ciclos entre la opulencia y la devastación, y haber aprendido a desconfiar de ellos. Fox no tiene ya mucha paciencia para los torreones, los balcones o las enredaderas, pues sabe que todos se acaban pudriendo.

La casa, sin embargo, es hermosa para la mayoría de los ojos, Fox está seguro de ello; o si no hermosa de verdad, al menos posee cierto toque de grandeza; una grandeza intocable, inimitable. Se alza sola en una manzana más pequeña que la media, cerca de Lake Shore Drive, y parece estar más en comunión con el lago que con las calles y las casas que hay a su alrededor. Está cuidada, por supuesto, en todos los aspectos superficiales, pero sigue poseyendo cierta sensación de anhelo; parece propia de una generación más antigua. Alrededor de la casa, por ejemplo, el tiempo ha continuado de forma visible. La arquitectura ha cambiado, las viviendas vecinas han crecido y envejecido y florecido. Alrededor de la casa Parker, la ciudad ha renacido de formas diferentes, más grandes, más pequeñas, nuevas y distintas, pero siempre en conversación con las atestadas calles de la ciudad.

La mansión Parker, sin embargo, se halla sola y no habla con nadie. Le da la espalda a la ciudad y a sus habitantes, y mira enfurruñada a Míchigan, como si prefiriese hundirse bajo la superficie del lago que continuar en pie.

A primera vista, la casa parece rígida y altiva. Incluso los pájaros dan la sensación de no querer descansar en los hombros de la mansión y optan por dar vueltas por encima.

Tras un momento de contemplación, sin embargo, parece solitaria, igual de solitaria que la gente que ha sobrevivido a su propósito, y luego parece un poco triste.

Tras un minuto de observación, Fox cree entender.

—Ah, bien —dijo Viola al abrirles la puerta de entrada y hacerse a un lado para dejarlos pasar—. Ya habéis llegado.

—Sí. —Fox suspiró. Cal, a su lado, miraba con curiosidad el vestíbulo de mármol de la casa Parker—. ¿No dije que vendría?

Viola no dijo en voz alta lo poco que significaba su palabra para ella, pero Fox lo vio con claridad.

—En cualquier caso, me alegro —comentó Viola por encima del hombro y los guio por el vestíbulo y un pasillo que parecía dedicado a una secuencia de habitaciones inútiles—. ¿Has estado antes aquí? —preguntó en un intento por mantener una breve conversación mientras Cal los seguía.

Fox negó con la cabeza.

—No, nunca la he visto —admitió—. Tan solo sabía algo del Parker original; el primero, el de la tienda de telas. Era el único que pertenecía remotamente a mis círculos por aquella época. Pero esta casa la construyó…

Se quedó callado y se estremeció, al parecer sacudido por un escalofrío repentino y violento, y Viola se detuvo a mirar el aire junto al hombro derecho de Fox antes de devolver la atención al hombre.

—Ned Parker —respondió por él—. El abuelo de Tom.

—Ah. —Fox miró a su derecha con una mueca—. Ese debe de ser el fantasma.

Viola no parecía estar escuchando, estaba ya concentrada en el aire vacío.

—Sí, sé que es Thomas Edward Parker IV. —Ella suspiró con irritación mientras hablaba al espacio entre Fox y la pared de una galería antigua que representaba unos arenques muertos con peladuras de limón formando espirales—. Pensaba que... ya sabes, Tom, teniendo en consideración que es el nombre que usas...

—Tom, ¿eh? —repitió Fox, mirando lo que suponía que debía de tratarse del fantasma. Justo detrás de él había una habitación con paneles de madera de caoba y paredes de un tono que solo podía describirse como verde dinero—. Como su antepasado —murmuró Fox al tiempo que recordaba vagamente su experiencia con el primer Tom Parker, con quien se había tropezado en un *pub* más de un siglo antes.

—¿Lo conocías bien? —preguntó Viola y dejó escapar un gruñido.

—No, ya te he dicho que no, pero... —comenzó Fox, contrariado, pero ella levantó una mano, dirigiéndose al fantasma y no a él.

—No sé qué es lo que espera —informó Viola al aire—. No eres la primera persona en el mundo que se llama Tom. —Hizo una pausa, tal vez para escuchar, transformando su expresión en una rigidez que obviamente pretendía difuminar el alcance de su impaciencia. (No funcionó)—. No voy a preguntarle eso, Tom. Porque no tengo todo el tiempo del mundo, por eso, y tampoco tengo intención de enemistarme con gente cuya ayuda necesito. —Otra pausa—. Sí, Thomas, sé muy bien que es tu negocio preferido, pero te repito que no comparto tu entusiasmo por tus aficiones...

—Vaya —habló Fox también al aire vacío—. Qué divertido.

Al escucharlo, Viola se detuvo y desvió la mirada hacia él con un desagrado contemplativo y mal disimulado.

—Pensaba que al ser un médium podrías hablar tú mismo con él —comentó.

—Ah, ¿ahora estás hablando conmigo? —replicó Fox de malas formas.

Viola se cruzó de brazos e intercambió una mirada arrogante con el fantasma que había a su lado.

—No es un fraude, Tom —dijo sin más, mirando a Fox—. Más vale que no lo sea.

—Tengo un proceso —le recordó Fox—. Además, eres tú quien me ha arrastrado hasta aquí, ¿no? ¿Me habría molestado en venir si no fuera capaz de hacer lo que afirmo?

Viola puso una mueca.

—Sí, lo sé, es un buen argumento —murmuró al fantasma y Fox suspiró.

—¿Hay un fantasma aquí? ¿O es mejor que se encargue un médico de tus problemas?

—Tienes razón, Tom —señaló—. Es muy desagradable.

—¿Has visto los grabados de al lado de las escaleras, Fox? —observó Cal, que por fin los había alcanzado en el pasillo. Le dio un codazo a Fox con la insistencia propia de un niño y señaló indiscriminadamente por encima del hombro—. Complejos. Inmaculados. Y muy…

—Ostentosos —terminó Fox, indiferente.

—No tienes ningún gusto por el arte, Fox D'Mora —espetó con tono serio Cal mientras Viola los llevaba a la cocina. Isis y Mayra esperaban allí, la primera masticaba un palito de zanahoria y sonrió a Fox mostrando todos los dientes.

Mayra, por supuesto, se distrajo con la llegada de Cal de inmediato.

—Es una casa bonita, objetivamente hablando —señaló, haciendo un gesto con la cabeza para saludar a Cal antes de saludar también a Fox—. No es de mi gusto, pero, si soy sincera, muy pocas cosas lo son.

—Y tampoco es del gusto de muchos compradores —confirmó Viola con una mueca mientras sacaba del frigorífico un hummus que se dispuso a servir, como si esta fuera una reunión amistosa—. Aunque hay que admitir que el poltergeist insufrible que acecha sin descanso puede tener algo que ver con eso, pero digamos que no he realizado ninguna encuesta exhaustiva... Sí, lo sé, Tom, no te das por aludido, pero no sé qué quieres que te diga...

—Dice que quiere que la demonio se baje del mármol, que es muy caro —comentó Cal, inclinándose hacia Fox para ofrecerle la traducción—. Ella hace caso omiso.

—Ya veo, Calix —murmuró Fox con los ojos en blanco—. Gracias.

—De nada. Y ahora dice...

Se quedó callado cuando los cimientos de la casa sufrieron un breve aunque violento temblor.

—¿Está disgustado? —adivinó Fox.

—Sí —respondió Cal—. Está gritando «HOLA»...

—No hay necesidad —le aseguró Fox—. Gracias, pero estoy bien.

—Sí, hola —dijo Isis en la dirección del fantasma y Vi suspiró.

—Bueno, ya habéis conocido todos a Tom —continuó Viola y se volvió hacia Fox—. ¿Podemos empezar?

—¿De qué va todo esto exactamente? —preguntó Isis antes de que Fox pudiera responder. Se bajó de la encimera de la cocina (al parecer para poder acercarse más a él y, así, complicar su vida de forma más efectiva)—. ¿Vamos a hacer algún ritual de sangre y hueso o algo así?

—Oh, no. —Viola parecía indispuesta—. No, por favor.

—Un mago nunca desvela sus secretos —le informó Fox, sufriendo de nuevo por la incómoda proximidad de la demonio. (No estaba claro cuánto se debía a la actividad paranormal y cuánto a la personalidad de esta)—. Pero no, no habrá sangre.

Isis, sin embargo, no parecía decepcionada.

—Interesante que te compares con un mago, ¿sabes? ¿Admites entonces que todo esto es trampa y cartón?

Fox abrió la boca, dispuesto a decir que obviamente estaba simplificando demasiado el asunto, pero en el último momento recordó que esta tenía que ser una tarea sencilla y eficiente en el tiempo y si no quería que se convirtiera en un escándalo, entonces no necesitaba desencadenar uno.

—¿Quieres mi ayuda o quieres contrariarme? —exclamó.

—¿Yo? Contrariarte, por supuesto —respondió Isis y señaló a Viola—. Vi quiere ayuda.

—Así es —afirmó Vi—. Para vender la casa.

—Entre otras cosas —añadió Isis.

—No —la corrigió Vi, fulminándola con la mirada—. Una cosa.

—El fantasma dice «qué grosería» —intervino Cal, que volvió a acercarse a la oreja de Fox—. No creo que se refiera a ti —añadió.

—No pasa nada, está mintiendo —aseguró Isis, mirando el punto donde supuestamente estaba el fantasma.

Fox levantó una mano para silenciarlos.

—Escuchad. Voy a llamar a la Muerte, tendremos unas cuantas respuestas y después nuestros caminos se separarán para siempre. ¿Entendido?

—Claro —afirmó Vi.

Cal volvió a acercarse.

—El fantasma dice «todavía grosero», así que…

—Brillante —declaró Fox. Lanzó otra mirada a la habitación antes de decidir que no, que era mejor no especular sobre la calidad de su público—. Pues vamos a empezar. —Exhaló un suspiro.

Arriba, Brandt Solberg detuvo la búsqueda en los baúles de madera de la antigua habitación de bebés de la casa Parker al captar los sonidos de la conversación que tenía lugar abajo.

—Esto —murmuró a nadie en particular— no es lo ideal.

Y así era.

No era lo ideal.

¿Lo ideal en cuestión? Silencio, supuestamente, aunque un ladrón debía saber siempre que no podía confiar demasiado en el silencio. Mientras que algunos pueden oír el silencio y asumir la inocencia por falta de algo más preocupante, un ladrón es más listo. El silencio solo significa algo demasiado callado para oírlo, un estado antinatural demasiado manipulado. Cualquier cosa tan calculadamente furtiva para no producir sonido y no proyectar sombra a menudo significa mala conducta bajo los pies. En este caso, un poco de ruido estaba bien; el crujido natural de la casa vieja, el zumbido del aire acondicionado y las tuberías, la protesta vacía de los tablones de madera del suelo hinchados. Pero el sonido de las voces abajo no lo esperaba y, por lo tanto, eran del todo indeseables.

El descontento de Brandt (más acertadamente, la interrupción de su ágil disposición al darse cuenta de que había muchas personas en algún lugar de la casa) se debía a varios factores; no menos importante, el hecho de que estaba llevando a cabo su robo.

Bueno, no era un robo *per se*. No había entrado a la fuerza. El fantasma, Tom Parker, le había dicho dónde ir, por qué puerta entrar y cómo evitar que lo detectaran, así que Brandt suponía que no era tanto una cuestión de irrumpir y entrar a la fuerza sino más bien de acceder.

Como mucho, lo habían invitado, por lo que el robo era más o menos teórico.

En realidad, si queríamos entrar en detalles, la intención de cometer un delito era también algo opaca. Sí, había un robo, pero según un plano de análisis más cerebral, ¿era de verdad un robo cuando el objeto en cuestión te pertenecía merecidamente?

En esencia, Brandt había sido invitado a la mansión Parker y después había procedido a llevar a cabo sus asuntos totalmente normales; como mucho, la inesperada multitud era solo un inconveniente menor.

No era lo ideal, pero tampoco catastrófico.

No era ni mínimamente devastador.

O, al menos, no lo habría sido si Brandt Solberg no hubiera reconocido una voz que estaba seguro que nunca volvería a oír.

—En este salón caben cincuenta personas —declaró Cal, que miraba a su alrededor, esta última interpretación de la vulgaridad con sus suelos de mármol númida rosa y tapicería roja, todo ello adornado con dorado—. Todo mi pueblo podría comer aquí, Fox, y ni siquiera estaría lleno…

—Calix, no sé si te has fijado, pero estoy ocupado —le dijo Fox mientras indicaba a Viola, Isis y Mayra que se colocaran en diferentes puntos alrededor de la habitación (sobre todo para asegurar que no se acercaran a su posición)—. Tú. —Señaló con los dedos el aire vacío para referirse a Tom—. Ven aquí.

—Dice: «Sí, maravilloso, por favor, llámame como si fuera un animal» —indicó Cal al lado de la puerta. Apartó la mirada de la moldura del techo de la sala para servir de nuevo como intermediario—. Y también dice: «Me encanta, vivo para eso y…».

—No vives —replicó Vi al fantasma—. ¿Puedes limitarte a seguir instrucciones?

Cal siguió susurrando en voz alta:

—Dice que no. Y también dice que dé voz a su negativa para que conste.

Fox, claramente molesto por molestarse siquiera en preguntar:

—¿Qué conste dónde?

—Para la posterioridad, dice —contestó Cal.

—Vale, estupendo. —Fox sacudió la cabeza y se preguntó cuándo aprendería, si es que lo hacía alguna vez—. Cal, ¿te importa? —Señaló un punto junto a Mayra porque él era un amigo moderadamente decente si no un excelente ser humano, y el segador asintió y abandonó su lugar junto a la oreja de Fox para hacer lo que le estaba pidiendo—. Bien, ¿estamos listos?

—¿No hay que hacer meditación ni nada por el estilo? —preguntó Isis, que desafortunadamente seguía allí presente—. No es por ser redundante, pero si no hay sacrificio humano, entonces no sé si quiero quedarme.

—Me encantaría que te marcharas, pero me gustaría todavía más acabar con esto —espetó Fox.

Frente a él, Cal levantó un dedo, vacilante.

—El fantasma dice que si no se le va a considerar una prioridad en su propio exorcismo...

Fox: Esto no es un exorcismo. Tiene que quedar muy claro que no está poseído.

Vi, pensativa: Cierto, él sería el poseedor, ¿no? Es la casa la que está poseída, en realidad, y eso convierte a Tom en una especie de... No lo sé, ¿espíritu vengativo, tal vez?

Cal: Dice: «Como de costumbre, eso es muy poco halagador...».

Vi, con aspecto de estar pensando en algo más grosero de lo que dice en voz alta, y con la que Fox empieza a considerar su principal expresión facial: Tengo que aclarar que yo puedo oírlo.

Cal, con una afabilidad imposible que no debería de perdonarse tan fácilmente pero que, de algún modo, así era: ¡De acuerdo! Lo siento, me he dejado llevar un poco por la emoción...

Vi: No pasa nada, de verdad...

—Joder, ya vale —interrumpió Fox y puso una mueca de disgusto al tiempo que se tiraba de la goma de la muñeca. (Casi esperaba invocar de forma espontánea a su padrino por este error de principiante)—. Vamos a acabar con esto.

Cerró los ojos, como parte del espectáculo y para masajearse brevemente la cavidad nasal antes de girar el anillo de la mano izquierda. Notaba la mirada de la demonio desde el otro lado de la habitación.

—Escucha, papá —comenzó y exhaló un suspiro hondo—. Sé que esto es muy poco ortodoxo, pero la cuestión es que...

—¿Con quién estás hablando? —lo interrumpió Isis.

Fox se calló y abrió los ojos.

—Oh —dijo y se miró el anillo—. Ajá.

Lo giró de nuevo y esperó.

—¿Papá? —Miró a su alrededor.

Isis sonrió.

—Qué mono.

—Somos alemanes —le informó—. No es mono. En Alemania no hay nada mono.

—¿No? Papá —repitió Isis con una sonrisa—. Adorable.

—Ahora no —le murmuró. Miraba la habitación con el ceño fruncido, como si hubiera pasado algo por alto. (La Muerte no era Papá Noel, pero, aun así, era todo cuanto podía hacer para no ir a revisar la chimenea).

Vi: ¿Va todo bien? Sí, lo sé, cállate, Tom.

Mayra: ¿Fox?

Fox, con una mezcla de vergüenza y preocupación para la que vendría muy bien una palabra alemana: Debería de funcionar, pero…

Oyó un sonido detrás de él y suspiró de alivio.

—Gracias a Dios. —Se volvió hacia la puerta en la que la Muerte debería de haber aparecido—. Papá, no tiene gracia…

Se quedó paralizado, el aire se le acumuló en los pulmones y parpadeó.

—Hola, Fox —dijo Brandt Solberg.

Fox cerró los ojos.

La habitación daba vueltas.

Las paredes colapsaron.

Todo retrocedió a toda prisa.

*—¿Has secuestrado a mi padrino? ¡No puedes secuestrar a mi padrino!*

*—Para ser justos, no sabía que era tu padrino. Solo estaba informado de que existía a veces en este plano, aunque admito que no es justo para mí. Siendo justos para ti, supongo que debería de mencionar que no me importa si tiene o no parentesco contigo. Además, no está secuestrado. Y esto es todo…*

*—¿Quién eres?*

*—¿Es relevante? Probablemente no volvamos a vernos…*

*—¡Y un cuerno! ¿Dónde está?*

*—Lo traeré de vuelta, te lo prometo. Bueno, si está donde creo que está, volverá pronto…*

*—Pero…*

*— … solo necesitaba ver si me ayudaba con una cosa, pero como no está aquí y tú seguramente no puedas ayudarme…*

*—¿Ayudarte con qué?*

*—No es asunto tuyo.*

*—Claro que sí es mi asunto, ¡es mi padrino!*

*—No veo por qué es pertinente eso en tu interrogatorio, pero ya veo que está claro que no vas a dejarme en paz…*

*—No, ¡todavía estoy esperando una respuesta a mi pregunta!*

*— … en resumidas cuentas, hemos hecho tratos antes, tu padrino y yo, y he vuelto para intentar hacer otro. Pero obviamente lo he perdido, así que me iré ahora.*

*—Espera, ¿a qué te refieres con que ya has hecho antes tratos con él?*

*—«Antes» significa «previamente a este momento» o, por otra parte, que no te importa.*

*—No hagas eso. No seas…*

*—¿Qué? ¿Inteligente?*

*—¡Frívolo!*

*—Nunca soy frívolo. Pero estoy muy ocupado, así que…*

*—Dime quién eres o te juro que…*

*—Dios mío, no hay necesidad de subir el tono. Si de veras quieres saberlo, soy Brandt, derivado de Brandr, de poca reputación y menor importancia, ¿y tú eres…?*

*—Yo… escucha, no puedes… no…*

*—Ah, qué alivio. Me preocupaba que fueras excepcionalmente elocuente.*

*—¡Eres un ladrón!*

*—Pues sí, y tú eres claramente un necio. Y con esto me despido para siempre.*

*—No te atrevas a marcharte. ¿Dónde está mi padrino?*

*—¿No lo he dejado ya claro? Me da la sensación de que avanzamos en círculos. Si no está aquí, estará entonces en las mesas, así que si me excusas…*

*—¿Qué mesas? No importa, te acompaño.*

*—Ah, no. No, gracias. No estoy interesado. Adiós, mis mejores deseos, disfruta de lo que te queda de tu inane adolescencia y…*

*—¡He dicho que te acompaño!*

*—Y yo he dicho que no. Y esa es la única postura que tiene sentido ya que no tienes ni la menor idea de quién o qué soy yo…*

*—No me importa quién eres, ni qué. Si se trata de tu voluntad o la mía, te aseguro que ganará la mía.*

*—De veras eres un necio, ¿eh?*

*—Simplemente no me gusta estar desinformado.*

*—Exactamente la posición de un necio en el asunto.*

El comedor profusamente decorado de la casa Parker albergaba al fantasma de nombre Tom, la agente inmobiliaria vampira llamada Vi y un buen número de extraños más. Había un ángel con los adorables ojos entrecerrados por la preocupación o la desconfianza; un segador, su expresión ligeramente curiosa tintada solo suavemente por la sorpresa; y una demonio con los ojos llameantes de un deleite claro y preocupante.

Y, por supuesto, estaba Fox, que aún no había dicho nada y no parecía muy dispuesto a hablar pronto.

—Ohh —entonó con regocijo la demonio, volviéndose con los ojos muy abiertos hacia Brandt—. ¿Quién es este?

Tom, el fantasma, por el contrario, no se mostraba divertido.

—Se suponía que ibas a venir más tarde —le dijo a Brandt con una mirada petulante francamente inofensiva—. ¿Es que no escuchas? ¿O tu concepción de la instrucción también se limita a los reinos?

Al otro lado de la habitación, el segador dio un paso hacia Fox.

—Dice… —comenzó, pero entonces se quedó callado—. En realidad, no tengo ni idea de qué está diciendo. Falta contexto —comentó con tono de disculpa cuando Fox por fin consiguió reunir la entereza suficiente para parpadear—. Esperaré.

—Espera un momento. —Vi también miraba a Brandt sorprendida, aunque con menos parálisis aparente que Fox—. ¿No eres el comprador de las jornadas de puertas abiertas?

—Eh... técnicamente no —respondió Brandt e hizo una pausa—. No, en absoluto, lo siento —añadió sin atisbo de sinceridad. Vi se giró bruscamente hacia Tom.

—¿Qué es eso de que iba a venir más tarde? —le preguntó—. ¿Has tramado algún tipo de plan en torno a la casa, Thomas?

—Obviamente —respondió él con un gesto de molestia que caló en el resto de ellos como una esponja pegajosa e incorpórea—. Pero claramente no va a pasar, ¿no?

*Si la vampira hubiera podido expulsar humo por las orejas, lo habría hecho,* pensó Brandt.

—¿Qué pensabas exactamente que iba a...?

—¿Fox? —El ángel había posado una mano amable en el hombro de Fox—. Fox, ¿estás con nosotros?

*—¿Qué es esto?*

*—Ya te lo he dicho. Un juego.*

*—Parece... cutre.*

*—Las apariencias pueden engañar.*

*—¿Sí?*

*—¿En teoría? Por supuesto. Aunque no esta vez. En este ejemplo en particular, diría que «cutre» es acertado.*

*—¿Siempre eres tan exasperante?*

*—Eso espero. Ciertamente pretendo serlo, pero todo el mundo tiene días malos.*

*—Puede que te odie.*

*—Pero también puede que no, y es una pena, francamente.*

*—¿Qué significa eso?*

*—Nada. No mucho, en realidad. Simplemente que habrías sido más listo si me hubieras dejado con mis asuntos y hubieras esperado a que*

*regresara tu padrino… pues va a regresar. Las mesas cierran al amanecer y entonces volverá a tu casita. O cabaña. ¿Morada?*

*—Disculpa, pero me cuesta creer que la Muerte sea una especie de aficionado al juego. ¿No te parece inmensamente… extraño?*

*—Me parece sustancialmente más extraño que tenga un ahijado, si te digo la verdad. He jugado a varios juegos con él y en ningún momento te ha mencionado… aunque supongo que yo tampoco lo habría hecho si tuviera una vulnerabilidad a la que no pudiera proteger. No es buena idea desvelar un punto débil, sobre todo con esta gente. Me matará por traerte aquí… ja, ja, muerto por la Muerte. Por cierto, ¿dices que te llamas Fox?*

*—Eh… sí, pero volvamos a la parte de…*

*—¿Fox qué?*

*—Solo Fox, no necesito apellido. Cuando dices «punto débil»…*

*—Yo tampoco necesito apellido, pero tengo uno, y tú deberías también.*

*—¿Cuál es el tuyo?*

*—Solberg. Más o menos.*

*—¿Más o menos?*

*—¿Qué te parece D'Mora? Como apellido, quiero decir. Ya sabes… deriva de Muerte. Te pega.*

*—Es… para, me estás distrayendo. ¿Dónde está mi padrino?*

*—Suele estar en la cabecera de la mesa. Normalmente compite con los ganadores.*

*—¿Ganadores de qué?*

*—Del juego, Fox, concéntrate.*

*—¿Qué juego? ¿Y por qué los ganadores? ¿Siempre gana?*

*—No sabría decirte. El juego es poco convencional. A veces no hay un ganador. A veces ganan los dos jugadores… lo que supongo que es el mismo desenlace, dependiendo de cómo lo mires.*

*—¿Qué sentido tiene?*

*—El objetivo del juego es ganar el juego, no ganar a tu oponente. Así que sí, la Muerte siempre gana, pero a veces hay otro ganador y, en ese caso, puede ser ganar o perder. Yo mismo le gané una vez.*

*—¿De verdad?*

*—Sí.*

*—¿Y qué ganaste por haberle ganado?*

*—Secreto.*

*—Ah, bueno…*

*—No, eso es lo que gané: un secreto. Le pregunté por un secreto en particular y me lo ofreció como premio por haberlo vencido. Hubo un intercambio, pero… esa es una historia más larga.*

*—¿En qué le ganaste? ¿Son… cartas?*

*—No exactamente. El juego es más una batalla de ingenio. Y voluntad, supongo. Una medición de voluntades.*

*—¿Qué significa eso?*

*—Es difícil de explicar.*

*—No puede ser tan difícil. ¿Qué secreto ganaste?*

*—No te lo puedo contar. Si no, el premio por ganar no valdría nada, pues ya no sería un secreto.*

*—Seguro que él me lo dice si se lo pregunto.*

*—Puede. O puede que te lo cuente yo. O que nunca lo sepas. Todas son posibilidades, creo. ¿Alguna vez piensas en el mundo de ese modo? ¿En la cantidad de piezas astilladas de lo que podría ser? Posibilidades astronómicamente interminables, pero con probabilidades infinitesimalmente pequeñas…*

*—Eres insoportable. ¿Has dicho que es una batalla de ingenio?*

*—No, he dicho varias veces que es un juego. Y gracias por escuchar, por cierto.*

*—Si solo es un juego, enséñame las reglas.*

*—No. Eres un niño. ¿Y quién dice que hay reglas?*

*—Todo tiene reglas. Y no soy un niño.*

*—Sí lo eres, y este no es juego para ti.*

*—¡No me conoces!*

*—¿No? Eres leal, está claro. Tienes buen corazón, eres bondadoso. Un necio bueno y valioso.*

*—Ah, y supongo que en tu mundo eso es algo malo.*

*—¿En mi mundo? Por supuesto. Bueno… más bien es peligroso. Tú eres peligroso, lo sepas o no.*

*—¿Por qué? ¿Para quién?*

*—¿No es obvio? Para mí. Para la Muerte. Para todo el que está aquí.*

*—¿Qué significa eso?*

*—Si no lo sabes ya, entonces eres más necio de lo que pensaba.*

Fox se sintió de repente golpeado por la reaparición del tiempo y del lugar, como si fuera una pared de ladrillos.

—¿Dónde está? —preguntó.

Hubo un instante en el que Brandt pareció tener dificultades para dar una respuesta y Fox se aprovechó de esta ausencia de ingenio tan poco propia de él (circular, enrevesada) para contemplar al hombre que tenía ahora delante de él.

Brandt Solberg parecía el mismo y era una locura. Parecía el mismo, como si no hubieran transcurrido entre ellos cientos de años y una angustia paralizante, y dolía como una bofetada abrasadora en la sensibilidad de Fox que ni la venganza, ni las mentiras, ni siquiera la propia ausencia de Fox, nada, hubiera sido suficiente para dibujar una sola arruga por la edad o la pena en la boca de Brandt Solberg.

No es que Fox esperara que tuviera un aspecto distinto. Sabía que Brand no envejecería nunca. Fox había lamentado en incontables ocasiones ni siquiera poder fingir que Brandt Solberg estaba muerto, porque tal cosa era ridículamente imposible como para considerar tan solo qué podría haber sucedido. La juventud eterna era un proceso que Brandt había comenzado mucho antes de que sus vidas se cruzaran y, claramente, la breve ventana de su coqueteo con Fox no había causado un impacto suficiente para cambiarla.

Aun así, habría sido gratificante ver su pelo un poco menos dorado, como mínimo.

—No me lo he llevado yo, si eso es lo que estás preguntando —dijo Brandt.

—Ya has dicho eso antes —murmuró Fox.

Brandt suspiró.

—Siglos, Fox —musitó—, ¿y todo cuanto tienes para mí son acusaciones?

—No seas condescendiente conmigo. ¿Dónde está? —repitió y dio un paso hacia donde estaba Brandt, cerca de la puerta—. No irás a decirme que tu presencia aquí es una simple coincidencia.

—Así es —respondió él con su habitual falta de sinceridad—. Ya sabes cómo pueden ser las posibilidades. Astronómicamente interminables —añadió—, e infinitesimalmente pequeñas.

Fox tragó saliva.

—No —fue todo cuando consiguió decir.

—Fox —intentó de nuevo Mayra, dando un paso hacia él—. ¿Estás…? —Se quedó callada y ladeó la cabeza, como si estuviera oyendo un zumbido encima de ella—. Oh, mierda —murmuró y desapareció de inmediato.

—Vaya, no sabía que la había insultado también a ella —señaló Brandt.

—No lo has hecho —intervino Cal, mirando con pena donde estaba Mayra un momento antes—. La han…

Se quedó callado, palideció un poco y se miró los tobillos.

—Diantres —murmuró.

Y entonces, con un pequeño *pop*, Cal desapareció en el suelo.

—Vaya —musitó Brandt—. Eso es…

—Los han invocado —explicó Fox de mala gana y se cruzó de brazos—. No es asunto tuyo y, sobre todo, tienes que responder a la pregunta, Brandt. ¿Qué diablos estás haciendo aquí?

Brandt se quedó callado, con la boca abierta.

Y entonces la cerró, y por la sensación repentina del crepitar en el aire de la habitación, pareció disgustar a su huésped translúcido.

—Cállate —le siseó Vi cuando se produjo otra onda molesta en el suelo—. Nadie necesita que nos recuerdes tu desagradable asesinato, sabemos perfectamente por qué estamos aquí… —Una pausa—. ¿Lo he hecho yo? ¿En serio? Primero, tú eres el que parece haber conspirado para que roben en tu propia casa y, segundo, estaba intentando ayudarte…

—Por favor —dijo Isis, mirando a Brandt y a Fox alternativamente—. Trato de disfrutar de este silencio ensordecedor, si no os importa…

—¿Sabéis qué? Igual debería de pasarle todo esto a otro agente inmobiliario y seguir mi camino —gruñó Vi.

Fox, que ya quería estrangular a todas las criaturas de la habitación, era ahora incapaz de seguir su conversación. Tenía los sentidos abotargados en la presencia de Brandt Solberg, y en lugar de seguir la conversación sin ton ni son de los lamentables muertos vivientes, centró su atención en el hombre de su pasado y lo miró desde su lado de la historia.

—Eh —bramó y dio otro paso amenazante hacia Brandt—. Te he hecho una pregunta. Es…

*Es una pregunta sencilla*, estuvo a punto de decirle, pero se calló, momentáneamente mareado.

*Sí, pero la respuesta no es fácil*, oyó el fantasma de la respuesta de Brandt… sencilla, como si no proviniera de los confines de la memoria de Fox. Como si no estuviera a siglos y vidas de distancia mientras el de verdad lo miraba, sin ofrecerle más que un gesto incómodo. Un parpadeo descuidado, inexpresivo.

—Así que esto es esa voz en tu cabeza —comentó Isis, sacando a Fox de su ensoñación con una palmada mientras miraba a uno y a otro.

Fox se volvió para fulminarla con la mirada, determinando por fin cuál era la fuente de su violación intuida.

—¿Qué significa eso? No me digas que has estado leyéndomela…

—Soy una demonio —le recordó, cortante—. ¿Qué creías que significaba?

—Ya veo que tu elección de compañía no ha mejorado mucho —murmuró Brandt con lo que parecía un resoplido y Fox se volvió hacia él.

Por un segundo, a punto estuvo de gritar; siempre había sido temperamental. Él, y seguramente Mayra y Cal si siguieran allí, habría esperado que estallara de furia, que arrojara accidentalmente (o intencionadamente y a pleno pulmón) los muchísimos puntos de su lista de penas y pidiera una explicación, una disculpa, una súplica. Una parte de él quería tender las manos vacías y esperar a que Brandt las llenara con todo lo que tanto le había faltado, pero no lo hizo.

Las piernas le temblaban a su lado, inútiles.

*Lillegutt*, le habría dicho Brandt si hubiera gritado («crío», como si fuera justo), y Fox estaba seguro de que se habría roto con el sonido de la burla y el afecto y la historia, todo combinado para destrozarlo de golpe.

—No tienes derecho a hablarme así —gorjeó.

Brandt cerró los ojos y los abrió.

—Lo sé.

*—No es tan inocente, ¿sabes? Tu padrino.*

*—¿Qué significa eso?*

*—Que engaña, claro.*

*—Si has dicho que no hay reglas.*

*—Yo no he dicho eso.*

*—¿Cuáles son las reglas entonces?*

*—No hay reglas de verdad.*

*—Acabas de decir…*

*—Bien, de acuerdo, hay una regla. No perder.*

*—Y yo que pensaba que serías impreciso.*

*—Pero entiendes por qué no puedes permitirte perder, ¿no? Porque la Muerte engaña. Te quita en cualquier caso, pero si ganas, también te da algo. Una especie de recompensa encubierta.*

*—¿Te quita?*

*—Sí.*

*—¿Te quitó a ti?*

*—Sí, cuando gané el secreto.*

*—¿También te quitó un secreto?*

*—No, no.*

*—¿Y qué fue?*

*—No puedo contártelo.*

*—¿Qué? ¿Por qué lo mencionas si no pensabas…?*

*—No, lo digo en serio. Físicamente, no puedo contártelo, Fox. Es parte de lo que me quitó.*

*—Pero… no lo entiendo. ¿Por qué aceptaste?*

*—¿Por qué aceptaría nadie esto? Porque quería algo más, claro. Tienes que estar dispuesto a sacrificarlo todo para ganar lo que más te importa. Por supuesto, el problema con el juego es que cuanto más tienes que perder, más difícil es ganar. Yo no tenía nada que perder entonces y sigo sin tenerlo, así que…*

*—No parece una gran victoria entonces.*

*—Es precisamente eso. Tienes que ganar. La situación ideal es que el otro jugador pierda, pero la Muerte nunca pierde, así que…*

*—Esto no parece propio de él.*

*—Por ser la Muerte, ¿no es propenso a los vicios? Este es el problema de los inmortales, ¿sabes? Por eso el juego es tan peligroso, porque han jugado durante mucho tiempo y entienden muy bien lo que puede parecer inconcebible, inefable. Pero siguen siendo sujetos de adicciones y aburrimientos, como cualquier otro ser. La inversión para ellos es tan baja que son imposibles de vencer; es una cuestión de sobrevivir a sus oponentes y su propia naturaleza lo hace inevitable.*

*—Papá maldice a veces, tiene temperamento. Pero ¿una adicción?*

*—¿Tú no tienes adicciones, Fox?*

*—No que yo sepa.*

*—Entonces no juegues nunca al juego, podrías encontrar una adicción.*

*—Lo dudo.*

*—Pareces muy seguro. Neciamente seguro, de hecho.*

*—Lo estoy. Seguro, quiero decir. No soy un necio.*

*—Podría debatirse eso. Eres muy joven, ¿no?*

*—¿Y tú?*

*—No. Sí, pero no. Llevo mucho tiempo siendo joven.*

*—Has dicho que soy peligroso para ti.*

*—Lo serás. O lo serías si fuera lo bastante idiota para dejarte. Con suerte no volveremos a vernos más, así que no merece la pena contemplar esa posibilidad.*

*—¿Con suerte?*

*—Sí, con suerte. ¿Una manzana?*

*—No, gracias, estoy… Un momento, ¿qué clase de manzana es esa?*

*—Una inmortal.*

*—¿Qué?*

*—¿Nunca has oído hablar de Iðunn?*

*—¿Quién?*

*— Iðunn. La diosa de la juventud, esposa de Bragi, dios de la poesía. Ella custodia las manzanas doradas que comen los dioses nórdicos y les permite vivir hasta el Ragnarok, la batalla del fin del mundo.*

*—No me había dado cuenta de que eras un… ¿dios?*

*—No lo soy. Bueno, a medias. Mi padre es un dios. Uno irresponsable, además, pero no puedo culparlo por la falta de atención, no me importa mucho. Creo que lo entiendo. Francamente, creo que no me gustaría descubrir que mi hijo es un bribón ladrón.*

*—Entonces tenía razón. Eres un ladrón.*

*—Ya te he dicho que lo era. Pero, como he afirmado, no he robado a tu padrino, así que…*

*—Espera un momento. ¿Acabas de ofrecerme un mordisco de una manzana inmortal?*

*—Sí.*

*—¿Por qué?*

*—Me parece grosero no ofrecerte.*

*—Eso es una locura.*

*—Todos tenemos nuestros defectos.*

*—¿Aparte de ser un ladrón o además de serlo?*

*—Bien, de acuerdo, soy un ladrón y supongo que también soy, técnicamente, un mentiroso. Pero no soy maleducado.*

*—¿Un mentiroso?*

*—Sí. Técnicamente.*

*—Eso es…*

*—¿Opaco? Lo sé. ¿Ves a lo que me refiero? Es una suerte que me odies.*

*—¿Te he dicho yo que te odio?*

*—Si no me odias ya, Fox, entonces es que no estás prestando atención.*

—No puedo hacer esto ahora —murmuró Fox, girando en la dirección opuesta, pero entonces recordó que su única salida posible estaba ya ocupada. A menos que tuviera intención de pasar junto a Brandt, no tenía ningún otro sitio al que ir.

Aunque no importaba. A sus espaldas estallaron una gran variedad de protestas y en el aire, delante de él, se manifestó un frío marcado, intangible, que lo dejó paralizado.

—No está equivocado —dijo Vi, refiriéndose aparentemente a lo que fuera que acabara de expresar el fantasma—. ¿Te las has arreglado para perder a la Muerte? Decías que no eras un fraude, Fox D'Mora —le advirtió, como si planeara informar sobre él al Better Business Bureau—, pero excúsame si no estoy del todo convencida…

—Estáis muy afligidos —se mofó Isis, transmitiendo su alegría hacia Fox y Brandt—. Oh, Fox, estábamos empezando…

Vi: Me parece muy irresponsable, sinceramente. Ah, sí, qué gracioso que digas eso, señor Deja-a-un-ladrón-sin-supervisión. Oh, sí, mis más sinceras disculpas, es señor Deja-a-un-ladrón-sin-supervisión IV…

Isis: … no sé si debería de empezar con el abandono y después abrirme camino hacia la angustia. O tal vez angustia, traición y luego abandono…

—Fox —él oyó en medio del caos y se detuvo por el sonido que sonaba como una campana en su conciencia—. Fox, por favor, no te vayas.

Por un momento le impactó la quietud de la petición. La ternura.

Pero entonces captó la verdad que residía en ella y apretó el puño. Dio media vuelta.

—¡No te atrevas a decirme eso! —gritó a Brandt.

Los otros se quedaron callados de inmediato, sorprendidos por sus disputas, y permanecieron suspendidos en una pausa.

—Perfecto —susurró Isis, pero Fox ya la había desterrado a la periferia de su atención mientras aguardaba la respuesta de Brandt.

Que fue, en una palabra, decepcionante.

—Ya sé que no quieres oír esto —dijo Brandt con tono débil—, pero tienes que oírlo, Fox. Que haya pasado esto, que nosotros... —Se quedó callado y sacudió la cabeza—. Que esté aquí, Fox. Significa que algo va mal. Que algo ha salido muy mal.

—No. —Fox tensó la mandíbula, se le quedó la garganta seca—. No intentes...

—Le ha pasado algo a la Muerte, Fox —continuó—. Yo no debería estar aquí. No estaría aquí si no fuera así, y deberías saberlo. ¿De verdad crees que no te busqué? —Sonó débil, casi inaudible, como si estuvieran los dos solos—. ¿De verdad no me buscaste tú?

Fox se tambaleó hacia atrás al escucharlo; a pesar de lo mucho que había imaginado esto o algo como esto, nunca había creído de verdad que Brand fuera a darle alguna vez una respuesta.

—Yo...

—¿Qué está pasando? —preguntó Vi, inclinándose con curiosidad hacia ellos, y el fantasma atravesó a Fox y lo hizo convulsionar con un escalofrío, tal y como se habría manifestado en el otro lado.

El médium, sin embargo, miró con impotencia a Brandt.

—La Muerte se ha ido —informó Brandt a la habitación, sosteniéndole la mirada a Fox—. Tiene que ser así, porque, si no, no te habría encontrado.

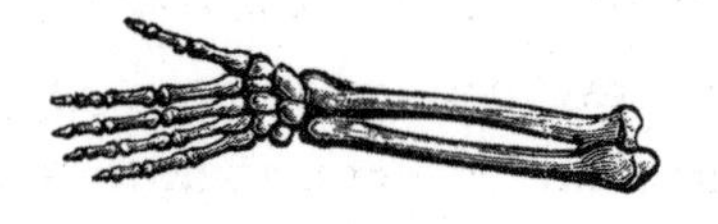

# XI

## REUNIÓN

Todos los presentes, inmortales y criaturas por igual, estaban en general de acuerdo en que nunca habían visto al hombre que encabezaba la sala. Esto, como era de esperar, generó varias capas de confusión. La primera era la fuente de su propia presencia en la cámara desconocida, una disrupción del todo inconveniente para cualquier tramo de la imaginación, y ¿cuándo se habían enfrentado todos antes? (La respuesta era nunca, excepto, claro, una vez, pero llegaremos ahí en breve).

La segunda capa era que el mortal que se dirigía a ellos desde el opulento púlpito dorado no registraba ninguna familiaridad, a pesar de la eternidad literal de la memoria en la que filtrarla. La tercera era que, aunque su cara (del mortal) era irreconocible, había algo en él que les provocó una espeluznante sensación de *déjà vu*, como de una vida pasada, o un sueño a medio recordar, o un vistazo profético al futuro.

Su voz, sus modos, y particularmente la efervescencia que su magia (pues era la forma más sencilla de llamarla) le provocaba en los labios, como si fuera vapor o la punta ardiendo de un cigarro, suponían una familiaridad poco grata.

Y, por si fuera poco, la ostentosa corona lo delataba.

—Tengo entendido —comenzó el rey— que todos habéis formado parte de algo de lo que me he visto reprensiblemente excluido. He de deciros que no me entusiasma. Me encuentro, de hecho, singularmente disgustado.

Artemisa, a quien, por el contrario, toda la experiencia le pareció cansadora, sacó su arco.

—Cuidado —advirtió el rey, moviendo una mano para hacer desaparecer el arma—. He venido en son de paz. O algo así. Busco algo mutuamente beneficioso, al menos. —Se encogió de hombros—. Totalmente dependiente de vuestras prioridades y de si os importa o no vivir.

Los inmortales, quienes, por definición, vivían siempre, encontraron sus palabras al mismo tiempo ridículas (¿quién podía perturbar lo que simplemente era de forma inefable?) y vagamente perturbadoras (Artemisa, por ejemplo, se quedó mirándose las manos, como si el arco se hubiera vuelto invisible o hubiera elegido por propia voluntad esconderse).

Fue el gemelo de Artemisa, Apolo, quien habló primero.

—¿Se supone que eso es una amenaza?

—Ah, casi —respondió el rey—. Pero más bien es una proposición. Esto —aclaró— es sobre todo por la Muerte.

Hubo un silencio.

—Él no es amigo nuestro —comentó una de las musas con cautela; entonces, alentada por las cabezas que asentían de acuerdo con ella, añadió en una proclamación más concentrada—: Nos ha quitado algo a cada uno de nosotros.

—Engaña —intervino una deidad menor con la forma de un conejo—. Nos ha engañado a todos.

—He ahí la cuestión —coincidió el rey, asintiendo—. Lleva demasiado tiempo sin sufrir consecuencias, ¿no creéis? Ya es hora de que sus acciones sean respondidas con una protesta.

—¿Dónde está? —preguntó el venerable conde Drácula. (Los relatos de su muerte habían sido muy exagerados)—. ¿No debería de responder por sus agravios él mismo?

—Ah, lo tengo yo —contestó el rey y se encogió de hombros—. Y responderá por sus agravios. De un modo supremamente adecuado, sufrirá lo que hemos sufrido nosotros.

—Te referirás a nosotros —señaló un espíritu de abuela—. Tú no has sufrido por nada.

—Ah, ¿no? —protestó el rey y casi de inmediato, el podio en el que estaba se puso a echar humo de forma peligrosa—. He sufrido exclusión. La particular crueldad de… ¿cómo decirlo? —valoró las opciones antes de decidirse—: Haberme quedado fuera.

—Tu dolor no es nuestro dolor —protestó una deidad azul, que, a pesar de las señales de peligro, decidió continuar de forma temeraria—. ¿Qué derecho tienes a nuestras injusticias?

Los ojos mortales del rey se desviaron hacia la deidad, que entonces se derritió, formando un charco en el suelo.

—No es momento para filosofar —anunció, regresando de pronto a la afabilidad—. La Muerte pagará. Yo le haré pagar y vosotros me ayudaréis.

—¿Por qué? —inquirió una parca intrépida—. No te debemos nada.

—Cierto. Si la promesa de satisfacción por ver a la Muerte caer no es suficiente motivación, considerad entonces esto: todos estáis en deuda con alguien —señaló el rey con una sonrisa espantosa—. Todos servís a la voluntad de algo que está por encima de vosotros, tejidos como estáis en el tapiz de vuestros mundos diferentes. Todos corréis pues el riego de perder algo por vuestra desobediencia. Por las deudas de vuestros crímenes —añadió, haciendo referencia a un registro delgado encuadernado en piel—, que no han sido pagados, por lo que creo.

El rey levantó el registro con un tridente de tres dedos, se lamió la yema del pulgar y pasó la página.

—Parece que la Muerte y sus guardianes han sido un tanto descuidados —anunció, mostrando las páginas para que su público las viera—. Tengo en mis manos cada uno de vuestros nombres… —(Algo peligroso, y la multitud lo intuía)— y vuestras ganancias y pérdidas. Tengo, por lo tanto, vuestra cooperación. Siempre que queráis evitar las consecuencias por vuestra mala conducta, claro.

De inmediato, las figuras del grupo se mostraron incómodas; entendían ahora qué los había llevado allí y qué tenían todos en común.

—Existen reglas, ¿verdad? Incluso para vosotros —señaló el rey con una sonrisa fría—. Habéis burlado las expectativas codificadas de vuestra posición. El aburrimiento es una trampa impecable y el propio Vicio un maestro indulgente, ¿no creéis?

Silencio.

—Muy bien —continuó al considerar la falta de réplicas un cumplido aceptable—. Soy razonable. Puede que estéis atrapados, pero no desamparados. Haced lo que os digo —les aconsejó— y todo esto será meramente temporal. Os aseguro que una vez que yo haya asumido el control de la Muerte, todo esto será en nombre de un futuro más brillante.

—¿Eso es lo que dices a los mortales? —preguntó Fortuna—. Antes de robarles la piel.

La sonrisa del rey flaqueó solo un poco. (El podio, sin embargo, se tornó negro por la descomposición).

—No he robado nada y los tratos que hago con los mortales no son asunto vuestro —replicó con tono despreocupado—. ¿Alguna otra pregunta?

—¿Cómo has conseguido eso? —preguntó la reina Unseelie señalando el registro—. Debería de estar seguro…

—¿Y por qué ahora? —intervino un dios serpiente con la lengua asomando entre los dientes—. ¿Por qué retar ahora a la Muerte?

—Porque puedo —se limitó a responder el rey—, y en cuanto al registro… —Se encogió de hombros—. El pasado es pasado y esa es una historia para otro momento. Basta decir que espero que todos satisfagáis mis deseos y, a cambio, yo seguiré guardando vuestros secretos. No soy tan terrible —señaló, mostrando sus dientes mortales—. ¿Verdad?

—¿Qué quieres de nosotros? —preguntó Artemisa, que había entendido que no iba a regresar el arco—. Somos más que tú, y por lo que tú mismo has admitido, no estamos desamparados. ¿Y si deseamos enfrentarnos a ti en lugar de rendirnos?

Por un momento, la expresión del rey se tornó oscura.

—No os quiero —dijo y el aire se deformó a su alrededor con efluvios nocivos mientras hablaba—. De nuevo vuestro ego os traiciona. No sois el fin, sino meramente los medios por los que tomaré el lugar que me corresponde, y olvidáis vuestro actual estado vulnerable. Pido poco y ofrezco mucho y, por mi silencio, me debéis una sola cosa: cada uno un turno en las mesas en las que perderéis.

—¿Perder? —exclamó un genio—. Pero...

—Yo no soy la Muerte —lo interrumpió el rey—. Yo no os voy a engañar. Cuando las mesas estén abiertas, no tendréis más elección que jugar; esa es la consecuencia de los contratos —aclaró, levantando el registro—. Muchos de vosotros ya habéis perdido antes, y ahora, sencillamente, volveréis a perder. Lo único que pido es que lo hagáis sin demora, pues tengo algo de prisa. La soberanía de la Muerte ya ha sido suspendida —añadió—. Con vuestra ayuda, puede acabar.

—Se suponía que esto era solo un juego —dijo un sátiro al reconocerse atrapado.

—Era un juego —confirmó el rey—. Ahora es una guerra.

Para eso no hubo respuesta.

—Excelente —proclamó el rey—. ¿Dónde puedo encontrar a los dos al mando? Hay una partida que jugar.

XX

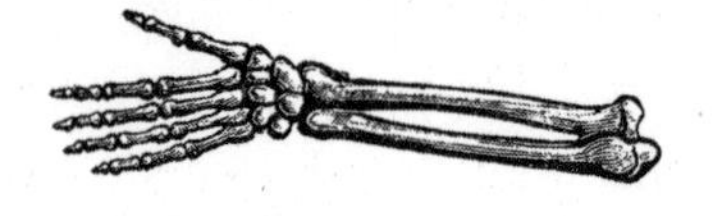

# XII

## CONTACTO

Tienes tus expectativas sobre el cielo y el infierno. Que los llames de ese modo, que haya en tu mente una polaridad y que sean realmente polos opuestos, un estudio de contrastes que tengan esos nombres poéticamente aliterados, es ya una confusión, pero las mentes mortales pueden ver mucho. Sí, hay una especie de dualidad; el equilibrio es el rey y todo eso. Pero hay también un gozne que no se ve, y ese es el lugar en el que se reúnen los miembros de ambos lados.

Tienes tus propias expectativas del cielo y el infierno, ¿verdad? Ahora subviértelas.

¿Cuál es el lugar más sangrado en el que has estado? Un lugar de rectitud, un lugar de austeridad, de solemnidad. Seguro que no está entre las nubes. No, el lugar más sagrado en el que has estado es sólido, desde el suelo hasta las paredes, hasta la autoridad y la seguridad consecuente; y tal vez sea grande, pero no es libre, ¿verdad? Estás contenido por las limitaciones de tu pequeñez. Estás enjaulado por lo menudo que eres.

¿Qué es sagrado? Lo que te hace caer de rodillas.

¿Cuál es el lugar más pecaminoso en el que has estado? Un lugar de decadencia, de opulencia, de errores. Seguro que no proyecta llamas. No, el lugar más pecaminoso en el que has estado es cómodo, ¿verdad? Con un cierto toque insomne, con una languidez demasiado intensa, profunda, que te presiona los intestinos incluso mientras te arden las mejillas de placer, mientras te da vueltas la cabeza y se te nubla la visión.

Aquí también estás contenido, aunque puede que no te des cuenta cuando el sabor del hedonismo es tan innegablemente dulce en tu lengua. Probablemente estés engañado, debido al placer de una libertad tan inteligente que sabe buscarte después para exigirte un precio. ¿Cuál es el pecado? Es el más fugaz de los placeres y el verdadero tormento está en la espera de lo que inevitablemente vendrá.

Para facilidad de la concepción mortal, hay un lugar justo en un punto intermedio entre el cielo y el infierno, y es al mismo tiempo sagrado y pecaminoso, y todos los que están allí esperan algo que entienden que no pueden saber. Las paredes son doradas, cargadas de adornos intocables, y aunque el techo es tremendamente alto, demasiado para muebles o ventanas, entra la luz de alguna parte y proyecta sombras al mismo tiempo. Tu voz, si es que puedes hablar, resuena en el suelo de mármol; rebota en las columnas y regresa a tus labios en un susurro. El aire está quieto y tenso, lleno de incertidumbre y del chisporroteo de la transición, como la calma antes de la tormenta, porque esto es meramente un eje. Este es el gozne y nadie puede permanecer aquí mucho tiempo.

Tal vez al entrar te refieras a él como una sala de juicios, y puede que tengas razón.

No hay forma de saber qué es real y qué no.

Pero aquí es donde se reunieron.

—Bien —anunció Gabriel y dio unas palmadas para llamar al orden—. Ya estáis aquí todos.

—Naturalmente, sentiréis curiosidad —comentó Rafael, haciendo un gesto para abarcar la habitación—. Como veis, nos hemos visto en la necesidad de llamar a ambos lados.

—En privado —añadió Gabriel—. Por ahora, debemos pediros que esto quede entre nosotros.

—Y con «pedir» nos referimos inequívocamente a «exigir» —aclaró Rafael.

—Bajo pena de más servidumbre —indicó de forma innecesaria Gabriel— y dolor.

—No está bien —murmuró uno de los ángeles que había junto a Mayra—. ¿Os dais cuenta de lo poco ortodoxo que es esto?

—Ah, ¿sí? —se mofó Rafael, fulminándolo con la mirada—. No tenía ni idea. En absoluto.

—Quiere decir que lo sabemos —bramó Gabriel—. Y también que nadie te ha preguntado, Clement.

—Menudo temperamento —musitó Clement, disgustado—. Seguro que no tengo que recordaros, precisamente a vosotros, el valor de los puntos requeridos…

—¿Vais a ir al grano? —preguntó una de las segadoras con una insignia de latón de reconocimiento en el pecho.

Detrás de ella, Mayra vio a Cal; ella se movió disimuladamente para recolocarse, retrocedió unos pasos para llegar al perímetro de la muchedumbre. Cal, por su parte, captó el movimiento de Mayra e intentó sutilmente lo mismo, se movió hacia ella desde su lugar en la periferia de las almas convocadas allí.

—Nos explicaríamos —informó Rafael a la segadora (que era, por cierto, de un rango muy distinguido)— si cerrarais vuestras bocazas.

—Insultos —observó Clement y su voz resonó entre las conversaciones que se alzaban desde el centro de la multitud—. ¿Qué es esto? ¿Una pérdida de tres? ¿Tal vez de cinco, dadas las circunstancias?

—Clement, una palabra más y te quedas sin un milagro —replicó Gabriel y el ángel suspiró, sacudió la cabeza y anotó algo en su pergamino dorado con desaprobación—. Como estaba diciendo mi estimado colega —continuó Gabriel, haciendo desaparecer de pronto el pergamino de las manos de Clement—, tenemos un problema. La Muerte ha desaparecido —anunció al fin.

(Clement abrió la boca inmediatamente para hablar, pero solo emitió el relajante sonido de un arpa. Se cruzó de brazos y se resignó, a regañadientes, a una interpretación encantadora y ligera de Saint-Saëns).

—Es de vital importancia —continuó Gabriel— que hallemos el paradero de la Muerte inmediatamente, o antes incluso.

—¿Significa eso que no se están llevando a cabo los Finales? —preguntó alguien desde el lugar en el que estaba previamente Mayra. (Ella, por su parte, seguía moviéndose despacio entre la concurrencia hacia los segadores con la esperanza de no atraer la atención de nadie. Vio a Cal desplazándose en su dirección, con la clara intención de encontrarse con ella a medio camino).

—Sí hay Finales —confirmó Rafael—. Destinos, por el contrario, no.

—Qué lío —habló un ángel llamado Beatrice—. Mucho lío.

—LO SABEMOS —gritaron Gabriel y Rafael al unísono.

—¿Y de verdad no tenéis ni idea de dónde está? —preguntó la primera segadora—. Menudo problema, ¿no? Somos rastreadores, sí, pero no psíquicos…

—Y nosotros somos arcángeles, no detectives —espetó Gabriel y batió las alas, produciendo una brisa fuerte.

—Reconocemos las dificultades —señaló Rafael, adoptando el papel de poli bueno mientras Gabriel trataba de calmarse respirando profundamente—, pero, pese a las circunstancias, estoy seguro de que todos entendemos que hay que encontrar a la Muerte, y con premura.

—¿Sí? —preguntó un segador que había al lado de Cal, quien se quedó inmóvil cuando estaba a punto de cruzar al lado de los ángeles—. Esto parece problema vuestro, ¿no?

Rafael hizo una pausa antes de responder al reparar (a pesar de los esfuerzos de Cal) en el progreso estable que había hecho esto entre la multitud, lo que lo llevó inmediatamente a buscar a Mayra con los ojos entrecerrados.

(Ella puso una mueca al comprobar la facilidad con la que la encontró su mirada dura).

—Esa actitud es inapropiada —espetó Gabriel al segador sin darse cuenta de la distracción de Rafael—. Es obvio que no tienes prisas por arreglar tu destino, ¿no, Rupert?

El segador cerró de inmediato la boca y miró con cautela a Clement, que se acercaba al clímax de una conmovedora interpretación del *Opus 95*.

—Encontradlo —exigió Rafael a la multitud y le dio un codazo a Gabriel.

A sus palabras le siguió el típico caos de la despedida, ángeles abrazando a ángeles mientras los segadores se unían en una marca rígida. Mayra, sin embargo, exhaló un suspiro cuando los dos arcángeles se giraron al mismo tiempo para mirarla justo cuando Cal llegaba a su lado.

Se agachó, con los dedos por encima de los de Cal.

—Nos ven —le murmuró.

—Me da igual —susurró él.

Por un momento, Mayra cerró los ojos y jugueteó con el aire que había entre sus manos. Curvó los dedos hacia dentro, hacia la palma de su mano, creando una corriente delicada y paciente entre ellos que hizo susurrar la parte baja de sus alas, el borde negro de la capa de él; una no-caricia consciente y cuidadosa.

—Kaleka —exclamó Gabriel, su voz familiarmente cortante—. Sanna.

Mayra abrió los ojos. Estaban solos ahora, la habitación se había encogido de pronto para albergarlos a los cuatro.

—¿Ahora qué? —Suspiró y se cruzó de brazos—. Pensaba que ya tendríais suficiente, después de un milenio regañándonos.

—Primero, imposible —contestó Gabriel—. La amonestación es, literalmente, la base de nuestras constituciones respectivas. Eso, por supuesto, y la divinidad —se burló—. Obviamente.

—Y segundo, por mucho que nos parezca... —continuó Rafael, mirando a Mayra y a Cal con recelo— repulsivo, este caso en particular no tiene que ver con vosotros dos y vuestros pasatiempos clandestinos. Sin embargo, os recuerdo que si habéis hecho algo inapropiado desde nuestra última charla...

—¿Qué? ¿Nos impondréis más tiempo? —preguntó Mayra con los ojos en blanco—. Asombroso. Como si una eternidad más extensa significara algo ya...

—Mayra —la advirtió Cal con tono amable.

Con una mueca, retrocedió a regañadientes.

—Muy bien, ¿qué queréis entonces de nosotros si no es inmiscuiros en nuestros asuntos personales? —preguntó a los arcángeles—. Habéis perdido el rastro de la Muerte.

—No somos sus niñeras —dijo Gabriel.

—Nadie lo diría —murmuró Mayra, que se sentía obstinada ahora.

—Kaleka, tu hostilidad hacia nosotros no es inteligente. Solo guardamos el secreto de la Muerte porque él guarda nuestro secreto, como bien sabes —le recordó Rafael. Gabriel asintió con aire engreído e intolerable—. Seguro que no tenemos que recordarte la importancia de encontrarlo, dada la tarea que te encomendó desde el principio.

No, no tenía que recordárselo. En realidad, el recordatorio del arcángel de que no necesitaba un recordatorio era tan innecesario como molesto y por ello se le hizo más difícil contener su desdén.

—¿Sabéis? —comenzó Mayra con los labios apretados—. Si alguien supiera lo corruptos que sois vosotros dos en realidad...

—«Corrupción» es una forma muy desagradable de decirlo —la interrumpió Gabriel—. Y, según recuerdo, Mayra Kaleka, tú no eres tan inocente.

Una observación muy poco amable.

Irritante, en realidad.

—De verdad que no sé qué queréis que haga —le dijo con poca burla (bueno, un poco menos) en el tono de voz—. Fox ya ha intentado invocar a su padrino y no lo ha conseguido. Como ángel guardián de Fox, solo puedo saber lo que sabe él... y esto es una regla vuestra, debo añadir —señaló, mostrando su desagrado esta vez (que le parecía apropiado).

—¿He de entender que esta es la primera vez que la Muerte no consigue materializarse tras la llamada de su ahijado? —preguntó Rafael y lanzó una mirada interrogante a Cal, que vaciló un momento, pero acabó asintiendo.

—Que sepamos nosotros —afirmó Cal (Mayra, que era lo bastante lista como para lanzarle una mirada de desconfianza, se centró en cambio en la imagen mental de Rafael estallando de repente en llamas)—. Dadas las circunstancias, esta invocación no ha sido muy sorprendente. Bueno —rectificó—, las invocaciones en sí mismas, debería decir, aunque admito que la naturaleza de esta ha sido muy inesperada. No sabía que podríais invocarnos a los dos.

—Circunstancias inusuales —dijo con tono sombrío Gabriel— requieren medios inusuales.

—Pareces nervioso —apuntó Mayra—. Supongo que tiene que ver con las mesas, ¿no?

Rafael y Gabriel se miraron.

—No del todo. La ausencia de un medio de transporte fundamental es inquietante —explicó Rafael con evasivas—. Viajar por los mundos es un asunto delicado.

—Solo la parte de la seguridad es un tema sorprendente. Y tú, por supuesto, careces de la capacidad de entenderlo —añadió Gabriel con altivez. Mayra puso los ojos en blanco.

—Ya sé que os consideráis extremadamente inteligentes y embaucadores, pero sois unos mentirosos horribles —le recordó a Gabriel y con una mirada fulminante también a Rafael—. Es obvio que os preocupan las actividades extracurriculares de la Muerte. A mí me pasaría igual si fuera vosotros —añadió con tono sombrío.

—Pero no lo eres —señaló de malas formas Rafael.

—No. No lo soy. Además, ¿por qué iba a preocuparme su habilidad para guardar vuestro registro?

A su lado, notó que Cal se movía. Mayra, una mujer que había sido maldecida con el don del contacto toda su vida (tanto con su opresiva monotonía como con su fugaz ausencia), conocía lo bastante bien los movimientos de Cal Sanna como para notar que se mostraba cauto, tenso. Podía saborearlo en el aire con tanta claridad como si él mismo la hubiera tomado por los hombros y le hubiera arrancado la verdad de los labios.

—¿Un registro? —preguntó, y donde un oído desentrenado oiría solo curiosidad, Mayra Kaleka sentía el tono de consternación en su voz.

—El registro —lo corrigió—. Del juego.

—Ah. El juego.

—Sí —afirmó Rafael con una mueca—. El juego.

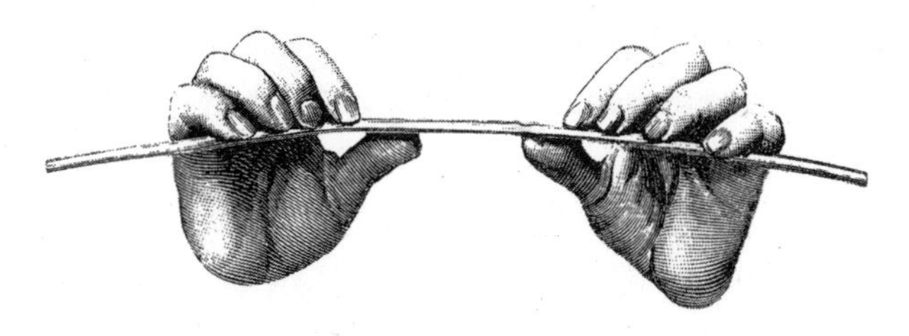

# INTERLUDIO III

## JUEGOS

Existe un juego al que juegan los inmortales.

Se juega en las mesas que abren al anochecer y cierran al amanecer.

Las apuestas son tremendamente altas y ridículamente bajas.

Solo hay un secreto: cuanto más tienes que perder, más difícil es ganar.

Solo hay una regla: no perder.

Al principio, los inmortales solo jugaban entre sí; dios contra dios y todos contra la Muerte, que no podía costarles nada y no podía pedir nada a cambio.

Pero ¿qué gracia tiene ganar cuando hay tan poco que perder?

¿Qué interés tiene jugar cuando hay tan poca disponibilidad de cosas que recibir?

Las mesas acabaron abriendo de vez en cuando a otros.

(Aunque serías un necio si jugaras al juego de los inmortales).

El hijo de un dios juega por la inmortalidad; por lo que debería ser su derecho natural, piensa, aunque el mundo no está de acuerdo y su padre tampoco.

El hijo juega al juego y gana y, en su euforia, le pide una cosa a la Muerte: el secreto del corazón de una diosa para que pueda poseer la eterna juventud que tan desesperadamente ansía.

La Muerte acepta. A cambio, pide la verdad del hijo como recompensa.

—Yo no tengo verdades —dice el hijo y acepta rápidamente, con avaricia, creyéndose vencedor, creyendo que ha engañado a la Muerte.

Pero la Muerte no ha sido burlada y sonríe.

—Un día tendrás una —responde una vez que el hijo del dios se ha marchado.

El hijo regresa una vez más, tal y como sabía la Muerte que haría, para jugar por la verdad que ha perdido.

El resultado de este juego no se puede contar.

Es una verdad guardada con demasiado celo.

Un ángel juega por amor, por la libertad para codiciar el corazón de otro sin reservas ni remordimiento, pero no se puede pedir demasiado, ni siquiera los que están destinados al cielo.

No gana; no puede ganar... lo desea con todas sus fuerzas y querer algo con un riesgo tan grande para uno mismo es un pecado cardinal, pero la Muerte se apiada de ella y amortigua su pérdida.

—Hay cosas que no puedo darte —le dice—, pero puedo ofrecerte esto.

Le entrega el brazalete de oro que poseyó en el pasado, un regalo de un pretendiente al que a punto estuvo de querer toda su vida; o lo habría hecho si la inequidad de pertenecerle a él no hubiera sido una constante y el amor verdadero una imposibilidad.

—Hay un hombre a quien le importará tu apuro —comenta la Muerte en una muestra rara de empatía—. Resonará en su alma como si él mismo estuviera experimentando tu dolor, y esto es lo máximo que puedo hacer por vosotros.

Ella lo mira, desconcertada.

—Pero he perdido el juego.

—Sí —confirma la Muerte—, y por tu pérdida, tendrás que hacer algo por mí. Tendrás que cuidar de él. Te nombro responsable de su corazón y esto te decepcionará en ocasiones. Él es un desastre —añade y el ángel se echa a reír.

—Lo vigilaré —acepta con solemnidad y la Muerte sonríe.

—Y por las dificultades, podrás contar con momentos para el amor —dice—. Serán breves y maravillosos y arrobados. Te llenarán el corazón hasta que estalle. Sentirás un vínculo que no has conocido nunca y un dolor como nunca hubieras imaginado, y cada separación te dejará sin aire en los pulmones y con un anhelo que no podrás acallar. La agonía inseparable del éxtasis, no podrás prescindir de ninguna.

Ella acepta el brazalete, su reliquia, y asiente.

—Gracias —susurra.

Un mortal juega por él éxito que otros no han podido tener; es un deseo egoísta y la Muerte no le lanza un desafío demasiado grande, pues sabe que los deseos de este hombre perjudicarán a su humanidad y, por consiguiente, habrá una pérdida, lo determinen o no las mesas. (La Muerte preguntaría cómo ha llegado a las mesas el mortal, pero sospecha que lo sabe y, como él mismo está rompiendo una promesa ya al regresar a las mesas, no invita a la confirmación de sus sospechas).

La Muerte no le indica el precio al mortal: que su éxito llegará con la insaciabilidad.

Que esta victoria no llenará un vacío, sino que encenderá un fuego.

Que este mortal morirá con el hambre en la lengua, un hambre que no se puede saciar, ni siquiera cuando posee todo cuanto desearía nunca.

El mortal cree que ha engañado a la Muerte.

La Muerte piensa que ha engañado al mortal.

Los dos están equivocados.

Ninguno lo sabe aún.

Un espíritu del agua (un espíritu acuático, denominado «sirena», nacido de la espuma del mar) desea piernas; no solo piernas, se ríe mientras detalla las circunstancias de su premio. «No es algo tan primitivo», aclara, lo que desea es humanidad; específicamente, placeres carnales: el goce del sexo, la emoción de la persecución, la adrenalina del robo y el desborde de la pena; y la adicción que solo puede aliviarse por el proceso de la renovación, de los ciclos repetidos.

La Muerte, que ya ha escuchado esto antes, no se involucra mucho en el resultado. A esta deidad en particular le importa muy poco nada, por lo que es innegable que ganará, así que no se molesta en hacer trampas.

—Tendrás todo el placer que deseas —le dice—, pero te importará tanto que te dolerá y sufrirás el dolor de tus equivocaciones como si fueran cuchillos.

Ella se ríe como el torrente del mar y sonríe como una ola con forma de luna.

—Al menos sufriré por algo —responde.

La Muerte ve problemas en el horizonte del espíritu.

Pero ella los recibe de buena gana, así que él cede.

Un mortal que ya no es mortal regresa con una deuda agobiante que ha de pagar, pero la Muerte ya no está por la labor de aceptar su súplica.

—No deberías haber jugado a este juego —le advierte.

—El pasado es pasado —responde el mortal en deuda.

Existe un juego al que juegan los inmortales.

No tiene reglas (salvo una, y es una sencilla), pero tiene un guardián y un registro, y cada éxito y fracaso se apunta con tinta celestial, por lo que el guardián del registro detenta un poder que ni los propios jugadores comprenden.

Porque quien controla el registro, controla el juego, y quien controla el juego, controla a todos los jugadores; incluso a los jugadores que nunca pierden, como la Muerte.

El juego no tiene reglas, salvo una: no perder.

El juego no tiene engaños, salvo uno: puedes jugar para ganar al jugador, pero siempre has de jugar para ganar el juego.

Las mesas han estado cerradas muchos años, pero abren en ocasiones y está a punto de darse una ocasión.

(Aunque serías un necio si jugaras al juego de los inmortales).

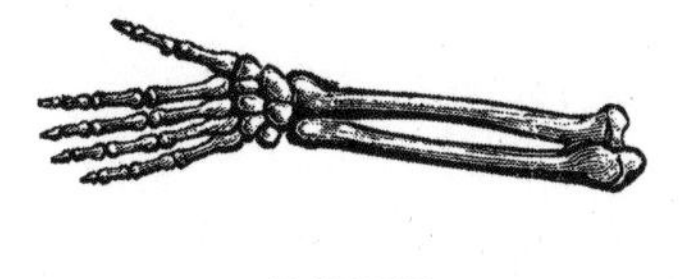

# XIII

## POSESIONES PRECIADAS

—Has vuelto a jugar, ¿no? —dijo Fox con tono neutro—. A ese juego estúpido.

Una clara acusación, pero una endeble, sin caras, como si llegara solo a la respuesta porque no quedaban otras alternativas razonables. Brandt suponía que en el transcurso de los siglos que había entre ellos, Fox habría considerado cada posibilidad, que las habría ido tachando de una lista hasta que solo quedara una.

—Como te he mencionado muchas veces, Fox, la naturaleza del juego es que es extremadamente adictivo —le recordó Brandt, dando rodeos en torno al núcleo del problema—. No puede sorprenderte que regresara…

—¿Qué juego? —interrumpieron Tom y Vi al unísono e intercambiaron una mueca.

—Existe un juego al que juegan los inmortales —explicó Brandt—. Las apuestas son tremendamente altas y ridículamente ba…

—Son apuestas —lo interrumpió Fox, impaciente como siempre—. Simple y llanamente, y una vez que te marchas la primera vez… —Se quedó callado—. Después de aquello, papá me prometió que no volvería a jugar —señala con voz tensa.

—Ah, ¿y has cumplido tú todas tus promesas? —se burló la demonio, quien tenía una gran destreza para poner de los nervios a Fox, pensó Brandt.

(—¿Qué haces aquí todavía? —le preguntó Fox a la demonio.

—Esto es interesante —fue todo cuanto respondió ella).

—Estoy seguro de que la Muerte tenía intención de mantener su palabra en ese momento —le aseguró Brandt a Fox—. Pero es de naturaleza adictiva. Siempre te llama y el juego es especialmente atrayente.

—He oído hablar de ese juego —dijo la demonio y Vi la miró interrogante, con el ceño fruncido—. También he oído que la Muerte engaña.

—Sí —afirmó Brandt.

—No —respondió al mismo tiempo Fox.

—Sí —repitió Brandt y sacudió la cabeza—. Y de forma descarada, aunque no como te imaginarías.

—Controlar los resultados no es engañar. Brandt, es una simple cuestión de consecuencias. No puedes culpar a la casa cada vez que pierden los jugadores. ¿Y estás sugiriendo que está jugando ahora mismo? —preguntó, con el ceño fruncido.

—No. —Brandt sacudió la cabeza—. Debe de ser peor que eso si estoy aquí.

—¿A qué te refieres con «aquí»? —preguntó Tom—. ¿Aquí, en mi casa?

Brandt se quedó callado un momento, pensando en una explicación que satisficiera a todas las partes interesadas.

—No exactamente —contestó un instante después—. Bueno, en tu casa sí, pero la casa tal y como existe en este preciso momento. La casa hace diez minutos o tal vez hace un año… no tanto. —Desvió la mirada hacia Fox—. Supongo que sabes a qué me refiero.

Fox apretó los labios.

—Así que me apostaste a mí —juzgó este—. Me preguntaba si lo habrías hecho.

Brandt vaciló y se mordió la lengua para no pronunciar las palabras «Lo siento». Optó por el silencio.

Ninguna verdad satisfaría a Fox D'Mora, ni aunque Brandt pudiera ofrecerle una.

—¿Tan poco significaba para ti? —insistió Fox, pero, por suerte, la vampira se aclaró la garganta y se colocó entre ellos.

—Por mucho que esté disfrutando del extra de la historia en la habitación —habló Vi—, sigo teniendo un fantasma al que necesito exterminar. —Como era de esperar, Tom abrió la boca, pero Vi prosiguió—: ¿Dónde exactamente ha podido ir la Muerte y cómo se supone que vamos a llegar hasta él?

—No se sabe, me temo —le informó Brandt—. La Muerte es más un enigma que un hombre e, irónicamente, no es tan constante como podrías imaginar. Y ahora que estamos en la misma página —añadió—, teniendo en cuenta mi falta de contribución a la situación, supongo que debería de marcharme…

—Oh, no. No te vayas —espetó Fox y le agarró el brazo.

Ante el contacto, Brand se quedó sin aliento y el aire se le atascó en la garganta; se contuvo para no mirar abajo, los dedos delgados de Fox, siempre tan diestros e inteligentes, presionados alrededor de la tela de la manga.

Si Fox notó algo entre ellos, estaba lo bastante enfadado para hacer caso omiso.

—No vas a ir a ninguna parte, Brandt. No puedes venir a decirme que tu aparición aquí es obra de la casualidad o yo qué sé qué, una especie de…

—¿Coincidencia? —le ayudó Brandt, irritado, y tiró del brazo para soltarse—. Eso es precisamente lo que estoy diciendo. Solo porque la convergencia de estos eventos resulte ser justamente esta casa no quiere decir que yo tenga algo que ver con tu dilema.

De pronto se produjo una cacofonía de oposición.

—Bueno…

—Peor entonces…

—¿Qué es lo que has venido a robar? —preguntaron Vi y Tom al unísono y se quedaron paralizados. De nuevo se lanzaron una mirada de indignación.

—Nada importante —les informó Brandt—. Y, además, no es asunto vuestro.

—Sí es asunto mío, en realidad —lo corrigió Tom—, teniendo en cuenta que esta es mi casa…

—Y aunque no fuera asunto nuestro… puesto que esta ya no es tu casa —le recordó Vi a Tom antes de volverse hacia Brandt de nuevo—, creo que es relevante, ¿no te parece?

—Oh, más que eso —señaló la demonio, encantada—. Soy Isis, por cierto.

—Brandt. ¿Y, a propósito, qué hacéis todos aquí? —cambió de pronto de tema.

Vi: Estoy intentando vender la casa.

Tom: Estoy intentando dejar la casa.

Isis: Me importa una mierda esta casa. Yo solo estoy aquí para alimentarme de la energía que emerge de ella.

—De acuerdo. —Brandt se volvió hacia Fox—. ¿Y tú? —preguntó, expectante.

Fox se resistió un momento, como solía hacer. Siempre se mostraba tan juvenil, tan infantil, como si estuviera en una delgada línea entre el júbilo moderado y la rabieta descarada que seguramente surgió por una adolescencia arruinada por su rareza, por lo inconstante y lo marcada por la relación entre especies que estuvo. Brandt pudo poseer la eterna juventud mucho antes que Fox, pero Fox siempre la había abordado a la perfección, con autenticidad, con ese hastío, el algo-todo-nada melancólico que se enroscaba con cautela alrededor de su boca y se fruncía en su ceño. Como mucho, ese pequeño remache de juventud hacía temblar la belleza de su rostro; lo amargaba un poco, como un morado en la superficie perfecta de un melocotón. Sin duda, Fox resultaría innegable para cualquiera si aprendiera algún día a dejar de lado su hosquedad.

Aunque, como nota personal, Brandt siempre lo había encontrado perfecto tal y como era.

—Estoy trabajando —murmuró Fox.

—Por supuesto —afirmó Brandt—. ¿Haciendo qué?

—Mi trabajo.

—Ah, y a mí que me preocupaba que fueras específico.

Fox torció el gesto con desagrado.

—No es asunto tuyo.

—No —aceptó Brandt y dio media vuelta para retirarse—. Supongo entonces que debería de marcharme…

—De acuerdo —claudicó Fox con los dientes apretados, haciendo que se detuviera—. Si tanto te interesa, soy médium.

Brandt se volvió despacio.

Frunció el ceño.

Lo miró.

Y entonces preguntó:

—¿Que eres qué?

—Médium. —Fox tensó la boca—. Seguramente estarás familiarizado con el término. Me comunico con los muertos.

Brandt se quedó muy quieto un momento, totalmente incrédulo, y se fijó entonces en cómo el ceño fruncido de Fox se tornaba cetrino cuando se dobló sobre sí mismo y sucumbió a la idea ridícula de que Fox D'Mora, regidor de la moral superior, fuera capaz de decir algo tan absurdo sin ningún tipo de remordimiento.

—¡Y quién es ahora el ladrón! —cacareó Brandt con otra carcajada—. Pero si no puedes identificar el otro lado, Fox, mucho menos comunicarte con él… Ni siquiera ves el fantasma, por el amor de Dios…

—Eres de gran ayuda —gruñó Fox levantando la mirada al cielo—. De mucha ayuda.

—¿Esto es lo que has estado haciendo entonces? —preguntó Brandt. Se acercó a él—. Fox —murmuró con el final de una exhalación que estaba conteniendo Fox—. Te has esforzado mucho por conseguir que yo fuera mejor —lamentó—, y en cambio tú has empeorado, ¿no?

Fox era un hombre diferente. Su rabia era vieja, su tristeza todavía más vieja.

—¿No crees que me debes suficiente y por ello deberías de tratar de ayudar? —preguntó Fox con amargura—. ¿O prefieres seguir burlándote de mí?

—Ninguna —respondió Brandt y se calló—. Las dos.

—Te ha llamado «mentiroso» —susurró Isis a Fox. Se acercó a él y posó con alegría una mano en su hombro—. Esto tiene que picar, ¿eh?

Fox se apartó y se acercó, furioso, a Brandt.

—Llévame con mi padrino. Ya lo hiciste una vez, puedes volver a hacerlo.

—Sí, lo hice una vez, y no fue muy bien —le recordó Brandt—. Y eso sin contar que técnicamente no sé dónde está.

—¿Dónde va a estar? Tú mismo lo has dicho. Has dicho que el juego es adictivo...

—Claro —respondió Brandt sin pensar—, pero sigo sin saberlo. Algo va mal y, además, llevo sin jugar...

Se detuvo, rozando una confesión, pero lo dijo de todos modos tras determinar que era un hecho y no tanto una verdad.

—Llevo sin jugar al juego de los inmortales ciento setenta y cinco años —admitió con voz monótona—. Si la Muerte está de nuevo en las mesas, no hay ninguna garantía de que yo pueda entrar. Estoy casi seguro de que no voy a poder. A menos...

Se calló, puso una mueca, y de nuevo, ejecutando otra coreografía lúdica y poco entusiasta con un paso adelante y dos atrás, Fox se acercó a él.

—¿Qué ibas a robar aquí? —Brandt se dio cuenta de que mantenía una expresión cuidadosamente neutra que, en Fox, tenía el efecto de parecer mareado—. Tenía que ver con las mesas, ¿verdad?

—Sí —dijo Vi detrás de él, asintiendo firmemente—. Sean lo que fueren —añadió, encogiéndose de hombros, y el fantasma asintió también.

—Tu propósito aquí parece cada vez más relevante —comentó Tom con una mueca—. Y, francamente, no me gusta el tiempo que hemos tardado en hacértelo ver.

—No hay más que hablar —intentó Brandt, pero veía que no había escapatoria. Los demás estaban avanzando hacia él, expectantes, y, para bien o para mal, sabía que no iban a dejar que se marchara.

—Tiene que tratarse de las mesas, del juego. Sé que no tiene que ver con la casa ni con nada de su interior —estaba diciendo Fox tras dar otro paso en dirección a Brandt. (Sí, Brandt estaba seguro ahora, Fox podía sentirlo. Conocía el coste de cada paso, de cada exhalación).

—Bobadas, Fox, ¿no tienes ni idea de cuánto cuesta esa mesa? —preguntó Brandt, señalando el centro del salón—. ¿Esas sillas? ¿Aquel cuadro? ¿Cualquiera de los cuchillos? Incluido el que apuñaló el pecho de tu cliente —señaló el fantasma que Fox no veía.

—Técnicamente, creo que Vi es la clienta —indicó Isis mientras Fox sacudía la cabeza, esforzándose aún por ignorarla.

—Brandt, por favor. Nunca has necesitado dinero. Nunca has querido nada así de la gente…

—Al contrario que tú, al parecer —replicó él, pero Fox no vaciló.

—Si hubiera algo extraordinariamente valioso en esta casa, tal vez podría ser así, pero lo dudo —continuó—. Es una casa llena de mortales, y solo te he visto arriesgarte por dos cosas. Una de ellas era el juego —indicó—. La otra era yo.

Se quedó esperando. Su pequeña danza suspendida, Fox a unos pocos centímetros. Incluso el contacto visual prolongado sería una respuesta. Una mirada incluso bastaría.

Y por ello Brandt desvió la vista.

—Muy bien —dijo Fox con la boca tensa—. Ya que no puede haber sido por mí, es por el juego, ¿no?

No había forma de evitarlo ahora.

Oportunamente, no era una verdad; siempre era verdad, pero ahora era también un hecho.

—Hay… una especie de registro —respondió Brandt—. Dentro de un libro.

—¿Qué? —preguntaron Vi y Tom, confundidos, pero Fox se quedó pálido.

—No lo has hecho —dijo. (A su lado, Isis aplaudió con alegría).

Brandt exhaló un suspiro.

—Sí —confesó al fin.

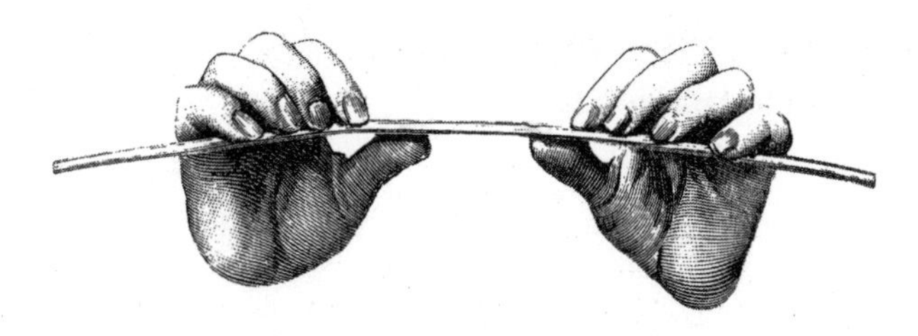

# INTERLUDIO IV

## FRAGMENTOS

—Me dijiste que terminaría pronto —susurra en la oscuridad una mujer que no es mujer.

—Terminarás cuando yo haya terminado —contesta una criatura que fue un hombre en el pasado.

—No puedo seguir haciendo esto.

—Tendrías que haberlo pensado antes de aceptar jugar al juego —le recuerda él, no por primera vez— y especialmente antes de aceptar hacer un trato conmigo.

—¿De veras no sientes nada? —Hablaba en voz baja, en susurros—. ¿Ni remordimiento?

—¿Yo? Por supuesto que no —suelta con una carcajada—. Mi huésped, sin embargo…

—Debe de estar matándolo —murmura ella.

—Su deuda conmigo es lo que lo está matando, como bien sabes. Si de verdad quería una vida digna, tendría que haber sido más específico con lo que pedía

—¿Y culpas al mortal por eso? Sabes que es culpa de la Muerte, ¿no?

—Qué ironía, ¿eh? O lo sería… pero no es precisamente culpa de la Muerte. Es obra de la Muerte, claro, pero si somos más específicos, es en realidad culpa de la vida… aunque eso nos deja muy poco a lo que culpar. En cualquier caso, se está debilitando, y voy a necesitar más.

—¿Y qué es más exactamente?

—Lo que se me debe. Ni más ni menos. Soy bastante razonable.

—¿Qué te ha prometido?

—¿El mortal? Da igual lo que me haya prometido. Tu deuda no tiene relación con la de él.

—¿De veras?

—Bueno, supongo que desde un punto de vista general. Pero no creo que merezca la pena que te preocupes de forma prematura.

—Pero si no consigues lo que quieres de tu huésped…

—No lo tomaré de ti, si eso es lo que estás preguntando.

—No solo de mí, ya sabes.

—Ah, cierto. Tengo las miras puestas en un premio más grande.

—¿Por qué entonces sigo siendo necesaria?

—Porque el registro no es de utilidad para mí por sí solo. Seguro que lo sabes. Hay que seguir jugando al juego y el proceso es agotador, incluso para mí. Bueno… para nosotros, debería decir. Puedo suponer que sabes por dónde voy con esto.

—¿Estás… diciendo que tendré que jugar de nuevo al juego? No puedes decirlo en serio…

—Por supuesto que sí. Con una seriedad mortal, de hecho, lo que es otra encantadora ironía. Los mortales inventan las mejores frases hechas…

—Pero ¿cómo puedes saber que tu huésped tiene razón? Ya sabes lo poco fiable que puede ser el juego y podría estar intentando aplacarte.

—Cierto. Los mortales desesperados tienen tendencia a hacer súplicas sombrías. Pero todos ganan, según mi punto de vista. Esos arcángeles están demasiado acomodados con su corrupción y, en cuanto a la Muerte, ya ha llegado demasiado lejos sin recibir ninguna retribución. ¿No lo has dicho tú misma?

—No, no lo he dicho ni lo diré. No quiero tener más que ver en esto. No voy a hacerlo.

—En realidad prefiero pensar que sí lo harás, Elaine.

Ella se estremece.

—No me llames así —le pide y traga saliva con dificultad.

Él esboza una sonrisa, o algo parecido.

—Controla eso —le advierte, señalando el tormento que está escrito ya en su cara—. O será una pérdida dura, y solo hay una regla, ¿no es así?

—No perder —susurra ella.

Él asiente.

—No perder —confirma. Se pone en pie e inclina el sombrero en su dirección—. Ahora, si me disculpas, tengo que ir a otro sitio.

Dos arcángeles, los representantes designados de la justicia, continúan una extensa discusión que lleva en curso casi desde el inicio del Tiempo.

—No me importa si es amor lo que hay entre ellos o no —dice uno—. Eso no debería de cambiar nada.

—No te importa nada —riñe el segundo al primero.

—No estoy concebido para que me importe —repone el primero—. Solo para persistir.

En eso están de acuerdo. En general suelen estar de acuerdo.

—Aburrimiento —se lamenta el segundo—. Una aflicción de vivir toda una eternidad.

—Los «para siempre» —afirma el primero—. En serio, esto no es culpa nuestra.

—En lo más mínimo —dice el segundo—. Como mucho, es una cuestión de construcción defectuosa.

—Sin consecuencias —añade el primero—. Ni sistema integral de castigo y recompensa.

—Para nosotros no —coincide el segundo—. Ni tampoco para la Muerte.

—Defectuoso —comenta el primero—. Y siendo él un rey del vicio.

—Cuidado, que no te oiga Volos —le advierte el segundo—. Él es el verdadero rey del vicio.

Los dos miran con aprehensión por encima del hombro, las alas susurran.

—Se adula a sí mismo —sisea el primero un momento después.

—Sí —coincide el segundo, porque en general coinciden—. Qué bien que consiguiéramos dejarlo fuera del juego.

—¿Deberíamos excluir también a Fortuna? —sugiere el primero, pensativo.

—¿Por qué? Fortuna nunca vence a la Muerte —responde el segundo—. A veces incluso pierde contra Destino.

—Por eso tiene las manos tan precariamente atadas —suspira el primero—. Una necia encantadora, Fortuna.

—Y nosotros unos necios si no arreglamos esto —le recuerda el segundo—. Si alguien se hace con el registro, estaremos todos en peligro. La Muerte más que nadie, diría.

—Los mortales, querrás decir —señala el primero—. Nosotros no. Solo los mortales sufren las secuelas de la pérdida concebible de la Muerte. Él no tiene poder sobre nosotros.

—Pero estamos más conectados, ¿no? —filosofa el segundo (o, menos amable, lo corrige)—. ¿No es ese el verdadero peligro del registro? ¿Lo terriblemente conectados que estamos todos? Tan ineludiblemente. Si uno de los jugadores cae víctima del control del juego —dice con tono solemne—, ¿no tenemos todos algo que perder?

—Todo el juego es sacrificio —expone el primero—. No es un juego sin cierto riesgo universal de pérdida, supongo.

—Entonces tenemos que mantenerlo todos a salvo —determina el segundo y se queda callado un momento—. No hay más copias aparte de la de la Muerte, ¿no?

—¿Quién sería tan necio como para hacer una? —repone el primero—. Alguien estúpido.

—Alguien desesperado —aclara el segundo.

—Es lo mismo —reconoce el primero—. Aunque ¿quién ha perdido tanto en el juego que se arriesgaría de este modo solo para recuperar lo perdido?

Se miran a los ojos con miedo a la respuesta.

—No lo piensas —comienza el primero y el segundo pone mala cara.

—No puede ser —termina el segundo, aunque lo dice como si estuviera equivocado.

Pronto descubren que los dos lo están.

Unos segundos después, un hombre que no es un hombre (aunque se parece mucho a uno) llega a su sala de juicios chasqueando los dedos.

El debate celestial queda suspendido.

—Es hora de irse —dice el no-hombre con tono alegre—. Hay que jugar a un juego.

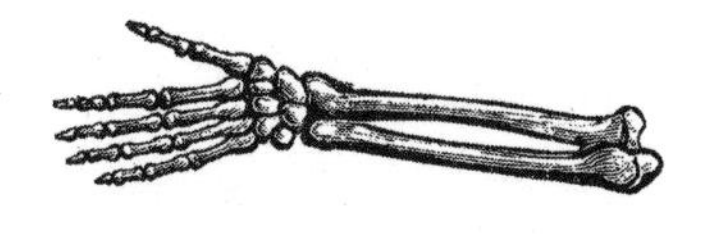

# XIV

## ALGO RETORCIDO

—¿Cómo es posible que consiguierais el registro? —preguntó Fox justo cuando reaparecieron el ángel y el segador.

—Ah, bien, sigues aquí —dijo el ángel, que caminaba hacia Brandt señalándole la cara con el dedo—. Soy Mayra, él es Cal —se presentó y se señaló a sí misma y al segador respectivamente— y tenemos una o dos cosas que decirte, Brandt Solberg...

—¿Quiénes sois? —los interrumpió él con el ceño fruncido.

(Isis, en un murmullo fuerte a Vi: Ahhh, ella es su ángel guardián... por eso él tiene su reliquia.

Vi, irremediablemente confundida ya: ¿Su... reliquia?

Isis, asintiendo: Es poco habitual, pero algunos ángeles tienen un objeto que pertenece a sus vidas mortales y los vincula con la tierra. Fox tiene el de ella).

—Es solo un registro —le dijo Brandt a Fox, ignorando al resto—. Uno no oficial, que yo copié en un libro, así que es más bien una imitación.

El segador, Cal, palideció.

—Pero no es el registro de la Muerte, ¿no? —preguntó, incómodo, y sonaba como si necesitara que la respuesta fuera «no», pero estuviera seguro de que no era así. (A su lado, las alas de Mayra parecieron momentáneamente afectadas por la estática, o posiblemente intimidadas).

(Isis, mirando a Vi con avidez: Oh, esto se está poniendo interesante).

—No es el registro de la Muerte —confirmó Brandt—. Es mi registro. Bueno, el registro en el que he estado trabajando —aclaró—, aunque lo he dejado aquí guardado las últimas décadas.

—¿Aquí? —repitió Tom—. ¿Cómo es posible?

Brandt abrió la boca para responder, pero cambió de opinión.

—Os estáis poniendo todos demasiado nerviosos por este asunto —apuntó—. Supongo que, en lugar de liaros con tanta histeria innecesaria, debería recordaros que simplemente necesito encontrarlo y me iré...

—Muy bien —anunció Fox, sacudiendo la cabeza—. Cal, ¿te importa?

—¿Estás seguro? —preguntó este, vacilante.

—Hay un riesgo claro de fuga —siseó Fox como confirmación y Cal suspiró. Chasqueó a regañadientes los dedos para hacer aparecer unas esposas de hierro en las muñecas de Brandt.

—Fox —gruñó Brandt y trató, sin éxito, de liberar las manos—, ¿de verdad es necesario esto?

—Sí —respondió él sin más—, y te diré por qué. Si mi padrino ha desaparecido, entonces está en las mesas. Si tú tienes un registro y este ha desaparecido también, entonces hay alguien más en las mesas. Y teniendo en cuenta que eres el único que puede llevarme allí...

—¿No puede hacerlo tu ángel? —contratacó Brandt, a lo que Mayra respondió con una mirada de enfado.

—Primero de todo, no soy suya, soy mía. Segundo, se me han agotado los milagros —le informó—. Viajar entre concepciones de la realidad no está en mi contrato de trabajo, así que, sin milagros, tan solo puedo actuar dentro de los constructos de la realidad en la que me encuentro.

—¿Cómo puedes hacer eso? —habló Isis, mirando con incredulidad a Brandt—. Ni siquiera yo puedo, al menos no fácilmente. No sin... ya sabes. —Se encogió de hombros—. Un buen montón de asesinatos, muchas horas ininterrumpidas de yoga y, para una conveniencia real, un orgasmo.

—Tengo una llave —respondió Brandt—, aunque no es asunto vuestro.

—Ahora sí es asunto nuestro —le informó Fox y luego puso una mueca—. Quiero decir que es mío —aclaró.

—Y mío —dijo Mayra—. Fox no va a ir a ninguna parte sin mí.

—Y mío —indicó Cal—. Echaré un ojo a… —Se quedó callado, con los ojos entrecerrados, tratando de centrarlos en Brandt, que no paraba de removerse— este.

—Y mío —terció Isis—. Y también de Vi. Porque sí.

—Un momento —intervino Vi—. No veo por qué…

Se quedó callada, sobresaltada, cuando un pitido inundó la casa, resonó en el vestíbulo y se extendió por el techo del salón.

—El timbre —avisó Tom y desapareció de allí—. Yo me encargo.

—Y lo hará —lamentó Vi cuando se fue—. Esta es otra razón más en la larga lista de por qué no se ha vendido aún la casa. Pero bueno, como íbamos diciendo…

—Como iba diciendo, no voy a ir —informó Brandt al grupo y eligió ese momento para salir de la habitación (los grilletes eran mucho más estéticos que útiles) y los demás, aterrados, salieron detrás de él—. La Muerte me echó de las mesas hace mucho tiempo, Fox —explicó por encima del hombro. Eligió un salón predominantemente verde que se adaptaba a su complexión—. No podría ni aunque quisiera. Y, para ser claro, no quiero. —Se dejó caer en el sofá y tosió suavemente por el polvo de los cojines.

—Oye. —Tom reapareció abruptamente justo cuando los otros entraron en el salón detrás de Brandt y Fox tomaba el timón con una mirada de frustración—. Hay alguien en la puerta y viene por el médium.

Cal, un poco falto de aliento por seguir a Fox: Dice que es por el médium.

Brandt, entre dientes: No es un médium.

—¡No es por mí! —exclamó Fox—. Joder…

—La goma —le dijo Brandt. Fox puso los ojos en blanco, agarró la banda de goma que tenía en la muñeca y se detuvo de pronto.

—Yo… —comenzó y miró a Brandt—. ¿Cómo sabes eso?

—He dicho que fui expulsado de las mesas —le informó Brandt, cruzando una pierna sobre la otra—. No he dicho que no hubiera visto a la Muerte.

De nuevo, Fox se quedó mirándolo, esperando algo.

—Pero ¿cómo…?

—Tenían alas —indicó Tom—. Unas grandes. Más grandes que las de ella —aclaró, señalando a Mayra, que puso cara de sorpresa—. También eran… y aunque esto se aplica a casi todos los de esta habitación, intentad no subestimar lo que estoy a punto de decir: extremadamente molestos.

Mayra y Cal se miraron.

—¿Por casualidad acababan el uno la frase del otro? —preguntó Mayra con poco entusiasmo.

—Sí —afirmó Tom y puso una mueca—. Indudablemente.

—¡Diantres! —exclamó Cal.

—¿Qué pasa? —preguntó Fox—. En serio, Calix, para una vez que necesito de verdad que me traduzcas…

—Lo diré de este modo —indicó Cal—: Si son quienes creo que son, todo va peor de lo que creíamos.

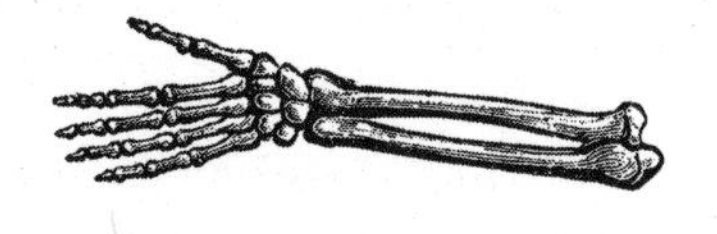

# XV

# PEOR DE LO QUE CREÍAN

## HACE UNA HORA

—Ah, me cachis —murmuró Rafael al recuperar el uso adecuado de su voz después de haber sufrido los nudos apretados en manos y pies—. Otra vez tú.

—Sí —respondió sin más el hombre—. ¡Tachán!

—Veo que te has buscado una máscara nueva, Volos —comentó Gabriel—. ¿No era de tu agrado la última?

—Esta me está un poco apretada —respondió el rey demonio llamado Volos, suspirando—. Preferiría que me quedara mejor, pero este mortal resultó ser bastante útil. Y ya sabéis que nunca conservo ninguna piel durante mucho tiempo… Me desgasta —explicó al tiempo que se quitaba una pelusa de la manga—. Como dicen los expertos, mejor diversificar el portafolio.

—¿Por qué estás aquí? —preguntó Rafael, exasperado—. Ya sabes que no te dejamos jugar al juego.

—Corrección. No dejáis que Volos juegue al juego.

—Un detalle menor —gruñó Gabriel—. Un vacío legal muy fácil.

—Sí… pues por ese vacío legal fácil aquí estoy —les recordó Volos con una especie de pirueta tonal para dar énfasis a sus palabras—. Junto a un par de almas desafortunadas. Ya conocéis a Elaine, ¿no? —Chasqueó los dedos y Lainey apareció a su lado—. Tuvo la desgracia de hacer un par de tratos sumamente defectuosos conmigo después de jugar al juego con la Muerte.

—Igual que el mortal, supongo —murmuró Rafael—, pero no vamos a permitir que juegues solo porque llevas la piel de otra persona. Eres Volos, no importa el estado corpóreo que ocupes.

—Ahí está la gracia —respondió el demonio, que parecía bastante complacido por que preguntaran—. El mortal jugó al juego... igual que mi amiguita Elaine —añadió, dándole un golpecito en la nariz—. Por lo que una vez que inicie el registro, los dos tendrán que volver a jugar, por el registro en cuestión.

—No tenemos el registro —le recordó Gabriel de mala gana—. Por lo que has calculado mal, ¿no?

—En realidad tengo uno propio —dijo Volos, sosteniendo lo que parecía un libro delgado con algunas páginas rasgadas—. Lo único que tenéis que hacer, caballeros, es imponer las reglas. Y según recuerdo, ese es vuestro trabajo —señaló—, por lo que no es mucho pedir.

—Sabes perfectamente que solo hay una regla —le recordó Rafael.

—Todo el mundo lo sabe —dijo Gabriel—. Nuestra imposición ahí es del todo innecesaria.

(Un error. Volos parecía ahora agitado y el suelo empezó a arder en la suela de sus pies celestiales).

—Tal vez sea ese el caso para el juego, pero las mesas responden ante vosotros —aclaró Volos, forzando una sonrisa—, como bien sabéis. El juego no puede empezar hasta que lo permitáis. Ahora tengo a la Muerte —explicó, haciendo que prevaleciera la razón, al parecer—. Tengo el registro, tengo a mis jugadores y tengo mi premio. Ahora solo necesito las mesas abiertas.

—¿A qué te refieres con tu premio? —preguntó Rafael, resistiéndose a este desafortunado giro—. ¿Cuál es tu objetivo exactamente, Volos?

—Ya estás en posesión de un mortal. Y de una deidad del agua, por lo que parece —comentó Gabriel, mirando a la que con toda seguridad no era una mujer—. ¿No te parece que te has vuelto un poco codicioso, Volos? Ya sabes qué es lo que dicen.

—El equilibrio es el rey —concluyeron Rafael y él al unísono.

(Esto tampoco era inteligente. Gabriel tosió, el aire entre ellos se llenó de humo, y Rafael sufrió el comienzo de lo que no tenía motivos para saber que se trataba de una migraña).

—Corrección —les informó Volos—. Volos es el rey y estoy cansado de verme relegado a menos. Además, el mortal me debe más que el simple uso de su cuerpo. Mucho más —añadió, resoplando—. Nunca se debería de haber permitido jugar a un mortal capaz de adquirir este tipo de deuda, ¿no os parece?

Gabriel y Rafael se miraron.

—Eso no fue culpa nuestra —replicó Gabriel con voz tensa y Rafael asintió—. No se permite la entrada a mortales a las mesas.

—Ni a mí tampoco —comentó Volos con tono alegre—, ¡y mirad ahora! Parece que hay menos reglas aún de las que pensabais, visto que vuestras exclusiones sobre quién puede sentarse a las mesas no se sostienen.

—Demuestra cuánto sabes —murmuró Gabriel en mitad de un ataque de tos—. Nadie se sienta a las mesas…

—Ah, sí, puedes contrariarme —musitó Volos—. Una decisión excelente para la que seguramente no haya consecuencias.

—No sé qué quieres que hagamos nosotros, Volos —dijo Rafael. El golpeteo en las sienes empezó a atacar a sus pensamientos más sensatos—. Seríamos estúpidos si te dejáramos jugar.

—Sois estúpidos —confirmó Volos—. Sois extremadamente estúpidos y valga el juego de palabras, pero vuestras manos están claramente atadas. Voy a delataros. —Señaló hacia arriba—. Voy a delataros a todos y ¿qué haréis después, cuando tengáis que lidiar con Dios y con Lucifer, y con todas las criaturas e inmortales que han jugado alguna vez al juego? Una posición desfavorable la vuestra —advirtió, aunque Gabriel y Rafael ya lo sabían y se miraron con aprehensión.

—Tienes que darnos una oportunidad para ganar, Volos —intentó Rafael—. Tiene que haber un modo de que podamos ganar y entonces no tendrá mucho chiste jugar, ¿verdad?

—Eso es cierto —indicó Gabriel, que juzgó la pausa de Volos como una pequeña oportunidad en su favor—. El juego requiere un oponente.

—El oponente es la Muerte —declaró Volos, que sentía claramente el indicio de una trampa, pero Rafael sacudió la cabeza.

—No, el premio es la Muerte —corrigió—. Para conseguir el resultado que deseas, la Muerte es solo el último de los jugadores. Necesitas un oponente de verdad; un rival. Déjanos elegir uno. Déjanos elegir a nuestro oponente en el juego y entonces abriremos la mesa.

—No tendrá ninguna gracia a menos que haya una posibilidad de que puedas perder —apuntó Gabriel.

Volos dudó.

—Ganar es divertido —protestó, desconfiado.

—Sí —afirmó Rafael—, pero no es lo más divertido.

—A fin de cuentas, tienes que ganar tanto a tu oponente como el juego —le recordó Gabriel—. No hay satisfacción sin sacrificio, ¿verdad, Volos? ¿Por qué, si no, se rebajaría el mismísimo rey del vicio a jugar contra un mero mortal?

Volos entrecerró los ojos.

—No voy a compartir mi registro —indicó—. Vuestro oponente tendrá que encontrar la forma de llegar hasta mí.

—Muy bien —aceptó Rafael, encogiéndose de hombros—. Es factible.

—Y si gano, gano todo —advirtió Volos—. Sin tratos. Si gano, juego por el control de la Muerte.

—Sí —aceptó Gabriel—. Y si ganamos nosotros…

—Si vuestro oponente gana —lo corrigió Volos.

—Muy bien —repitió Rafael—, si nuestro oponente gana, él se queda con el control.

—No hay empates —advirtió Volos—. Ha de haber un ganador real y el oponente ha de ser derrotado.

—De acuerdo —dijo Gabriel—. ¿Tenemos entonces un trato?

Volos lo consideró, valoró sus opciones una última vez.

—¿Quién va a ser vuestro oponente? —preguntó, todavía cauteloso—. Ninguna de las deidades jugará por vosotros —añadió—. Ya me he asegurado su lealtad. Ninguna se atrevería a desafiarme con la influencia que poseo.

Rafael y Gabriel volvieron a mirarse.

—Entonces un inmortal no —declaró Rafael.

—De acuerdo —aceptó Gabriel y frunció el ceño—. ¿Un mortal?

—¿Un mortal? —se burló Volos.

—Sí —confirmó Rafael, parpadeando rápidamente—. Sí, un mortal.

—Un mortal —suspiró Gabriel— llamado…

—… Fox D'Mora —dijeron al unísono.

—No he oído hablar de él —señaló Volos con el ceño fruncido—. ¿Quién diablos es?

—Un mortal —contestó Rafael.

—Un mortal ordinario —añadió Gabriel.

—De baja cuna —especificó Rafael.

—Sin talento en general —apuntó Gabriel.

Volos se echó a reír.

—¿Un mortal? —Torció los labios con indolencia y esbozó una sonrisa lenta, malévola—. Bien, caballeros, tenéis vuestro trato.

## HACE TREINTA MINUTOS

—Y bien —comenzó Volos, ajustándose la corona antes de dirigirse al vasto grupo de inmortales desde su podio ligeramente oscurecido—, ahora que os tengo a todos aquí de nuevo…

—No nos habíamos ido —gruñó uno de los dioses domésticos menores, incorporándose en el suelo, donde previamente estaba tumbado de mal humor—. ¿O has olvidado que nos has encerrado aquí?

—No se me ha olvidado y no estáis encerrados.

—Qué raro —dijo Afrodita—, porque «no os mováis» y «no protestéis» parece que es encerrarnos un poco, sí.

Por un momento, el rey del vicio se quedó en silencio y recorrió la habitación con la mirada.

—¿Os sentís todos así? —preguntó y se detuvo para mirar a cada uno de los inmortales que había allí—. ¿Creéis que os he atrapado?

—Lo has hecho, ¿o no? —preguntó uno de los espíritus ancestrales—. No somos amigos de la Muerte, pero tampoco somos amigos tuyos.

—Nos has amenazado a todos con exponernos —habló una cambiaformas que estaba pasando de halcón a un dragón de escamas doradas. Añadió con furia—: Básicamente nos has extorsionado…

—Todo menos meternos en jaulas —añadió Artemisa, enfadada, todavía dolida por la pérdida de su arco.

Así comenzó una discordia molesta e ingrata de murmullos y asentimientos en la habitación. El rey del vicio no tenía tiempo para nada de esto.

—Bueno, si os sentís así… —murmuró Volos.

Hizo un gesto con la mano y apareció una serie de barrotes dorados que se alzaron del suelo. Por encima de ellos descendieron unas hebras gruesas como enredaderas del techo que serpenteaban entre las paredes, enganchándose a codos y cuellos para inmovilizar a los inmortales. Resonaron gritos de protesta en el pliegue entre los mundos; el sonido se proyectó en el vacío mientras Volos aguardaba. Se sentó en un trono con picos que brotó del suelo y se abrazó el cuerpo tan plenamente como su futuro reino.

—Bien, ya no hay necesidad de «todo menos». —Se miró las uñas cuando todos los inmortales permanecían ya inmóviles—. ¿Estáis cómodos?

Como era de esperar, los demás lo fulminaron con la mirada.

—No puedes retenernos —habló un dios del fuego—. Ni siquiera deberías de poder hacerlo ahora, pero…

—Pero estáis todos atados al juego —respondió Volos por él y alzó el registro—. Siempre que esté en juego... con todos vosotros atados a vuestros propios errores —añadió, señalando las restricciones que parecían tensarse cuanto más forcejeaban—, sois más susceptibles que nunca a las particularidades de mis dones. Pero no os preocupéis, espero que todo acabe pronto.

—¿Cómo? —preguntó uno de los proveedores de la luna. Una plaga frunció el ceño a su lado—. Aunque le ganes a la Muerte...

—Cuando —lo corrigió Volos—. Cuando le gane a la Muerte.

—¿ ... qué harás? —preguntó la deidad de las plagas—. ¿Encadenar a toda la humanidad también?

—Puede, o puede que no. —Volos se encogió de hombros—. Ellos me entretienen mucho más que vosotros. Mirad a este —añadió, señalando a su huésped actual; el mortal cuyos huesos y piel llevaba—. Me dejó entrar sin más. Llamé y respondió, sin lloriqueos que nos retrasaran.

—No puedes retenernos para siempre —insistió una sílfide—. Cuando haya acabado el juego...

—Cuando haya acabado el juego, poseeré el control de la Muerte y no os necesitaré —les recordó—. He tratado de hacerlo de forma civilizada. —Suspiró en un gesto de fingida lamentación—. Os he dicho que estábamos todos en el mismo equipo, ¿no? Pero viendo que ninguno de vosotros es mi amigo, simplemente os dejaré aquí hasta que acabe el juego.

—¿Somos prisioneros del juego o prisioneros tuyos? —preguntó una de las reinas fae.

—Ambos —respondió— y ninguno. Prisioneros de vuestro propio aburrimiento. Además, los que dirigen las mesas no pueden salvaros —añadió por si se les ocurría ir en busca de los arcángeles—. Temen a sus propios señores tanto como vosotros y con la misma inefectividad. Cuando haya acabado todo esto, podréis quemar vuestra rabia con ellos —concedió amablemente y se volvió—. Mientras tanto, tengo que asistir a un juego.

—¿Han elegido al menos a un oponente los arcángeles? —preguntó un espíritu ancestral y su voz resonó en el espacio y en el tiempo.

Volos se detuvo al escucharla y se volvió.

—Sí —pronunció con cuidado su respuesta—. Lo que me recuerda... ¿ha oído alguien hablar de un mortal llamado Fox D'Mora?

Algunos sacudieron la cabeza, aunque, más que nada, reinó el silencio.

—¿Es algún tipo de héroe? —insistió Volos—. ¿Un Aquiles tal vez? ¿Un Jasón o un Hércules?

Más murmullos.

—Arturo, incluso —prosiguió Volos—. ¿Karna? ¿Sigurd?

Varios gruñidos.

—Ya veo. ¿No es nadie entonces?

Esta vez nadie se atrevió a hablar, ahogados por el silencio por su pérdida inminente.

—Bien. —Volos se estiró las solapas y se encaminó hacia las mesas—. Sospecho entonces que acabaremos pronto.

## HACE DIEZ MINUTOS

Los dos arcángeles salieron en la parada de metro de Chicago Avenue, bajaron la cabeza y se apresuraron al este, hacia el lago. El sol casi se había ocultado en el horizonte, a sus espaldas, y bañaba la ciudad con una luz rosada otoñal.

—No entiendo por qué teníamos que hacerlo así —murmuró Gabriel. Sacudió las alas y se estremeció cuando una ráfaga de viento les golpeó de pronto la cara—. ¿No podíamos haberlo invocado a nuestro reino? No es que contemos con mucho tiempo antes de que tengamos que acudir a vigilar las mesas...

—Ah, sí, deberíamos haberlo enviado a otro mundo y haberle dicho «eh, hola, necesitamos que juegues a un juego complejo para superar el control de tu padrino, que, por cierto, ha sido secuestrado» —dijo con sarcasmo Rafael y le dio un codazo a Gabriel cuando pasaron junto a un grupo grande de turistas. (No hacía falta decir que le dolía todavía la cabeza)—. Sí, estoy seguro de que se lo habría tomado muy bien.

—Cómo se lo tome no es el problema —siseó Gabriel—. Reconozco que es nuestra única opción, pero si no gana a Vol…

—No pronuncies su nombre —advirtió Rafael, mirando incómodo por encima del hombro—. Empiezo a pensar que eso lo invocará directamente.

Gabriel suspiró, no quería mostrarse de acuerdo. (Aunque lo estaba por completo).

—No entiendo por qué ha decidido ocupar un cuerpo mortal —murmuró, agitado de nuevo por el supuesto rey del vicio—. Simplemente estar con mortales es ya bastante molesto. ¿Los has observado últimamente?

Rafael se detuvo y miró con más detenimiento su entorno por primera vez.

A su derecha, algo que ciertamente no era mortal rebuscaba en un cubo de la basura, gimiendo suavemente; al otro lado de la calle, una criatura con aspecto de zombi se aferraba a una taza del Dunkin' Donuts, tambaleándose entre el tráfico. En el viento atisbó una forma translúcida que profirió un aullido impaciente mientras volaba y se unía a una espesa nube de niebla que flotaba encima de la superficie vidriosa del lago Míchigan.

—¿Los has observado tú? —repuso Rafael con el ceño fruncido—. Porque, odio decirlo, pero no creo que sean mortales normales.

Gabriel puso cara de sorpresa al reparar en el gul vestido de traje que llevaba en la mano un cartón de zumo infantil mientras rebuscaba en la basura.

—Me cachis —exclamó. Chasqueó los dedos para cambiar el semáforo y pasó por delante de los coches que chirriaban al detenerse—. Vamos a tener que darnos prisa.

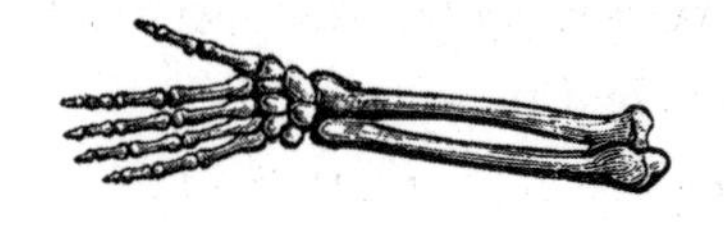

# XVI

## PONLO EN MI CUENTA

Para entonces, Fox sabía que era mejor no responder a una llamada inesperada (o, en este caso, al sonido melancólico del timbre de la mansión Parker), pero como estaba convirtiéndose ya en una regularidad temática, su negativa a ceder fue insuficiente para mantener fuera a los que estaban fuera.

—Es de mala educación hacernos esperar —comenzó uno de los arcángeles, que atravesó uno de los muros de la casa para entrar en el salón.

—¿De veras? —murmuró Fox. (Mayra le lanzó una mirada impaciente. El ángel ya le había dado instrucciones detalladas: «No te enfrentes a ellos, no preguntes por el significado de la vida y, por el amor de Dios, no seas un cabrón»).

—Asegúrate de añadir esto a su registro mortal, Kaleka —le indicó el otro, mirando a Mayra mientras seguía al primero. Desvió después la mirada a Cal—. ¿Conque aprisionando a la gente, Sanna? —Señaló a Brandt, que estaba esposado en el sofá—. Vaya, vaya.

—Aunque no nos interesa mucho el diosecillo —reconoció el primero.

—Rafael —murmuró Brandt para saludar al primero—. Gabriel —añadió al segundo.

—Diosecillo —respondieron al unísono.

—Me alegra ver que has conseguido mantenerte alejado de los problemas —dijo el que se llamaba Gabriel antes de añadir—: Oh, un momento…

—¿Qué hacéis vosotros dos aquí? —les preguntó Mayra con el ceño fruncido—. Pensaba que estabais buscando a la Muerte.

—Sí, bueno, lo hemos encontrado —contestó Rafael.

—Sí —coincidió Gabriel.

—Más bien él nos ha encontrado a nosotros —rectificó Rafael.

—Sí, y si queremos ser más precisos, lo que queremos decir de verdad es que su captor nos ha encontrado —añadió Gabriel, mirando de nuevo a Rafael—. Pero ¿quién tiene tiempo para exactitudes?

—¿Dónde está? —preguntó Fox al tiempo que se acercaba a ellos.

—Vaya, ¿cómo decirlo con delicadeza? —murmuró Rafael—. Verás, Fox D'Mora, tu padrino está...

—Atado a un juego inmortal por culpa del reprensible rey de los demonios —terminó Gabriel con generosidad—. Y por ello vamos a necesitar que hagas un par de cosas por nosotros.

—¿Otro demonio? —protestó Fox y miró a su alrededor. De pronto se dio cuenta de que Isis había desaparecido—. Un momento, hablando de demonios...

—¿Aceptas entonces? —preguntó Rafael, esperanzado—. Es de gran importancia que lo hagas con celeridad.

—Se refiere a ahora —aclaró Gabriel—, así que busca lo que necesites. Un abrigo, tal vez, y... —Frunció el ceño y se volvió hacia Rafael—. ¿Qué más necesitan los mortales para viajar? ¿Un disco? ¿Unos botes pequeños de jabón?

Rafael: Había algo sobre un grial, ¿no?

Fox: Perdona, ¿qué?

Brandt: El santo grial es para cenas, no para viajar.

Rafael, con el ceño fruncido: Pensaba que sonaba mal.

Fox, con evidente frustración: No, me refiero a... ¿qué? ¿Dónde queréis que vaya? ¿Dónde está mi padrino?

Gabriel: ¿Metafísicamente? Atrapado.

Fox, irritado: Geográficamente.

Rafael: Ah, bueno, entonces está en las mesas.

Fox, al mismo tiempo molesto y aliviado: Entonces solo está jugando al juego.

Gabriel, con una mirada a Rafael: No exactamente.

Rafael, asintiendo: No por voluntad propia.

—Lo que quiere decir que no —aclaró con delicadeza Gabriel.

—Me gustaría saber más sobre ese juego —comentó Vi, a quien Fox había olvidado por completo hasta que el aire que había junto a ella ondeó—. Sí, me alegro de que estés de acuerdo, Tom, pero no estamos hablando ahora de eso...

—Perdón —dijo Gabriel, mirando a Rafael—, pero ¿acaba de decir Tom?

—¿Tom Parker? —preguntó Rafael, que sacó un pergamino dorado de ninguna parte y le echó un breve y fugaz vistazo—. Sí, sí, ya veo, Tho...

— ... mas Edward Parker IV —terminó Vi y puso los ojos en blanco—. Lo sabemos, Thomas...

—Bien, dos cosas más —determinó Rafael y se volvió hacia Fox de nuevo—. Una: como estábamos diciendo, necesitamos que juegues al juego contra Volos, el rey demonio.

—Ya, claro, no pienso hacer eso.

—Dos. Necesitamos que... Disculpa, ¿qué? —se interrumpió Gabriel y se volvió hacia Rafael—. ¿Acaba de decir que no?

—¿Puede hacer eso? —preguntó Rafael con aparente incredulidad—. ¿Es...? ¿Puede...?

—No está muerto —les recordó Brandt—. Está vivo, es mortal y se encuentra fuera de vuestra jurisdicción, así que no podéis obligarlo a hacer nada. Creedme, lo he intentado —añadió.

—Pero... —Gabriel estaba visiblemente espantado—. Es... ¿por qué...?

Cal, demostrando de nuevo un talento singular como intermediario bienintencionado: Tal vez si explicarais por qué queréis que haga esto...

Fox, tajante: No.

Gabriel, asombrado: ¿Acaba de hacerlo otra vez? ¿Lo he oído correctamente?

Brandt a Gabriel. Has debido soñarlo.

Rafael a Brandt: Cállate, diosecillo.

Brandt a Rafael: Menudo temperamento.

Gabriel a Brandt: CÁLLATE.

—Fox —suspiró Mayra y se deslizó hacia él con un movimiento etéreo—. Tal vez quieras escucharlos. —Miró, incómoda, por encima del hombro y lo apartó a un lado para hablar con él en relativa intimidad—. Son horribles, pero no habrían venido si no fuera necesario.

—No —respondió Fox sin molestarse en bajar la voz—. No voy a jugar a ningún juego, y mucho menos a este. No voy a ir a ninguna parte con ellos...

—No puedes venir con nosotros —gorjeó Gabriel en la distancia—. Tenemos a un demonio detrás nuestro y tú eres mortal. No podemos tomarte de la mano y ayudarte a descubrir la pólvora...

—Ya lo han hecho —lo interrumpió Brandt—. En realidad, la han descubierto varias veces ya.

—¿En serio? —preguntó Rafael con el ceño fruncido—. Suena muy poco práctico. ¿Para qué usar la pólvora ahora?

—No sé qué decirte —respondió Brandt con tono pétreo—. Les encanta la pólvora.

—Un momento. —Fox lanzó a Brandt una mirada silenciadora y devolvió la atención a los arcángeles—. No puedo viajar entre mundos. Si no teníais pensado transportarme vosotros, ¿cómo iba a ir de un lugar a otro?

—¿Kaleka? —se dirigió Rafael a Mayra, expectante, y ella puso una mueca.

—Ya hemos jugado a este juego —les aseguró—. Ninguno de nosotros puede hacerlo, excepto...

Se quedó callada y todos se volvieron lentamente para mirar a Brandt.

—¿Qué? —preguntó él.

Cal, con el ceño fruncido: Tú tienes una llave.

Brandt: ¿Eh? No.

Vi, con la aparente confirmación del fantasma que tenía al lado: Tiene razón, antes dijiste que tenías una.

Brandt: No.

—Solo hay una llave —les informó Rafael y levantó la mano para invocarla de algún lugar—. La guardo justo… —Se detuvo y palideció. Cuando abrió la mano, no había más que aire—. Oh. —Se volvió hacia Gabriel—. ¿Cuánto tiempo lleva la llave desaparecida?

—Es solo una de repuesto —dijo Gabriel.

—Tampoco está —murmuró Rafael y fulminó a Brandt con la mirada al tiempo que Gabriel se volvía hacia él.

Gabriel a Brandt: ¿Nos has quitado la llave, diosecillo?

Brandt, mirando al techo: No.

Fox a los arcángeles: ¿Es vuestra llave? Porque él tiene una.

Se volvieron hacia Brandt, expectantes.

Brandt a los arcángeles: ¿Qué va a saber él? Si es un mortal.

Fox le lanzó a Brandt una mirada asesina.

—Muy bien. —Rafael levantó las manos en el aire—. Puedes quedarte la llave, diosecillo, si la usas para transportar al ahijado de la Muerte.

—Ahora que lo pienso, puede que tenga una llave —murmuró Brandt.

—Tu registro. —Mayra suspiró y sacudió la cabeza—. Es un desastre.

—Hablando de registros —dijo Rafael—, eso es lo segundo que necesitamos.

—Sí —afirmó Gabriel—. Necesitamos que consigas el registro de la Muerte.

—¿Por qué? —preguntó Fox—. Y no.

—Y sí —lo corrigió Rafael—, y porque para vencer al rey demonio en el juego, necesitas determinar quién juega para llegar hasta él.

Brandt a Fox: Es como un torneo.

Fox, irritado, a Brandt: ¿Cómo lo sabes?

—Bastante sencillo —dijo Brandt, encogiéndose de hombros, aunque no miró a Fox a los ojos al decirlo.

—Bien —concluyó Rafael—, necesitamos que encuentres el registro, ganes el juego y… —Se detuvo a pensar—. Eso es todo, creo.

—Vaya, ¿eso es todo? —repitió Fox con sarcasmo—. Y yo que pensaba que iba a ser complicado, pero no, ya veo, solo tengo que viajar por los mundos con un mentiroso…

—Sin ofender. —Brandt levantó las manos engrilletadas para quitarse una pelusa.

— … y derrotar luego al rey demonio ganando a un juego inmortal sin reglas en el que todo el mundo pierde —terminó Fox con un resoplido—. Muy sencillo, ¿cómo podría salir mal?

—Antes que nada, el juego tiene una regla y es muy sencilla, así que no la olvides. Segundo, hay otra cosa. —Gabriel chasqueó los dedos en un arrebato de epifanía seráfica—. Tom Parker.

—Ah, sí, Tom Parker —repitió entonces Rafael—. Tiene que venir.

Al lado de ellos, una lámpara de cristal repiqueteó y cayó al suelo.

Vi, con una impavidez impresionantemente carente de ironía: Dice que no quiere.

Cal a Fox: Eso y unas cuantas cosas inapropiadas más dirigidas a la compañía aquí presente.

Gabriel, obviamente frustrado: Es muy importante. ¿No lo hemos dejado ya claro? Parece que no entendéis lo que está en juego para toda la humanidad.

Brandt, levantando una mano engrilletada: Para ser justos, técnicamente no habéis mencionado nada de eso.

Rafael, con el ceño fruncido: Oh, ¿no lo hemos dicho?

Gabriel, asintiendo: Sí, recuerdo claramente decir que, con el secuestro de la Muerte, todos los Finales recientes han sido transportados de forma inapropiada, dejando a criaturas inquietas vagando por el planeta desatendidas y sin esperanza de llegar a su destino.

Rafael: Cierto, y luego yo he dicho que si el rey demonio derrota a la Muerte, todos los mortales estarán en sus manos y eso nos llevará a un mundo arrasado por el vicio.

Gabriel: Y yo he añadido que solo una persona puede salvarnos, por supuesto, y que, por razones desconocidas, se trata de Fox D'Mora, el secreto mejor guardado de todos los mundos.

Rafael: Lo cual no es decir mucho, excepto que no somos muy buenos con los secretos.

—No habéis dicho absolutamente nada de eso —protestó Fox, incrédulo—. ¿Cómo iba a negarme si hubierais mencionado todas esas cosas?

—Oh. —Rafael miró de soslayo a Gabriel—. ¿No las hemos dicho?

—El cerebro mortal trabaja más despacio —respondió Gabriel—. Es posible que lo haya pasado por alto.

—Es una irresponsabilidad no escuchar con atención —comentó Rafael y miró a Fox—. ¿No estás prestando atención? Tu mundo está en juego.

—Ahora comprendo el concepto —murmuró Fox, que se volvió hacia Cal—. Y entiendo que esto es a lo que te referías cuando has dicho que las cosas estaban peor de lo que creíamos.

—Sí —respondió Cal sin más.

—Fox —intentó Mayra—, las repercusiones de esta decisión afectarán a todos los mundos, no solo a este. Las consecuencias de que el juego caiga en manos de Vol…

—*SHHH* —sisearon Rafael y Gabriel al mismo tiempo.

— … del rey demonio —enmendó y ellos asintieron, aliviados—. Y de que la Muerte caiga en sus manos… Más allá del resultado de este juego, esas consecuencias serían severas para todo el mundo. —Bajó la mirada a los pies—. Más personas de las que creéis.

—Pero —comenzó Fox, aunque se quedó callado al ver que Mayra entrelazaba los dedos con fuerza.

Suspiró. Se sentía atrapado.

—Querías encontrar a tu padrino —le recordó Brandt—. Lo has encontrado y esta vez no va a volver a menos que hagas algo.

—¿Por qué te importa? —Fox dirigió la pregunta a Brandt.

Este no respondió. Se quedó un momento mirándose las manos inmovilizadas y levantó entonces la cabeza. Su mirada recayó directamente en el anillo del dedo de Fox.

—Me importa —dijo con calma y Fox se estremeció al recordar otro momento de su pasado, pero no dijo nada, se resignó al silencio.

—¿Lo hacemos entonces? —preguntó Rafael, interrumpiendo los pensamientos silenciosos y apenados de Fox.

Todas las miradas se volvieron hacia el médium, que exhaló un suspiro.

—Puede —murmuró al fin.

—Eso es un «sí», ¿no? —señaló Gabriel y se volvió hacia Rafael—. Suena como un «sí».

—Es un «sí» —les aseguró Brandt, que estaba mirando a Fox—. Lo hará.

—Es un «puede» —lo corrigió Fox.

—Lo que, en el idioma de Fox, es un «sí» —les comunicó Brandt a los arcángeles, impávido.

—¿Sabéis? Nosotros hablamos con los zorros —comentó Rafael, refiriéndose al nombre de Fox—. Son una especie mucho menos evasiva de lo que pensáis.

—Muy cierto —dijo Brandt—. Pero ¿no deberíais iros ya?

—Tenemos esto controlado —les aseguró Mayra, mirando a Fox—. ¿Verdad?

Fox se encogió de hombros.

—Puede —repitió.

Rafael, mirando a Gabriel: Tenemos unos pocos problemas.

Gabriel, de acuerdo con él: Ha habido un poco de crisis de gestión.

Vi, con el ceño fruncido: ¿Qué significa eso?

Rafael: Es posible, o tal vez no, que haya algunos inmortales encerrados de los que tengamos que encargarnos.

Gabriel, con cierto aire correctivo: Presuntamente.

Rafael: Sí, justamente…

En ese momento, Fox soltó un gruñido.

—Muy bien —dijo—. Me llevará Brandt. Buscaré el registro y me reuniré con vosotros en las mesas.

—Y trae al fantasma —le recordó Rafael.

—No te olvides del fantasma —insistió Gabriel.

—El fantasma es muy importante —recalcó Rafael.

—Pero el fantasma está atrapado —señaló Vi, levantando una mano—. Disculpad, pero… ¿alguna idea de cómo sacarlo de esta casa?

Rafael y Gabriel se miraron.

—No —respondió Rafael.

—Aunque mucha suerte —les deseó Gabriel.

—Sois lo peor, vosotros dos —protestó Fox.

—Lo sabemos —dijeron al unísono y de pronto desaparecieron y los demás se quedaron planteándose si de verdad habían estado allí.

Por un momento, cuando los arcángeles se habían ido, la habitación se vio inmersa en un silencio potente, apabullante.

No duró.

—Un momento —habló Fox, que se sacudió como un perro para espabilarse, para diversión de Brandt.

—Estoy de acuerdo —dijo Isis, que de pronto estaba al lado de Fox.

—Oh, has vuelto —señaló Vi.

—Ah, mierda, has vuelto —se quejó Tom al mismo tiempo.

Todo estaba muy mal, muy loco, y era muy prometedor, en realidad.

—Bien, si voy a hacer esto, quiero los grilletes fuera —informó Brandt, aprovechándose de la confusión colectiva—. Si tienes pensado seguir las instrucciones que te han dado, claro. Y esa es mi condición indiscutible para involucrarme en esto, que quede claro.

—Estás obligado por tus robos previos —le recordó Fox—. No hay condición.

—Pues quiero una —repuso Brandt—, y puedo mostrarme muy difícil, ya lo sabes.

—Ah ¿sí? —se burló Fox—. No me puedo creer cómo ha podido escapar eso a mi comprensión.

—Un momento —los interrumpió Tom, que desapareció de al lado de Vi para materializarse junto a Brandt—. ¿Por qué yo?

—Dice «¿por qué yo?» —le dijo Cal a Fox, que lo fulminó con la mirada.

—No sé —respondió Brandt con calma—. Solo tengo suposiciones, pero pienso que tiene algo que ver con el registro. Posiblemente tu sangre, o tu nombre…

Isis, feliz: Oh, ¡su sangre! Eso sería divertido, ¿eh?

Tom: ¿Disculpa?

Vi, con el ceño fruncido: Estoy confundida con los registros. ¿Cuántos hay? Pensaba que Mayra había dicho que eran una especie de déficit mortal…

Tom, interrumpiendo a Vi (interesante, era algo que parecía hacer con menos frecuencia de lo que ella había hecho parecer) y mirando a Brandt: ¿Cuáles son exactamente tus suposiciones? ¿Qué tienen que ver mi sangre o mi nombre con nada?

—Unas cuantas cosas —respondió Brandt—. Por lo que, probablemente, todo, pero no veo por qué te importa saberlo.

—¿Cómo vamos a llevarlo? —preguntó Fox—. Es un fantasma.

—¿Y el registro? —insistió Vi, pero volvió a interrumpirla Brandt.

—Si puede venir un mortal vivo, no veo por qué no va a poder hacerlo uno muerto —le dijo a Fox—. Tú mismo has estado allí, ¿verdad? ¿Qué diferencia hay?

Tom: Bien, por una parte, no puedo salir de la casa. Pregunta a Vi.

Vi: Sí, y en cuanto a mí y las preguntas...

—Seguro que es sencillo —señaló Brandt—. Probablemente solo se deba a un defecto en los cimientos de la casa.

—En realidad tiene unos huesos muy sólidos —apuntó Vi—, pero...

—No esos cimientos —la corrigió Brandt—. Sus cimientos morales.

Fox, con un suspiro hondo: Es una casa, Brandt. ¿Puedes dejar de filosofar a lo loco solo por un momento?

Brandt, con la misma disposición sufridora: No, Fox, no puedo, porque mi filosofía es el quid de la cuestión, te guste o no. La casa tiene una estructura de intención moral que, cuando se corrompe, trastorna el equilibrio de las cosas. Afecta a sus habitantes.

—¡El testamento! —exclamó de pronto Isis y se volvió hacia Vi—. ¿No dijiste que hay una cláusula en los documentos legales de la casa que dice que tiene que usarse como residencia?

—Sí —afirmó Vi—, pero no entiendo por qué es eso...

—Eso es —apuntó Brandt, señalando a Isis con las dos manos esposadas—. Ese es el defecto en los cimientos. La demonio lo ha encontrado.

Isis, con elegancia: Soy una demonio, siempre tengo razón, sobre todo cuando es una molestia.

Fox, todavía siendo Fox: ¿Qué se supone que vamos a hacer entonces? Solo quiero que me lleves con mi padrino, Brandt...

— ... y yo, por otra parte, ya te he comunicado mis condiciones —lo interrumpió con firmeza, levantando de nuevo las manos—. Las esposas fuera, Fox, o no te ayudaré.

—Y Vi tiene que venir también —exigió Tom—, o yo no iré.

Cal abrió la boca.

—Dice...

—Calix —gruñó Fox—, cuando quiera saberlo, preguntaré. Mientras tanto...

—Escuchad, todavía estoy esperando. Un momento, ¿qué? —preguntó Vi, volviéndose hacia Tom—. ¿Yo por qué?

—Porque sé que no dejarás que me pase nada —respondió Tom—. Supervivencia.

—No va a pasarte nada —le informó Brandt y Tom se rio.

—Lo siento, pero nadie dice «posiblemente tu sangre» en una historia en la que todo el mundo vuelve a casa con todas las extremidades —dijo—. Discúlpame si quiero un poco de cobertura.

—Ya estás muerto —le recordó Brandt—. ¿Qué diablos crees que va a pasarte?

—Esa es la idea, que no lo sé —gritó Tom, agitando las plumas de Mayra desde lejos.

—De acuerdo, escuchad —comentó ella y se adelantó para representar el papel necesario de referencia—. Estoy legalmente obligada a contaros a todos vosotros que cada una de vuestras motivaciones son muy sospechosas. La tuya es natural —le aseguró a Fox—, pero el secuestro va a tener un precio para ti en lo que respecta a tu registro. Si decides ayudar a Rafael y a Gabriel y dejas que Brandt te ayude por voluntad propia en lugar de forzado, será un modo de acción moralmente responsable y, por lo tanto, celestialmente preferido. En cuanto a ti —añadió y se volvió hacia Brandt—, llevas demasiado tiempo desaparecido como para quedar relativamente difunto en lo que respecta al registro, así que no voy a molestarme en…

—Sin ofender —la interrumpió, inclinando la cabeza.

— … y en lo que respecta al fantasma…

—TOM —exclamó dicho fantasma, haciendo que las luces titilaran.

—Dice que Tom —aclaró Cal.

— … complacer sus deseos sería también una alternativa moralmente correcta y eso significa que, éticamente, Viola tendrá que venir. —Miró a Fox y a Brandt alternativamente—. ¿He hablado con claridad?

—Sigo pensando que no soy necesaria —probó Vi—, pero si tengo que ir, entonces Isis también va.

—Oh, no —exclamaron Fox y Tom al unísono.

—Gracias, acepto —respondió Isis con elegancia.

—No obstante, la casa... —comenzó Cal, levantando una mano despacio—. Si el fantasma... —Se quedó callado, vacilante, como si hubiera amenaza de incendio—. Es decir, si Tom no puede salir de la casa, entonces...

—Tengo una idea sobre eso —comentó Isis y, cuando todos la miraron, sonrió, suspirando de contento—. Mírame —dijo, dándole un codazo a Vi—. Ya soy útil.

Fox esperó a que las dos criaturas (tres contando al fantasma al que seguía sin poder ver, pero que ahora sí sentía) salieran de la habitación para hacer una misteriosa llamada antes de volverse hacia Brandt con los brazos cruzados.

—Cuéntamelo todo —dijo con tono neutro.

—¿Por dónde empiezo? —valoró Brandt en voz alta, prueba de que todo lo que le seguiría sería falso con casi total seguridad—. Estoy bien, por cierto, gracias por preguntar. Recientemente he conseguido preparar el estofado perfecto, así que por mi parte podríamos decir que todo bien...

—Me refiero al registro —lo interrumpió Fox, que de pronto era muy consciente de sus puños—. Y lo sabes.

—Ah, sí, bueno, siempre te he aconsejado que fueras más específico, Fox. La efectividad es el rey...

—El equilibrio es el rey —lo corrigió Mayra—. Y responde a la pregunta.

—No sé si me gustas —le informó Brandt. Se echó hacia atrás para examinarla de arriba abajo—. Pero no creas que no he captado el aura de maldad. Eres un poco más ambigua que el ángel promedio, ¿no es así?

—Céntrate —espetó Fox y Cal asintió con los ojos entrecerrados—. Para empezar, ¿por qué estás haciendo un registro?

—Ya sabes que tengo un libro —dijo Brandt—. Bueno, muchos libros en realidad.

—Sí —gruñó Fox, ignorando la mirada de soslayo que le lanzó Cal—, pero sigo sin entender por qué registraste los detalles de un juego al que, al parecer, tenías prohibido jugar.

—Porque tengo prohibido jugar, Fox —respondió—. Necesitaba vigilarlo para volver a entrar.

—¿Y qué importa eso? —intervino Cal—. Solo es un juego.

A su lado, Mayra bajó la mirada a sus pies.

—No es solo un juego una vez que has jugado —informó Brandt al segador—. En especial desde que la Muerte engaña.

—No engaña —murmuró Fox—, ya deberías entenderlo, teniendo en cuenta la de veces que lo he dicho…

—¿Por qué hiciste un registro? —preguntó Mayra, ignorando el comentario de Fox—. ¿Cómo ibas a volver al juego?

—Hay un rumor —explicó Brandt— que los arcángeles han confirmado. El juego tiene su propio registro con información de cada victoria y cada pérdida, un libro que custodia la Muerte y que usan para hacer un seguimiento de todo aquel que ha jugado alguna vez. Una pieza de influencia, probablemente —añadió mientras Mayra se miraba esta vez las uñas y Cal se giraba interrogante hacia ella—. Los demás dioses nórdicos solían afirmar que si podías desafiar a jugadores previos, teóricamente podías obligar a la Muerte a sentarse de nuevo a las mesas para instaurar un juego nuevo.

—¿A eso te referías? ¿Un torneo? —preguntó Cal y Brandt asintió.

—Pero era solo un rumor —advirtió—. Hasta hace unos minutos.

—Uno que tú te creías —indicó Fox—. Si no, no te habrías molestado. Crear una réplica del registro no ha podido ser fácil.

—No lo ha sido —confirmó Brandt—. Como os habréis fijado, he estado intentado replicarlo durante los dos últimos siglos. —Miró a Fox—. Por algo por lo que merece la pena jugar, podría añadir.

Esta vez, Fox fue muy consciente de su boca.

—No deberías haber apostado algo que no podías permitirte perder —dijo, carraspeando—. ¿No se te había ocurrido?

—A veces, el monedero es más importante que el dinero —respondió con una facilidad pasmosa—. A veces, la recompensa es más importante que cualquier otra cosa.

—Dijo el perdedor —respondió Fox.

—No es tan fácil ganar —murmuró Mayra y se volvieron para mirarla con sorpresa—. Aunque yo no lo sé, claro —añadió rápidamente—. Pero... ya sabéis. La sabiduría celestial y todo eso. En cualquier caso, podría haberos contado que al menos una parte del rumor era verdad. —Se volvió bruscamente hacia Brandt—. Rafael y Gabriel han hecho siempre un seguimiento de quién juega en las mesas, y la mayoría de los ángeles lo saben.

—¿Y la segunda mitad? —preguntó Cal—. Está claro que es verdad que se podía obligar a la Muerte a jugar de nuevo, pero ¿cómo?

—No lo sé —respondió Mayra y Brandt resopló.

—Igual que funciona cualquier otro elemento de influencia —señaló con tono irritado, como si estuviera explicando a un niño que Papá Noel no existía. (Aunque sí existía y Fox lo había conocido)—. Sin embargo, si de verdad es mi registro el que tiene el rey demonio, entonces está incompleto. No llegué a encontrar a todo el mundo nunca, siempre me faltaba al menos un jugador.

—¿Te das cuenta de lo peligroso que era registrar eso? —le preguntó Mayra y su método particular para dejar claro cuándo había sido alguien un idiota (normalmente Fox)—. Pudiera forzarse o no a la Muerte a sentarse a las mesas, los inmortales que han jugado al juego alguna vez pueden ser manipulados por la mera presencia de un registro. Saber quién ha perdido con quién es información peligrosa en manos inadecuadas.

—Y también en manos adecuadas —indicó Cal—. A mí no me gustaría que Rafael y Gabriel supieran ese tipo de cosas, ¿y a vosotros?

—Por supuesto que sé lo peligroso que es —les informó Brandt—. Esta no es la única información peligrosa que he registrado, por eso tomaba precauciones. Estaba bien escondido —añadió—. Era inaccesible...

—Excepto que han accedido a él, ¿no? —murmuró de malas formas Fox—. Y ahora Tom ha muerto en el lugar donde lo escondías. Hasta el último miembro del linaje Parker ha sido asesinado, ¿no te parece una coincidencia?

—Yo no he dicho que no —señaló Brandt—. Solo esperaba que no os hubierais fijado vosotros también.

—Son un desastre —dijo Isis con un suspiro. Colgó el teléfono y señaló el salón, donde estaban todavía los demás—. Esto va a ser un fiasco. El único problema —murmuró para sus adentros, contemplativa— es que no sé a quién apoyar.

—Vaya. —Vi no estaba de acuerdo—. Tenía la sensación de que teníamos que ser pro Fox. ¿No?

—Bueno, técnicamente él es la parte afectada —afirmó Isis—. Creo que hay más, pero el otro...

—¿Brandt?

—Sí, él. No es del todo mortal. Es obvio, pues puede ver a Tom, pero... —Se quedó callada—. Bueno, en cualquier caso, no puedo desentrañarlo. Pero lo haré —murmuró, feliz—. Lo haré y te informaré después de lo que averiguo.

Vi asintió, todavía pensativa.

—¿Y cómo es ese juego inmortal? —Intentó mostrar indiferencia.

Isis se encogió de hombros.

—Interesante, espero. Si vamos a meternos en todo este lío —aclaró—. Pero que conste que yo nunca he jugado. Los demonios están extraoficialmente prohibidos en las mesas.

—¿Querrías? —Vi no podía imaginar por qué podría querer nadie—. Por cómo suena, parece que es un terrible error intentarlo, ¿no te parece?

—Depende de cómo lo veas —respondió Isis, encogiéndose de hombros otra vez—. También depende de qué estés dispuesta a sacrificar por las cosas que más deseas.

—¿Qué? ¿Riquezas? ¿Tesoros?

—Sí y no. Si eres un pirata, entonces sí y sí. Pero es un juego inmortal, Viola, y los inmortales pueden hacer muchas más cosas que las criaturas. Pueden dar y quitar vida. Pueden dar y quitar belleza, fortuna, fama. Las cosas como la victoria y el éxito, que en la Tierra se tarda una vida entera en conseguir, y que siempre tienen un precio, pueden alcanzarse en un abrir y cerrar de ojos de un inmortal. Y no se puede recibir el regalo de un inmortal sin sacrificar algo.

Vi pensó en su propio secreto y lo arrancó de su mente de inmediato.

—Aun así —dijo, incómoda—. Parece arriesgado.

—Cierto. Pero todo conlleva un riesgo y ese tipo de cosas es mucho más excitante para alguien sin intereses... alguien que, por ejemplo, no puede morir. Pero sería del todo terrible jugar al juego siendo un mortal —añadió, estremeciéndose—. Los mortales son muy cortos de miras y las criaturas solo son un poco mejores. Tenemos una eternidad a la que enfrentarnos, así que las consecuencias son distintas, pero la atracción para nosotros es fundamentalmente la misma.

—A mí no me parece una atracción —repuso Vi, pero Isis parecía escéptica.

—Puede que aún no, pero tienes las necesidades de una criatura, da igual lo mucho que quieras contenerlas, y con la Muerte desaparecida, van a volverse mucho más fuertes. Especialmente cuanto más tiempo pases entre mortales —le advirtió—. Asegúrate de no jugar al juego, probablemente ni siquiera deberías de tocar las mesas.

Vi apartó la mirada y puso una mueca, mirando en la dirección que había tomado Tom, al parecer para pensar.

—Quizá no deberíamos hacer esto —musitó.

—No, seguro que no —afirmó Isis con aire engreído—. Pero va a ser divertido.

Vi suspiró.

—Lo dudo —determinó.

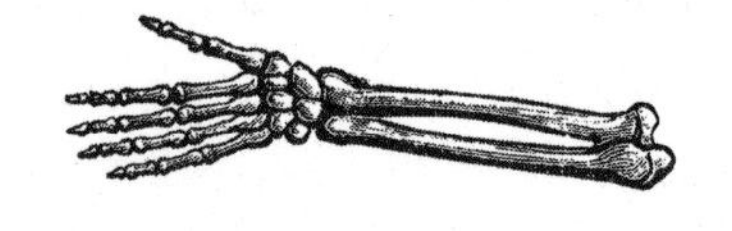

# XVII

## REFUERZOS

El timbre de la puerta sonó de nuevo exactamente veinte minutos después de que Isis y Vi hicieran la llamada telefónica.

—Ah, bien. —Isis abrió la puerta—. Veo que has traído a la brigada excéntrica.

—Me imaginé que debía buscar refuerzos —respondió Lupo—. ¿Un cartón de zumo?

—Sí, por favor —contestó feliz Isis y se hizo a un lado para que entraran Louisa y Sly detrás de él—. ¿Puedo preguntar por qué se te ha ocurrido traer estos refuerzos en particular?

—Más que nada porque estaban allí —indicó Lupo mientras Louisa se ponía de inmediato a explorar el vestíbulo—. Pero ya sabes, Sly pertenece al mundo de las hadas. Son unos tipos escurridizos en las mejores circunstancias, y teniendo en consideración que necesitáis escurriros un poco...

—Si necesitáis una escapatoria, soy vuestro hombre —declaró Sly—. No hackeo solo ordenadores. Puedo hackear cualquier cosa, contratos legales también.

—Oh —exclamó Luisa, que se adentró más para ver el salón donde Brandt seguía en el sofá con las manos todavía esposadas—. ¿También tenemos prisioneros? ¡Qué divertido!

Los otros la siguieron al salón. Fox daba vueltas a lo que parecía un radio de metro ochenta de Brandt, cruzado de brazos.

—¿Qué ayuda es esta exactamente? —preguntó el médium cuando Lupo se quitó el sombrero y entró para saludarlo.

—Tú debes de ser Fox D'Mora —dijo, rascándose la barba con asombro antes de tenderle la mano—. Yo soy Lupo. Hombre lobo.

—Eh… sí —afirmó Fox—. Eso parece.

—No muerde, mortal —se burló Isis—. Además, vamos a seguir con las presentaciones: Louisa es una sirena —explicó, señalándola—. Sly es un fae. Fox es un mortal con complejo de abandono; Brandt es un ladrón cualquiera del que no sabemos nada aún, excepto que tuvo una aventura romántica con Fox; Mayra es un ángel guardián que casi con seguridad oculta algo; Cal es un segador que está claramente obsesionado con Mayra; Tom es un poltergeist que no se queda callado…

—¿Perdona? —protestaron todos al unísono. Isis se encogió de hombros.

—Estoy poniendo al día a todo el mundo —explicó y frunció el ceño—. ¿Qué? Parecéis enfadados.

—Acabemos con esto. —Vi suspiró y sacudió la cabeza antes de concentrarse en Sly—. ¿Quieres echar un vistazo a los contratos?

—Claro —respondió él—. Aunque probablemente me baste con un resumen.

—Bien —dijo Vi—, porque casi se ha hecho de noche y pronto empezaré a tener una necesidad imperiosa de perseguir ovillos de lana.

—La casa tiene que estar habitada —le indicó Tom, bajando del techo—. Estipulación de mi abuela. No puede dedicarse a un negocio ni a un centro de rehabilitación —añadió con desagrado—, a pesar de la insistencia de Viola en venderla…

—No es insistencia mía —le recordó Vi, posiblemente por centésima vez—. Te lo he dicho, solo soy la agente inmobiliaria. Me ha contratado la casa, básicamente, así que…

—¿Y quién es ahora el propietario? —interrumpió Sly.

—El fideicomiso de la familia Parker —respondió Vi—. Que está operado actualmente por el consejo de fideicomisarios, ya que no hay ningún heredero directo vivo de la familia Parker.

—Ahí está tu respuesta —señaló Louisa—. Eso no es una persona, ¿no?

—Bueno, no —coincidió Vi—, pero…

—Por eso está Tom aquí —explicó Lupo—. Por cierto, ¿te parece bien que te llame Tom?

—POR FIN —aulló Tom.

—Dice «por fin» —le informó Cal a Fox, que lo fulminó con la mirada.

—¿Y qué significa eso? —preguntó Vi, emocionada por haberlo resuelto todo tan fácilmente—. ¿Tan solo tengo que encontrar a una persona que compre la casa y viva en ella y entonces Tom podrá irse?

—Eso parece —habló Brandt, inclinándose hacia delante—. Aunque nadie ha preguntado al hombre esposado, pero esta es mi opinión no solicitada al respecto.

—Podemos comprarla nosotros —sugirió Lupo, que hizo un gesto con la mano a Brandt y se volvió hacia Vi—. Podemos vivir un tiempo en ella hasta que tú vuelvas. Siempre que puedas dejarla a un precio razonable —añadió y miró de nuevo a Sly—. ¿Tienes dinero?

—Tengo diez dólares. Bueno, ya siete —respondió este, alzando una Coca-Cola light—. He comprado un refresco de camino aquí.

Louisa, con la boca abierta: ¿Por tres dólares? ¡Menudo robo!

Sly, dándole un sorbo: Capitalismo. La peor de todas las invenciones mortales.

Brandt a nadie en particular y a quien nadie escuchaba: No sé si Avaricia estaría de acuerdo.

Vi, sacudiendo la cabeza: No puedo vender la mansión Parker por diez dólares. Primero necesito la aprobación de la junta, y teniendo en consideración que no están clínicamente locos…

Sly, interrumpiéndola: Primero, como ya he dicho, en realidad son siete dólares y, segundo, no necesitas alterar el contrato mortal teniendo en cuenta que las consecuencias quedan fuera del control del reino mortal. Podemos hacer una adenda a la cláusula sobrenatural…

Vi, desconcertada: ¿Qué cláusula sobrenatural? He leído las escrituras de cabo a rabo y os aseguro que no hay ninguna cláusula sobrenatural.

—Tienes que leer la letra pequeña —terció Louisa. Tomó los documentos de la mano de Vi y los examinó rápidamente antes de exhalar un suspiro—. Espera. —Retrocedió, dejó el contrato en el suelo y entonó una melodía de marineros rápida. Volvió a tomar los documentos y miró los ojos vidriados en la habitación—. Eh. —Chasqueó los dedos—. Centraos. Hemos venido a trabajar.

—Gracias —dijo Brandt, sacudiendo los hombros, y Louisa se encogió de hombros, indiferente.

—Justo aquí. —Señaló la cláusula que había hecho aparecer—. «Sin importar los acontecimientos sobrenaturales, la casa habrá de ser ocupada por un miembro del linaje Parker o por alguien con la aprobación expresa del último heredero». Sencillo, diría. Tom tiene que dar su aprobación y, bum, es nuestra.

—No voy a daros mi casa —señaló Tom, horrorizado—. Desde luego no por siete dólares, es una absoluta parodia.

—Solo es temporal —le aseguró Lupo con tono amable—. Puedes recuperarla cuando regreses de… ¿de qué era?

—De viajar a un reino inmortal para rescatar a la Muerte —explicó Isis.

—¿Cuánto tiempo será? ¿Un día?, ¿dos a lo sumo? —preguntó Sly—. Solo hay una mínima posibilidad de que lo arruinemos para entonces.

Vi se volvió hacia Isis.

—Pero ¿y si Tom no regresa? —le preguntó en un murmullo—. Si no está atado a la casa, entonces…

—*Shhh.* —Le dedicó una mirada silenciadora y se adelantó, como si Vi no hubiera dicho nada—. ¿Tenemos trato entonces? —preguntó, mirando a su alrededor—. Lupo comprará la casa y vivirá en ella el tiempo que tardemos en controlar a la Muerte…

—¿Controlarlo? —repitió Fox—. ¿Perdona?

—¿Qué? Has oído mal —le aseguró Isis—. He dicho rescatarlo.

—No has...

—¿Esto tiene que ver con el juego de los inmortales? —preguntó Louisa—. Dios, siempre he querido jugar. Sly —exclamó de repente y se volvió hacia él en un arrebato de pasión—, ¿te acuerdas de aquella sirena que jugó y ganó? Solía venir a las reuniones, siempre se quejaba de lo aburrida que estaba, blablablá... Jugó al juego y luego intentó hacer un trato con ese rey demonio y se fue a alguna parte...

—¿Rey demonio? —repitió Vi al ver que Isis palidecía ligeramente, pero los otros dos siguieron con su conversación maníaca.

Sly: Ah, sí, ¿no sufrió ella alguna clase de cambio?

Louisa: Sí, era una especie de adulta cambiada... ¿hay una palabra para eso?

Sly: En nuestra lengua, no.

Isis, que estaba clara (y misteriosamente) perturbada: ¿Podemos dejar de farfullar? Primero, nada de esto es relevante. Segundo, si vamos a atormentar a la gente, que no tenga que ser yo...

Sly, ignorándola: Tenía un apodo, ¿te acuerdas? No le gustaba su nombre completo.

Louisa: Ah, sí, odiaba su nombre, decía que era deprimentemente mortal... ¿cómo era? ¿Ellen? ¿Eleanor?

Sly: Elbow.

Louisa: ¿Eldridge?

Sly: ¡Elphaba!

—Elaine —los interrumpió Lupo, poniendo los ojos en blanco—. Sois incapaces de recordar nada.

—¡Elaine! Lainey, en realidad —dijo Louisa—. Eso es.

—¿Lainey? —preguntó Tom, de pronto atónito—. ¿Lainey Wood?

—Esa —confirmó Sly—. ¿Es que la conoces?

Vi y Tom se encontraron rápidamente en la habitación y se miraron a los ojos en un gesto de reconocimiento.

—Bueno —dijo Brandt, riendo entre dientes—. Voy a adelantarme para hacer un juicio en nombre del grupo, me temo. Vas a tener que firmar esos contratos, *møy* —se dirigió a Vi—, porque el mundo es un pañuelo.

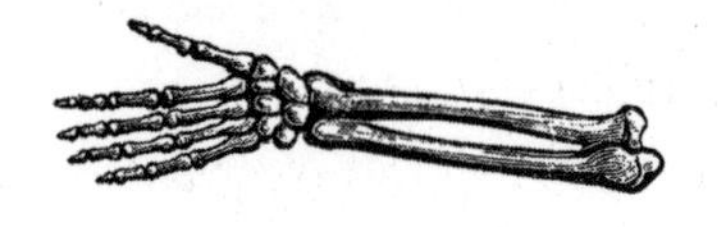

# XVIII

## DEMONIOS

—¿De verdad crees que va a funcionar? —preguntó Tom, mirando por encima del hombro de Vi mientras ella hojeaba el contrato que había alterado Sly—. Los documentos.

—Empiezo a entender que lo sobrenatural tiene su propio sabor a tedio —respondió Vi—. Y empiezo a preguntarme si hay algo en este mundo que no conlleve ciertas pequeñeces. O en cualquier otro mundo, para el caso —se encogió de hombros—, teniendo en cuenta que vamos a caer todos por irresponsabilidad contable.

—Y pensar que por esto fui a la escuela de negocios —señaló Tom.

—Me sorprende que no lo hayas pensado antes —comentó Vi, mirándolo. Estaban solos en el despacho de la planta superior, situados a cada lado de una mesa enorme con el monograma Parker tallado en la madera—. ¿No deberías de ser un experto en contratos?

—De eso se encargan los abogados —replicó Tom—. Aunque gracias por reconocer por fin mi intelecto.

Vi leyó la misma frase tres veces mientras Tom se removía a su lado.

—No has dicho nada sobre Lainey —se atrevió a mencionar en voz alta sin apartar la mirada del contrato que tenía en la mano.

—¿Qué pasa? —protestó Tom demasiado rápido—. ¿Qué más da que fuera una...?

Se quedó callado.

—Sirena —terminó Vi por él—. Creo. Si es verdad, suena a cuento de hadas.

—Puede que lo fuera —gruñó Tom—. Si nuestra relación hubiera sido remotamente parecida a un cuento de hadas.

—Bueno, había un poco de amor, ¿no crees?

—Ni idea ya —respondió Tom con expresión sombría—. Si es una sirena, básicamente atrae a los hombres, ¿no? ¿Cómo puedo saber qué era real?

—Louisa es una sirena de ese tipo. Por lo que dicen, Lainey parece diferente. Una especie de espíritu marino, supongo.

—Ah, sí —murmuró Tom—. Mucho mejor.

Vi fingió una vez más que examinaba el contrato.

—¿Estás bien entonces? —le preguntó sin levantar la mirada.

—Por supuesto, ¿por qué no?

Vi pasó una página.

—Ah, ¿lo dices porque una pareja de ángeles me necesita para un misterioso torneo crucial que posiblemente requiera un derramamiento de sangre y porque Lainey es una...? —Se detuvo de nuevo para tragar saliva—. Es... ah, no sé, una...

—Criatura —terminó Vi.

Tom forzó una sonrisa.

—Eso. ¿Cómo debería de estar exactamente? ¿Enfadado?

—No me parecería poco razonable que lo estuvieras. —Vi consideró otras respuestas posibles antes de decidirse por—: Es mucho que digerir.

—Mira quién habla —señaló Tom con malas formas—. Tú eres la que vive en negación.

—No vivo en negación —replicó—. Solo...

—Te estás ocupando de tu condición, ya lo sé. Menuda estupidez.

—Bueno —dijo con cautela Vi tras releer la primera frase de la modificación sobrenatural tantas veces que las palabras habían perdido todo su significado—, si soy tan estúpida, debería de quedarme aquí. —Levantó entonces la mirada, demasiado sádica (o posiblemente masoquista) para no perderse su reacción—. Si te soy sincera, no entiendo por qué quieres que vaya.

Tom se movió y cruzó los brazos por encima de la herida del pecho.

—Viola, si entiendes o no mis motivos es cosa tuya. —Evidentemente, era lo mejor que podía ocurrírsele decir—. En cualquier caso, no sé qué otra cosa mejor que hacer tienes.

—Tengo un trabajo, Tom —le recordó—. Y tengo una vida, ya sabes...

—No literalmente —repuso él, pasando de una actitud tibia y malhumorada de evasión a este estado más cómodo de antagonismo—. Como mucho, tienes una no muerte, Vi, que según lo que entiendo yo, no es lo mismo.

—No estás respondiendo a mi pregunta —lo acusó—. Te he preguntado por qué quieres que vaya, Tom. ¿No intentabas desautorizarme delante del ladrón? —añadió, señalando la otra habitación, donde esperaban Fox y Brandt—. Ni siquiera estaría aquí si no le hubieras dicho cómo entrar en la casa.

—Sí, bueno, eso tenía que ver con la casa, no contigo —murmuró Tom, como si la semántica pudiera significar algo—. No paro de repetírtelo, no quiero que la vendas...

—Venderla es lo que va a sacarte de ella.

—Eso es una novedad —indicó él—. En serio, Vi, vas a tener que ponerte al día.

—Sigues sin responderme. —Vi dejó de fingir que estaba leyendo y dejó el contrato en la mesa—. ¿Por qué quieres que vaya?

—Obviamente porque eres mi único entretenimiento. —Claramente, no era la respuesta que estaban evitando, aunque tampoco era una mentira total—. No puedo moverme, Viola. No puedo salir. No puedo hacer nada excepto provocarte, y tú eres mi única...

—¿Amiga? —preguntó Vi y vio cómo vacilaba de pronto.

Pero entonces pareció afectado y ella se sintió cruel.

—Dime que soy tu amiga, Tom —bromeó con un tono más ligero— y tal vez vaya.

—¿Tal vez?

—Tal vez —confirmó—. Depende de lo que tengas que decir.

Tom frunció el ceño.

—Pero ¿por qué tengo que arrodillarme? —preguntó—. Tú eres quien está intentando ayudarme. Tú —enfatizó— deberías de ser la que admitiera que te gusto.

Masoquista, comprendió Vi de forma abrupta. Definitivamente era masoquista.

—Te lo vuelvo a decir, Tom, no estoy intentando ayudarte. Estoy intentando deshacerme de ti...

—¿Ves? —anunció él, triunfante—. Solo quieres hacerte la difícil, ¿verdad?

—Necesito vender esta casa —comenzó, pero Tom levantó una mano.

—Tu trabajo es vender esta casa —corrigió—, pero tú quieres ayudarme.

Y entonces se quedó callado y la miró igual que lo miraba ella.

—Dime que tengo razón —añadió en voz baja— y te diré por qué quiero que vengas.

Vi vaciló.

—Muy bien —claudicó de mal humor—. Bien. Puede que quiera ayudarte. Cuesta no quererlo —añadió a la defensiva—. Estás todo el día por aquí flotando, deprimido, no te acuerdas de cómo llegaste aquí, no tienes respuestas ni esperanza ni...

—Amigos —terminó él con tono triste.

—Sí —confirmó ella. No sabía por qué de pronto se sentía tan vacía—. Ni tienes amigos.

Se dio permiso para mirar cómo saltaba el músculo de al lado de la mandíbula de Tom. Para fijarse en la tensión tan exquisita de debajo de sus pómulos.

—La verdad es que temo que, si tú no estás aquí, nadie pueda verme —admitió él—. Eras la única persona que podía verme antes y me da miedo que, si no vienes, entonces...

Se quedó callado.

—No creo que tenga ningún significado que yo pueda verte. Los otros también pueden. Menos Fox, aunque parece que él no tiene nada fuera de lo normal. Eso es lo que dice Isis —murmuró—, pero a mí me parece… no sé, una terrible sutileza…

—Me sentiré mejor si tú estás allí.

Esta vez, Vi lo miró a los ojos, notó cómo se encontraban sus miradas.

—¿Me lo estás pidiendo amablemente?

Tom se encogió de hombros.

—Probablemente —admitió.

—Entonces supongo que tendré que ir —murmuró y se volvió para hacerse a ambos un favor y no dejar que la viera sonreír.

—Has oído hablar de este rey demonio, ¿no? —comentó Mayra en la cocina, mirando a Isis, que era la única que tenía antojo de hummus.

—¿Tan obvio es? —preguntó Isis y Mayra se encogió de hombros.

—Un poco —admitió, sonriendo—. Te da miedo, ¿no?

Isis dudó.

—No deberíamos hablar de él. Llamarlo por su nombre es, en esencia, invocarlo.

—Pero es un demonio —señaló Mayra—. Como tú.

—No tanto como yo —respondió Isis con un estremecimiento—. Más poderoso. Menos constreñido por ningún código. Mayor, también… anciano, en realidad. Mucho menos flexible. Malo en yoga. —Le lanzó una sonrisa irónica a Mayra, que contestó con una carcajada—. Pero se hace llamar «rey del vicio» y se alimenta, sobre todo, de mortales.

—¿Se alimenta de ellos?

—Los usa. Viste con ellos —gruñó—. Y después los muda como si fueran la piel de una serpiente y sigue adelante.

—¿Y te parece desagradable incluso a ti?

—Casi tan desagradable como desagradable te parece a ti el juego —respondió.

Mayra se mordió la lengua para contener la réplica.

—No te preocupes —le aseguró Isis—. No voy a contarles que has jugado si tú no quieres.

—Fue... —Inspiró, contuvo el aliento y luego espiró—. Fue hace mucho tiempo y...

—El pasado es pasado. Además...

Se quedó callada y en sus labios apareció una pequeña sonrisa.

—¿Además? —preguntó Mayra.

—Bueno, todo el mundo tiene sus demonios, ¿no? —dijo Isis, medio riendo.

—Fox —Brandt suspiró por enésima vez—, quítame las esposas.

—Lo siento —respondió él sin molestarse por el tono falso de su disculpa—. No puedo. Tienes tendencia a huir, ¿recuerdas? Y te necesitamos.

—Fox —repitió, sacudiendo la cabeza—. Las esposas de un segador no son exactamente una retención.

—Son más retención que cualquier cosa que tenga a la mano —respondió Fox, irritado—. Y no vas a convencerme de que te las quite diciendo que es más peligroso no hacer nada. No soy un necio total, Brandt.

—Ya lo sé.

—¿Sí? —lo interrumpió con los ojos entornados—. ¿Lo sabes, Brandt? Porque tu versión del pasado siempre pensaba lo contrario, ¿verdad? ¿O es este el beneficio de tu marcha? —murmuró. La amargura le ardía en la lengua como la bilis—. ¿Que por fin ahora tengo la presunción de un intelecto adecuado?

—Fox, escúchame...

—¿Ya no soy un crío, Brandt? ¿Ya no soy tu *lillegutt*?

—Fox —volvió a repetir, con más dureza esta vez, y el médium cometió el imperdonable error de mirarlo a los ojos.

Luchó contra un recuerdo fugaz, un golpe, un hacha en su corazón; las cosas que con tanta impotencia había tratado de enterrar llegaban en oleadas, manadas, enjambres. ¿Cuántas veces había oído a Brandt Solberg pronunciar su nombre? ¿De cuántas maneras? Lo había oído bajo y reverente, un susurro en su oreja. Lo había oído fuerte y estridente, un ataque a sus sentidos, un arma y una bofetada. Lo había oído triste y dichoso, acalorado por la ira, fresco por la advertencia, cálido de nuevo a altas horas de la noche. Había oído el sonido de su nombre en labios de Brandt Solberg tantas veces, de tantas formas, que casi resultaba cruel sufrirlo ahora.

Los dos batallaron un momento con los recuerdos; habían vivido ya tantas historias que ser testigos de nuevo de la suya era paralizante para ambos.

El reloj del abuelo sonó varias veces en la esquina, acentuando el sonido de su corazón irregular antes de que Brandt volviera a hablar. Inspiró con cansancio y soltó las palabras en un suspiro.

—Aunque me hubieras puesto las esposas hace dos siglos, Fox, no podrías haberme retenido.

Fox retrocedió al recibir el impacto de su afirmación como una bofetada.

—Me refiero a que no puedes deshacer el pasado —se apresuró a añadir Brandt.

—No —confirmó Fox con voz ahogada—. Ya lo sé. ¿No crees que lo sé? ¿Sabes siquiera qué aspecto tendría el pasado si pudiera?

En lugar de responder, Brandt dejó pasar un momento de silencio. Ninguno de los dos habló.

—¿Me buscaste? —preguntó entonces Brandt con tono neutro.

Fox se quedó mirándolo.

La pregunta, que Brandt se atreviera a formularla y, sobre todo, que pudiera hacerlo con tanta indiferencia, era tan horrible como impensable. Insensible.

—No —mintió con todo el desprecio que pudo aunar—. Ya dejaste muy claro lo poco que significaba para ti. No te busqué porque sabía que no te iba a encontrar si no querías que lo hiciera. Y si no pude retenerte entonces… —Vaciló, apenado, aunque disfrazó su dolor, se llevó la mano a la boca e imaginó que podía deshacerse de la amargura que le empapaba la lengua—. Si no pude retenerte entonces, no puedo hacerlo ahora. Pero esta vez es distinto. Esta vez no soy…

Otra pausa.

—Esto es por mi padrino. No por… —Una ruptura, nítida e inevitable—. No por nosotros. Ese pasado es pasado.

—Fox…

—Brandt —escupió, cansado de oír su nombre como si fuera un arma contra él, como si pudiera pronunciarlo sin pensar o sin sentir remordimiento—. No me importa lo que diga Mayra, no voy a decirle a Cal que te quite las esposas hasta que no tenga el registro y haya liberado a mi padrino. Lo que tú hagas es cosa tuya. —No dijo: Sé que, cuando llegue el momento, volverás a desaparecer, indemne, como siempre haces, y no puedo soportar verte hacerlo—. Mientras haya algo que necesite de ti, no seré el necio que fui entonces. No seré el necio que deja que te vayas.

Oyó sus palabras y se encogió.

—Me refiero a que no seré el idiota que permita que te escapes cuando hay tanto en juego.

—Sé lo que querías decir —respondió con calma Brandt.

Fox lo miró con odio.

—No te hagas el listillo.

—Nunca —respondió Brandt, pero Fox no estaba de humor para sus juegos.

Se levantó y dio media vuelta para salir de la habitación.

—Espera —lo llamó Brandt y aunque Fox deseaba no detenerse, sus pies parecían condicionados. Una especie de memoria muscular, que supuso que se trataba de uno de los defectos más terribles de la mortalidad—. Sabes del registro. ¿Cómo?

Fox se permitió un momento de obstinación para elegir qué dolores quería infligir.

—¿Qué registro? —preguntó desde la puerta.

Se volvió y se encontró con la mirada irritada de Brandt.

—Sabías que el juego tenía un registro antes incluso de que llegaran los arcángeles. Reconociste lo que había hecho antes de que mencionara que lo había hecho. ¿Cómo lo sabías? Y no mientas —añadió como advertencia—. Sé que adoras la superioridad moral, Fox, pero no puedes mantenerla si cada vez que tienes la oportunidad eliges la obstinación.

—No me digas qué hacer —replicó—. Soy dos siglos mayor.

—Pues actúa como tal entonces.

Fox contuvo una mueca antes de determinar que cualquier otra cosa, incluso responder directamente a la pregunta, era preferible a seguir en esa habitación.

—Muy bien. Me lo dijo papá. Le hice contármelo todo después…

Otro estremecimiento terrible, debilitador.

—Después de todo.

—Después de mí, quieres decir —comentó Brandt con una caballerosidad que a Fox le dieron ganas de estrangularlo.

—Después de que te marcharas, sí. Lo obligué a contármelo todo.

—Pero no lo hizo. —Brandt se señaló las muñecas—. Está claro.

—No —murmuró Fox—, pero ya hablaré de eso más tarde con él. Me contó lo del registro. Y me prometió que no volvería a jugar —añadió—. Hasta donde yo sé, no lo ha hecho.

—Bueno. —Se inclinó hacia delante y se quedó mirando algo en los ojos de Fox durante un buen rato. Entonces rompió el hechizo de forma abrupta, murmurando—: Tu «hasta donde yo sé» no nos va a llevar muy lejos, ¿no crees?

Enfadado, Fox abrió la boca para responder, pero Brandt suspiró y negó con la cabeza.

—Como ya te he dicho, mi copia del registro está incompleta. Hay al menos un juego que se jugó con la Muerte del que no sé nada. Aunque tengo mis sospechas —añadió con cuidado—, y he reflexionado mucho acerca de qué información tendrás tú.

—¿Yo? —preguntó Fox, al mismo tiempo sorprendido y ofendido—. ¿Qué voy a saber yo? Yo no tengo relación con nada de esto. Tú eres el que has estado robando cosas, escondiendo cosas...

—¿Le has dejado tu anillo alguna vez a alguien? —lo interrumpió con tono serio. Apoyó los codos en las rodillas—. A cualquiera, Fox. Es de vital importancia que recuerdes.

—Eh... ¿Hablas en serio? —Se quedó con la boca abierta—. Primero, ¿cómo es posible que me estés haciendo esta pregunta? Después de todo.

Ante el silencio aparentemente inocente de Brandt, Fox se abandonó a otra oleada de amargura.

—¿Lo ves? —gruñó. Se adelantó con la mano derecha estirada—. Este es el anillo que me regalaste, Brandt. ¿Y esto? —Levantó el brazo izquierdo para señalar el reloj—. De nuevo tú, Brandt. Con mi nombre, por cierto —añadió con tono apenado—. Fox D'Mora. También tú me diste eso, ¿eh? Nunca he podido separarte de mí, Brandt, ¿y crees que es justo hacerme preguntas como si todo ese tiempo no significara nada?

Se quedó mirándolo, pero Brandt no dijo nada.

—¿Por qué te fuiste? —preguntó Fox al fin con voz ronca—. ¿Por qué?

—Fox...

—Dímelo. Dime por qué te fuiste, Brandt, no es demasiado preguntar...

—No puedo. No puedo decírtelo, Fox.

—¿Por qué no?

—Fox...

—Brandt...

—Como bien has dicho, el pasado es pasado —señaló Brandt con dureza—. Y puede parecer injusto, pero quizá haya aquí más en juego de lo que crees. Más que los errores que he cometido contigo, por mucho que sepa lo que he hecho. ¿De verdad piensas que no veo por lo que has pasado? ¿Lo que has cambiado? —preguntó, casi con brusquedad—. ¿No crees que si pudiera responderte...?

Se quedó callado y cerró los labios, como si su garganta se hubiera quedado atascada.

Fox, incapaz de soportar el silencio, dio media vuelta.

—Fox —volvió a intentarlo Brandt, su voz era un suspiro, pero el médium sacudió la cabeza, derrotado.

—Tienes razón. El pasado es pasado.

XII
0

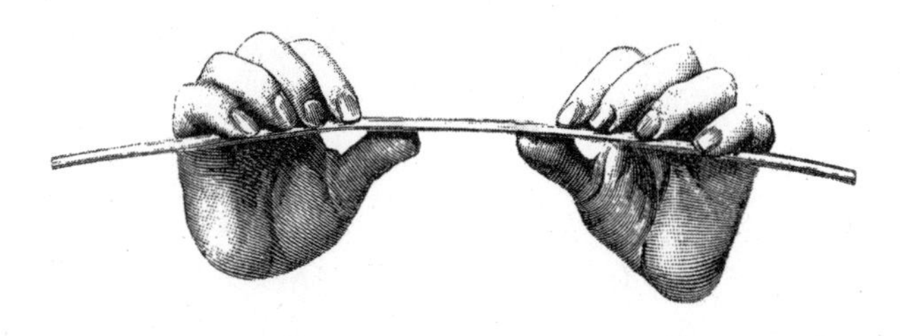

# INTERLUDIO V

## EL PASADO ES PASADO, PARTE I

### BRANDT SOLBERG
### 1833

—Ahí está tu padrino —informó Brandt al mortal, señalando a la figura en sombras que había a la cabeza de la mesa central—. Justo donde te dije que estaría. Pero casi ha amanecido —le advirtió, señalando la ventana que no tenía principio ni final, que se manifestaba de la nada y acababa en una nube de polvo refractado—. Ya casi ha acabado, así que…

Pero el joven llamado Fox no estaba escuchando, se dirigía a toda prisa hacia su padrino, y entonces el espectro que había en el extremo de la mesa titiló, alarmado, y pasó de una forma brumosa e insustancial a una sólida y reprensible; los ojos de la cabeza de lo que parecía un hombre destellaron al ver a su joven ahijado.

Brandt se detuvo, divertido, y tomó nota mental para apuntarlo todo en su libro más tarde. Siguió entonces a Fox.

—Papá —dijo el mortal, cruzándose de brazos—. Veo que se te ha pasado decir dónde ibas, ¿no?

La Muerte se detuvo, obviamente valorando cuánto podría explicar con una mentira.

—Bueno —comenzó y entonces vio a Brandt, sus ojos marrones (una elección interesante, espejo de los del joven mortal) de pronto entrecerrados—. Bueno —repitió y endureció la voz para expresar su desaprobación—. Aquí estás tú, diosecillo. Eres incapaz de guardar un secreto, ¿eh?

—No vale la pena tenerlos —respondió y se encogió de hombros—. Además, no es culpa mía.

—Se acabaron los tratos —advirtió la Muerte y lo apuntó con un dedo—. Tu lugar en esta mesa queda rescindido y espero que entregues también ese libro tuyo.

—¿Qué libro? —exclamó Brandt—. No sé de qué hablas, papá.

—Ni tienes ni idea de lo peligroso que puede resultar ese libro, diosecillo —gruñó la Muerte—. Espero que lo entregues inmediatamente. Y mientras tanto…

—¿Puede esperar la logística? —protestó Fox, fulminando a su padrino con la mirada. (Brandt ya era muy consciente de que Fox no era un crío de verdad, pero su juventud brilló sin remedio cuando frunció el ceño)—. No sabía que eras un apostador, papá.

—Deja de llamarme así —le advirtió la Muerte. Agarró a Fox del brazo y lo apartó a un lado.

Brandt, demasiado curioso como para no seguirlos, esperó en las sombras solo un momento antes de salir detrás de ellos.

—¿No te ha explicado esto el diosecillo? —siseó la Muerte a su ahijado, bajando la voz—. La gente no puede saber de ti, Fox. Es demasiado peligroso.

—Ah, ¿ahora eres peligroso? —inquirió Fox y soltó el brazo—. ¿Ibas a contármelo siquiera?

—No. —La Muerte puso los ojos en blanco—. Por si lo has olvidado, soy un ser incorpóreo, atemporal. Y tú eres un mortal. No tienes que saberlo todo.

Fox se quedó callado, con el ceño fruncido, y abrió y cerró la boca.

Brandt, que se sintió inexplicablemente conmovido por la imagen de la consternación del joven, se adelantó.

—Tal vez «mortal» sea una simplificación tan exagerada como «apostador» —sugirió con cuidado de hablar en voz baja—. Seguro que te has dado cuenta de que la vida de tu ahijado no podrá ser nunca como la de cualquier mortal.

La Muerte puso una mueca y le mostró toda su ira.

—Lleva a Fox a casa —le indicó a Brandt y giró sobre sus talones—, y asegúrate de que no regrese aquí, diosecillo, o no se sabe qué harán los otros.

Fox parpadeó, incrédulo, bamboleándose por su rechazo.

—Pero, papá, yo...

—Qué grosero ha sido eso —replicó Brandt a la Muerte—. No creo que yo merezca el exilio, y, más importante, ¿por qué me relegas a hacer de niñera? Llévalo tú a casa.

—No debería estar aquí y lo sabes —le recordó la Muerte. Desvió la vista hacia su ahijado y la apartó rápidamente, como si no pudiera soportar mirarlo—. No debías de haberlo traído aquí, diosecillo, y ahora más vale ser listo y marcharse.

Brandt entrecerró los ojos, irritado.

—Pues tú no deberías de haber guardado secretos. Es un mortal muy entrometido, como seguramente sabrás —lo acusó—, y teniendo todo en cuenta, tiene todo el derecho.

—¿Podéis dejar de hablar de mí como si fuera un niño? —pidió Fox con las manos en las caderas—. Estoy aquí.

—Sí, estás ahí —le dijo Brandt—, y es un problema para los dos ya que me está culpando a mí de ello. —Se volvió hacia la Muerte y lo miró con odio—. Que conste que he intentado evitarlo —añadió, y era verdad—, pero has criado a un hombre incansable.

—Ya me encargaré de mi ahijado más tarde —murmuró entre dientes la Muerte—. Tú sácalo del juego. Ya sabes que este no es su lugar.

—¿Y cuál va a ser mi pago? A fin de cuentas, ahora sé algo que ambos sabemos que podría ser tu ruina.

La Muerte entrecerró los ojos, disgustado.

—No voy a dejarte jugar más, ni siquiera por esto. Cada vez que vienes aquí, Brandt Solberg, desaparece algo preciado. Y no vayas a pensar que no me he dado cuenta.

—Ah, no seas tan duro. —Brandt suspiró—. ¿Qué gracia tiene una apuesta ilegal si no se roba a nadie?

—Devuélvele el reloj a Tiempo —gruñó la Muerte—. No ha dejado de hablar del tema desde el solsticio.

Fox se volvió y miró a Brandt; le lanzó esta vez una mirada cuidadosa, larga y detenida, como si considerara ahora algo que no había pensado antes, y a Brandt le pareció muy molesto.

Lo distraía, incluso, y por lo tanto no era de ayuda.

—No puedo devolverlo —respondió Brandt con tono neutro y desvió la atención de Fox a la Muerte—. Está roto.

La Muerte abrió mucho los ojos.

—¿Lo has roto?

—Puede crear otro —le aseguró Brandt—, pero este está definitivamente roto, sí.

La Muerte suspiró, agotado, y torció la boca.

(Esta iteración era extremadamente molesta, pensó Brandt).

(Demasiado humana).

—Muy bien —dijo Fox, volviéndose hacia Brandt—. Llévame de vuelta entonces. De todos modos, no quiero estar aquí.

—Eres un crío. —Brandt suspiró y sacudió la cabeza—. Y en cuanto a ti…

Se detuvo y miró a su alrededor para buscar a la Muerte, pero no la vio.

—Se ha ido —le informó Fox cuando Brandt parpadeó.

Estaban ahora los dos solos.

—Parece que tiene un sitio mejor al que ir —murmuró Fox.

Brandt vio que desviaba la mirada a su padrino, a la cabeza de la larga mesa de madera, y algo inquieto y amargo y triste se formaba alrededor de su boca. Algo familiar, al mismo tiempo problemático y preocupante.

Y entonces, con una mueca, Brandt suspiró.

—Vamos, *lillegut* —susurró. Lo tomó por el hombro y lo alejó de las mesas—. Antes de que tengas una rabieta.

—Suéltame —protestó Fox. Se apartó de Brandt y se apresuró por donde habían venido—. No necesito que me escoltes.

—Sí; en realidad, sí. —Brandt suspiró detrás de él, perezoso, y no se molestó en seguirlo—. No puedes encontrar la salida tú solo.

—Sí pue...

—No —repitió con firmeza—, no puedes. Eres un mortal y esta forma de transporte no la llevas en la sangre de tus venas, Fox.

El joven se giró tan rápido que Brandt titubeó, impactado por la mirada de su cara.

—Ya sé que soy un mortal —replicó—. ¿Crees que pa...? —Tragó saliva—. ¿Crees que papá va a permitir que me olvide?

Brandt esperó un momento. Sintió que los hombros le tiraban con la tensión del momento.

—No hay vergüenza alguna en la mortalidad —comentó Brandt con cautela y Fox soltó una carcajada.

—No te lo crees ni tú.

—Sí que lo creo...

—Tu vida no dice lo mismo, diosecillo.

—No me juzgues por mi vida —le advirtió Brandt—. Es importante tener en cuenta todos los hechos.

—No los quiero —murmuró Fox.

Brandt volvió a sentir otra punzada de irritación en el pecho y contuvo una réplica.

—Vamos a llevarte a casa —sugirió— y a deshacernos el uno del otro durante la totalidad de tu existencia mortal, ¿de acuerdo?

Fox lo miró con odio.

—Sí —respondió, alisando la frustración que había tomado forma en su ceño—. Vamos.

—Vaya —dijo Brandt alegremente al reparar en la imagen bucólica del establo del lechero del pueblo—. Veo que has estado evitando los problemas.

Fox levantó la mirada y apartó la cara de los labios de la preciosa doncella con un fuerte sonido de succión.

Parpadeó una vez al ver a Brandt.

—Ah —dijo.

—Ah, sí —coincidió Brandt, mirando a la chica—. ¿Y quién es esta?

—No es asunto tuyo —le espetó Fox con brusquedad, rodeándole con más fuerza la cintura y blandiéndola como si fuera un escudo—. ¿Qué te importa?

—No me importa —le aseguró Brandt—. Es que me parecía maleducado no preguntar.

—Eh, ¿me voy? —preguntó la chica, mirándolos, incómoda.

—No —le dijo Fox.

—Sí, gracias —respondió Brandt al mismo tiempo.

—¿Perdona? —Fox fulminó a Brandt con la misma mirada ceñuda de su juventud—. Tú no eres nadie para decirle a… —Vaciló al no recordar su nombre—. Es decir, visto que… —rectificó.

—Estupendo. —La chica suspiró, disgustada, y se levantó—. Disfruta de tu vida, Fox D'Mora —le dijo por encima del hombro y se marchó de allí cuando Brandt se volvió hacia Fox con actitud divertida. Se sacó su libro del bolsillo cosido en el forro del abrigo.

—¿D'Mora? —preguntó con tono burlón. Abrió el libro por la primera página disponible y sacó un carboncillo para escribir—. Ya te dije que era un buen nombre.

Fox lo miró con odio, o eso le pareció a Brandt, que estaba ocupado escribiendo.

—¿Qué quieres? —preguntó con la impaciencia que Brandt esperaba.

—Solo vengo de visita —contestó mientras escribía y Fox puso una mueca.

—Creía que habías dicho que no hacías visitas —murmuró Fox—. ¿No me especificaste que no volveríamos a vernos?

—Sí —confirmó Brandt mientras acababa la frase en su cuaderno forrado en piel y se lo metía de nuevo en el bolsillo—. Pero estaba en el pueblo —aclaró, acomodándose a la mentira—, y aquí hay pocas cosas que hacer, así que…

—¿Está otra vez mi padrino en las mesas? —preguntó Fox. Sus ojos se oscurecieron por el disgusto. Eran silvestres, alce, otoño en la naturaleza. Al contrario que Brandt, que era puro invierno, o eso le habían dicho—. Le he sugerido que desistiera —añadió con tristeza—, pero parece que no le interesa mi opinión al respecto.

—Una inclinación comprensible —reconoció Brandt—, teniendo en cuenta que va a sobrevivirte de forma significativa. —Le dio un mordisco a su manzana y luego se la ofreció a Fox—. ¿Quieres?

—No poseo la misma necesidad de inmortalidad que tú —le recordó Fox. Se levantó y se sacudió el polvo de los pantalones—. ¿Hay algo que quieras hacer mientras estás aquí?

—Contrariarte —respondió, dando otro mordisco.

Fox puso los ojos en blanco y salió del granero en dirección al mercado central de la ciudad.

Brandt lo siguió.

—¿Cómo consigues eso, por cierto? —se interesó Fox y Brandt se detuvo para considerar cómo responder.

—¿Sabes lo de la diosa? —preguntó.

Fox asintió.

—Sí, me lo contaste.

—Bien, pues tengo algo que ella quiere. —Brandt se encogió de hombros.

—¿El qué?

Brandt enarcó una ceja.

—No puedo decírtelo.

—Ah, claro que no —gruñó Fox.

—Eso. ¿Ves? Lo entiendes.

—¿Por qué estás aquí?

—¿Por qué no?

Pasó un hombre que le hizo un gesto de saludo con la cabeza a Fox, quien deslizó una mano por su pelo antes de devolverle la cortesía. Una excusa apropiada para irse, aunque no lo hizo.

—Eres agotador.

—Sí, y la Muerte y tú seguís de malas, por lo que veo —contratacó Brandt sin hacer caso de su comentario—. Pareces más angustiado que de costumbre, *lillegutt*.

—¿Angustiado? ¿Qué es la angustia?

—Algo que inventó Kierkegaard. Un tipo agradable —añadió—. Excepto por lo de la ansiedad y el miedo, ya sabes.

—No sé qué significa eso, pero, en cualquier caso, estoy seguro de que no es verdad. Lo que dices de mí, quiero decir. Papá y yo estamos bien.

—No —lo corrigió Brandt—. Lleváis un tiempo sin veros, ¿verdad?

El movimiento de los nudillos de Fox lo confirmó.

—No es asunto tuyo —musitó.

Brandt sonrió.

—¿Me voy entonces? Pareces disgustado por verme.

—Lo estoy. Profundamente.

—Bien. —Brandt se detuvo cuando llegaron a una bifurcación en la carretera—. ¿A la misma hora el mes que viene?

Fox lo miró.

Y miró.

Y miró.

—Sí —acabó diciendo y asintió con la cabeza—. Sí, de acuerdo.

—¿Qué es lo que le das a la diosa? —preguntó Fox. Tiró una piedra al otro lado del río. El bosque le sentaba bien. Tal vez fueran esos ojos otoñales. Puede que el contraste entre su inquietud y la de la naturaleza.

—No te cansas nunca de preguntarme eso, ¿eh? —Brandt metió el libro en el bolsillo después de acabar un boceto rápido del paisaje—. Y yo sí que me canso de tu pregunta.

—Mi curiosidad es natural, ¿no crees?

—Puede, aunque teniendo en cuenta lo a menudo que te digo que es del todo inadecuado que preguntes, diría que acabarías aprendiendo la lección.

—Puede que acabe haciéndolo —indicó con una media sonrisa, o puede que fuera una sonrisilla de suficiencia—. Pero aún no.

—¿Qué vas a decirle a esa chica? —Brandt cambió de tema—. Con la que estabas esta vez.

—Nada, ¿qué voy a decirle? No tengo nada que ofrecerle. Nada de valor, y ella querrá seguridad, un marido. No tengo motivos para volver a verla.

—Parecía ansiosa por verte —probó, buscando tranquilidad.

—Sí, suelen estarlo un tiempo. Pero es todo un ciclo de impermanencia.

—Ah, sí, mi ciclo preferido. —Brandt soltó una risita y Fox le lanzó una mirada interrogante—. No te preocupes. Los tiempos cambian, ya sabes. No ha sido siempre así y si hay algo constante en el universo, es que ningún «esto» permanecerá mucho tiempo.

—Para mí sí —le recordó Fox—. Este es mi único «esto», ¿recuerdas?

—No tiene que ser así —le dijo, abrillantando una manzana con el puño de la camisa antes de ofrecérsela—. ¿Un bocado?

Fox la miró y sacudió la cabeza despacio.

—¿Por qué haces eso? —le preguntó.

—¿El qué?

—Ya sabes. —Movió una mano—. Ofrecerme tu inmortalidad como si no fuera nada.

—No es nada —le aseguró Brandt—. Por una parte, necesitarías mucho más que solo un bocado. Y, por otra, la eternidad en sí misma no es nada. —Se encogió de hombros—. No tiene sentido a menos que hagas algo con ella.

Fox frunció el ceño.

—¿Y por qué aferrarse entonces a una eternidad sin sentido?

—No me estoy aferrando y no carece de sentido.

—Parece que sí —contratacó Fox—. Nunca haces nada, ¿no?

—Sin objetivos y sin sentido son cosas diferentes, Fox.

—¿Cuál es entonces tu sentido?

Brandt volvió a encogerse de hombros.

—¿Venganza? —sugirió—. Bueno, más bien… —Hizo una pausa y frunció el ceño—. ¿Cuál es la palabra para «hacerlas pagar»? Algo que significa existir con el propósito de provocar el malestar de otro, para recordarle las injusticias que ha cometido.

—Algo un poco más suave que venganza —señaló Fox, pensativo—. ¿Represalia?

Brandt lo consideró.

—Eh… no. Más bien…

—Recompensa. ¿Compensación? No. —Fox parpadeó—. ¿Resarcimiento?

Brandt ladeó la cabeza.

—Devolverla —aclaró Fox y Brandt asintió.

—Sí. Algo así.

Miró entonces a Fox.

En alguna parte, se quebró un palo; la brisa movió una rama; un pájaro alzó el vuelo.

—Supongo que lo entiendo. —Fox espiró y se volvió hacia el río—. Aunque me parece…

—¿Estúpido?

—Iba a decir «insatisfactorio».

Brandt se quedó callado unos segundos.

—Sí —confirmó—. Supongo que lo es, de un modo trivial.

—¿Trivial?

—Sí, creo. En la mayoría de las ocasiones, lo encuentro muy gratificante. En sentido muy mortal y profundamente egoísta.

—Pero en la minoría de las ocasiones es…

—¿Frustrante?

—Iba a decir «insatisfactorio». O «ingrato», o tal vez...

—Solitario —murmuró Brandt antes de poder evitar que se le escapara.

Fox se volvió para mirarlo.

—¿Por eso vienes a visitarme?

Brandt no dijo nada.

—Solo pregunto —añadió Fox con tono neutral—. Porque podrías venir con más frecuencia. Si quisieras. No me importaría.

—¿Dos veces al mes? —sugirió Brandt.

Fox se volvió hacia el río y se hizo visera en los ojos para que no le molestara el sol.

—Estaría bien.

—¿Qué tienes hoy para mí, *gudssønn*? —preguntó Iðunn debajo de las flores doradas de su manzano, canturreando al ver a Brandt. Le tendió la mano para pedirle el libro—. Algo bueno, espero.

—¿Quieres oír otra historia sobre el ahijado de la Muerte? —preguntó Brandt. Le acercó los dedos al marcapáginas y ella se alegró al pasar la página escrita más reciente.

—Sí, mi favorita —aceptó, sonriendo indulgente—. Cuéntame.

—Es un poco mayor ya —comenzó Brandt, señalando sus notas en la página—. Lo bastante para tener esposa, hijos propios...

—Ah, pero no tiene —señaló Iðunn con un puchero—. ¿No?

—No, no tiene —le aseguró—. Y dudo que los tenga, francamente. Creo que está en constante búsqueda de algo que no es capaz de encontrar.

—Vive una historia extraordinaria —murmuró mientras pasaba las páginas, pensativa—. Una mujer normal solo le traerá placer temporal, ¿no te parece?

—Estoy de acuerdo —respondió con tono neutro—. Y creo que él también lo sabe.

—Pobre —suspiró la diosa—. ¿Y dónde halla entonces la felicidad?

—Felicidad y placer no son lo mismo —le recordó Brandt—. Una sensación es más duradera que la otra, si no, no tendría que regresar constantemente aquí.

—Placer entonces —se corrigió y Brandt se rio.

—De eso tiene mucho.

—¿Compañía?

—También tiene. Al menos eso creo.

Una flor cayó flotando al suelo y aterrizó en la tierra húmeda entre ellos.

—¿Sigues viéndolo dos veces al mes? —preguntó Iðunn y Brandt asintió—. ¿Por qué?

—¿Por qué? Porque me gusta. Me divierte. Además, tú me pediste que regresara la primera vez.

—No —lo corrigió ella con tono suave, sacudiendo la cabeza—. Me refiero a por qué solo dos veces al mes, *gudssønn*.

Brandt vaciló y entonces forzó una sonrisa.

—¿Te acuerdas de la última vez que saliste de aquí? —le preguntó, señalando el jardín que los rodeaba, y ella se entristeció un poco, posó los dedos en la corteza del manzano que tenía detrás y dejó caer el libro, sumida en una ensoñación.

—Solo un poco —admitió, mirando las flores del suelo con aire melancólico—. Fue maravilloso y ahora me atormenta como una pesadilla.

—Así me siento yo. —Brandt asintió una vez, con un movimiento rígido—. Como si el tiempo solo me atormentara si me llevo demasiado.

Iðunn hincó las uñas en la corteza del árbol, impotente.

—Entonces tú también estás atrapado, ¿no? —Brandt asintió—. Pero solo por el miedo y no por los dioses. Puede que no seamos iguales.

—No lo somos —coincidió él y la diosa se retrepó con un suspiro.

—¿Sabe de mí? El ahijado de la Muerte. ¿Sabe que soy tu diosa?

—En cierto sentido. Sabe lo de las manzanas. Me pregunta por ti —añadió—. A menudo. Bastante a menudo. Pero no puedo contárselo, claro.

—No, no puedes. Ahora lo entiendo. Lo que te tiene atrapado, quiero decir.

—¿Sí?

—Así es. Y es peor que los dioses, me temo.

Brandt enarcó una ceja.

—No sé si tienes razón.

—Bueno, tal vez no peor —aceptó—. Supongo que he visto muy poco más allá de este jardín. Debo de saber muy poco de nada.

—Yo no iría tan lejos. Eres una diosa.

—Una un poco inútil —lamentó.

—Una útil —la corrigió Brandt—, y ese es el problema. Tienes demasiado para dar y no tienes permitido tomar nada…

—Excepto una cosa —lo interrumpió. Le tomó la mano y tiró hacia ella—. Hay una cosa que puedo tomar, ¿verdad? —Suspiró y notó que su aliento se enredaba como una filigrana en la curva del cuello de Brandt cuando él se inclinaba sobre ella y posaba las manos en sus caderas—. Es una pena que deba quitárselo tan descaradamente al ahijado de la Muerte.

Brandt se detuvo, inestable, inseguro.

—¿Qué podrías quitarle a él? —preguntó y forzó un tono alegre. Iðunn sonrió.

—¿No lo ves, *gudssønn*? —susurró—. ¿Sigues sin verlo?

Brandt tragó saliva y ella se rio.

—Puede que no sea una diosa tan inútil —señaló y lo empujó hacia la base del árbol llena de hierba. Le tiró de los pantalones—. Uno de estos días dejaré que te vayas —le dijo. Cayó una flor en su pelo cuando se colocó sobre él—, pero hoy no es ese día.

Él asintió y se aupó para depositar un beso en su mejilla.

—¿Cómo he de amarte hoy, Iðunn? —le preguntó al tiempo que le metía detrás de la oreja un rizo dorado.

—Con el engaño y la delicadeza de un mentiroso. Como siempre.

—Con placer entonces —le aseguró y vio cómo cerraba los ojos.

—No entiendo qué estás escribiendo.

Esta vez era verano y hacía calor. Demasiado calor. Fox estaba flotando en el agua bocarriba.

—Es un libro —le informó Brandt, sentado a la orilla del río—. Bueno, más bien un diario, supongo.

Fox tenía los ojos cerrados, el pelo apartado de la cara.

—¿Siempre lo llevas encima?

—Siempre no. Este es mi libro actual, pero tengo otros. Normalmente los escondo —aclaró Brandt—. Cuando los lleno, los guardo en alguna parte para mantenerlos a salvo.

—¿Cuando los llenas? —Fox frunció el ceño y Brandt asintió—. Pero ¿qué escribes en ellos?

—Nada —respondió Brandt. Lo cerró y se encogió de hombros—. O todo, supongo.

Fox abrió los ojos y se encontró con la mirada de Brandt.

—Eso no responde a la pregunta.

—Ya lo sé. —Fox puso los ojos en blanco—. Por cierto, te he traído esto. —Se metió la mano en el bolsillo y sacó el anillo para ofrecérselo cuando echó a nadar hacia él—. Hace mucho tiempo.

Miró el suelo cuando Fox se acercó en ropa interior, el pelo goteándole. Sus piernas cada vez más doradas.

—¿A qué te refieres con que hace mucho tiempo? —preguntó. Tomó vacilante el anillo de la palma de Brandt, lo levantó y lo miró a la luz del sol—. Estuviste aquí la semana pasada.

—No, me refiero a… —Brandt gruñó, frustrado—. Que hace mucho que no hablas con tu padrino. Que no lo invocas —sugirió—. Para eso es el anillo.

Fox lo miró, lo estudió mientras se secaba con la camiseta.

—¿Dónde lo has conseguido? Y obviamente me refiero…

—No lo he robado. Lo he creado.

Fox soltó una carcajada.

—Mentiroso.

Brandt se tiró de un hilo suelto del puño.

—¿Qué más da? —preguntó con cierta indiferencia—. Funciona.

—Pero no me gusta estar al tanto de tus crímenes —le recordó Fox—. Hace casi cinco años de esto y sigues siendo sospechoso.

—Bueno, busco la distinción.

—Y lo has conseguido —murmuró Fox y soltó un suspiro, todavía mirando el anillo—. ¿Qué voy a decirle?

—Nada. Aunque si hay algo, entonces…

Se quedó callado y se encogió de hombros.

Fox, por su parte, parecía estar pensando algo.

—Es un gesto muy atento. —Fox lo miró—. No sabía que pudieras tener de eso.

—¿Qué? ¿Atención?

—Sí. Bueno, no. Consideración.

Brandt cerró los ojos, se recostó y alzó la barbilla al sol.

—Lo considero todo en profundidad, ya lo sabes.

—Muy bien —gruñó Fox, impaciente, y le lanzó otra mirada malhumorada—. Si estás empeñado en mostrarte difícil…

—Sí. Tengo que hacerlo, pero seguro que ya te has acostumbrado.

Fox abrió la boca, esperó y volvió a cerrarla. Se sentó al lado de Brandt, que no se movió.

—Esta es la tercera vez este mes —comentó, cambiando de tema.

Brandt se encogió de hombros.

—Tengo tiempo libre.

—¿Iðunn no te retiene? —bromeó Fox.

—Ella nunca me retiene.

—Sí lo hace —corrigió Fox sin detenerse a respirar—. ¿La quieres o solo estás en deuda con ella?

Brandt abrió los ojos para mirarlo. Lo tenía muy cerca.

Demasiado cerca.

—¿Hay algo que quieras decir, Fox?

—Sí. Muchas cosas.

—¿Como…?

A Fox empezaban a salirle arrugas alrededor de los ojos.

—Responde primero a mi pregunta.

—No puedo. —Brandt apartó la mirada.

—No puedes —musitó Fox—, ¿o no quieres?

—¿Importa? —preguntó Brandt y se puso de pie de golpe—. Tengo que irme.

Fox tenía una expresión indolente, inalterada.

—Qué fácil. No te vayas.

—Para —espetó Brandt y Fox se puso en pie—. Para ya. Para.

Cerró los ojos. Los abrió.

Fox, sin embargo, no se había movido.

—Me dijiste una vez que era peligroso para ti —señaló Fox—. ¿Es porque te cuesta por mi culpa dar a la diosa lo que sea que le des a cambio de tu juventud? —Se quedó callado, pero Brandt no respondió—. ¿Es sexo? —adivinó—. El sexo podría perdonarlo, creo. Una minucia, en realidad. Algo fácil y no del todo insoportable, pero al menos lo sabría.

—No te he pedido perdón —murmuró Brandt.

—No, pero te lo daría. —Estaba ahora demasiado cerca de él—. Si me lo pidieras.

Brandt tragó saliva.

—No lo he hecho.

—Es sexo entonces —insistió Fox, a su manera usualmente juvenil—. A cambio de la inmortalidad… ¿o técnicamente es juventud? —Volvió a detenerse, esperando, pero Brandt seguía sin decir nada—. Poco original. Es curioso cómo insistes una y otra vez en que las cosas van a cambiar, pero algunas cosas son solo una historia tan antigua como el tiempo, ¿cierto?

Y entonces Fox se rio de forma espantosa y Brandt notó el sonido resonando en sus pulmones, como si le arrebatara el aliento.

—Como siempre, lo simplificas todo —replicó con tono serio Brandt—. ¿Y qué más te da cómo me retiene o quién?

Fox frunció el ceño, mirándolo, y dio otro paso.

—Si a estas alturas no te has dado cuenta de que me perteneces a mí —dijo con tono pausado—, es que entonces eres más necio que yo, Brandt Solberg.

Brandt se estremeció, cerró los ojos.

—Niégalo si quieres, pero eres mío, diosecillo —susurró Fox; sus dedos sobrevolaron los labios de Brandt y captaron el sonido de su aliento vacilante.

Brandt abrió la boca.

No dijo nada.

Y cuando abrió los ojos, Fox ya había desaparecido.

—¿Qué está haciendo ahora el ahijado de la Muerte, *gudssønn*?

—Dice que le pertenezco a él —respondió Brandt y se estremeció bajo el peso de las palabras. Iðunn suspiró y apoyó la mejilla en el pecho de Brandt al tiempo que le sacaba del bolsillo el libro encuadernado en piel.

—Este cuaderno está casi lleno —cambió de tema, mirando el lomo del ejemplar.

Brandt se encogió de hombros.

—Supongo que he visto últimamente muchas cosas. —Hizo una pausa—. He tenido muchas ideas.

La diosa murmuró, de acuerdo.

—¿Todas sobre el ahijado de la Muerte?

Brandt vaciló.

—La mayor parte —admitió—. Supongo que te parece aburrido —añadió con tono culpable—, pero…

—Pero él es tu mundo —comentó Iðunn con tono suave y Brandt experimentó una punzada de algo que esperaba que fuera desacuerdo, pero le preocupaba que fuera más bien reconocimiento o verdad.

—No —respondió y no pudo decir más.

Iðunn curvó los labios formando una sonrisa.

—¿Tan malo sería, *gudssønn*? ¿Ser libre?

—Sabes lo que me costaría eso —le recordó y ella asintió, hundiendo la barbilla en su esternón.

—Tú conoces mi secreto —se limitó a contestar— y yo, a cambio, conozco el tuyo. Has compartido conmigo los secretos de tu mundo y, al hacerlo, has ofrecido a una diosa solitaria un poderoso dominio sobre tu corazón. Siento cómo cambian sus alianzas, pero es posible que ahora seamos algo parecido a amigos —musitó y se sentó para mirarlo—. Y, por lo tanto, tal vez pueda darte algo ahora.

—Así es —le recordó él, señalando las manzanas—. Mi juventud, ¿recuerdas?

—Sí, y espero algo por ello. Pero si pudiera escoger, desearía que enriquecieras tu vida y tu corazón —sugirió ella—. Así es mucho más valioso para mí.

—¿Cómo?

La diosa se encogió de hombros en un gesto divino que rozaba la despreocupación.

—Sabes tan bien como yo qué es lo que has perdido —le recordó—. Tomado del guardián de un jardín... ningún amor puede florecer sin eso. No estás completo, *gudssønn* —le dijo con tono suave, cariñoso, deslizando los dedos por las líneas de su pecho—. Tu tiempo con el ahijado de la Muerte será breve, me temo.

Brandt se encogió.

—Me dijo que perdonaría el sexo —comentó. Iðunn se rio.

—Sí, claro, es algo fácil de perdonar y también fácilmente prescindible. Te libero de él.

—Pero...

—Volverás —predijo la diosa con firmeza antes de tomar su mano y colocar con cuidado el libro en la palma—. Volverás a mí a tiempo.

Brandt se incorporó, asombrado y agradecido. Cautivado y temeroso.

—¿Por qué suena más a maldición que a bendición?

—Porque, *gudssønn* —suspiró ella, pegando la mano a su mejilla y deslizando un dedo por el lomo del libro—, como todas las cosas que concede un inmortal, es un poco de ambas.

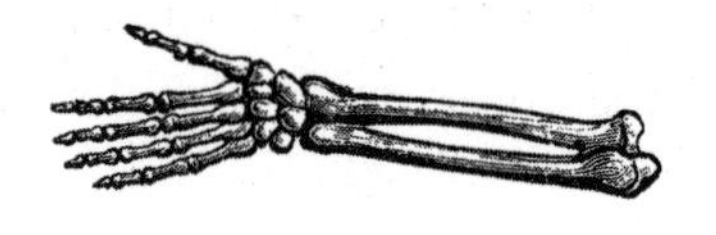

# XIX

## RAÍCES

Fox buscaba silencio en una de las otras habitaciones, una morada esta vez, clara y ridículamente inspirada en el pasillo de espejos de Versalles. Se encontró entonces con Vi.

No se dio cuenta al principio, claro, y dio un respingo cuando ella, que estaba mirando por la ventana que daba al lago, giró la cabeza y el rabo se meció sobre la seda de un sillón tapizado de color lavanda.

—Correcto —confirmó ella, asintiendo—. ¿Lo has olvidado?

—Yo... —comenzó Fox, pero entonces abandonó sus esfuerzos—. Eres un gato —señaló en voz alta al ver la luz del candelabro iluminando su pelo negro.

—Qué perceptivo —respondió Vi, mirándose la pata—. Como ya he dicho, suele pasar cuando se pone el sol.

—¿Te importa que me siente contigo? —preguntó Fox, mirando por encima del hombro—. Estoy evitando al demonio.

—Y también a Brandt, imagino.

—A él me refería —señaló Fox y Vi soltó una extraña risotada felina.

—Correcto —dijo de nuevo y volvió a mirar el lago.

Fox suspiró suavemente y se sentó a su lado.

—No está aquí el fantasma, ¿no? —Miró a su alrededor y Vi sacudió la cabeza.

—Nunca has hablado de verdad con un fantasma, ¿verdad? —comentó y Fox negó con la cabeza—. Así que eres un fraude total.

—Sí. Totalmente.

—Vaya. Entonces no tengo que pagarte, supongo.

—Bueno, no nos apresuremos —dijo él, encogiéndose de hombros—. Voy a expulsarlo de la casa, así que el fin justifica los medios, ¿no?

Incluso como gato, su expresión era igual de inescrutable.

—Ni siquiera ves al fantasma por el que te voy a pagar.

—Es verdad. No lo veo a él ni a muchos, pero parece que soy el responsable de salvar a la humanidad, ¿no?

Sonó más resentido de lo que pretendía y, por suerte, Vi no le lanzó ninguna respuesta traumática. En cambio, giró la cabeza y el rabo volvió a mecerse mientras miraba una pelusa que caía despacio por el aire.

—Entonces eres un ladrón —dijo.

—No. —Fox sacudió la cabeza—. Brandt es un ladrón. Está en su naturaleza, en sus mismísimos huesos... se lleva cosas. —Esto también sonó peor de lo que pretendía. No por resentimiento, porque sonaba admirable, casi orgulloso—. Es lo bastante inteligente para adivinar cómo darle un mejor uso que su propietario y, entonces, lo lleva a cabo. —Se aclaró la garganta con aire melancólico—. Le sale natural, pero a mí no.

—Y si él es el ladrón, ¿tú qué eres?

—No lo sé. —Fox se encogió de hombros—. Perezoso casi siempre.

Vi desvió la mirada ambarina hacia él.

—No me lo creo.

Fox suspiró.

—No soy nada —le aseguró.

Planeaba parar aquí, pero por alguna razón, tal vez porque hablar con un gato era su versión propia de la meditación, continuó.

—Siempre he pensado en lo que sería, ¿sabes? —Se removió, incómodo, a su lado. Se puso de cara al lago, igual que ella, aunque era complicado al estar sentado en el borde de un sillón victoriano—. En que sería algo. El ahijado de la Muerte —pronunció con grandilocuencia y abrió la mano, como si lo visualizara en un cartel—. Amado por un dios —añadió entre dientes y dejó caer la mano con aire de derrota.

Vi dejó pasar unos segundos, ofreciendo a su declaración el peso y el abatimiento que le correspondían.

—¿Qué pasó? —preguntó al fin y Fox abrió la boca.

Y la cerró.

La abrió de nuevo.

Suspiró.

—El caso es que… —probó, frunciendo ligeramente el ceño— que tú puedes ver ángeles. Cualquiera puede, si mira con detenimiento. Así que sí, puedo ver al fantasma —afirmó y ella asintió—, pero vi a mi primer ángel cuando era un niño. Mi padrino me la enseñó —Volvió a removerse, incómodo por la anécdota—. Recuerdo haber pensado que era preciosa y muy aburrida. Y nadie más la vio. Estaba caminando por allí, observando, pero sin mirar a nadie a los ojos, y pensé que tal vez… tal vez si seguía mirando con atención, un día podría verlo todo. Tal vez si seguía intentándolo, si seguía mirando…

Se quedó callado y se contempló las manos vacías.

—No soy especial en nada —terminó, sacudiendo la cabeza—. No tengo ningún talento real. Ni habilidades de verdad. Tengo esto. —Levantó la mano para que viera el anillo en el dedo meñique—. Por eso puedo hablar con la Muerte.

—Eso no es todo —probó Vi, pero Fox sacudió la cabeza.

—Pensaba que habría más —dijo—. Lo pensaba de verdad, hasta que comprendí que era un mortal normal, destinado a una vida ordinaria. No es que quisiera más, la verdad. No quería la inmortalidad ni nada de eso, como Brandt. Pero entonces empecé a no querer morir —admitió—. No quería envejecer. Pero tampoco quería trabajar y no quería viajar y no quería cambiar y no quería mudarme y no quería…

Volvió a callarse.

—No quería sentir. Pero nadie pudo hacer nada a ese respecto. Ni el sexo, ni las emociones, ni un buen número de vidas pudieron parar eso y... —Otra pausa temblorosa—. Solo me gustaría dejar de sentir —admitió, con la vista puesta en dos personas que corrían por el camino junto al lago, como dos motas diminutas y despreocupadas con las olas del lago Míchigan al lado—. ¿Sabes lo que digo?

Vi soltó un ruidito parecido al de una tos ronca.

—Lo siento —dijo y añadió—: Más o menos.

—¿Más o menos?

Vi ladeó la cabeza.

—Más o menos —confirmó.

Fox supuso que eso sería lo mejor que iba a recibir.

—¿Qué se siente? —preguntó al ver que volvía a desviar la mirada al lago.

—¿Al ser un gato? ¿O una criatura?

Fox se encogió de hombros.

—Cualquiera de las dos —respondió—. Las dos.

Vi ladeó la cabeza, pensativa.

—Yo ya no siento —admitió—. Y te juro que antes lo sentía todo.

Ella se volvió para mirarlo con ojos nerviosos.

—Dolor —admitió—. Lo recuerdo, más o menos.

Fox tragó saliva.

—No es lo mejor. Tampoco la ira, ni la confusión, ni la traición...

—No —coincidió Vi—. Lo entiendo.

Había algo en su forma de decirlo que le hizo experimentar la necesidad de disculparse.

—Perdona —dijo, cediendo a sus impulsos y ella lo miró.

—Gracias.

Fox asintió, satisfecho.

Se levantó para marcharse, pero Vi movió la mata para detenerlo.

—Deberías de quitarle las esposas. —Se estiró hasta parecer sobrenaturalmente larga, como hacían los gatos—. No creo que vaya a salir a corriendo.

Fox reprimió un resoplido. (Por poco).

—Tú no lo conoces.

—No, pero sé cuándo va a salir corriendo una persona, creo, y él no.

—Eso son palabras mayores.

—Y parece que te molesta. Verlo encadenado.

Por un momento no dijo nada.

Y entonces le recordó:

—Tú no me conoces.

—No, ¿y por qué entonces me cuentas todo lo que me acabas de contar?

—No lo sé —admitió—. Supongo que porque eres la persona más normal que hay aquí —le dijo a la vampira con forma de gato, que soltó una carcajada definitivamente humana.

—Soy bastante normal. Casi agresivamente normal, diría.

—Eh —interrumpió Isis, que asomó la cabeza al salón—. El contrato ha funcionado.

—¿Puede entonces salir de la casa el fantasma? —preguntó Fox, que se puso en pie de inmediato—. ¿Lo habéis intentado?

—Totalmente —confirmó Isis—. Lo hemos llevado al Starbucks. —Levantó la taza.

Fox miró a Vi, quien se encogió de hombros.

—¿Beben café los demonios? —preguntó.

—Lo hacemos cuando sabe a diabetes —respondió Isis justo cuando Cal apareció a su lado.

—Tom dice que deberíamos irnos —comentó y se volvió hacia Vi—. También dice que eres un gato muy mono, y estoy de acuerdo.

—Puedo oírlo —replicó Vi, y entonces se mostró más amable—. Pero gracias de todos modos.

—Vamos —dijo Isis, flexionando un dedo—. Aquí, gatito, gatito…

—Para —protestó Vi—. Eso es muy poco digno.

—Viola, mi pequeña minina —canturreó Isis.

—Tom tiene razón. Eres lo peor…

—Cal —interrumpió Fox, llamándolo para que se detuviera antes de salir de la habitación—. Espera. —Vio la taza en la mano del segador—. ¿Ahí pone *macchiato* de caramelo?

—Con extra de espuma —confirmó él—. Sé que no necesito comida ni bebidas, pero algunas cosas son un lujo, Fox.

—Lo que tú digas. —Fox suspiró y sacudió la cabeza—. Por cierto, antes de irte, quítale las esposas a Brandt, ¿de acuerdo?

—¿Por qué? —preguntó y le dio un sorbo a la bebida—. Pensaba que habías dicho…

—Sé lo que he dicho —gruñó Fox—. Y si acabo equivocándome…

—Lo sé, lo sé —confirmó con tono alegre Cal—. Me guardaré mi «Te lo dije».

—No destruyáis la casa —dijo con tono firme Tom—. ¿De acuerdo? Sé que básicamente es un vómito palaciego georgiano con alguna que otra pieza veneciana para darle drama al asunto, pero no tenéis permiso para quemarla. ¿Está claro?

—No sé por qué crees que ese es nuestro objetivo —repuso Louisa, apoyando los pies en la mesita de mármol italiano.

—Eso… No hagas eso —gruñó Tom.

—Mira, con respecto a la sirena —intervino Sly. Dejó su frappuccino en la mesa, al lado de los pies de Louisa—. Probablemente no te matara ella, ¿de acuerdo? Si eso es lo que estás pensando.

—No lo pensaba —bramó Tom—. Pero AHORA SÍ.

—Tom —suspiró Vi, el gato, y se subió de un salto al sofá, al lado de Louisa—. ¿Podrías no gritar, por favor? Nos están haciendo un favor, ¿sabes?

—Es hora de irse —declaró Fox, asomándose a la habitación—. ¿Preparados?

Tom, a falta de una alternativa razonable, puso una mueca.

—No rompáis ese jarrón —dijo al salir. Se abalanzó sobre él y sobresaltó a Lupo, que soltó el cruasán—. Este —aclaró, señalándolo—. ¿De acuerdo?

—¿Por qué? —preguntó Sly—. ¿Es valioso?

—Muchísimo. Pero sobre todo porque me gustaría ser yo quien lo rompiera.

—Venga, Tom —gruñó Vi, sacudiendo la cabeza—. Vámonos.

—Sí —dijo Isis—. No quiero perderme el momento en el que Fox revive un trauma equivalente a dos siglos. Cuidad todo lo que hay aquí, ¿de acuerdo? Y usad posavasos —añadió en dirección a Sly, dando un golpe en el suelo con el pie—. Somos criaturas, no animales.

—SÍ —gritó Tom antes de darse cuenta de a quién le estaba dando la razón—. Oh.

—Hay un gul fuera —dijo Louisa y señaló las vistas del camino del lago—. ¿Es normal? Parece nuevo.

—Supernuevo —coincidió Sly.

—VAMOS —chilló Fox desde el pasillo y Tom suspiró. Miró la casa una vez más antes de captar la mirada de Vi desde la puerta.

—Vamos, fantasma ruidoso —le indicó ella—. Prometo encontrarte un lugar nuevo al que encantar.

—No será tan divertido a menos que estés intentando deshacerte de mí de forma activa.

Vi era un gato, así que no podía sonreír, pero Tom habría jurado que la había hecho reír.

—Bueno, por lo menos puedes perseguirme…

—Gracias. —La odiaba ahora un ocho por ciento menos, o tal vez un cinco por ciento más—. Supongo que me aferraré a eso.

No era la primera vez que Fox pasaba de un mundo a otro con Brandt, pero este viaje en particular fue, definitivamente, el más raro por la serie de criaturas que lo seguían formando una procesión extraña, desde un semidiós hasta un gato. Salieron en fila de la casa y entraron directamente en un agujero de espacio-tiempo que, por supuesto, parecía simplemente aire.

—Auch —exclamó Mayra, que estaba casi al final—. Alguien me ha pisado el ala.

—Perdón —respondió la voz de Vi—. No sabía que ya no sería un gato una vez que entráramos... aquí.

—Eso es porque aquí no hay día ni noche, ni ninguna limitación ambiental —explicó Brandt a la confederación de idiotas que se detuvieron de golpe en el marco de la puerta, entre los dos mundos—. Podéis adoptar la forma que elijáis. Eso va por los que poseéis diferentes formas —añadió, mirando a Isis—. ¿Eh? —Ella apretó los labios—. De acuerdo. Vámonos.

—¿Y el fantasma? —preguntó Fox, mirando a su alrededor—. No lo veo.

—Está justo aquí —indicó Cal y señaló el espacio vacío entre Vi y él—. Ahora mismo está muy irritado. Creo que es por la cafeína.

—Él no ha tomado cafeína —dijo Vi.

—Sí y creo que ese es el problema —comentó Cal.

—La forma de Tom es la misma —les informó Brandt—. Su material no puede cambiar. Lo siento —añadió, dirigiéndose al fantasma—. Sigues siendo incorpóreo. Y está bien —gruñó antes de que Cal pudiera abrir la boca—. No hace falta que Fox sepa cuál ha sido su respuesta.

Fox arqueó una ceja y Brandt se encogió de hombros.

—¿Qué? —dijo—. No es necesario.

—De acuerdo —aceptó Fox y señaló adelante, la imagen verde que había al otro lado de la puerta que había abierto Brandt—. ¿Qué es esto?

—La morada de la Muerte —aclaró Brandt, señalándola—, con su casa en el árbol ahí arriba. —Había allí, en efecto, el atisbo de una casa de madera en el árbol—. Y la caverna aquí abajo.

La caverna en cuestión era la boca de una cueva oscura bajo una maraña de raíces, cada una aproximadamente del tamaño del túnel Lincoln.

Brandt se detuvo al lado de Fox mientras los demás entraban. Cal cerró la puerta tras de sí.

—Pensaba que sabrías dónde encontrar el registro —comentó con cuidado, la voz lo bastante baja para que solo él lo oyera.

—No. No lo sé. —No tenía que recordar a Brandt que nunca antes había estado ahí. Brandt lo había conocido en la casa donde se había criado, un lugar secreto donde la Muerte solo vivía de forma temporal, pero que Brandt había descubierto porque, al parecer, siempre sabía más de la Muerte que cualquier otro, y desde luego más que Fox. (Y eso era como echar sal en una herida, o eso era lo que le repetía siempre Fox).

—Empezaré por la cueva entonces —decidió Brandt.

—¿La caverna de los misterios? —proclamó Isis detrás de ellos—. Qué coincidencia, así es como llamo a mi…

—No —gruñó Vi y Cal se rio.

—Esa es buena —dijo Mayra—. Me gusta.

—Entro solo —anunció Fox con una mueca—. Vosotros podéis esperar aquí.

—¿Estás seguro? —preguntó Cal y se adelantó para mirar la boca de la cueva. Una luz titilante sugería que había una gran multitud de objetos en su interior—. ¿No necesitas ayuda para buscar? Parece que hay un montón de cosas ahí dentro —añadió, y Fox, que no quería admitirlo, tuvo que aceptar que en ese apunte específico, Cal tenía razón.

Incluso desde la boca de la cueva, era obvio que el interior estaba abarrotado de objetos. Esto podía llevarle días, semanas. Meses. Eones. Un tiempo que, sencillamente, no tenían, si era que los dos arcángeles estaban en lo cierto acerca de lo que estaba en juego en su mal planeada misión.

—Eh… —titubeó. Rechinó los dientes y se volvió hacia Brandt—. Tú has estado aquí antes, ¿no es así?

Este asintió, pero no dijo nada.

—De acuerdo —dijo, sin esperar a que lo siguiera—. Entonces tú también vienes.

Durante los primeros minutos, mientras recogían los innumerables objetos en la oscuridad casi total de la cueva, ninguno de los dos habló.

Al final, sin embargo, Brandt comprendió que el silencio incómodo era preferible.

—Esto es un fiasco —protestaba sin descanso Fox mientras rebuscaba entre los objetos, gruñendo de forma incoherente—. Esto no está cerrado, puede entrar cualquiera, ¿dónde podría guardar algo que literalmente podría destruir el mundo...?

(Cada pocos minutos, más de lo mismo).

—Ridículo —dijo a nada en particular, el comentario dirigido a nadie—. Todo el tiempo diciéndole que vigilase su lenguaje cuando lo que necesitaba hacer era resolver esta jodida disposición a acaparar cosas. Cállate —le dedicó a Brandt antes de que este pudiera pensar siquiera en la palabra «goma».

No fue hasta que un silencio incómodo recayó sobre ellos cuando Brandt detuvo la búsqueda y se volvió para mirar a Fox. Este, que había estado encorvado e irritable todo el tiempo, estaba ahora recto, mirando la nada.

—¿Qué pasa? —preguntó Brandt con tono neutro; no sabía si le respondería.

No le sorprendió que lo hiciera, Fox no había sido nunca un buen mentiroso y era aún peor ocultando sus sentimientos.

—No tiene nada mío.

—Por supuesto que sí —repuso Brandt, y Fox se volvió y lo miró con el ceño fruncido.

—No —repitió Fox—. Ningún recuerdo, nada. Todas estas cosas son solo... —Alzó un candelabro y lo sacudió hasta que se encendió—. Son cosas. Y sé que siempre ha dicho que yo solo soy un mortal, pero pensaba...

Se quedó callado, afectado.

—La Muerte es un ser con un secreto, Fox —le recordó Brandt—. Las personas con secretos no dejan las cosas a plena vista. No pueden permitírselo. —Se acercó a él, contemplando el suelo primero y luego las formas de las estalagmitas que sobresalían de este—. Lo que tenemos que hacer es encontrar su tesoro —murmuró, mirando varios puntos del suelo de la caverna.

—No es un pirata. —Fox suspiró, exasperado—. Y pensaba que habías estado aquí antes.

—Una vez. Y como habrás adivinado, no fui bien recibido. Tampoco me enseñó dónde guardaba sus cosas —añadió. Dio unos golpecitos suaves a las paredes—. No tengo todas las respuestas, Fox.

—¿Por qué viniste? ¿Cuándo?

Brandt se quedó callado un momento; ocultó su vacilación haciendo como que escuchaba atentamente los ecos.

—Hubo un tiempo en el que deseaba mucho algo de la Muerte —dijo sin más—, y él se negó a verme. Hice un intercambio, algo mío a cambio de la ubicación de su morada, y...

—¿Qué fue? Lo que intercambiaste.

—Un mes.

—¿Un mes? ¿De tiempo?

—De mi vida —aclaró mientras probaba la solidez de una supuesta roca. (Confirmado, era una roca de verdad)—. Lo intercambié con Perséfone. Ya sabes, la hija de Deméter, reina del Inframundo.

—¿Pasaste un mes en el Inframundo? —preguntó Fox, perplejo, y Brandt resopló.

—¿Qué? ¿Y verme forzado a tener sexo con Hades un mes? No. Me quedé con su madre —respondió mientras merodeaba por uno de los pasillos de la cueva—. No te voy a mentir, fue una experiencia muy extraña. ¿El grano ese año? No fue estupendo, a decir verdad. Probablemente no vuelva a hacer ese trato nunca más.

Se quedó callado al notar que Fox miraba algo fijamente.

—¿Qué? —Se acercó a él y Fox señaló algo.

—Es una caja de bandas de goma. —Echó un vistazo a la que tenía en la muñeca.

Brandt se acercó y la alcanzó.

—Aquí dentro hay algo más que gomas —determinó, sacudiéndola.

—Ábrela.

—Ábrela tú.

—No seas tonto.

—No seas crío.

—¡No me llames así!

—No seas tan...

—Dámela —replicó Fox. Tiró de la caja y la abrió. Ocultó el ligero temblor de las manos, o eso habría parecido a ojos de alguien que no lo conociera tan bien.

—¿Y bien? —preguntó Brandt y Fox parpadeó mientras miraba los objetos que había dentro de la caja.

—Oh —musitó. Brandt se acercó y observó el contenido de la caja por encima de su hombro.

—Oh —coincidió Brandt, y Fox soltó la caja y sacó los objetos uno a uno.

»Zapatos de bebé —apuntó Brandt, tomando uno que había apartado Fox—. Muy monos. Con zorritos en los dedos.

—Para —gruñó Fox—. Tú... para.

—Ah, mira. —Alcanzó una libreta de colegio con unas pequeñas letras temblorosas—. ¿Aprendiste a escribir con esto?

—Ah, por el amor de...

—Y tú que pensabas que no tenía nada tuyo —siguió Brandt y sacó una pequeña muñeca sin forma—. Mira esto, qué preciado...

—Dame eso...

Fox fue a quitárselo, se tropezó con un baúl lleno de joyas mayas y Brandt lo agarró del hombro para que no se cayera.

—Cuidado. —Tragó saliva, incómodo, cuando Fox levantó la mirada.

El médium siempre había tenido unos ojos muy expresivos que ahora expresaban algo vulnerable y terrible y fuerte y violentamente abatido. Brandt se quedó sin respiración al verlos.

—Cuidado —repitió y Fox se apartó y buscó de nuevo en la caja.

—Toma —murmuró con aire ausente y sacó un pergamino de ángel de la caja—. Tiene que ser esto. Están todos los nombres aquí.

—Un pergamino —lamentó Brandt y puso los ojos en blanco cuando se acercó de nuevo para mirar por encima del hombro de Fox—. Qué predecible.

Fox se volvió ligeramente, al parecer al registrar la cercanía entre ellos cuando Brandt fue a alcanzar el registro y le rozó el brazo.

De pronto Brandt se quedó inmóvil, de nuevo sin aliento.

—¿Qué querías de él? —preguntó Fox sin alzar la mirada—. De la Muerte. Cuando viniste buscándolo.

Brandt suspiró.

—No puedo decírtelo.

—¿No puedes? —replicó y se volvió para mirarlo—. ¿O no quieres?

—¿De verdad quieres hacer esto ahora, Fox?

—¿El qué? No me has dado una respuesta, Brandt, y solo quiero saber lo que estabas… lo que… si esto fue antes… —tartamudeó lamentablemente— o si… si él…

—Quieres saber si deberías enfadarte conmigo —le ayudó Brandt—, o con tu padrino, o con los dos.

Fox no dijo nada, visiblemente afligido.

—La verdad es que no importa, ¿no? Puedes enfadarte con la Muerte y, aun así, seguir queriendo salvarlo. Puedes reconocer que te ocultó cosas y que te engañó, pero que sigue importándote. —Hizo una pausa, pero Fox permaneció callado—. Puedes enfadarte conmigo y seguir alegrándote de verme, ¿verdad? —añadió con tono tranquilo.

Inmediatamente, Brandt notó que había pronunciado las palabras erróneas.

—¿Crees que me... alegro? —farfulló Fox, incrédulo, la palabra parecía tóxica en su garganta—. ¿Crees que es así como me siento? ¿Alegre? ¿Como si no hubiera pasado nada, como si hubiera sido... como si hubiera estado esperando...?

—Fox —lo interrumpió, acercándose a él—. Fox, no quería decir eso.

—No, no, tienes razón —admitió y se dio la vuelta—. El pasado es pasado y no hay motivos para hablar de él. Lo decía en serio. No importa lo que pasó mientras tanto, la vida que llevé después de ti. ¿Por qué te importa? A dónde fui o con quién.

Se quedó callado, inmóvil, y bajó la mirada al registro que tenía en la mano.

—¿Qué pasa? —preguntó Brandt con un brazo estirado. Curvó los dedos justo antes de alcanzar el hombro de Fox y dejó caer la mano en el espacio que había entre los dos antes de que Fox reparara en lo que había hecho—. ¿Qué ves?

Tardó un momento; claramente, algo daba vueltas en la cabeza de Fox.

—Cuando desapareciste, me fui de Frankfurt —explicó, todavía perdido en sus pensamientos—. Años más tarde, pero aun así... Después de tu marcha, yo no podía quedarme. Vine aquí. Primero fui a Nueva York, pero estaba inquieto, no paraba de moverme. Llegué a Chicago durante la Guerra de Secesión, me quedé aquí y hubo una noche... Una noche en la que alguien...

Sacudió la cabeza.

—¿Quién crees que es? —preguntó al tiempo que rotaba ligeramente hacia Brandt—. Me refiero al juego que falta en el registro. ¿Por qué pensabas que tenía algo que ver conmigo?

Brandt se quedó mirándolo. Era lo máximo que le había revelado Fox sobre el tiempo separados y también era lo mínimo. Un momento que sintió cargado de significado, pero no el momento. Este no era el lugar.

—Creo que fue un mortal —admitió al fin.

Fox abrió mucho los ojos, se había quedado sin palabras.

—¿Fox? —insistió Brandt y le dejó el registro en la mano.

—¿Qué aspecto tiene el fantasma exactamente? —preguntó de pronto y Brandt, sorprendido por la pregunta, frunció el ceño.

—No lo sé. ¿Pelo castaño? Una nariz, dos ojos…

Fox gruñó, frustrado.

—Mira. —Señaló el registro y Brandt miró el nombre que había bajo su dedo.

—Tom Parker —leyó en voz alta. Levantó la mirada a tiempo para ver el rostro pálido de Fox.

—Por esto quieren los ángeles al fantasma —determinó con una mano en la boca—. Y creo que todo esto puede ser por culpa mía —añadió, apenado.

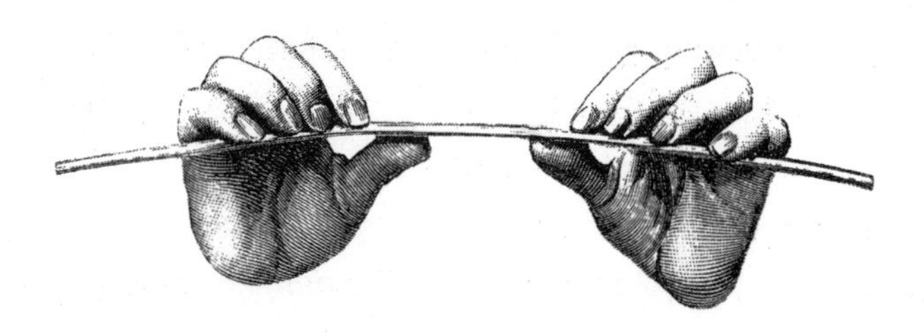

# INTERLUDIO VI:

## EL PASADO ES PASADO, PARTE II

### FOX D'MORA
### 1835

—¿Adónde vas? —preguntó Fox, volviéndose hacia Brandt. Era el lugar habitual en el bosque; el momento robado habitual, un árbol con nadie excepto Fox y Brandt—. Cuando no estás aquí conmigo, ¿dónde estás?

Brandt se encogió de hombros en su habitual gesto ambiguo.

—A otra parte. Estoy en un estado deambulante continuo.

—Te preguntaba por un lugar.

—Sí, lo sé.

—¿Y por qué no te limitas a…?

—Porque no todo es un lugar, Fox —lo interrumpió con tono irritante—. No todo se puede identificar en un mapa, o lo puede entender un…

—Mortal —terminó Fox de malas formas al tiempo que le daba una patada a la arena.

—Sí. —Brandt parecía incómodo—. Entiendo que sea un tema delicado, *lillegutt*, pero algunas cosas son simplemente hechos. Considéralas lecciones.

Fox levantó la cabeza a regañadientes.

—Hay cosas mejores que tener a un profesor como tú.

—Sí. En eso estamos de acuerdo.

Parecía diferente. Fox consideró el cambio, mirándolo de soslayo.

—Voy a probar otra vez —sugirió y se esforzó por no mostrarme demasiado malhumorado—. ¿Por qué vuelves? Si estás en un estado deambulante constante —aclaró, pues sabía bien que Brandt tomaría una ruta circular si se lo permitía—, seguro que este lugar al que vienes tiene… no lo sé, alguna intención. Venir aquí de forma intencionada es la antítesis de deambular y…

—Estoy aquí porque tú estás aquí —respondió sin más—. Después de un año, podríamos admitir ciertas cosas. Como he dicho, algunas cosas son simplemente hechos.

Fox no entendía cómo podía decir eso con tanta facilidad ahora, cuando había elegido mostrarse reservado tan solo cinco minutos antes.

—Entonces admites que vienes aquí para verme —dedujo con cautela.

—Sí —respondió Brandt con la misma cautela—. Las evidencias apuntan a eso.

—Lo que significa que vienes aquí por mí —probó como alternativa.

—Sí —confirmó Brandt con cierta resignación—. Otra conclusión razonable.

—Lo dices como si no tuvieras elección.

—Y no la tengo. En realidad, no.

—Pero yo nunca te he obligado.

—No. —Brandt parecía divertido—. Más bien me daba la impresión de que preferías que no viniera.

—Eso era verdad antes —admitió Fox—. Pero persististe y ahora creo que me has conducido a una indignante sensación de expectación.

—Ah, qué poético. ¿Te refieres a persistir como un trovador?

—Más bien como un virus.

—Me parece que tengo un efecto febril en otros.

—No mientas —protestó Fox—. No hay otros.

Su intención había sido lanzarle una réplica burlona, pero la sonrisa fácil de Brandt vaciló.

—No. No hay otros —señaló en una declaración tan inusual como preciada que Fox deseó poder capturar con las manos, organizar una fiesta en su honor, perpetrar el momento en la piedra bajo sus pies—. Y no los habrá nunca.

Fox se quedó sorprendido.

—¿Eso es verdad?

Brandt suspiró.

—Algunas cosas son simplemente hechos —señaló, taciturno, y se apoyó contra el árbol de siempre, con los ojos cerrados.

—Póntelo. —Brandt le tendió el reloj—. Hay un motivo por el que lo rompí, Fox. Pero no le cuentes a tu padrino que te lo he dicho —añadió, incómodo—. Dile que se me cayó. A fin de cuentas, las piezas del tiempo son muy frágiles. —Hizo una pausa—. Tal vez, cuando saliera el tema, podrías insinuar que es hora para unos criterios de industria nuevos.

—Úsalo —le sugirió Fox, mirando el reloj. Tenía un aspecto normal. Un rostro plateado anodino con una correa de piel ordinaria, aunque no lo será—. Si lo usas, no necesitarás las manzanas.

Brandt sacudió la cabeza.

—Hay una diferencia entre parar el tiempo para preservar mi juventud y reclamar la inmortalidad que tendría que ser mía —explicó, aunque Fox no captó el significado de la distinción—. Además, ya es muy tarde. Ya tengo mi método para alcanzar la eternidad y ahora te toca a ti.

—¿Por qué? —preguntó Fox—. Seguiré siendo un mortal. Seguiré perteneciendo a este mundo, ¿no resultará… no sé, preocupante para los demás cuando deje de envejecer de forma misteriosa?

—Si te vas lo bastante lejos, no —respondió Brandt—. Hazte un experto en desaparecer y nada será nunca un problema, *lillegutt*.

—Sabes que desaparecer significa dejar atrás a la gente, ¿no?

Brandt se encogió de hombros.

—No puedes mirar el tiempo como una función de idas y venidas. El tiempo está siempre en movimiento, aunque tú optes por desistir. Si vienes o vas, te marchas o te quedas, el tiempo continúa. Se deja a la gente. Se encuentra a la gente. Pensar que resignarte a la permanencia es un estado en sí mismo de permanencia es ya un error.

Como siempre, la lógica de Brandt era vertiginosa y Fox trató desesperadamente de no caer.

—Actúas así porque tú no eres un mortal, ni siquiera eres humano. ¿De verdad es tan fácil... continuar sin más?

—Por supuesto que no es fácil —contestó Brandt—. ¿Cómo podría ser fácil sobrevivir a tu propia existencia, a tu propia época? La historia es un ciclo, ya lo sabes. Es una función de ganancias y pérdidas, de subidas y bajadas. Una sola vida contiene suficientes subidas y bajadas para imitar el fin, para simular la satisfacción, como cualquier narrativa con un final. Pero si persistes, igual que hace el tiempo, entonces encontrarás infinitas subidas e infinitas bajadas.

»¿Cómo podría alguien sentirse satisfecho entonces? Es imposible —afirmó Brandt con tono de finalidad y le dio un mordisco a la manzana dorada. Fox, conducido a la sumisión por su habitual pretensión laboriosa, puso los ojos en blanco.

—¿Y por qué iba a ponérmelo entonces? Dame un buen motivo.

Brandt desvió con cuidado la mirada hacia la de él.

—Por mí.

—¿Ya está? —Fox lo contempló expectante, buscó su cara, como si hallara más en ella si miraba con detenimiento—. Quieres que me ponga un reloj robado y que me aferre a la juventud eterna para... ¿qué? ¿Para que no tengas que estar solo?

—Sí. Naturalmente, no me gusta un futuro en el que has envejecido, Fox.

Este frunció el ceño.

—Lo dices como si fueras a estar ahí. —En su vida, quería decir. Su narrativa, como había mencionado Brandt.

Su historia.

Como era de esperar, Brandt se encogió de hombros.

—No puedo descartarlo.

Brandt gimió, el labio entre los dientes de Fox.

—Curioso —murmuró Fox—. La inmortalidad no te despoja de todas las sensaciones mortales, ¿no?

—No —admitió Brandt con voz gutural y empujó a Fox a la cama—. De todas no, en cualquier caso.

—¿Qué más puedes sentir? —(Lo pronunció menos meticulosamente de lo que pretendía. Sonó más como «Te he echado de menos» o «Dime que me quede»).

Brandt acercó los labios al cuello de Fox y le levantó la barbilla.

—Lo siento todo —dijo sobre su piel—. Lo siento todo, pero nunca sentiré nada como lo sientes tú. Las cosas son mucho más dulces cuando tienen un final, son mucho más dolorosas cuando te las pueden quitar.

Fox le agarró el pelo de la nuca para detenerlo.

—¿Me estás diciendo que esto va a terminar? —susurró.

Brandt abrió la boca, la cerró; se le quedó algo en la punta de la lengua.

—Nunca escuchas —protestó. Hincó los dedos en las caderas de Fox—. Solo oyes lo que quieres oír, *lillegutt*, da igual lo que yo te diga.

—No me llames así —gruñó Fox y lo obligó a ponerse bocarriba—. No soy un crío.

Brandt cayó en el colchón con un golpe seco y trazó las líneas de la cara de Fox con la mirada.

—No, no lo eres —afirmó—. Pero ¿cómo te llamo entonces?

Tardó un momento, Fox lo valoró.

—Llámame «amor» —le pidió. Enterró la frente en el hueco de su hombro para no ver cómo se negaba.

A su alrededor, los brazos de Brandt se tensaron un momento y luego se relajaron.

Los pegó a las costillas de Fox para sujetarlo con fuerza.

—Algunas cosas son simplemente hechos —declaró y Fox deseó desesperadamente creerle.

—Papá —dijo Fox con la cabeza gacha—. Papá, se ha ido.

La Muerte vaciló, su boca tomó la forma de una luna creciente en un gesto de empatía.

—El diosecillo —comenzó, incómodo— no es muy buen hombre, Fox.

La idea de que pudiera decir eso y arreglárselas para no estallar en carcajadas por la fuerza de la subestimación era terriblemente triste, pensó Fox, grotescamente aburrida, inconmensurablemente devastadora; nauseabunda en cada rincón de su estómago.

Brandt Solberg no había sido nunca un buen hombre, pero ¿qué importaba eso?

Fox no se había enamorado de su bondad.

(Al menos no de un modo obvio).

—Podría habértelo dicho antes —añadió la Muerte— si hubieras intentado hablar conmigo en algún momento de los últimos cinco años.

Se parecía tanto al sonido de Brandt llamándolo «necio» o «crío» que Fox quiso derrumbarse bajo el peso de las palabras; colarse entre los granos de la madera del suelo y derretirse.

—Tú tampoco me has buscado —espetó, lo que sirvió para avergonzarlos a los dos.

—Yo… —comenzó la Muerte, pero se detuvo—. No estoy acostumbrado a las expectativas de la humanidad. Y eso no quiere decir que no me preocupara por ti —añadió—, pero como estabas en mitad de la rebeldía o algo así…

Se quedó callado.

—Me alivia al menos que hayas decidido acudir a mí en ausencia del diosecillo —determinó la Muerte con cautela—. Estarás mejor sin él, Fox. Puedes escoger un camino diferente sin él y te prometo que estarás mejor.

Fox lo dudaba.

En realidad, nunca había tenido tantas ganas de romper cosas; de destrozarlas. De poner algo bajo su talón y hacerlo pedazos; de lanzar los granos diminutos e indistinguibles de su dolor al mar o al viento. Quería desprenderse de sus ilusiones frágiles de rectitud; abandonar sus muchos escrúpulos morales inútiles. Tomar las partes jóvenes de sí mismo y seguir sin ellas, dejarlas atrás, junto a los restos de la vida que había compartido con Brandt, para que las encontrara otra persona y se ahogara con ellas.

—Papá, tenías razón —admitió al fin, suspirando—. Brandt fue quien rompió el reloj de Tiempo.

—Lo sé —dijo, tal y como esperaba Fox que hiciera—. Tiene la costumbre de romper cosas.

—Robarlas —añadió con tristeza Fox.

—Apostarlas —murmuró la Muerte y Fox levantó la mirada.

—¿Qué?

—Nada, pero huelga decir que el diosecillo no fue nunca alguien admirable, Fox. No era —comenzó y suspiró; se había quedado, al parecer, sin calificativos nuevos— muy buen hombre.

—No era un hombre —le recordó Fox—. Era un dios.

—Un semidiós —lo corrigió la Muerte.

Fox tragó saliva.

—Correcto.

—¿Qué es esto? —preguntó la Muerte de malas formas, mirando la banda de goma como si pudiera cobrar vida y morderlo.

—Terapia de aversión —respondió Fox—. Vamos a curar tus malos hábitos.

—¿Y qué pasa con tus malos hábitos? —contratacó la Muerte.

—¿Cuáles?

—Los hurtos, los engaños, el quedarte constantemente dormido por ahí…

—Síntomas de la mortalidad, papá. —Se encogió de hombros.

La Muerte lo fulminó con la mirada.

—Deberías al menos recibir un castigo por tus palabrotas.

—De acuerdo, yo también me pondré una. ¿Contento?

—No, joder —respondió.

—No, eso… —Fox sacudió la cabeza, conteniendo un arrebato de amor—. ¿Ves a qué me refiero? Tienes que tirar de la goma.

La Muerte parecía reticente.

—«Joder» es una buena palabra, Fox. Me gusta. Encaja bien en mi boca. Me gusta cómo suena, como un arma.

—Sí, papá, pero a la mayoría de las personas no les importa.

—¿Qué personas? ¿Quiénes? Que las jodan.

—Papá. —Fox reprimió una carcajada—. Tira de la goma.

—¿Por qué?

—Mira, yo también lo haré, ¿vale? Diré «joder» y… auch, joder…

—No es tan fácil, ¿eh?

Fox se frotó la piel de la muñeca y puso los ojos en blanco.

—No tiene que ser fácil.

—¿Significa entonces que ahora te sientes mejor?

Era un cambio tan abrupto que la carcajada murió en la garganta de Fox.

—¿A qué te refieres? —preguntó con tono neutro y la Muerte suspiró.

—Ha pasado más de un año, Fox. Tal vez deberías de considerar mudarte. Buscar una afición. O… no sé, una jodida vocación.

—La goma, papá. Y no quiero una vocación.

—Te estás volviendo como él —le advirtió—. Eres tan ladrón ahora como lo era él.

—¿Sí? Lo dudo. —Brandt era mejor. Era más natural en él.

—Fox.

—¿Sí, papá?

—Fox, escúchame.

—Estoy escuchando.

—¿Por qué haces esto? Pareces...

(Errático).

(Roto).

(Triste).

—Estoy buscando algo —respondió Fox.

—¿El qué?

(Un libro).

—Nada —mintió.

—Fox. —Exhaló un suspiro.

(Una advertencia).

—Estoy bien —repitió.

—Y un infierno estás bien —replicó la Muerte.

—La goma, papá.

—¿Por qué? Es un maldito lugar, joder...

—La goma, papá.

—AUCH.

—Gracias.

(Un suspiro).

—Alguien debería de echarte un ojo —murmuró la Muerte.

—Lo siento —se disculpó Fox con el ceño fruncido—. ¿Quién eres?

—Mayra —dijo el ángel de voz afilada, ajustando las alas bajo el escrutinio desconfiado de Fox—. Mayra Kaleka. Y para que lo sepas —comentó, señalando la ventana por la que estaba saliendo Fox del *pub* de Frankfurt—, esto no se va a ver reflejado de forma favorable en tu registro.

—Bueno, mis disculpas, pero teniendo en cuenta que no voy a morir pronto, no me preocupa demasiado mi registro, gracias. He reducido mi propósito de restitución.

—Sea como fuere, como no puedo detenerte, supongo que estoy aquí para ayudarte. —Mayra suspiró y se puso a su lado en la ventana.

—¿Con qué? —preguntó Fox, perplejo—. ¿Y por qué me está siguiendo un ángel, por cierto?

—Sí, ya, en cuanto a eso… Esa cosa que acabas de robar —le informó, señalando el brazalete que tenía en la mano— es mía. Ahora que lo tienes tú, puedes invocarme cada vez que lo desees.

—Ah, ¿eres entonces mi niñera? —Fox puso una mueca—. En ese caso, puedes quedarte con el brazalete.

—En realidad no puedo. Usé mi último milagro del año para asegurarme de que lo encontraras. —Se encogió de hombros e hizo caso omiso de su expresión de incredulidad—. Te lo vas a tener que quedar, me temo.

—¿Con qué propósito?

Mayra volvió a encogerse de hombros.

—Para cualquier cosa que pueda ofrecerte, supongo. ¿Consejo? —sugirió—. Milagros cuando tenga disponibilidad. Conversación. Recomendación de libros. Consultas sobre tu registro, imagino, aunque tengo que advertirte, Fox D'Mora, que las cosas no van bien en ese departamento…

—Espera un momento —la interrumpió—. ¿Estás diciendo que eres mi ángel de la guarda?

—Sí, eso —afirmó Mayra—. ¿Necesitas ayuda para salir de aquí?

—No te diré que no. —Fox miró abajo—. Creo que enfadé al dueño de este *pub* la última vez que estuve aquí, así que si hay algún modo de… ya sabes, hacerme aparecer por arte de magia en otra parte… te lo agradecería.

—Ah, no, no puedo hacer eso —repuso Mayra con tono grave—. Me he quedado sin milagros y mis habilidades son bastante limitadas. Burocracia, ya sabes. Una cantidad exagerada de papeleo. Hacer desaparecer a la gente requiere todo tipo de permisos inmortales. Es una auténtica pesadilla.

—De acuerdo —contestó Fox, vacilante—. ¿Puedes entonces avisarme si viene alguien?

—¿Moralmente? No. —Sacudió la cabeza—. Según palabras de mi empleador, eso sería un pecado. Y casualmente va en contra de las reglas celestiales. No se me permite perpetrar ningún tipo de crimen.

—Muy bien —gruñó Fox—. Qué inconveniencia, ¿te das cuenta?

—Sí —confirmó Mayra—. Pero, aun así, quiero que sepas que estoy aquí para ti.

—¿Puedes decirme cómo encontrar un libro que estoy buscando? —probó—. Un conocido mío lo escribió. Es un libro de otros mun...

—Otros mundos, sí, lo sé. Como te he dicho, he estado echando un ojo a tus actividades, pero me temo que no sé dónde encontrar el libro que estás buscando. Donde sea que esté escondido, está bien escondido.

—¿Entonces qué puedes hacer por mí? Empieza a parecerme que nada.

—Eso es muy descortés —le informó, aunque parecía decirlo más como un hecho que porque se hubiera ofendido—. Estoy aquí sobre todo por tu estado mental —aclaró—. Tu psique.

—¿Mi psique? —repitió Fox, repugnado—. Estoy en medio de un asalto a un hombre por un libro que parece que no existe. Creo que, en este punto, mi psique puede esperar.

—No es culpa mía que hayas elegido este momento para robar mi brazalete. Puedo volver más tarde. Esta es la función de la reliquia.

—¿Reliquia?

—Sí, la reliquia. —Volvió a señalar el brazalete en su mano—. Mi reliquia. Lo único que tienes que hacer es llamarme con ella en la mano y acudiré.

—Pero no puedes ayudarme de verdad, ¿no?

—Si conlleva la perpetración de un crimen, no. Tampoco si requiere un milagro y me he quedado sin ellos.

—Si te soy sincero, probablemente no te llame entonces —le informó—. No es nada personal, pero no necesito hablar.

—De acuerdo. Encantada de haberte conocido, Fox D'Mora, aunque solo haya sido brevemente.

Fox le dedicó una sonrisa vacía. Estaba perplejo.

—Igualmente, Mayra Kaleka —respondió y se estiró de la ventana del *pub* a la rama del árbol que había fuera.

—Ya sé que soy parcial, pero este tal Brandt parece un cabrón integral —comentó Mayra—. ¿Estás seguro de que no puedes encontrarlo? Me gustaría darle una charla. O hacer que le aparecieran forúnculos en la nariz. Estoy seguro de que no pasaría como milagro. Provocaría cierto bien, aunque solo fuera para mi satisfacción.

—No sé si podría localizarlo ni aunque lo intentara. —Fox puso una mueca—. Vale, sí, lo he intentado —murmuró—, pero no creo que esté en el mundo mortal. Apenas estaba antes aquí, así que dudo que esté ahora.

—Bueno, ya sabes quién puede ayudarte en los otros mundos, ¿no?

—Tú no, según parece —comentó y Mayra se encogió de hombros.

—Perdona. Cinco milagros se agotan rápido, ya sabes. Sinceramente, me temo que soy un poco blanda —lamentó—. Hasta a mí me avergüenza. Además, suelo subestimar la duración de un año mortal.

—¿Son distintos los años inmortales?

—No —admitió—, pero me parece interesante hacer la distinción. En cualquier caso —continuó, dirigiendo de nuevo la atención al tema que estaban tratando—, lo que necesitas es un segador. La Muerte puede ayudarte a encontrar uno si quieres. Puedo preguntar por ahí, pero la mayoría de los ángeles no suelen encontrarse con un segador, trabajamos en departamentos diferentes.

—¿Un segador? ¿Te refieres a uno de los soldados de Lucifer? —Mayra asintió—. Parece un poco cuestionable, ¿no? ¿Alguien que trabaja para el diablo, literalmente hablando?

—Tienen unas habilidades excelentes de rastreo, o eso he oído. Además, ellos no son demonios. Solo tienen un trabajo diferente al de los ángeles. Un empleador diferente también, pero, en serio, somos como las dos caras de una moneda. Con fines similares.

—¿El equilibrio es el rey? —comentó Fox y Mayra sonrió.

—El equilibrio es el rey —confirmó.

—Conque ¿te han echado de Frankfurt? —preguntó Cal.

—Sí. —Fox se encogió de hombros—. Podría esperar a que todos murieran y seguir como siempre, pero Mayra cree que debería salir de forma más permanente. Por mi salud mental. Suena a que se lo ha inventado, pero ya sabes cómo es.

—No es mala idea —comentó Cal—. Y la verdad, Fox, según mi opinión profesional —aclaró, acercándose de forma delicada al punto en cuestión—, no creo que puedas encontrar nunca a Brandt, ni su libro. Por lo que me has contado de él, me parece que tendrá que encontrarte él, pero si de verdad planeara hacerlo…

Se quedó callado y Fox suspiró. La implicación era clara, incluso con las características palabras escuetas de Cal.

«Si quisiera encontrarte, ya lo habría hecho», no había dicho Cal.

Pero Fox sabía ya que era verdad. Después de todo, él no era un juguete extraviado por descuido.

(¿O sí?).

(No).

( ... esperaba).

—Ya lo sé —aceptó—. Y creo que he permanecido en Frankfurt todo el tiempo que podía. Si quiere encontrarme, lo hará. —Exhaló un suspiro—. Antes siempre me encontraba, incluso cuando no quería que lo hiciera. Especialmente entonces, en realidad.

Cal se tomó un momento para pensar y entonces pareció descartar el esfuerzo y ofreció a Fox un encogimiento de hombros en lugar de su empatía.

—¿Sabes? Estaría bien un cliché ahora —comentó el segador y ladeó la cabeza—. Tal vez tendríamos que preguntar a Mayra.

Al escucharlo, Fox lo miró, conteniendo una sonrisilla.

—¿La invoco? —preguntó con tono neutro.

Cal se encogió de hombros.

—Si quieres —dijo, fingiendo desinterés—. Es tu decisión.

—Puede que lo haga. —Hizo una pausa—. Por cierto, ¿pueden enamorarse un ángel y un segador o las reglas lo prohíben?

Cal le lanzó una mirada recelosa.

—El amor es un concepto mortal. —Ambos eran muy conscientes de que no era una respuesta—. ¿No te parece? Puede nacer; no puede existir solo; puede morir. El amor en sí mismo es mortal y no pertenece a nuestros reinos.

—Un argumento precioso, Calix, pero ¿te crees eso de verdad? ¿Que el amor puede morir?

—¿No puede? Yo no lo sé, pero eso parece.

Fox soltó una bocanada de aire y se quedó contemplando la que bien podría su última imagen de la ciudad, antes de devolver la atención a Cal y a la carretera que tenían delante.

—Pensaba que había escondido el libro en alguna parte de Frankfurt —confesó—. Que tal vez lo había dejado aquí para que lo encontrara yo o... —Se quedó callado y tragó saliva—. Además, no hay ningún otro lugar que signifique algo para él, excepto este.

A menos que yo no significara nada para él —comprendió y las palabras se tornaron amargas en su lengua—. Pero eso… No puede ser…

Cal posó una mano en su hombro y le dedicó una mirada de advertencia.

—No sigas por ese camino, Fox —murmuró—. Puede que no haya vuelta atrás.

Fox asintió, se recompuso y dio la espalda al sol poniente.

—¿Un barco a Nueva York? —dijo.

—No me interesan los barcos —contestó Cal.

—No tienes que venir —le recordó Fox.

—Ah —dijo Cal, aliviado—. Un barco entonces.

—Papá —dijo Fox con hipo, el brazo alrededor de los hombros de una maestra preciosa con la que había pasado una encantadora y embriagadora hora—. ¿Te importa? La señorita Greenaway quiere saber cómo está su marido, si eres tan amable de informarnos si lo has visto…

—Fox, estoy muy ocupado —contestó la Muerte de malas formas—. Hay una jodida guerra, por si te has olvidado, y no me sobra el tiempo libre exactamente.

—¿Con quién estás hablando? —preguntó la maestra con una risita—. ¿Te estás comunicando con fantasmas?

—Sí, eso hago —determinó Fox—. ¿Papá? —volvió a probar, mirándolo—. ¿Qué crees? ¿Está descansando en paz John Greenaway en el mundo en el que está?

—No está muerto, Fox —le informó la Muerte y Fox se puso a toser de forma incontrolada.

—¿Qué pasa? —preguntó la maestra, cuyo nombre supuestamente era Mary, o Anne, o Grace, o algo igual de puritano—. ¿Qué dice el fantasma de mi marido?

—Ups —respondió Fox.

—Supervivo, Fox —le recordó la Muerte, pellizcándole el puente de la nariz—. Muy vivo.

—Él… —Sopesó el valor de la mujer que tenía en el regazo y determinó un curso de acción apropiado—. Dice que desearía estar aquí para calentarte esta noche la cama… —continuó con tono firme.

—No lo hagas —le advirtió su padrino.

— … pero, en su trágica ausencia, espera que encuentres un camino —concluyó y la Muerte soltó un gruñido fuerte.

—Fox —lo amonestó—. Fox, ¿me estás escuchando? Fox… FOX. Estoy hablando contigo, no puedes… Fox, esto es… No puedo, me niego a quedarme aquí y a ser cómplice de tu… Fox. ¡FOX!

—Un anillo interesante —comentó un hombre que se sentó frente a Fox en la vieja taberna de madera (la segunda, después de que la primera ardiera). Un clásico para aquellos que trabajaban en las tiendas de Lake Street; ahora estaba llena, predominantemente de hombres—. ¿Tiene algún significado?

Fox bajó la mirada hacia el rostro vacío y familiar del sello que tenía en el dedo meñique.

—No. —Se encogió de hombros y le dio un trago a la cerveza—. Nada.

El hombre lo miró otro largo momento.

—Te he visto por aquí las últimas semanas —le dijo—. Pareces la clase de hombre que huye de algo.

—¿Sí? —preguntó Fox, que ya estaba un poco borracho. El camarero que había al otro lado de la sala bajó la cabeza para esquivar su mirada. Fox se volvió hacia el hombre que tenía al lado—. Acabo de llegar de la Costa Este, así que supongo que sí. ¿Y qué hay de ti?

El hombre le ofreció la mano.

—Soy Tom —se presentó—. Tom Parker.

—Acabas de volver del servicio, ¿no?

—Sí —asintió Tom—. ¿Y tú?

—Alemán. —Se señaló a sí mismo—. Me he visto atrapado en la refriega.

Tom asintió de nuevo y se llevó el vaso a los labios.

—¿Y bien? ¿Qué te parece nuestro justo país?

—Me parece que no es Alemania, y ese era el objetivo que buscaba —añadió y volvió a mirar al camarero—. Aunque quién sabe. Le dejo eso a Fortuna.

—¿Puedo preguntarte a qué te dedicas ahora? Perdón por la familiaridad, pero parece que te ha ido bien y yo estoy ahora en camino de arreglar el resto de mi vida —aclaró—. Un poco difícil, la verdad.

Se detuvo entonces y miró el reloj de Fox.

—Parece que necesitas un relojero —bromeó y Fox bajó la mirada, apenas capaz de contener una mueca.

—Muy cierto. —Se llevó el vaso a los labios—. Por desgracia, es una especie de reliquia familiar. Me temo que el valor sentimental es considerablemente más elevado que su funcionalidad. —Se detuvo, con el vaso pegado a la boca—. Pero supongo que no se le puede poner un precio al tiempo paralizado.

Lo había dicho de broma, pero el otro hombre no se rio.

—¿Cómo te llamas? —preguntó Tom—. Perdona, no lo he oído.

—Fox —respondió—. Fox D'Mora.

—Fox —repitió y desvió la mirada al anillo—. Creo que he oído hablar de ti. Dicen que puedes hablar con los muertos. —Le dio un sorbo a su bebida.

—¿Eso dicen? Debe de ser otro Fox.

—Sí —afirmó Tom y señaló el vaso casi vacío de Fox—. ¿Quieres otra?

Fox lo consideró, mirando con los ojos entrecerrados al hombre impaciente.

¿Era sospechoso?

Tal vez era solo un problema de su neblina preexistente.

—Claro —aceptó. Se terminó el vaso y lo soltó—. ¿Por qué no?

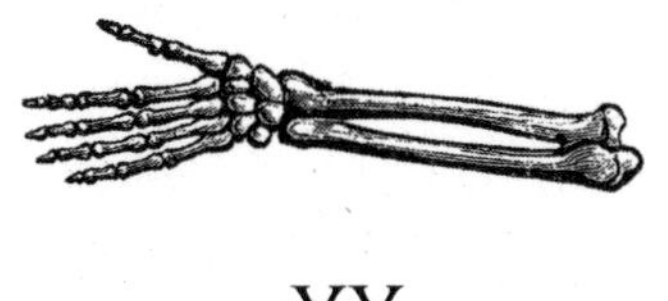

# XX

## PELIGRO INMORTAL

Cuando los otros se habían reunido alrededor de la caverna para escuchar lo que había descubierto Fox en el registro, Brandt estaba muy seguro de que todo lo que podía ir mal estaba haciendo justo eso.

—Disculpa —dijo Vi cuando Fox terminó de hablar—. ¿Qué?

—Repítelo, pero más despacio —sugirió Isis—. Y luego dilo hacia atrás y el triple de rápido.

—En realidad es muy sencillo —informó Brandt a Vi. Le dedicó a Fox una sacudida de cabeza desaprobadora porque le pareció pertinente—. Fox es muy descuidado con sus cosas y, como resultado, un mortal nos ha puesto a todos en la extremadamente inconveniente posición de tener que viajar por otros mundos para ganar un juego que no se puede ganar.

—Aunque no sabemos con seguridad qué sucedió, ya que yo no me acuerdo. Ni podemos estar seguros de que sea él —añadió Fox de mala gana—. Podría tratarse de otro mortal llamado Tom Parker.

—Sí, tiene razón. Es un nombre muy común —indicó Tom y todos en el grupo parecieron concordar en que era una alianza sorprendente—. Empiezo a pensar que demasiado común.

—Sí, cierto —afirmó Brandt—. Pero ¿cuántos Parker más están malditos?

Tom, insistentemente: No estoy maldito.

Isis, que sentía que se avecinaba una crisis: Sí, en realidad sí lo estás.

Tom, con la actitud de haber perdido una discusión: ¡Mira quién habla!

Fox a Cal, en privado: ¿Qué está diciendo? Bueno, mejor no, no importa. Estoy seguro de que probablemente sea una coincidencia.

Brandt a Fox, en privado: Casi seguro que no es una coincidencia.

Fox, en una réplica más bien lanzada a Brandt que hablando con él: ¿De verdad? ¿De pronto no es una coincidencia? ¿Qué ha pasado con las posibilidades astronómicamente interminables con probabilidades infinitesimalmente pequeñas de la escuela de pensamiento sinsentido de Brandt Solberg?

—Están en perfecto estado de funcionamiento —le informó Brandt, evitando fijarse en el detalle preciso de la afirmación de Fox—. Simplemente no se aplican cuando una cosa muy obvia conduce a otra.

—Mantengo que no puede ser mi bisabuelo —protestó Tom—. ¿No sería…? No sé, ¿viejo?

—Sí —respondió Isis, un ser atemporal.

Tom, suspirando: De acuerdo.

Cal a Fox: El fantasma nos acaba de llamar «viejos» a todos.

Fox, poniendo los ojos en blanco: ¿En serio? Haz como que no he preguntado.

Vi, todavía confundida: ¿Tom Parker jugó como mortal? Creía que era un juego inmortal.

Brandt, asintiendo: Lo es. No está diseñado para un mortal.

Cal, amablemente: No como un principio de exclusión, estoy seguro…

Isis, bruscamente: Sí como un principio de exclusión. Literalmente, con propósitos de exclusión. Los mortales no debían jugar, ni tampoco los demonios.

—Obviamente, nadie quiere a un demonio —murmuró Tom—, pero lo que no entiendo es por qué hay una distinción específica para los mortales.

Brandt notó que Fox se movía incómodo, que tensaba los dedos alrededor del pergamino del registro. *Solo para un mortal.*

—Bueno, está todo el asunto de la muerte propia de los mortales —comentó Isis—. Una especie de rasgo principal.

—Sí, pero Tom tiene razón —insistió Vi—. ¿Por qué no podían jugar los mortales al juego?

—Sí podían, está claro —le dijo Brandt y señaló el registro que tenía Fox en las manos—. No eran físicamente incapaces. Pero en general los mortales tienen reglas diferentes.

Isis, en un aparente arranque de ayuda: Sentimientos diferentes. Materia diferente, en realidad.

Tom, con el ceño fruncido: ¿De verdad son tan diferentes? ¿La mortalidad y la inmortalidad?

Mayra, contemplativa: Más o menos. Recuerdo cuando era mortal… Recuerdo lo que sentía; la duda, el dolor…

Cal: Yo recuerdo sobre todo confusión. Ahora estoy mucho menos confundido.

Mayra, encogiéndose de hombros: Sí, es verdad, pero…

—Tenemos que irnos —anunció Fox, al parecer sin querer continuar con la conversación—. Tenemos el registro y tenemos al fantasma, ahora móvil, así que…

—Sí, es verdad, deberíamos irnos —afirmó Mayra, removiéndose ligeramente—. Pronto. No tengo un buen presentimiento sobre esto.

—Pronto es ahora, imagino —sugirió Isis—. ¿Correcto?

—Sí, sí, a las mesas —asintió Brandt con aire ausente. Buscó en el bolsillo de la chaqueta y frunció el ceño—. Ah, mierda, ¿dónde he puesto la llave?

—Espera —lo interrumpió Fox en voz alta.

Brandt, sorprendido, retrocedió un paso rápidamente cuando Fox se dirigió hacia él con zancadas furiosas.

—Fox, ¿qué…?

Se quedó callado y puso una mueca cuando Fox procedió a cachearlo sin contemplaciones, pasando las manos con golpecitos superficiales por su pecho y después por las caderas. Fox se puso entonces en cuclillas y comprobó los bolsillos de los pantalones de Brandt. Gruñó fuerte cuando bajó por las perneras y descubrió la botella pequeña que se había metido en un calcetín.

—¿En serio? —exclamó. Se levantó con la botella en la mano—. ¿Vino dulce de Baco?

Tenía la cara tan cerca de la de Brandt que podía contarle las pecas, alinearlas como si fueran estrellas.

—En mi defensa —respondió este con voz tensa—, me habría llevado más si hubiera podido.

—¡Eso no es una defensa! —bramó Fox.

—Eh. —Isis se encogió de hombros—. Yo no sé nada de eso. Me cuadra.

—¿Cómo es posible…? —Fox se calló y sacudió la cabeza—. No. Simplemente… no. Vámonos…

—¿Qué robaste de mi casa? —le preguntó Tom.

—Nada —respondió Brandt, las páginas rasgadas de su libro bien guardadas en el forro de su abrigo, un lugar que Fox nunca aprendería a comprobar—. En tu casa todo es terrible.

—Eso es cierto —suspiró Tom.

—¿Estamos listos? —insistió Fox—. ¡He dicho que nos vamos!

—Bueno, si lo has dicho, supongo entonces que debe ser verdad… —dijo Isis.

—Vamos. —Brandt sacudió la cabeza y los animó a avanzar—. Antes de que Fox se perfore el bazo.

—Fox —se dirigió Cal a él mientras se preparaban para cruzar la puerta invisible al otro mundo de Brandt—. ¿Puedo ver el registro?

—¿Por qué? —preguntó Mayra, alarmada—. ¿Qué interés tienes en él?

Cal frunció el ceño.

—Solo es curiosidad. Nunca he visto un registro y pensaba…

—No es muy interesante —le aseguró Fox—. No se parece al registro de un mortal. Este es más bien un cuaderno de un corredor de apuestas.

—Supongo. —Cal seguía vagamente decepcionado.

—Te lo enseñaré cuando lleguemos —le prometió Fox—. Ahora es mejor que sigas el ritmo. —Señaló a Isis, que estaba provocando al que seguramente fuera el fantasma.

Cal miró el chisporroteo de la estática espectral y suspiró.

—¿Eso no es trabajo de Mayra?

—No —contestó la aludida—. Yo soy más una policía de la moral que una pacificadora.

Cal le lanzó su quinta sonrisa, que ahora Fox sabía que tenía reservada para ella.

—Bien —dijo Cal con fingida exasperación y se apresuró a alcanzar a Isis, que estaba ahora fustigando a Brandt. Lo provocó hasta que soltó la llave y se detuvo a pellizcarse el puente de la nariz.

—Mayra Kaleka, el ángel problemático —murmuró Fox y se volvió para mirarla en ausencia de Cal—. ¿Sabes que acabará enterándose?

—Entiendo que tú ya lo has visto entonces. —Se mordió el labio y Fox asintió.

—Seguro que te perdona —le aseguró—. Es... —Hizo una pausa—. Ya sabes. No es probable que te lo eche en cara.

—Aun así, no estoy orgullosa —lamentó y bajó la mirada jade a sus manos entrelazadas.

—¿Y? —Fox le dio un codazo con la esperanza de animarla—. Yo no estoy orgulloso de la mayoría de las cosas que he hecho.

—Yo no sé nada de eso. —Enarcó una ceja—. Eres bastante fanfarrón con tus conquistas.

—No las cosifiques, Mayra.

—*Shh*, Fox...

—Fox —habló Brandt, que lo llamó desde la puerta entre los mundos y le hizo un gesto para que se acercara al umbral que los demás ya habían cruzado—. ¿Venís?

—¿Preparado? —preguntó Mayra y posó la mano en su hombro en un gesto fraternal.

Fox suspiró.

—No.

Mayra sonrió y le acarició la mejilla con el pulgar antes de pasar (reservando un momento para la venganza, que en este caso fue una mirada a Brandt con los ojos entrecerrados). Fox, por su parte, se preparó para cruzar detrás de ella y se detuvo solo al ver a Brandt perdido en sus pensamientos, con los ojos fijos en su cara.

—¿Será como lo recuerdo? —preguntó en voz baja, para que solo Brandt lo oyera.

—Depende de cómo lo recuerdes.

—Una habitación oscura. ¿Una docena de mesas tal vez? —musitó—. Recuerdo el humo más que cualquier otra cosa. La sordidez general —añadió con una mueca y Brandt se encogió de hombros.

—Las mesas han estado años cerradas —le recordó—. La Muerte no ha tenido que jugar en más de un siglo y este no es un juego normal. Es un torneo —aclaró—. Esto se da una vez en una vida, Fox.

—¿Una vez en una vida mortal o en una tuya? —preguntó Fox.

Brandt se encogió de hombros de nuevo.

—Ya lo veremos, supongo. —Le hizo un gesto para que entrara.

Cruzar la puerta fue como lo recordaba Fox. Había un vestíbulo, o tal vez un recibidor (no encontraba una palabra apropiada para el significado de esperar para este evento en particular) que conducía a un atrio mucho más grande que no era visible desde la cabeza de la cola, pero que Fox recordaba por tener un techo abovedado que se asemejaba al firmamento celestial. (Cuando Fox la vio por primera vez, la habitación contenía las mesas que imaginaba que tenían el aspecto que debía de tener el Olimpo. Ahora, sin embargo, más bien podría compararla con el hotel Venecia de Las Vegas).

En una especie de muestra de solidaridad, el resto de su variada coalición se había apartado a un lado para que Fox fuera el primero, dándole la impresión de que estaba adentrándose en una especie de club nocturno sórdido.

—¿Nombres? —preguntó el espíritu guardián en la puerta que daba a las mesas, con expresión solemne.

—Fox D'Mora.

—Jugador nuevo —respondió el espíritu—. ¿Siguiente?

Cal se adelantó cuando Fox se hizo a un lado.

—Calix Sanna.

—¿Observador?

—Sí.

—De acuerdo. —Cal se acercó a Fox durante menos de un segundo antes de dirigirse a las mesas, incapaz de aguantar la curiosidad—. ¿Siguiente?

—Viola Marek —dijo Vi, nerviosa—. Observadora también.

—Como desees. ¿Siguiente?

—Isis Bernat.

El espíritu levantó la mirada, alarmado.

—¿Sabe él que estás...?

—Observadora —indicó con dureza.

El espíritu parpadeó.

—Bien —dijo, incómodo (¿o incómoda?)—. ¿Siguiente?

—Brandt Solberg.

—Jugador existente. Tienes que sentarte a las mesas.

—Si tú lo dices —respondió Brandt.

—Por ahí —le indicó el espíritu, señalando una dirección diferente a la que había tomado Fox, aunque no tuvo oportunidad de preguntarse por qué.

—Eh, Fox —lo llamó Cal desde dentro del atrio—. Ven a ver esto.

—¿Qué pasa ahora, Calix? —Fox suspiró y abandonó su puesto justo cuando Tom estaba a punto de terminar la cola—. ¿Más molduras? ¿La iluminación, tal vez? ¿O…?

Se quedó callado, perplejo, cuando se acercó a Cal, que estaba en el umbral del atrio.

—Joder —exclamó Fox.

—La goma —le indicó Cal.

—Joder —repitió Fox.

—¿Qué estáis…? Oh —murmuró Isis, que se unió a ellos para contemplar las vistas.

—«Oh» es una exclamación correcta —musitó Cal.

Donde debería de haber unas paredes había en cambio una estructura de jaulas que ascendían del suelo hasta el techo, todas ellas con un complejo marco de barrotes dorados que se entrelazaban. Era como si un montón de pájaros grandes y deslumbrantes hubieran decidido residir contra el muro, excepto que, en lugar de ocupantes alados, había una serie de figuras, algunas con aspecto humano, otras no. Estas miraban el perímetro de habitaciones separadas y ordenadas en cubículos, todas con una mesa dentro de unos muros extremadamente delgados de cristal (o hielo, pensó Fox, perplejo). Estaban cuidadosamente vigiladas desde arriba.

En una extraña cuenca ahuecada donde podría haberse erigido un ápside de una iglesia, había una mesa solitaria en las sombras. Dentro de la depresión con forma de estadio de lo que antaño era un atrio completamente normal, la forma encapuchada de la Muerte aguardaba inmóvil con las manos atadas a la madera de la mesa que tenía delante con unas cuerdas brillantes.

—¿Esto es lo que recordabas? —le preguntó Vi y su voz sobresaltó a Fox, que se estremeció.

—No —confesó y en su estómago se manifestó de repente una terrible tormenta—. No, esto no es lo que recordaba para nada.

—¿Dónde has estado? —siseó Lainey. Tomó a Brandt del brazo en cuanto dobló la esquina de la entrada.

—No tengo por qué responder —dijo con tono suave y se soltó—. No forma parte del trato.

—No deberías haber traído a tantos. —Parecía nerviosa—. Y no tendrías que haber tardado tanto.

—No es culpa mía que estas fueran las condiciones con las que debía trabajar. Además, estoy aquí, ¿no?

Lainey murmuró algo para mostrar su acuerdo.

—¿Lo saben? —preguntó.

—¿El qué?

—Algo.

—No. Claro que no.

La mujer se mordió el labio.

—¿Estás…?

—¿Seguro? —adivinó—. No, pero ¿cuándo puede nadie estar seguro de nada, *jenta mi*?

—Eres exasperante, diosecillo —espetó ella con una mirada fría.

—Ese soy yo. Pero tienes que admitir que también soy increíblemente efectivo —añadió, mirando por encima del hombro hacia donde se encontraba Fox contemplando la mesa final.

X

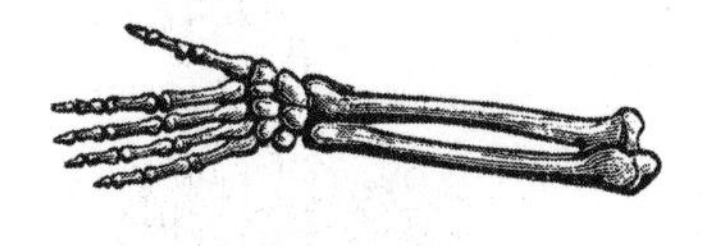

# XXI

## LAS MESAS

Cuando Vi entró en una de las salas separadas y la vio, se mostró bastante convencida de que se trataba de una mesa normal.

No tenía adornos ni era cursi. No era especialmente grande ni tenía ornamentaciones especiales. Esperaba algo parecido a una mesa de póker (o una mesa de billar con ese revestimiento de fieltro verde a todo lo largo del interior, pero tal vez se debía a que le faltaba familiaridad con los juegos), pero no había mucho que decir al respecto cuando se acercó a ella.

Estaba hecha de…

Le dio un golpecito.

Estaba hecha de madera.

Definitivamente, era madera.

De acuerdo. Era una mesa de madera normal y anodina.

No había ninguna evidencia especial de desgaste, notó, lo que probablemente no fuera inusual teniendo en consideración que era una de las muchas mesas propiedad de dos arcángeles y operadas por ellos, pero se trataba de la clase de mesa que podría haber esperado ver en un comedor pequeño, tal vez en un apartamento o un ático. Una mesa propia de dos artistas de Brooklyn, o posiblemente Bucktown. Una mesa de comedor que encontrara en un mercadillo una pareja joven (Roxanne, a quien llamaban Roxy, y Martin, a quien llamaban Barns, decidió Vi, optando por dar a los productos de su imaginación unos nombres artísticos apropiados); o tal vez algo que descubrieran en una subasta y que Roxy decidiera que tenía que tener, aunque supiera que en un mes, la mesa, igual que cualquier otro mueble suyo, tendría varias manchas circulares en la superficie (de las cervezas muy frías en los días cálidos sin aire acondicionado, allí olvidadas, que goteaban en la madera mientras Barns le hacía el amor en el suelo de la cocina).

Vi carraspeó y echó un vistazo antes de concentrarse de nuevo en la habitación vacía.

Sí, una mesa de madera normal.

Ladeó la cabeza para buscar marcas de la condensación imaginaria; miró la superficie y se agachó para examinar las patas. Siguió el camino de la extraña ensoñación nostálgica que nunca había podido vivir.

Perdió el equilibrio y se bamboleó un poco hacia delante al agacharse. Se apoyó en la mesa para recuperar el equilibrio y algo penetró en su mente: un rayo solar brillante, opalescente, detrás de los ojos. Se tambaleó, parpadeó para deshacerse de él, y luego se puso recta y notó algo en los dedos y un zumbido en los hombros que emergía de su cuerpo como un escalofrío. Apartó rápidamente la mano de la madera. Se miró los dedos, la palma, y volvió a acercarla, tentativa.

Otro rayo de sol. Gimió al emerger de la visión y parpadeó.

De acuerdo, puede que fuera algo más que una mesa de madera normal.

Miró a su alrededor una segunda vez antes de posar ambas palmas en la superficie y cerrar los ojos. Esta vez fue más suave, menos abrupto, y mucho menos parecido a una caída libre, aunque había una sensación que no podía determinar. Como si estuviera en el ojo de un huracán, con todo girando a su alrededor mientras ella permanecía quieta. Sus pies besaban el suelo con una ligereza imposible a pesar del desgarro acelerado a través del tiempo y el espacio que parecía haberse despegado y soltado de ella.

*Así que este es el juego*, pensó, y aunque sabía que en otro lugar tenía los ojos cerrados y las manos apoyadas con cuidado en una mesa normal-anormal, un segundo par de ojos parecieron abrirse y un segundo par de manos detectó una brisa bajo las palmas. Tomó aliento, captó la frescura del aire, percibió los rayos del sol que le lamían la piel con solemnidad y oyó una rama quebrarse arriba. Sintió otro par de pulmones expandirse con una fuerza tan inmensa que notó agujas en la expansión de su pecho.

A su derecha oyó (no, recordó, sintió, porque en alguna parte, en un lugar más real que este, sus ojos permanecían cerrados en una habitación vacía con las manos sobre una mesa normal-anormal) la presencia de una cascada; estaba en alguna parte de un bosque, rodeada de un follaje tan denso que podía medirlo solo por su color, su riqueza, su textura espectacular y sus correspondientes ataques a sus sentidos delicados e inexperimentados.

Había pasado demasiado tiempo desde que las cosas fueran tan vírgenes; años, en realidad, desde la última vez que sintió algo más que un escalofrío persistente en la columna.

Nunca antes había sido tan consciente de que estaba muerta como ahora, aunque parecía tan viva como todo lo que la rodeaba. Para demostrarlo, se dirigió al agua, caminando entre ramas y arbustos, cada vez más rápido, corriendo ahora, corriendo, saltando, brincando y deteniéndose solo cuando los árboles se aclararon de forma abrupta y dieron paso al espacio abierto. Al peligro.

Si hubiera seguido adelante sin disminuir la velocidad, habría caído por el borde del acantilado, se habría hundido en las profundidades. Meció los brazos en el borde peligroso, buscando el equilibrio, y notó su corazón (su corazón, latiendo con fuerza mientras la sangre de sus venas se acompasaba a la corriente de agua) resonando con miedo, con pánico.

Desesperado.

Tomó aliento y paladeó el sabor a sal.

Y entonces saltó.

No fue diferente a una caída normal; el vértigo, la sensación de que se le subían los órganos a la garganta era la misma que en cualquier caída de una montaña rusa, la turbulencia de un avión, todas las cosas que antes parecían muy reales y que ahora solo parecían recuerdos comparadas con esto, con la gravedad de todo. Se preguntó si chocaría con el agua, si se ahogaría, si moriría..., y tal vez fuera esa siempre la verdad del juego. Si no había cartas y no había suerte y no había nada, solo esto, la sensación de saber que se podía ganar y perder y vivir... y entender, solo un instante antes de caer en la superficie espejada de la marea de abajo, que vivir y estar vivo no eran lo mismo.

Contuvo la respiración, se preparó para el impacto y...

—¿Qué estás haciendo? —oyó detrás de ella y se dio cuenta de que estaba en el bosque donde había empezado. Parpadeó, sorprendida, y se concentró en la voz de Tom, más tranquila y amable que nunca.

En la mesa, abrió los ojos.

Tom estaba frente a ella con las palmas por encima de la mesa, al otro lado.

—¿Qué estás haciendo? —repitió.

Vi lo consideró.

—No lo sé —admitió.

Él asintió.

—¿Puedo unirme?

Vi parpadeó.

—¿Puedes? —inquirió con curiosidad en lugar de analizar el significado de su pregunta—. Eres un fantasma.

—Sí, pero es una mesa mágica —le recordó y ella volvió a quedarse pensativa.

—Si te soy sincera, no entiendo las reglas —admitió y él sonrió.

—¿Es que no has estado escuchando? Solo hay una regla.

—¿No perder? —recitó y él asintió con una seriedad juvenil, como un niño al que le piden que confirme su única verdad.

—No perder —repitió—, y no creo que cuente como perder si me uno, ¿no? O tal vez sí. —Frunció el ceño.

Vi volvió a considerarlo.

—No, creo que no pasa nada —decidió y se puso derecha—. Tú, eh... cierra los ojos.

Tom asintió.

—¿A la de tres?

Vi asintió.

—Una. Dos. Tre...

Esta vez no era el bosque.

—Vaya —murmuró Tom, que apareció a su lado—. Esto es desagradable.

Era tan absurdo que Vi casi se rio.

—La casa Parker —suspiró y miró el vestíbulo que tenía a su alrededor—. Cómo no. Lo siento —añadió a falta de un mejor vocabulario para referirse a su decepción, pero se dio cuenta, al volver la cara hacia él, que tal vez se hubieran apresurado demasiado a dar por hecho que no había cambiado nada.

—Bonita camisa —le dijo y él bajo la mirada.

—Cambray —señaló. Un comentario ofensivo, pensó Vi, pues había observaciones más urgentes que hacer.

—Más relevante es que no está manchada de sangre. Está bien porque creo que aquí sería más susceptible a la sangre.

—¿Te comerías mi corazón, querida Viola? —preguntó, sonriéndole, y ella puso los ojos en blanco.

—Te encanta mi apuro, ¿eh?

—Te incomoda mucho. Y como tu incomodidad es lo único que puedo controlar, supongo que...

Se quedó callado, mirando con aire ausente la esquina, y Vi frunció el ceño.

—¿Supones qué? —le preguntó ella, pero no respondió.

Lanzó la mano hacia delante sin previo aviso y tiró al suelo el jarrón de cristal.

Vi retrocedió, alarmada, cuando se rompió, pero Tom soltó una carcajada; una risotada plena con la cabeza hacia atrás. Al hacerlo, Vi advirtió por primera vez lo mucho que lamentaba no haberlo conocido en vida. Antes era como una pintura, presente y encantado, pero fijo, constreñido; ahora había cobrado una vida vibrante.

Tenía el pelo apartado de los ojos, las esquinas de estos arrugadas, y había algo más también… un brillo en él que no existía antes. No flotó hacia ella tampoco; corrió, atravesó la habitación y colisionó con ella, le rodeó la cintura con los brazos y la alzó en el aire.

—VI-O-LAAAA —canturreó y la dejó en el suelo con tanta inestabilidad que tuvo que agarrarse al sillón de terciopelo que tenía detrás—. No tienes ni idea de lo mucho que deseaba romper ese estúpido jarrón y…

Se quedó callado, sonriente, y le tendió una mano.

—¿Quieres bailar? —le pidió con una osadía extraña, atractiva, y Vi frunció el ceño; el pulso se le aceleró, el corazón le martilleó en el pecho.

—Yo no ba…

Pero él no la estaba escuchando, la atrajo a sus brazos y emprendió una especie de proceso compuesto por giros enérgicos y poco refinados que la dejaron sin aliento y resollando cuando la hizo caer de nuevo con cierta inestabilidad y volvió a alzarla, triunfante.

—Vamos fuera —anunció y la tomó de la mano. El espacio que los rodeaba, hasta el mismísimo aire, cambió para llevarlos a la orilla del agua, con los dedos de los pies flotando peligrosamente por encima de la superficie agitada del lago Míchigan.

Tom se volvió para mirarla, el viento de Chicago le coloreaba las mejillas, y sonrió.

—¿Crees que podemos hacerlo? —le preguntó y ella contuvo la respiración.

Nunca lo había tenido tan cerca.

No de verdad.

Así no.

—¿El qué? —preguntó con voz ronca y él se inclinó como si fuera a contarle un secreto, o a arrancarle la certeza de los pulmones, o a tocarle los labios con los suyos.

—Saltar —susurró. La punta de los pelos le caía en los ojos.

Se le revolvió el estómago por el miedo.

—¿Qué?

Pero él ya le había tomado la mano y tiró de ella hacia el lago, arrastrándola bajo la corriente.

Hubiera resollado si no fuera por la amenaza de ahogarse. En cambio, se revolvió, aterrada, cuando el agua entró por las fosas nasales y le llenó los pulmones. Pateó frenéticamente para salir a la superficie, para buscar el sol, la luna y las estrellas. Forcejeó, y lo sentía real, más real que cualquier cosa que hubiera experimentado desde que estaba realmente viva, y pensó en la ironía. Porque seguramente estuviera muriendo, ¿no? Seguro que solo la muerte podía sentirse así, como el dolor y el pánico y la desesperación, y seguramente solo su muerte le ofrecería esta sensación de anticipación, esta sensación de ahora; seguro que solo la muerte podría sentirse tan pura y salvajemente parecida a la vida como esto...

Pero entonces Tom le agarró los dedos y tiró de ella hacia la superficie.

—Tom —gorjeó. Escupió agua del lago mientras los dedos le temblaban por el frío. Él se volvió para mirarla y se apartó el pelo mojado de los ojos.

—Vi —dijo y ella se estremeció.

—Podrías haberme avisado —gruñó y se acercó a él flotando en el agua. Tom se echó a reír.

—¿Y arruinar toda la diversión? —Extendió el brazo hacia ella, hacia el pelo o la boca. Vi lo apartó—. Pareces una rata ahogada.

—Adorable —murmuró.

—Lo es —le prometió y era su pelo lo que buscaba. Se lo apartó de la cara—. Las ratas tienen cierto atractivo. Y tú también, naturalmente.

—Vaya. —Vi sacudió la cabeza—. Qué bien me conquistas.

Bajó la mirada para tratar de decidir la profundidad del agua. Muchos metros.

—Lo estoy intentando —dijo Tom y ella alzó la mirada.

—¿Esto es el juego?

—¿El qué?

—Esto —repitió—. ¿Cómo sé que estás aquí de verdad?

Tom apretó los labios.

—Qué desagradable, Vi. Cómo te atreves…

—Bueno —suspiró—, eso ayuda.

—Me creías cuando era un fantasma —le recordó—, no entiendo por qué debería de disminuir tu fe en mí cuando me tienes en tus manos.

—¿De verdad? ¿Te tengo?

—En la palma de tu mano —respondió y sonó sospechosamente a promesa, pero ella negó con la cabeza y se alejó.

—Esto es el juego, ¿verdad?

—¿Sientes algo? Yo no tengo la sensación de que sea el juego.

—Pero lo es —insistió—. Y creo que ahora lo entiendo.

Y así era.

(No perder).

(Apostarlo todo, pero no perder).

—Cuidado —advirtió Mayra.

Vi se estremeció y recuperó la conciencia con un jadeo. Abrió los ojos y se encontró cara a cara con el ángel, que estaba apoyada en el borde de la mesa.

—Ten cuidado —repitió con las cejas oscuras arqueadas—. Quería que participaras en una de las mesas, pero aun así… ten cuidado de no perderte dentro.

Vi miró a su alrededor, buscando a Tom; había desaparecido.

Si es que había estado allí, para empezar.

—¿Era real? —preguntó con calma y Mayra se encogió de hombros.

—¿No es real todo?

Pero Vi, que ya no se sentía capaz de poner un dedo en el tejido de la realidad, no dio con una respuesta.

—No olvides que he oído tus deseos, Viola Marek. —La voz de Mayra era alentadora pero firme, suave pero estable—. He oído los secretos de tu corazón y puedo decirte con absoluta seguridad que no estás destinada a jugar a este juego inmortal.

—Yo —comenzó Vi y tragó saliva—. No estaba... Yo solo...

—Por fuera puede que estés gestionando tus asuntos, Viola, pero por dentro continúas aferrándote a tus pérdidas mortales. Este juego te arruinará, Viola Marek, porque sigues deseando tanto de él que no podrías ganar nunca. Pero algunas cosas —añadió con calma— no están destinadas a apostarse o a ganarse excepto a través de la probabilidad, o tal vez el destino. O la adorable e ilusa testarudez.

—¿Esta es tu forma de concederme mi deseo? —preguntó Vi y Mayra asintió.

—No todo es un milagro.

Vi desvió de nuevo la atención al otro lado de la mesa, donde estaba Tom, e imaginó sus ojos fijos en ella.

—Pero tal vez algunas cosas sí —dijo Mayra con despreocupación.

Vi tragó saliva con dificultad. No la entendía del todo, pero asintió de todos modos.

—¿Has visto a Isis? —preguntó al acordarse de pronto—. Desapareció en cuanto entramos aquí.

—Yo no la buscaría justo ahora —respondió Mayra con aspecto de saber demasiado—. Creo que tiene sus propios... —Se quedó callada y sonrió—. Demonios.

—¿Y tú? ¿Por qué has venido?

—Hay dos razones. Una es que me preocupo siempre por Fox. Se frustra fácilmente y este juego no va a ser fácil para él. Solo puedo esperar haberlo educado bien. —Suspiró y le lanzó una sonrisa a Vi.

—¿Y la otra razón?

Mayra vaciló.

—La verdad es que conozco muy bien el juego —comentó con cuidado.

—Ah. Apareces en el registro, ¿no?

Mayra asintió y desvió la mirada a la madera de la mesa que tenían delante.

—Sospecho que van a llamarme en cualquier momento. Fui una de las últimas en jugar antes de que la Muerte se negara a regresar a las mesas. Estoy muy segura de que van a volver a requerirme en el juego.

—¿Cómo lo sabes? Que fuiste la última, quiero decir.

Mayra se encogió de hombros.

—Hay cosas que simplemente se saben —se limitó a contestar—. Y cuando me enfrenté a la Muerte, vi que su tiempo en las mesas estaba llegando a su final.

Vi asintió y vio cómo se perdía la mirada del ángel junto a sus pensamientos.

Quiso preguntar por qué, pero sabía que no iba a recibir una respuesta.

—No sé cuándo me llamarán para volver a jugar —continuó Mayra, devolviendo la atención a Vi—. Pero Fox suele necesitar guía, aunque no la pida. ¿Puedo confiar en ti en mi ausencia?

Mayra sonrió al ver que Vi parpadeaba, desconfiada.

—Eres sensata, Viola. Tendrá que estar lúcido para ganar, y por mucho que adore a Cal, puede verse fácilmente persuadido por el afecto que siente por Fox. —Parecía de pronto triste—. Y él no siempre ve venir el dolor.

—Pero ¿tú sí lo ves venir? ¿Por qué?

Mayra le lanzó una mirada precavida.

—Yo no veo nada. —Se encogió de hombros—. ¿Qué voy a saber yo? Puede que ahora sea un ser celestial, pero en el pasado fui solo una mujer, y una dura. Yo no conocí el amor durante mi vida. Lo único que conocía de verdad era cómo sentir una tormenta. Cómo proteger a los demás de ella, tal vez, en varias ocasiones, cuando tenía suerte, pero nunca cómo no acabar destruida por ella. —Apartó la mirada—. A lo mejor tú y yo podríamos confiar en eso de probar suerte en la fe ciega y ver cómo nos va.

—Nada bien, en mi experiencia —gruñó Vi.

—¿En serio? —Mayra enarcó una ceja—. Él debería de estar muerto, ¿sabes? —musitó, señalando donde estaba antes Tom—, y tú también. Puede que vuestros caminos nunca se hubieran cruzado en vida y todo habría acabado simplemente ahí.

—O podríamos habernos conocido sirviendo a una pareja de arcángeles aburridos —señaló Vi y Mayra soltó una risita.

—Yo no los sirvo a ellos —dijo—. Sirvo a un mundo que puede venirse abajo en cualquier momento sin nadie que crea en él. Que lo elija.

Vi respetó el silencio de Mayra, reconfortada por sus pensamientos.

—¿Debería desearte suerte? —preguntó un momento después—. ¿Para que le ganes a un rey demonio?

Mayra cerró los ojos, medio sonriendo.

—Eso sería un milagro.

—Bien —dijo Volos—. Qué sorpresa.

Isis puso una mueca.

—Hola, esposo —lo saludó con tono sombrío.

—Supongo que necesitas algo.

Mejor acabar pronto.

—Me preguntaba si aún significo algo para ti.

No pareció sorprenderse.

(Por suerte, tampoco pareció encantado, pero desde luego no sorprendido).

—Negociando por tus amigos, ¿no? —Volos parecía en un punto entre escéptico y divertido—. Admirable, Isis, pero no es muy recomendable. Sabes mejor que nadie lo que significa un trato conmigo.

—Sí. Y por mucho que prefiera no sufrir de nuevo las consecuencias, por desgracia, creo que debería de ahorrárselas a ellos.

—Oh, cariño —dijo Volos con una risotada—. Pobre criatura.

Isis se cruzó de brazos. Cinco minutos antes no le había parecido muy buena idea, pero ahora le parecía peor.

—Te pareces a él —señaló—. Al fantasma.

—Curioso.

—No creo que el mortal esté muy cómodo ahí. Si es que sigue ahí.

—Después de haber sacrificado a toda su estirpe familiar, no le queda mucha voluntad con la que lidiar. Está bastante tranquilo —comentó con optimismo.

—Aun así. Mucha culpa mortal.

—A veces experimento un dolor de cabeza —afirmó Volos—. ¿Crees que es la culpa?

—No. —Isis sacudió la cabeza—. Probablemente deshidratación. La culpa es más intestinal, o eso me han hecho creer.

—Ah, pues tengo la digestión muy bien —le aseguró—. Pero gracias por preguntar, esposa.

—No he preguntado.

—Sí, soy consciente. —Volos chasqueó los dedos y la atrapó de pronto en su propia jaula con barrotes dorados entrelazados—. Bien —determinó, asintiendo con firmeza—. No tardará mucho, amor, y luego podrás volver conmigo si lo deseas.

—El trato era que ya no me controlarías más —dijo Isis con los dientes apretados—. ¿De verdad vas a desafiar a tu propia reina, Volos?

—Ese era el trato, cariño, pero tú lo rompiste —le recordó—. Has venido a buscarme, ¿no? Así que considéralo nulo —declaró. Chasqueó de nuevo los dedos para hacer aparecer el pergamino fino del contrato antes de romperlo en dos—. A decir verdad, supongo que querré compañía una vez que la soberanía de la Muerte llegue a su fin. Anticipo muchas exigencias durante mi reinado.

Se volvió para marcharse. Hizo desaparecer los restos del contrato en un remolino de aire entre los dos. Se había acabado.

Se había acabado, pero Isis lo llamó de todos modos.

—¡Volos! —gritó con toda la fuerza de la rabia que bullía en su interior y que ardía en su lengua.

Él se volvió, despacio.

—¿Sí, esposa?

Isis lo fulminó con la mirada.

Y entonces su mirada se derritió.

—¿Me has echado de menos? —preguntó con total suavidad, las palabras cayeron como pétalos de sus labios.

La boca mortal tembló.

—Solo un poco —respondió el rey demonio. Dio media vuelta y se marchó.

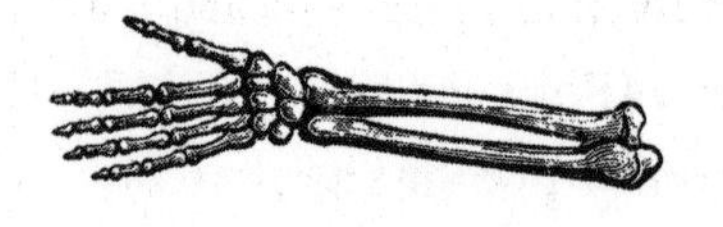

# XXII

## LLEGADA

Había un aura diferente de histeria perlada en torno a los dos arcángeles, cuyas cabezas tenían agachadas en una conversación silenciosa con vistas a la mesa final de la Muerte cuando Fox los vio y se acercó.

—Bien —comentó Rafael al verlo—, veo que al fin estás aquí.

—Sí, al fin —afirmó Gabriel con tono irritante—. Da igual que llevemos dando vueltas en torno al caos cuatrocientas rondas ya. Por favor, tómate tu tiempo.

Fox decidió pasar por alto ese comentario en particular.

—He traído lo que me pedisteis. —Les mostró el registro de la Muerte—. Y también al fantasma, aunque no tengo ni idea de por qué es necesario y, francamente, yo también quiero algunas respuestas…

—Tom dice que él también tiene preguntas —les contó Cal de forma innecesaria y Gabriel les lanzó a ambos una mirada impaciente.

—*Shh, shh,* sí —dijo Rafael. Le quitó el registro a Fox de las manos y lo alzó para que Gabriel lo mirara por encima de su hombro—. Sí, parece que hay una oportunidad de hacer como hablamos…

—¿Cómo hablamos? —exclamó Fox.

—Él y yo —aclaró Gabriel—. No tú y él.

—¿Y qué es? —preguntó Fox, reprimiendo las ganas de entrechocar sus dos cabezas como si fueran unos cocos (no sabía si el propio pensamiento podría tener un impacto en su registro, pero le daba igual, nunca le había importado el dichoso registro)—. Espero que hayáis pensado en algo para sacarme de esta.

—¿Sacarte de esta? Por supuesto que no. —Rafael parecía sinceramente sorprendido por la sugerencia—. Debes jugar, Fox D'Mora, pero como has tardado tanto, vamos a tener que hacerte avanzar en el torneo…

— … y eso haremos —añadió Gabriel—, metiendo al fantasma en el torneo en lugar de Volos.

Fox miró a Cal, que se inclinó de pronto.

—Lo siento —dijo Cal, esquivando algo que ellos (o al menos Fox) no podían ver—, se revuelve un poco cuando está enfadado.

—¿Cómo va a ayudar a arreglar nada la inclusión del fantasma en el torneo? —preguntó Fox. Apartó de un codazo a Cal antes de que chocara con su pecho—. ¿Significa eso que tendréis a dos jugadores en el juego?

—No, no, claro que no —respondió Rafael con impaciencia—. Hay reglas. Pero se llama Thomas Edward Parker, ¿no?

—Sí. —Fox frunció el ceño—. Pero…

—Y lo llaman Tom, ¿correcto?

—Sí, pero…

Gabriel levantó el registro y señaló el «Thomas Edward Parker» que había escrito en una de las líneas, que significaba la entrada de Tom Parker en el juego.

—Mierda —murmuró Fox.

(Cada vez estaba más claro que esto tenía que ser por su culpa).

—Llámalo «vacío legal» —le informó Gabriel—, pero un contrato es un contrato. Tom Parker puede jugar por Tom Parker, y eso atrasará un poco a Volos. Significa que se perderá al menos una ronda, y es de suma ayuda viendo lo imparable que se ha mostrado hasta ahora.

—Pero ¿eso no es trampa? —preguntó Cal, vacilante—. Creo que Mayra diría que lo es.

—¿De verdad? ¿Lo es? —exclamó con sarcasmo Rafael—. Gracias a Dios que estás tú aquí para hablar por ella, ya que nosotros, sus supervisores, no tenemos ni idea.

—Es que parecía que la estabilidad del universo estaba ligeramente en juego —añadió Gabriel con un tono igualmente sarcástico—. Pero perdona nuestro descuido, tienes razón, no deberíamos de hacer trampas, ahora no, con tan poco en juego.

—Sígueles la corriente —dijo Fox a Cal, que había vuelto a inclinarse una segunda vez—. Cuanto más rápido acabemos con esto, más rápido llegaremos con mi padrino y saldremos de aquí.

—Dice… —Cal se quedó callado—. Lo siento, él… hay muchos gritos… Ah, de acuerdo, dice que no entiende por qué tiene que soportar él la responsabilidad cuando no pudo pedir dos jodi… Ah, perdón, el lenguaje… Vale, sí, en general —resumió Cal con el ceño fruncido—: Creo que está intentando decir que se opone a la idea y añade que él no se juega nada.

—Como un antiguo mortal, deberías —informó Rafael al fantasma.

—Sí —afirmó Gabriel—. Jugar por el control de la Muerte es jugar por el control de toda la mortalidad, por si se te ha escapado.

—¿Qué está pasando? —interrumpió Vi, acercándose a ellos—. Estaba con Mayra, pero ha desaparecido, así que pensaba que tal vez la habían invocado de nuevo.

—Sí y no. —Rafael intercambió una mirada con Gabriel—. Habrá desaparecido para representar su papel en el juego, supongo.

—No es una invocación —aclaró Gabriel—, pero se parece.

—¿El juego? —Cal parecía ligeramente impactado—. ¿Por qué iba a jugar Mayra en este juego?

—Eso no es asunto tuyo —le informó Gabriel—. Tendremos que darnos prisa. Volos está distraído en este momento, así que vamos a aprovechar la situación y a incluir al fantasma para que juegue en uno de sus torneos. Puede jugar… —Bajó la mirada, tarareando mientras buscaba en el registro—. Con Elaine. Es la única inmortal, aparte de Volos, que ha ganado alguno de los juegos hasta el momento.

—¿Qué? —preguntó Vi, perpleja—. Tom no puede jugar con Lainey, va a... —Miró a su alrededor, un poco apenada—. Ya sé que no, Tom, pero aun así, no creo que debas...

—No tiene que ganar —señaló Rafael—. De hecho, es mejor que no gane, teniendo en cuenta que ahora es Volos a todos los efectos. En cualquier caso, eso le ofrece a Fox algo de tiempo para ganar unos cuantos juegos.

—Si puede —lo retó Gabriel con tono duro, mirando de soslayo a Fox—. Supongo que tendremos que averiguarlo, ¿no?

—Para tratarse de las personas que comenzaron este juego, está claro que no tenéis fe en vuestras habilidades para no perder —comentó Fox a los arcángeles. (Vi y Cal estaban callados, sufriendo por la participación de Tom y Mayra respectivamente).

—Nosotros no perderíamos —dijo Rafael—. Primero, no somos personas.

—Como mucho, somos entidades —añadió Gabriel—, pero no podemos jugar. No aparecemos en el registro.

—Lícitamente —siguió Rafael—, pues todo este juego es estúpido y temerario.

—Sí —confirmó Gabriel—. A pesar de su innegable atracción, por desgracia. Es un ciclo de desgracias que empieza con el aburrimiento y termina con el sufrimiento. —Hizo una pausa—. Y luego vuelve al aburrimiento.

—Y en parte se debe a tu padrino —le recordó Rafael a Fox—. La parte del sufrimiento. Hay un motivo por el que él se encuentra al final del registro del juego. Fue el primero en jugar y será el último en ganar o perder.

Los dos arcángeles intercambiaron una mirada incómoda.

—Es mejor no subestimar a Volos —comentó Rafael.

—Así es —añadió Gabriel—. Mejor detenerlo antes de que tenga una oportunidad.

—Bueno. —Fox suspiró y se encaminó a la mesa vacía que había más cerca—. Supongo que no me queda otra que intentar llegar a mi padrino entonces.

—¿Estás seguro? —susurró Vi a Tom. Sintió el deseo de tomarle la mano como había hecho antes, pero entonces recordó lo que le había dicho Mayra: que esto, sentir como sentía ella, no era de ayuda.

—Dudo que importe si estoy seguro o no —murmuró Tom—. Además, me alivia que sea Lainey, tengo algunas preguntas que me gustaría hacerle. Como, por ejemplo, cuál es el grado de su responsabilidad en mi muerte, porque ya no tengo dudas de que es responsable.

Era un motivo válido, aunque no era muy útil. El juego solo tenía una regla y Tom no estaba en posición de ganar.

—Ten cuidado ahí —le pidió y tragó saliva—. En el juego, quiero decir. Es… como ninguna otra cosa, en serio. —No se había dado cuenta de que se había quedado callada hasta que el silencio duró demasiado, dejando espacio para una confesión más detallada—. Quiero decir que… es muy… eh… —se apresuró a farfullar.

—Yo estaba allí, Vi. —Tom la miró a los ojos—. Era yo de verdad.

Vi contuvo la respiración; espiró.

—Oh.

El rostro de Tom se suavizó con algo que podría ser una sonrisa de satisfacción, aunque Vi estaba siendo optimista. Tal vez sí era una sonrisa.

—¿Preocupada por mí, Viola?

Ella entrelazó los dedos y encerró su aprehensión en un lugar que aún pudiera controlar. Se estaba ocupando de su condición.

—Bueno, sigo teniendo que vender una casa —respondió con tono firme—, ya sabes. Prefiero no malgastar mi energía para nada.

Tom fingió amablemente no percibir la seriedad intrínseca de su preocupación.

—Nunca dejas de decepcionarme —murmuró con afecto y sacudió la cabeza.

—Hola, Tom —lo saludó Lainey.

Siempre había pensado que su atracción por ella era por motivos obvios, normales. El color negro de su pelo, el tono tostado de su piel. El oro destellaba en sus orejas, brillaba alrededor de su cuello, los hombros tenían un tono iridiscente. La curva de su cadera (conocía su forma en la oscuridad, desde lejos, por arriba y por abajo) se mecía como una ola o como la orilla de una playa. Puede que siempre le hubiera recordado al océano.

O puede que él fuera débil y ella sexi.

—Hola, Elaine. ¿Estás preparada?

—Sí —respondió y, si Tom esperaba algo parecido a la vergüenza o al remordimiento, no lo encontró—. Ten cuidado.

—¿Con qué? —Trató de imaginar un mundo en el que ella hubiera sido una amenaza para él. Parecía el mismo al que conocía. Siempre había sido mala para él—. ¿Contigo?

—Se va a enfadar mucho —se limitó a decir—. Cuando descubra lo que has hecho, la pagará contigo y con Fox. No con los arcángeles. Y yo no puedo permitir que pierdas, Tom —añadió con un suspiro.

Una buena advertencia. Nunca antes le había ofrecido ninguna.

—Puedo arreglármelas bien contigo yo solo, Lainey.

—Siempre me gustó que me llamaras así. Elaine es mi nombre real. ¿Lo sabías? Mi nombre verdadero. Siempre me hacías sentir muy normal cuando me llamabas Lainey, pero me ponía nerviosa que me llamaras por mi nombre. —Se quedó callada un instante, con la mirada perdida—. Era como si supieras qué era en realidad.

—¿De verdad? —preguntó Tom cuando ella ladeó la cabeza y dejó a la vista su cuello, que tan familiar le resultaba.

Ella no respondió.

—Venga, Tom —lo animó entonces con un suspiro y apoyó la palma en la mesa justo antes de cerrar los ojos—. Vamos a jugar.

# XXIII

## EL JUEGO DE LOS INMORTALES

*—Tom, te acuerdas de Lainey, ¿verdad? —preguntó la señora Wood mientras dejaba un plato con galletas aquel día caluroso de agosto—. Ha estado en el Santa Cecilia, en Boston, pero este otoño empezará en la Universidad de Chicago.*

*La chica que había al otro lado de la mesa levantó la cabeza y lo miró a los ojos.*

*—Lainey —repitió Tom, tanteando su nombre.*

*La Lainey Wood que recordaba era una chica rígida, apagada, sin apenas rasgos interesantes. Los habían obligado a pasar todos los veranos juntos en el palco VIP de los Wood, en el Wrigley, oyendo a sus padres hablar sobre negocios o sobre la supuesta maldición de la cabra Billy, como si una cabra pudiera ser más responsable de los defectos en el juego de los Cubs que la falta de talento del equipo.*

*La Lainey Wood a la que Tom Parker se vio obligado a acompañar al baile, con su vestido blanco virginal y su expresión igual de pálida, era una chica amargada, desagradable, sin pensamientos propios, excepto, tal vez, su pelo y su interés en cumplir los deseos de sus padres. Era hosca, desinteresada (y poco interesante, sobre todo), y ni siquiera Tom, que estaba inmerso en el descubrimiento de lo que su pene podía hacer, no sentía ni un ápice de interés y se aseguró de llevarla a casa inmediatamente después del baile y de hacer caso omiso de los intentos de ella de ser su amiga después de eso.*

*La Lainey Wood que recordaba tenía unos ojos azules pálidos, el pelo castaño claro y la piel clara, aunque poco remarcable. Tenía la postura de una chica que era demasiado alta para su edad desde demasiado temprano, siempre encorvada. No era serena, no era guapa y desde luego no era deslumbrante.*

*Y, aun así, aquí estaba él ahora, deslumbrado.*

*Esta chica, fuera quien fuere, se llevó un dedo a sus labios rojos y carnosos, y fijó la mirada oscura en él.*

*—Hola, Tom —lo saludó, como si supiera por qué lo estaba mirando. Como si lo retara a que apartase la mirada.*

*—Hola, Elaine —farfulló él y se preguntó por qué nunca antes la había mirado de verdad.*

—No lo entiendo —dijo Vi, nerviosa, viendo cómo se aferraba Tom con más fuerza a la mesa—. ¿Qué está pasando?

—Ah. —Rafael movió una mano—. Perdón, había olvidado que no podéis verlo todo.

Apareció en las paredes de cristal que los rodeaban la proyección de un joven Tom y lo que parecía su presentación a una joven Lainey Wood. Vi dio un paso adelante para ver mejor y se fijó en la mirada de anhelo en los ojos de Tom.

—¿Cómo va a ser esto el juego? —preguntó con el ceño fruncido—. Parece un recuerdo.

—Lo es y no lo es —respondió Gabriel—. Elaine ha ganado la tirada y ha decidido comenzar el juego con un recuerdo.

—¿De ella o de él? —se interesó Cal.

—De él, por lo que parece —indicó Rafael, descontento—. Eso ya lo deja en desventaja.

Vi tragó saliva.

—¿Desventaja? ¿Por qué?

—Cuéntanoslo tú —intervino Gabriel con un resoplido—. ¿Es muy duro para ti revivir tu pasado?

*Buena respuesta*, pensó Vi.

—Pero ¿cómo se supone que iba a...?

—¿Qué? ¿Evitarlo? —adivinó Rafael y se encogió de hombros—. Es posible, pero hay un motivo por el que algunos son mejores que otros en este juego.

—Quieres decir que es un juego para los mentirosos y los tramposos —habló Cal a sus manos.

—Es un juego para los inmortales —lo corrigió Gabriel.

—Sí —coincidió Rafael—, y he dicho lo que he dicho.

*Lainey empujó a Tom a su habitación y le hizo un gesto para que guardara silencio.*

*—Mi compañera de habitación está dormida —susurró.*

*—Podemos ir a mi casa —sugirió él con los dedos hundidos en la suavidad de su cintura—. O a la tuya.*

*La joven puso una mueca.*

*—No me gusta la casa.*

*—¿Qué? ¿La tuya o la mía?*

*—Ninguna —respondió, estremeciéndose—. Tu casa da miedo. La mía es… —Se quedó callada—. No es mi hogar. Prefiero que podamos estar en nuestro propio espacio.*

*Le dio un tirón del brazo y lo llevó dentro del dormitorio. Él experimentó algo: una sensación indescriptible de lo que vino después, como si en un rápido lapsus del tiempo pudiera ver bien el futuro. Como si estuviera de pie en la puerta con dos puñados de futuros y pasados, todos aferrados en los puños apretados, y pensó que él ya no parecía una parte natural del paisaje.*

*Sintió también una puñalada de algo que estaba seguro de que antes no estaba ahí.*

*—Lainey, yo…*

Se quedó inmóvil en la puerta.

*—¿Tom?*

Dio un paso atrás, vacilante. Otro paso. Se volvió, como para marcharse, y de pronto la visión cambió.

—Estás aprendiendo —señaló Lainey.

La mujer se materializó delante de él en el pasillo de su dormitorio, que se disolvió y se convirtió en una sala con unas paredes blancas. No la iluminaba nada y, aun así, era incandescente y resplandecía con una luz imposible.

—¿Este es el juego? —preguntó Tom, mirando a su alrededor con el ceño fruncido—. ¿Se trata simplemente de que ahora puedo controlar las cosas o…?

—Siempre pudiste controlar las cosas —comentó Lainey—. Podrías haberte ido entonces también, cuando sucedió entre nosotros la primera vez. Pero no te fuiste.

—Digamos entonces que lo repito —sugirió Tom—. Digamos que no te sigo adentro. Digamos que nunca me acuesto contigo, que nunca tienes ningún poder sobre mí. —Era una síntesis de lo que habían tenido, una verdad a medias como mucho, pero se había pasado tanto tiempo luchando por tener la delantera que ahora no le parecía natural concederla—. ¿Qué pasa entonces?

—No puedes repetirlo —le dijo Lainey—. El juego no trasciende…

—¿La realidad?

Lainey lo consideró y entonces sacudió la cabeza.

—El pasado —corrigió.

—Lo que ha pasado, pasado está y no se puede alterar. Pero la realidad está siempre sujeta a elecciones, por supuesto. A lo que solo tú crees que es real.

Tom consideró sus palabras con el ceño fruncido.

—¿Qué ibas a hacer a partir de aquí? Si no me hubiera dado la vuelta.

—Recordártelo —se limitó a contestar—. Te habría recordado lo que teníamos y lo que éramos.

—Estabas aburrida —señaló Tom y tragó saliva—. Siempre estabas aburrida, siempre rebelándote sin razón. No había consecuencias para ti. —Parpadeó—. Me usaste. Muchas veces, ahora que lo pienso.

—Y aun así creías que tenías el control —replicó Lainey—. ¿A que sí?

A su alrededor, la escena cambió.

*Las paredes eran blancas, las sábanas eran blancas, el sol incidía cálido en la almohada que había al lado de él, y el pelo oscuro siempre cambiante de Lainey estaba sobre él, esparcido en trenzas como riachuelos por su pecho desde donde ella se reclinaba contra él. Todo era brillante, todo era frágil; todo estaba estabilizándose y, al mismo tiempo, en un serio riesgo de colapsar.*

*—Esto nunca ha pasado —le susurró él al oído y ella sacudió la cabeza.*

*—No —afirmó—. Este es el juego.*

*Tom subió un dedo por el lateral de su brazo y vio cómo se estremecía.*

*—Es curioso lo real que es. Y lo real que no es.*

*Lainey se volvió para mirarlo.*

*—¿Crees que no éramos reales? —preguntó con los dedos extendidos en su pecho.*

*—Colaboraste en mi asesinato —le recordó él—. Un poco difícil romantizar eso, ¿no te parece?*

*—Eso fue una condición previa a conocerte —respondió, mordiéndose el labio.*

*—¿El qué? ¿Matarme?*

*Ella se encogió de hombros.*

*—Tenía que pagar una deuda, mucho antes de que nos conociéramos. Eso no quiere decir que no significaras nada. No quiere decir que no fuéramos reales.*

*Tom no estaba seguro de si la creía.*

*Ciertamente no estaba seguro de que estuviera de acuerdo con ella.*

*—Parece un precio bastante alto —señaló con tono cauto—. ¿No deberían ser demasiado altos algunos costes?*

*—Cuidado —le advirtió—. Esa es la actitud que te costará el juego y Volos no me perdonará nunca si dejo que pierdas.*

*—¿Cómo vas a obligarme a ganar?*

*Lainey apartó la mirada, suspiró y volvió a mirarlo.*

*—Cierra los ojos —le pidió.*

*—No.*

*—Tom, no seas testarudo.*

*—Se llama «sobrevivencia», en realidad, E…*

*Se quedó callado y ella sacudió la cabeza.*

*—Cierra los ojos —repitió—, y te enseñaré cómo moriste.*

*Tom se quedó callado, con la boca abierta, pero entonces la cerró.*

*—¿Puedes hacer eso?*

*Ella asintió.*

*—Las mesas pueden hacerlo.*

*Tom se quedó afligido.*

*—De acuerdo —aceptó y cerró los ojos.*

*—Ahora ábrelos.*

*—Menudo juego estúpido.*

*—Haz lo que te digo, Tom.*

*—No veo por qué tengo…*

*Se calló al reparar en la mujer que tenía en los brazos cuando abrió los ojos.*

*—¿Cómo sientes ahora la realidad? —preguntó Lainey, que llevaba puestos los rasgos de Vi.*

*—Para —le pidió y se apartó de ella en la cama—. Deja a Vi fuera de esto, ella no… no es…*

*Se detuvo y la miró. La suavidad de sus ojos, del mismo tono que los de Lainey, pero indescriptiblemente distintos. No en el color ni en la forma. Más bien en las arrugas que había al lado, el humor que ocultaba con tanto cuidado pero que no podía evitar mostrar.*

*Cuando Lainey sonrió, Tom supo de pronto que nunca fue real.*

*Tal vez sintió amor por él, pero nunca fue libre. Nunca fue feliz.*

*—¿Quieres que gane este juego? —le preguntó al comprender de pronto lo que le había dicho.*

*Vi-Lainey asintió.*

*—Tienes que ganar. No puedo ganarlo por ti, Tom, tienes que ser tú y no quieres ser un perdedor en este juego. Nunca entenderás el dolor de la pérdida hasta que hayas perdido este juego.*

*Tom vaciló.*

*—Entonces no puedes usarla contra mí —dijo con calma—. Si lo haces...*

*Lainey había dado con su debilidad. Lo sabía desde hacía tiempo, mucho antes de que le pidiera a Vi que lo acompañara sin más motivo que el de tenerla cerca. Tal vez lo supo en el momento en el que ella lo vio, por así decirlo, porque fue la primera y la única vez que vieron a Tom Parker, y era más fácil ser cruel que ser visto.*

*—Sí —afirmó Lainey—. Si la uso, yo gano. Y tú pierdes.*

*—Pero ¿no pierdes también en cierto modo? Porque es la prueba de que ya no te quiero.*

*—Ah, pero el engaño del amor es que puede salvarte tanto como herirte —comentó Vi-Lainey, acercándose a él—. ¿No lo ves? —Los ojos oscuros de Vi estaban iluminados por el dolor cuando pasó un dedo por su mejilla—. ¿No ves que así es como voy a ganar? ¿Porque te quiero lo suficiente para destruir las profundidades de mi ser?*

*Se acercó más, aproximó los labios a su oreja.*

*—Si desafías a Volos y pierdes este juego, habrá consecuencias —susurró—. El rey del vicio se la llevará. Está acostumbrado a tomar; lo hace con facilidad y no puedes enfrentarte a él, aquí no, en su dominio. Para salvaros a los dos, porque te quiero, Tom, no permitiré que pierdas. Pero tampoco puedo permitirme perder yo. Otra vez no.*

*Las implicaciones eran claras: ella había movido su ficha en el tablero. Había usado el corazón de Tom en contra de él en detrimento del suyo y, por ello, ganaría.*

*Le quedaban entonces dos elecciones. Hacer lo que le habían pedido los arcángeles y perder; confesar lo que había en su corazón y admitir su egoísmo, su vicio. Perder y arriesgar algo, a alguien, que no era un juego y nunca lo sería.*

*Tal vez solo tenía una elección entonces. Una regla.*

*—Elaine —suspiró—. Siempre me estás atrapando, ¿vedad?*

*Ella se apartó.*

*—¿Me quieres? —le preguntó con la voz de Vi.*

*«¿Porque te quiero lo suficiente para destruir las profundidades de mi ser?».*

*(Así es como la salvas).*

*—No —se obligó a responder, arrancando el dolor de su pecho.*

*De pronto Vi titiló y volvió Lainey, sus rasgos luminosos y resplandecientes.*

*—Muy bien, Tom —dijo con tono suave, acercando sus labios a los de ella.*

—Solo es un juego, Vi —le aseguró Cal con la mano en su hombro.

No se atrevió a soltarse.

«Lo sé», intentó decir, pero no pudo.

Fox bajó los escalones del estadio y encontró a la Muerte con las muñecas atadas a la mesa, su máscara humana gastada y rota mientras inclinaba la cabeza sobre la madera para contemplar sus vetas.

—Papá —se dirigió a él con desaprobación—. ¿No será esto, por casualidad, lo que querías contarme antes? —Señaló el coliseo dorado.

La Muerte levantó la mirada y sacudió la cabeza.

—No deberías estar aquí, joder.

—La goma.

—No la tengo. —La Muerte se señaló las esposas que le aferraban las muñecas.

*Está bien*, pensó Fox.

—¿Quieres contarme de qué va todo esto? —preguntó en cambio, forzando su tono usual de genialidad—. Parece que estás metido en problemas.

Los ojos de la Muerte no estaban bien, no eran como siempre. La cualidad humana que siempre supo que era falsa estaba descolorida, desfigurada, más espectral.

—No tienes que preocuparte, Fox.

—No tengo —afirmó—, pero lo estoy.

La Muerte no dijo nada.

—Parece que el pasado no es pasado de verdad para nosotros, ¿eh? —musitó Fox.

—Siempre me he preguntado si tendría que pagar. —La Muerte se miró las manos—. Este es el precio de mi arrogancia, al parecer.

—Lo que no entiendo es por qué está todo el mundo tan preocupado. Nunca antes has perdido, ¿no? —Su padrino negó con la cabeza—. ¿Por qué ibas a perder ahora?

—Voy a perder —se limitó a decir.

—Dices eso, pero…

—Voy a perder —repitió—. Tú no comprendes el juego, Fox.

—En eso tienes razón —aceptó Fox—. No tengo ni idea de qué es esto ni de por qué está tan desesperada por jugar la gente. Los arcángeles dicen que están perdiendo a propósito —añadió—. Los otros inmortales y criaturas. —Era diferente que Tom perdiera, claro, porque él estaba jugando por Volos en un vacío legal. Los otros inmortales estaban perdiendo por voluntad propia, pagando de forma voluntaria el precio de su pérdida—. Están dejando que gane Volos.

—Espero que lo hagan. Muchos tienen motivos para oponerse a mí y mi pérdida no supone gran diferencia para ellos.

—¿Por qué? —preguntó Fox—. ¿Porque eres un tirano, papá?

—Porque engaño —admitió. (Egoístamente, Fox sintió alivio de que no estuviera allí Brandt para escucharlo)—. O así lo llaman cuando adjunto mis condiciones a sus premios.

—Pues engaña de nuevo entonces —le pidió—. Haz lo que tengas que hacer, papá, pero no creo que puedas confiar en que yo gane. No entiendo por qué voy a ser mejor que tú en esto.

—Claro que no lo entiendes. Eres un mortal.

Fox gruñó.

—Otra vez esto no…

—Sí, otra vez esto —repuso con firmeza—. No eres uno de nosotros, Fox, y, por una vez, eso te da ventaja. Porque por ti hay cosas que merecen la pena ganar. Por eso ha conseguido un mortal ganar este juego antes, y por eso debes ganarlo tú ahora de nuevo... porque por ti, la recompensa es siempre mayor. Siempre será más que cualquier otra cosa que puedas hacer por ti mismo y por ello el coste para ti será siempre menor.

—Para Tom Parker, no —apuntó Fox, refiriéndose al hombre que estaba bajo el control de Volos. La Muerte palideció.

—Bueno, a él lo subestimé. Poseo una larga trayectoria haciendo eso.

—¿Subestimando a Tom?

—Menospreciando la mortalidad —lo corrigió y parecía triste cuando su mirada se encontró con la de Fox—. Si hubiera descubierto esto hace tiempo, habría sido mucho mejor por ello.

Fox eludió cortésmente el comentario, como si estuviera relacionado con él.

—¿Cómo murió Tom Parker? —preguntó en cambio.

—No murió. Sigue por ahí, en algún lugar dentro del huésped que actualmente está sirviendo para Volos. Al parecer, hizo un trato con el rey del vicio después de la maldición que le lancé. La maldición de insaciabilidad —aclaró—, que parecía más obra de la humanidad que mía en esa época. Pensaba que acabaría sucumbiendo ante mí, como cualquier mortal normal, pero supongo que nadie es el mismo después de haber jugado a este juego.

—Él no —corrigió Fox—. Me refiero a Tom Parker IV. El fantasma.

—Ah. Lo mató Volos.

Fox frunció el ceño.

—¿No fue la sirena?

—Deidad acuática —corrigió la Muerte—. Es más una criatura del agua que una sirena, en realidad, aunque es sobre todo un asunto de semántica.

—De acuerdo. ¿No fue ella?

—Ella colaboró. Pero fue Volos quien lo mató al final.

Se quedó callado y Fox, por su parte, se preguntó si le habría contado toda la verdad.

—Qué raro, ¿no? —preguntó, perdido en sus pensamientos—. Que todo esto converja... con tanta claridad.

—Oh, Fox. —La Muerte estiró los brazos con cansancio y se detuvo cuando las cadenas impidieron su progreso—. Lo has entendido mal. Esto no es una convergencia fortuita; es una serie de eventos y es puramente responsabilidad mía. Mi culpa. Tú... —Exhaló una bocanada de aire— no deberías rendir cuentas.

Fox vio a su padrino encorvarse, inclinarse bajo algo pesado e incompleto, y sufrió un sorprendente arrebato de oposición.

—Pero soy tu hijo —declaró y, al escuchar las palabras, la Muerte alzó la mirada, sorprendido.

»Papá. —De pronto parecía muy sencillo. Muy obvio. Nunca se habían reconciliado por completo, no de este modo. Ninguno de ellos se había adelantado a decirlo; en cambio, habían dado vueltas en torno a ello, habían fingido, no habían reconocido nunca el daño. Nunca habían intentado sanar la herida—. Soy Fox D'Mora, ¿no es así? Soy «de la Muerte», papá, y no he conocido otro padre. ¿Cómo no iba a ser yo quien absolviera tus errores?

La Muerte se encogió.

—Porque voy a perder —dijo con tono suave—. Voy a perder porque tengo un remordimiento, uno terrible, y esas cosas son más poderosas de lo que puedas imaginar, Fox. Me sobreviven incluso a mí, y el remordimiento que tengo no es poca cosa. —Alzó la mirada, apenado—. No te va a gustar lo que vas a ver, Fox. Cuando veas lo que he hecho.

Fox no prestó atención al tono de advertencia.

—No voy a dejar que pierdas. Tú dime solo cómo puedo ganar —dijo en una súplica tímida—. Y te prometo que me voy a asegurar de que no pierdas.

La Muerte hizo una pausa y volvió a mirar la madera de la mesa que tenía delante.

—Escucha con atención entonces.

Fox se inclinó hacia delante, como tantas otras veces.

—Así es como puedes ganar el juego —dijo la Muerte.

—Hola, Mayra Kaleka —la saludó el rey del vicio.

Ella alzó la barbilla.

—No vas a poseerme —le informó—. Ningún hombre lo ha hecho.

—Ya. Pero yo no soy un hombre, ¿no? Tu cuerpo no me interesa y no voy a intentar quitarte tu orgullo. Sé que no puedo —añadió con entusiasmo— porque no soy lo bastante vanidoso para creerlo posible, ni pienso que valga la pena ni las molestias descubrirlo. —Le guiñó un ojo y se cruzó de brazos—. El orgullo de un mortal tiene poco valor para mí, Mayra Kaleka, a menos que me dé lo que quiero.

—¿Qué tendrás entonces de mí, Volos? —preguntó ella, aunando fuerza para llenar los huecos de su constitución, los agujeros de la duda—. No hay nada que puedas tomar de mí de lo que no haya sido despojada ya mientras vivía.

—Oh, al contrario —murmuró, riendo, y cambió de máscara.

—Tomaré tu corazón —dijo Calix Sanna con la voz del rey del vicio.

—La gente tiene secretos, Fox —dijo la Muerte—. Y es muy fácil dar con ellos porque pocos pueden ocultarlos de verdad. Comprende el corazón de una persona, lo que la vuelve blanda y la hace dura, y encuentra la fuente de sus materiales.

—¿Entonces?

La Muerte se encogió de hombros.

—Luego úsalo como si fuera un cuchillo.

*—Necesito un segador —le estaba diciendo Fox a Cal, una reproducción peligrosamente familiar del momento en el que Mayra lo vio por primera vez; el día que vio por primera vez los rizos oscuros que llevaba como una corona y la sonrisa tan solo reservada para ella—. ¿Podemos confiar en ti?*

*—¿Quiénes? —preguntó Cal y desvió la mirada hacia Mayra—. ¿Tú también formas parte de esto, ángel?*

*La curva de su boca había sido siempre como una caricia, un abrazo, y la sintió en la profundidad de su alma, en las grietas de su corazón, enterrada en los lugares que tan solo ella podía tocar…*

—Fuera —espetó Mayra con tono tenso y apartó a la fuerza el recuerdo—. Esto no es para ti, Volos.

La escena cambió.

—¿Cuánto tiempo podrás frenarme, ángel? —preguntó Volos, que se materializó a su lado con los brazos cruzados, apoyado en una pared blanca—. No puedes mantenerme fuera para siempre, ya lo sabes, y no puedes ganar.

—Sí puedo ganar —replicó ella con los dientes apretados—. Soy mucho más fuerte de lo que crees.

—La fuerza no gana —respondió Volos y conjuró una bebida con espuma blanca de la nada a la que dio un sorbo antes de continuar—. Tan solo tengo que superar tus propios demonios —aclaró—, y al ser yo mismo uno, lo consideraría uno de mis mejores talentos.

—Yo no tengo demonios —mintió Mayra.

Volos se rio.

—Seguro que no.

—Tienes que defenderte, Fox. El engaño ayudará, si puedes controlarlo. Será más duro o más fácil dependiendo del talento de tu oponente, pero será una apuesta de todos modos.

»Has de conocerte a ti mismo, sin reservas, para poder defender bien tus debilidades. Aunque más importante, debes conocerte mejor que tu oponente. Tienes que saber que atacará si le das la oportunidad; accederá donde no es invitado. Dale pues algo que sea fácil de ver y deja que crea que es más de lo que es.

*—Entonces es esto —dijo Tom, rodeando a Lainey, que estaba arrodillada con la cabeza apoyada en su pecho. Las lágrimas se mezclaban con su sangre mientras se quedaba frío e inmóvil en el suelo de la mansión Parker—. ¿Así es como morí? ¿Tú me mataste?*

*—Sí —respondió, sin mirarlo—. Y ya ves lo mucho que me dolió.*

*Tom miró a su alrededor y se ubicó en sus recuerdos. Volvió a sentir la sensación que ya había revivido tantas veces; el patrón de la sangre salpicada en el suelo y el vacío de la habitación cuando despertó.*

*Dejó de moverse y miró los dedos de ella, que todavía sostenían el cuchillo.*

*—No sucedió así —declaró y vio cómo se tensaba Lainey.*

*—Sí.*

*—No. Quieres que gane el juego, ¿no?*

*Lainey vaciló.*

*—Eso no significa…*

*—Quieres que gane el juego —repitió—, pero también tienes que ganar tú, así que quieres que sienta que te he vencido. —Contempló la escena de nuevo, buscando las imperfecciones—. Esto debe ser una mentira. Quieres que sienta que salí con la certeza de que te causé dolor. Pero…*

*Extendió el brazo y la escena cambió.*

*—No lloraste —dijo y bajó la mirada hacia donde estaba sentada a su lado, inmóvil—. Tú nunca lloras. Pensaba que no eras capaz de hacerlo.*

*Lainey no se giró.*

*—Soy una deidad del agua —señaló y él observó su postura, vio cómo cedía bajo la presión de sus mentiras.*

*—No lloraste —determinó—. Y tampoco me mataste.*

*De pronto, el cuchillo que tenía en la mano volvió a enterrarse en su pecho.*

*—Había alguien más aquí, ¿verdad? No hiciste esto tú sola.*

*Ella no se movió.*

*No respiraba.*

*—Cuéntame la verdad, Elaine.*

—Puedes jugar con el tiempo, con la fisicidad, con la memoria. Lo único que no puedes tocar es a tu oponente, lo único que no puedes alterar es lo que existe para él, lo que es real. Como un libro, puedes leer la página que te enseña y, si eres lo bastante listo, puedes adelantarte o viajar hacia atrás, pero no puedes cambiar el contenido de la historia. Solo puedes cambiar cómo se lee la historia.

—Puede que esto refresque tu memoria, Mayra Kaleka —dijo Volos y chasqueó los dedos.

La escena cambió abruptamente.

*—Otra vez estabas con el segador —dijo Rafael con tono agrio.*

*—Estaba con Fox —se oyó decir Mayra—. Me han asignado a él, como ya sabéis.*

*—Mayra. —Gabriel suspiró—. ¿Crees que somos idiotas?*

*—Sí —respondió ella—. ¿Es relevante eso?*

*—La confraternización está mal vista —le recordó Rafael—. Y esto, sea lo que fuere, es inadmisible. Tu registro está en juego.*

*—No es nada.*

*—¿De verdad? —le murmuró al oído Cal—. ¿Nada?*

Mayra se sobresaltó.

—No estás aquí de verdad —le dijo ella—. Sé que no.

—Pues no entonces. —Se encogió de hombros—. ¿Y si lo estuviera? ¿Qué diferencia hay?

Mayra parpadeó.

—Para.

—¿Por qué? ¿Porque Cal pararía?

—Sí.

—De acuerdo, pararé.

—No eres él.

—¿Quieres al de verdad? —preguntó y, de nuevo, la imagen dio vueltas.

*—No deberíamos vernos —dijo Mayra—. No vuelvas a pedir a Fox que me invoque.*

*—No lo dices de verdad —respondió Cal. Siempre había tenido una sonrisa solo para ella, pero el dolor en su rostro era también por ella—. Mayra, no lo dices de verdad…*

*—Estoy costándote más tiempo. A los dos…*

—Para —exigió Mayra.

—¿Que pare qué? —le murmuró Cal al oído.

*—Mayra, vale la pena. —Sus ojos eran tan adorables, tan amables. Ella era tan fácil de herir—. Un momento contigo vale mucho más que una eternidad en el paraíso…*

*—No digas esas cosas. —Mayra sacudió la cabeza—. No.*

*—¿Por qué? ¿No puedes soportar escucharlas?*

*—Porque… —comenzó, pero se quedó callada, el peso de sus miedos asentándose en sus fragmentos, las profundidades de sus muchas fracturas—. ¡Porque no valgo el precio, Calix Sanna!*

De pronto la escena se evaporó, disolviéndose en la nada y disolviendo también la cara de Cal, sus manos todavía buscando las suyas con ternura.

—Ahí está —le dijo Volos al oído, riendo con auténtico deleite—. Esta es la verdad, Mayra Kaleka. Que no te crees merecedora de muchas cosas, ¿no?

—Fuera —bramó, girándose para mirarlo.

Él sonrió y curvó los dedos en su mejilla.

—Un placer —respondió, riéndose, y desapareció.

—Recuerda que no estás jugando con tu oponente, Fox. Estás jugando al juego. Tienes que ganar al propio juego.

—¿Y qué es el juego exactamente? —preguntó Fox—. ¿Solo tengo que ganarme a mí mismo?

La Muerte esbozó una sonrisa reticente.

—Tienes que ganar a tus demonios y, por lo tanto, ganar el control de ti mismo.

*—¿Cómo pasó en realidad? —preguntó Tom, pero Lainey ya no parecía dispuesta a entretenerlo.*

*—Se ha acabado —dijo con voz fría—. Hemos llegado a un punto muerto, Tom, y no tiene sentido continuar. Ya no me quieres y yo he perdido mi única carta para jugar.*

*—Sigo queriendo una respuesta. ¿Fue el rey demonio?*

*El demonio que llevaba la piel de su ancestro onduló en el aire.*

*—Sí —respondió Lainey.*

*—Estás mintiendo —replicó Tom—. ¿Quién fue? ¿Quién sostenía el cuchillo?*

*No respondió.*

*Tom empezó a dar vueltas, nervioso.*

*—Era el cumpleaños de alguien —dijo y Lainey sacudió la cabeza.*

*—No.*

*—Un aniversario entonces. Algo.*

*—Deja de torturarte, Tom. Ya te lo he dicho, no puedo dejar que pierdas.*

*—Pero ¿por qué fue? —Todo era mareante, no tenía sentido, era imposible de ganar—. ¿De verdad fue siempre por el juego?*

*—El mortal tenía un precio —dijo Lainey con los dientes apretados—. Lo pagó con sangre, como exigió Volos.*

*—Como exigió Volos —repitió él con el ceño fruncido—. Pero si Volos hubiera podido tomarme él mismo, lo habría hecho. Está claro que lo habría hecho, así que…*

*—Déjalo, Tom…*

*—Elaine —dijo, buscándola, y ella se tensó con su roce.*

*—Suéltame.*

*—No.*

*—Tom…*

*—Crees que no te quiero porque he descubierto tus secretos —murmuró, tirando de ella hacia su cuerpo—, pero no es verdad, Lainey. Elaine. —Suspiró—. Sabía que eras una diosa y te quería. Te veneraba. Sabía lo que eras y te quería por ello.*

*Ella se encogió.*

*—Si ya no te quiero, no es por saber lo que eres o lo que has hecho. —No, eso tampoco era correcto. No había entendido hasta este momento lo simple que era en realidad la verdad—. Elaine, siempre te voy a querer. Simplemente no te elijo a ti. Si vamos a ser honestos, tú nunca me has elegido a mí. Ni siquiera me estás eligiendo ahora.*

*Ella apartó la mirada.*

*—Quería ser humana.*

*—Nunca has sido humana. Para mí no. Para mí siempre fuiste una deidad.*

*—Yo… —Cerró los ojos—. Tom por favor.*

*—Enséñamelo, Lainey. —Esa vez sabía que no iba a negarse—. Enséñame lo que pasó.*

Hubo una pausa, un segundo de respiración contenida.

Una brisa, como el susurro del mar.

Y entonces un parpadeo y el regreso a la escena del crimen.

*—Será mejor que acates nuestro trato, Volos —dijo una voz familiar y vio la nuca de una cabeza familiar—. No me gusta tener que hacerme cargo de esto por ti.*

*—Deuda de sangre —respondió Volos y se encogió de hombros—. Me lo debe el mortal.*

*—Y soy yo quien está pagando —gruñó el hombre.*

*—Es culpa tuya —dijo Volos—. Deberías habértelo pensado antes de atar a la estirpe Parker a tu registro.*

*—No es un registro, es un libro —lo señaló—, y no es para ti, así que más te vale cumplir los términos de nuestro acuerdo.*

*—Siempre lo hago. —Tendió una mano expectante.*

*El hombre volvió la cabeza, el pelo dorado reflejó la luz y una cicatriz en la boca se estiró hasta formar una línea delgada, siniestra.*

*—Acepto entonces —declaró Brandt Solberg y dejó el volumen delgado de piel en la mano de Volos tras ocultar hábilmente un puñado de páginas arrancadas a su espalda—. Tengo que saldar mis propias cuentas, y empiezo ahora.*

Vi resolló.

—¿Qué? —preguntó Cal, mirándola con preocupación—. ¿Qué pasa?

—Fox —dijo, volviéndose hacia los arcángeles—. ¿Con quién juega?

Gabriel bajó la cabeza para mirar el pergamino.

—El resultado de este juego será de dos victorias. Fox jugará con la deidad del agua. Volos, estoy seguro, ocupará el lugar del fantasma una vez que haya empezado el juego. Ya ha vencido al ángel.

—¿Y luego? —insistió Vi—. Después de Lainey. Si Fox gana.

Gabriel tensó la boca y marcó con el dedo el nombre que había apuntado.

—El diosecillo. —Miró a Rafael.

—Bueno, es un turno —comentó él con una mueca.

Vi no esperó a que entendieran lo que había entendido ya ella.

—Es una trampa —dijo con tono ronco y echó a correr, llevándose a Cal.

—Hola, diosecillo —saludó Perséfone y Brandt se inclinó.

—Señora de los muertos —dijo con tono grandilocuente—. Un placer, como siempre.

—¿Y si acabamos con esto? —Señaló la mesa con indiferencia—. Me han dicho que no tengo más opción que perder esta ronda, así que vamos a tratar de hacerlo de forma indolora.

—Perderías de todos modos —le recordó Brandt—. A fin de cuentas, no sería la primera vez que perdieras contra mí, ¿no?

Ella apretó los labios con desagrado.

—¿De verdad ansías tanto destruir a la Muerte? —preguntó—. ¿Tan concentrado estás en la venganza que nos someterías a todos al reinado de Volos?

—Ah, pero «venganza» es una palabra terriblemente errónea —replicó y chasqueó la lengua—. Y yo que pensaba que precisamente tú lo entenderías, *jenta mi*.

Su expresión, que estaba ya cargada de desagrado, se convirtió rápidamente en una mueca.

—Tú y yo no somos iguales, diosecillo —lo acusó—. Tú no sirves a ningún propósito. Vas sin dirección.

—Mientras que tú simplemente te enamoras de la oscuridad, ¿no? —señaló él.

—¿De verdad vas a decirme que esto es un acto de amor? —se burló Perséfone—. No, diosecillo. No te creía capaz. Eres tan ladrón como yo reina.

—Más incluso, pues al menos manejo un calendario anual completo en mi profesión.

Ella entrecerró los ojos.

—Entonces si la palabra no es «venganza», ¿cuál es?

Brandt se encogió de hombros.

—Tal vez «restitución» —sugirió—. Una reparación por un daño causado, podríamos decir.

—¿Cómo va a pagar la Muerte?

Brandt la miró a los ojos, con la cabeza alta.

—Déjame eso a mí. —Posó las palmas de las manos en la mesa—. Cuando gane este juego.

—Espera —la llamó Cal y vaciló, algo tiraba de él para dejarlo donde estaba cuando Vi salió disparada en la dirección que había tomado Fox—. Vi, espera un momento, no puedo...

—Un momento, por favor —habló una voz y una mano se cerró en torno a su hombro—. Calix Sanna, ¿no? Segador, amante de un ángel —le murmuró al oído el rey del vicio y la amenaza ascendió por la columna de Cal en un escalofrío—. Dime, ¿qué sabes de Fox D'Mora? Sus debilidades —sugirió—. Sus secretos, etcétera, etcétera. Creo que me vendría bien saber qué ha podido hacer un mero mortal para que dos arcángeles lo trajeran hasta aquí como si fuera un arma. Un viaje a la conciencia de Mayra Kaleka me ha develado que tú puedes ser la persona que lo sepa.

—Estás equivocado —repuso Cal y se dio la vuelta para mirar al hombre que se parecía mucho a su amigo Tom Parker—. No me vas a sacar ni una palabra, Volos.

—¿Ni siquiera para salvarte tú? ¿O mejor aún, para tener a Mayra? —preguntó Volos, poniéndole ojitos—. Podría arreglarlo por ti, ¿sabes? Estoy inclinado a valorar tu respuesta de forma favorable. —Le lanzó una mirada cómplice—. La pérdida de tu ángel en el juego tiene que ser una pérdida para todo el cosmos, según tengo entendido.

—Ella nunca aceptaría eso —replicó Cal—. No si es a cambio de entregar a Fox.

Para su desagrado, Volos sonrió.

—¿Qué? —preguntó.

—Eso no es un «no» —le informó el rey demonio.

Cal parpadeó.

—Sí lo es —replicó, testarudo, y Volos puso los ojos en blanco.

—Escucha —dijo, impaciente—, cuando lleves traficando con este tipo de cosas el mismo tiempo que yo, aprenderás a entender la diferencia entre un «no» y un «presióname hasta que me rompa, Volos» y, para que conste, he roto suficientes veces para verlo venir.

Cal se tensó y no dijo nada.

Volos esperó con ansia y luego suspiró.

—Que así sea entonces. —Chasqueó los dedos, enviando a Cal a la oscuridad.

VI

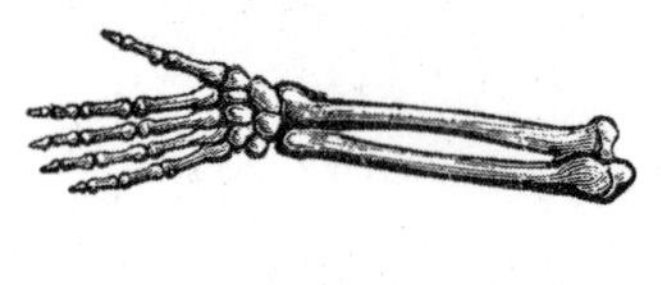

# XXIV

## EL LADRÓN, EL NECIO Y LA APUESTA

—Parece que esto no es una coincidencia —farfulló Vi, nerviosa, retorciéndose las manos, cuando abordó a Fox arriba de las escaleras del atrio que parecía un coliseo—. Fox, creo que deberías saber…

—En realidad no es una coincidencia en absoluto —respondió él con un suspiro. Las palabras de la Muerte daban vueltas en su cabeza sin que llegara a ninguna conclusión productiva—. Acabo de hablar con mi padrino. Evidentemente, todo esto era una especie de desmoronamiento inevitable.

—Es peor que eso. —Vi lo asió del brazo con urgencia—. Fox, creo que tienes que saber en quién puedes confiar y…

—Dudo que la confianza tenga lugar en este juego, Vi. —Posó las manos en sus hombros y la apartó con amabilidad—. En cualquier caso, mi oponente espera. Me he demorado demasiado y estoy seguro de que los dos arcángeles tendrán algo que decirme al respecto. ¿Dónde está Cal?

Vi se volvió, sorprendida, y miró por encima del hombro.

—Estaba justo aquí —dijo, horrorizada—. Estaba aquí, lo juro.

—Bueno, ya lo buscaré después. De todos modos… —Se encogió de hombros—. Es solo un juego, ¿no?

Se adelantó, en dirección a las mesas, y Vi extendió el brazo y cerró los dedos helados en torno a su muñeca.

—Fox —dijo, desesperada—. Fox, fue Brandt quien dio a Volos el registro. Él mató a Tom y tienen una especie de trato. No sé qué es. No lo sé. Lo único que sé es… —Exhaló una bocanada de aire—. Lo único que sé es que no es quien tú crees.

Fox se detuvo y la información le cubrió los hombros como un manto. Uno de los muchos fantasmas de Brandt Solberg le susurró al oído.

*Es una suerte que me odies,* le dijo.

Fox cerró los ojos. *¿Te he dicho yo que te odio?*

La misma carcajada aireada que, al contrario que todo lo demás en todos los mundos, nunca parecía cambiar. *Si no me odias ya, Fox, entonces es que no estás prestando atención…*

*El diosecillo no es muy buen hombre,* gruñó la Muerte.

Fox abrió los ojos y reparó en sus circunstancias actuales con un suspiro.

Siempre lo decepcionaba lo poco que podía sorprenderse.

—No, Viola —le aseguró y se soltó de ella con suavidad—. Por desgracia, es exactamente quien creo.

—Eres un necio —vociferó Lainey—. Un necio solo por venir aquí y doblemente necio por intentar engañar a Volos usando a Tom. Estará furioso cuando te enfrentes a él… si es que logras llegar tan lejos —añadió, fijando su mirada oscura en la de él.

—Ya me preocuparé yo por eso —le aseguró Fox, desechando su vieja máscara familiar.

Siempre era más fácil después de las traiciones de Brandt Solberg. Por un instante, casi fue de nuevo su antiguo yo, como si el tiempo hubiera retrocedido, pero no, ya no. El viejo Fox estaba muerto y todo cuanto tenía que hacer era ganar.

—Casi pierdes la ronda con el fantasma —señaló Fox con la mirada descarada con la que siempre había conseguido echar un polvo o recibir una bofetada, dependiendo del momento—. No estaría tan seguro de tu victoria.

—No tengo elección —respondió Lainey con voz tensa—. Volos me matará si pierdo. Rescindirá nuestro contrato. Lo perderé todo, incluido lo que me ofreció la Muerte. Lo perderé todo y tendré que volver al mar, como si nada de esto hubiera sucedido nunca.

Fox abrió la boca para hablar, pero entonces parpadeó al entender sus palabras.

Parpadeó de nuevo.

Y una tercera vez.

—Un momento. Eso es lo que tú quieres, ¿no? —comprendió y Lainey se llevó un dedo a los labios.

—Vamos a jugar, Fox D'Mora —sugirió y ocupó su lugar en la mesa.

## HACE CINCO MINUTOS

—Esta ronda termina en empate —señaló Gabriel con los labios apretados—. Los dos jugadores ganan…

— … a pesar de nuestras instrucciones muy claras de que no se haga —añadió Rafael con obvio desagrado, mirando a Tom con el ceño fruncido.

—Pero ¿qué significa eso? —preguntó Tom—. ¿Cómo vamos a ganar los dos?

—Significa que nuestras victorias son condicionales —le explicó Lainey.

Se dio la vuelta, canalizó su aliento en una espiral cónica de niebla y se la envió a él, a su oreja.

—Ten mucho cuidado —susurró como advertencia, como espuma que le mojara la mejilla—. Esta es la verdadera importancia del juego: que la recompensa ha de valer el precio.

Tom frunció el ceño.

—No lo enti…

—Exige tu propia seguridad —insistió su voz en un susurro, frenética—. Pon como condición de tu victoria que Volos no te tome como castigo, ni a Viola. Exige que sea a mí. Confía en mí, Tom. Tú hazlo.

Estaba enseñándole cómo jugar las cartas a su favor; le parecía justo ofrecerle a ella la misma oportunidad.

—¿Qué debería pedir entonces?

Lainey pegó la palma a su mejilla, más niña que fantasma esta vez.

—Maldíceme con los recuerdos —murmuró—. Dame claridad por todo lo que he hecho.

Tom frunció el ceño.

—Pero ¿no te causaría eso…?

—Tú hazlo, Tom —repitió y los dos lo entendieron.

Era una despedida.

—Estás bajo el control de Volos —observó Fox, rodeando a Lainey en medio de nada más que un blanco aireado e iluminado por sí mismo—. Has hecho un trato con él.

—Haz tu movimiento, mortal —le sugirió sin mirarlo a los ojos—. Cuanto más tardes en jugar cada ronda, más lejos llegará Volos.

—Ah, pero estoy jugando —le informó él—. Solo alguien desesperado haría un trato con un rey demonio, ¿no te parece?

—O tal vez soy más inteligente de lo que piensas.

Fox estaba seguro de que lo era.

—Bien, ¿quieres jugar? —preguntó. No quería que lo mirara a los ojos—. Pues muéstrame un recuerdo.

Lainey ni siquiera tuvo que parpadear.

*—Tom —susurró, enredada con él en la cama, el aire cálido y pegajoso, la habitación llena de ropa tirada y susurros. Acercó la mano a la cara de Tom, y Fox, que estaba viendo al fantasma por primera vez, se quedó perplejo al comprobar lo mucho que se parecía a su ancestro.*

*Thomas Edward Parker IV se inclinó para recibir el beso de Lainey. Desde la distancia, Fox frunció el ceño, confundido, intentando comprender sin éxito el significado de este recuerdo.*

*Pero puede que ver no fuera el problema.*

*—Muéstrame la verdad —dijo y algo crepitó.*

*Una voz que interrumpió la estática, como un estéreo.*

*—Hazlo, Elaine —dijo el rey del vicio y el sonido de su voz sonó amplificado en los oídos de Fox—. No tengo mucho tiempo. Termina con esto.*

*Fox vio cómo se encogía Lainey.*

*—¿Qué pasa? —murmuró Tom y detuvo la mano en la piel de la mujer al intuir su incomodidad.*

*—Nada.*

*En algún lugar, Volos se rio.*

*—Vamos —insistió el rey demonio—. No voy a irme hasta que no lo hagas. Por cierto, es el aniversario de nuestro trato —añadió la voz—, ¿lo sabías? Que nadie me llame «insensible».*

*—¿Lainey? —preguntó de nuevo Tom.*

*Fox la vio tragar saliva; la vio sufrir de un modo que Tom no podría haber entendido de ningún modo.*

*—Necesito algo de ti —dijo la mujer, envolviéndole la cintura con los dedos a su amante—. Necesito que hagas algo por mí…*

—Para —pidió Fox y la escena desapareció con un titileo. Lainey volvió a materializarse delante de él.

Fox la miró.

—Siempre fue así, ¿no?

—Sí.

—¿Encontraste al descendiente de Tom Parker por órdenes de Volos?

—Sí.

—¿Por qué?

—Esto no es el juego —le advirtió—. No puedo decírtelo.

Muy bien, de acuerdo.

—Entonces muéstramelo.

La escena retrocedió, atravesó el curso del tiempo.

*—Vaya, vaya, vaya —dijo la voz de Volos. Solo su corona dorada era visible a la luz tenue de la cueva anquialina—. Así que esto es lo que hace una criatura cuando se le concede la humanidad.*

*Lainey emergió de las profundidades de la charca oscura y tomó aire al salir a la superficie. Se apartó el pelo mojado de la cara y apoyó la barbilla en una cama brillante de piedra caliza.*

*—No es como pensaba —admitió.*

*—¿El qué?*

*—La mortalidad. —Apartó la mirada—. O supongo que la humanidad, como lo has llamado tú.*

*—No eres humana —le recordó—. Que ahora tus piezas encajen no quiere decir que contengas los mismos materiales. La Muerte sabía esto —señaló—. Lo sabía y te lanzó esa maldición sin importarle las consecuencias. Lo hizo conscientemente —añadió—, a propósito, para que tu premio no fuera nunca un premio de verdad.*

*Fox observó con el ceño fruncido cómo vacilaba Lainey y se mordía la lengua. Estaba claramente afligida; ella ya había deducido eso, y posiblemente más.*

*—Sé quién eres —le dijo a Volos—. No sería tan tonta como para hacer un trato contigo.*

*Él asintió, no se mostró sorprendido.*

*—Necesitas algo más —le dijo—. Algo que no pediste.*

*—¿El qué?*

*—Querida, compañía, por supuesto. ¿Qué humano es humano de verdad sin amor?*

*—¿Amor? —repitió ella con una mueca—. No necesito tu ayuda para eso.*

*—¿Seguro? Hace décadas que jugaste contra la Muerte y ganaste. ¿Qué has ganado?*

*Lainey vaciló.*

*Y entonces tragó saliva.*

*—Digamos que te creo. ¿Qué me ofrecerías exactamente?*

*—No puedo crear el amor —comentó Volos, al menos era franco—. Pero puedo imitarlo con una destreza sorprendente.*

*Lainey apartó la mirada.*

*—Lujuria entonces, ¿no?*

*—Un poco más. Será amor, en realidad. No uno dulce, ni tierno. Pero ya que no eres capaz de sentirlo por ti misma, no veo por qué van a importar las complejidades de su fruto. —Se encogió de hombros.*

*—¿Y qué tomarás tú? —preguntó, vacilante—. A cambio, ¿qué vas a querer?*

*—Tus secretos. La eternidad que conocías en las olas.*

*—¿Por qué? —Parecía sorprendida—. Tú ya eres inmortal.*

*—Sí, pero sé cuándo algo tiene valor, lo necesite o no.*

—Cámbialo —indicó Fox, pues creía saber el resto—. Adelántate.

De nuevo, Lainey accedió.

*—Esta es ahora tu familia —señaló Volos, mostrándole sus caras, sus posturas, sus miedos—. Tomarás el lugar de la hija.*

*—¿Por qué esta familia? —preguntó Lainey.*

*—Tienen todo cuanto desearía cualquier mortal. Riqueza, estatus, contactos. Poseerás todo lo que quiere un humano.*

*—Pero me prometiste amor —le recordó.*

*—Sí, y lo tendrás. Puedes tener el corazón del mortal.*

*—¿Qué mortal?*

Esto tampoco necesitaba verlo Fox.

—Adelante —dijo con brusquedad.

Un salto, un arranque de histeria.

*—¡Has matado a su padre! ¡Y a su tío!*

*—No. Técnicamente formaba parte de un trato.*

*—Mantenlo a él con vida. ¡Tienes que hacerlo! Por favor, haré cualquier cosa, pero no te lo lleves a él…*

*—¿De verdad? ¿Harás cualquier cosa? Porque resulta que necesito una compañera. Alguien con excelentes habilidades en el juego.*

*Lainey puso cara de sorpresa.*

*—¡Cualquier cosa!*

Era desesperación, comprendió Fox y suspiró al reconocer la prueba de su debilidad justo cuando destelló en los ojos de Volos.

—Adelante.

*—¿Por qué me lo entregaste solo para arrebatármelo?*

*Volos se encogió de hombros.*

*—Sabía que lo necesitaría y, además, yo nunca te prometí un «para siempre». No puedes tener a un mortal para siempre y tú querías ser mortal, así que obviamente tú tampoco podías. ¿Sabes cuánto dura de media el amor? —murmuró—. En muy raras ocasiones dura. El amor es frecuente y a menudo fugaz. Pero no podías saber eso, ¿no? —señaló con astucia—. Lo único que entiendes del amor es lo que yo te he dado, que, por cierto, tenía un precio que aún tienes que pagar.*

*Hasta aquí la franqueza, pensó Fox.*

*—No voy a ayudarte —protestó Lainey—. ¡No!*

*—Ya estás aburrida —le recordó Volos—. Este amor no es suficiente para ti.*

*—Devuélveme mis secretos entonces —le suplicó—. Debería ser él quien los tuviera. Me siento inquieta sin ellos. Ni siquiera cuando estoy con él puedo estar quieta…*

*—Un vistazo a los secretos y lo perderías a él —le informó Volos—. ¿Te querría por lo que eres? Ningún hombre lo entendería nunca. Ya se está alejando de ti, ¿no?*

*—Solo porque no puedo explicárselo. —Parecía afectada por la rabia y el dolor—. Cree que… cree que soy insensata. Que soy descuidada, que soy incapaz de sentir lo que siente él…*

*—Y eres todo eso —le recordó Volos—. Si quieres que esto termine, tendrás que pagar tu parte del trato o empeoraré las cosas hasta que los términos de nuestro acuerdo queden satisfechos.*

*Lainey tragó saliva con dificultad, con la mirada vacía, triste.*

*—Quiero que acabe —concluyó con voz ronca—. Quiero que se termine.*

Otro cambio.

—Yo no te he pedido esto —señaló Fox, volviéndose irritado cuando la escena comenzó a cambiar—. No había acabado…

—Es un juego, Fox D'Mora —replicó Lainey con tono irritado—. Estás jugando, igual que yo.

*—La ronda final la tienes que perder —dijo Brandt, y su voz y su rostro enviaron un sentimiento de consternación al pecho de Fox—. Diga lo que diga Volos, sea lo que sea lo que te exija, perderás, pero hasta entonces no. ¿Lo entiendes?*

*Lainey lo miró con una mezcla de resentimiento e inseguridad.*

*—Hay un hombre —comentó Brandt—. Un hombre que es el ahijado de la Muerte. Ha de jugar el juego, obligado.*

*—¿Por qué?*

*—No importa —respondió Brandt, indiferente—. A ti no. Tu trabajo es conseguir el registro para Volos. Mi trabajo es matar al mortal, asegurarme de que el registro cambie de manos. Después de eso, habrá terminado todo.*

*—Pero… —Se quedó mirándolo con la boca abierta—. Pero entonces seré yo quien lo mate.*

*—Solo si crees en los tecnicismos.*

*—Así es —gruñó ella.*

*—Bueno, una pena —dijo (lo que se traducía claramente como «qué fastidio»).*

*—¿No es ninguna carga para ti? —le preguntó Lainey—. Este hombre al que buscas, el ahijado de la Muerte. ¿No te duele ser quien le haga daño? ¿No te destruye destruirlo?*

*Fox sabía que la pregunta no se refería particularmente a Brandt y Brandt parecía saberlo también.*

*—Ya lo he hecho —respondió—. Igual que tú.*

*Lainey se vino abajo.*

*—Igual que yo —afirmó.*

*Los dos asintieron: compañeros de condolencias, coconspiradores, cómplices de traición.*

*—Yo quería la mortalidad —musitó Lainey— y descubrí que no podía soportarlo. Siento tanto vacío, tanto anhelo, tanta pérdida.*

*—Sí —respondió Brandt.*

*—¿Cómo lo soportas tú? —le preguntó, apenada.*

*Brandt se encogió de hombros.*

*—No lo soporto. —Y antes de que ella pudiera decir algo, tomó la chaqueta y sacó algo del forro que Fox nunca antes había pensado en inspeccionar.*

*—Aquí están tus secretos. —Brandt le dejó en la mano lo que Fox vio que era un pequeño colgante de plata—. Pero asegúrate de que Volos no sepa que los tienes o ninguno de los dos obtendremos lo que deseamos.*

*Miró el colgante y curvó los dedos alrededor de la diminuta caracola.*

*—¿Cómo los has conseguido?*

*Para sorpresa de Fox, Brandt levantó la mirada y lo miró a él, en la esquina.*

*Imposible, pensó, sorprendido. Imposible que Brandt pudiera saber que estaba ahí, y aun así…*

*—Los he robado —respondió y la cicatriz del labio se estiró hacia arriba al sonreír antes de marcharse.*

Vi encontró a Isis sentada de espaldas en uno de los arcos dorados de su jaula, mirando el espacio y tamborileando una melodía increíblemente reconocible de AC/DC.

—¿Qué…? —comenzó, confundida, pero la mirada de Isis la detuvo y el resto de la frase murió en su lengua y salió en forma de tos—. Supongo que no he de preguntar —concluyó. Isis soltó una carcajada.

—Y yo supongo que probablemente debería decirte que conozco a Volos, más o menos —replicó ella con tono neutro.

Vi se acercó y optó por apoyarse en uno de los barrotes de la jaula de Isis.

—¿Solo un poco? —preguntó con tono frío.

—Bueno, supongo que un poco más que un poco —afirmó Isis. Y entonces, con un suspiro, añadió—: Soy su esposa.

Vi parpadeó. Fuera lo que fuere lo que esperaba, no era esto.

—¿Eres… qué?

—Fui creada… a partir de él —explicó, aunque Vi no se dio por informada ni lo más mínimo por su aparente aclaración—. Todos los demonios surgen de él, en realidad, pues él es el rey. Ellos me crearon cuando pensaron que necesitaba una homóloga. —Carraspeó—. Una compañera, supongo.

—¿Ellos? —repitió Vi.

Isis señaló a su alrededor, movió la mano hacia el suelo y el techo.

—Ellos —confirmó.

*El equilibrio es el rey*, oyó a Mayra decir en su mente.

—Pero si él es el rey del vicio, eso te convierte a ti en…

—La reina de la virtud —confirmó Isis y puso una mueca—. No era un puesto que me entusiasmara. Hice un trato con Volos —añadió—. Cuanto más poderoso se hacía él, más me drenaba a mí. Más me drenaba todo el mundo, en realidad. Tiene razón, ¿sabes? —Levantó la mirada y sacudió la cabeza—. Usar a mortales es siempre preferible a dejar que te usen ellos a ti.

La afirmación flotó pesada en el aire entre ellas y Vi se removió, inquieta, y asintió.

—¿Y qué trato hiciste?

—Que me dejaría marchar. —Volvió a mirarla—. Que encontraría un cuerpo para mí… —Se detuvo para señalarse a sí misma—. Y yo tendría permiso para marcharme, pero sus términos fueron que no interferiría en sus negocios.

—Oh —musitó Vi al reconocer ahora el fin de la jaula. Se estremeció al reparar en el precio—. Entiendo que has incumplido tu parte del trato.

Isis puso una mueca.

—Solo un poco —confirmó.

Vi esperó, mordiéndose el labio.

—Qué raro —comentó—. Todos tenéis mucha magia y solo la usáis para atraparos y engañaros entre vosotros.

—La inmortalidad tiene defectos, naturalmente —le recordó Isis—. Los mortales comprenden esto de un modo primitivo. Que las cosas que duran para siempre son inherentemente menos interesantes. El matrimonio. Las obligaciones familiares. Las carreras para toda la vida. Para un mortal existe una sensación de repetición aburrida, ¿por qué no iba a experimentarla también un inmortal?

—No sé si eso es totalmente verdad —dijo Vi, incómoda—. Muchas personas se burlan de esas cosas hasta que las encuentran. El problema es que tenemos mucho tiempo, ¿sabes? —añadió con aire melancólico—. La monotonía de ser mortal está en esa parte en la que intentas vivir antes de darte cuenta de que todo es tu vida.

—Curioso. —Isis suspiró—. ¿No hay una buena forma de existir?

Vi dudó.

—Está la pizza —probó.

Isis se animó.

—Es verdad.

—Y la amistad, ya sabes. —Le parecía una bobada, así que Vi se quedó callada después de decirlo, con la mirada fija en el suelo—. Además, sigo creyendo que no deberíamos permitir que un rey demonio ganase —añadió, carraspeando.

—No estás equivocada. Aunque no sé si podré ser de ayuda en este punto. Tendría que ver los juegos. Hace tiempo que no veía a Volos, ya no tengo ni idea de lo que es capaz. Eso sin mencionar que sus habilidades mejoran o se ven obstaculizadas por el mortal en el que está alojado —añadió como advertencia y Vi frunció el ceño.

—Entonces probablemente sea interesante que, en este caso, el mortal sea un hombre de doscientos años que ya haya vencido antes a la Muerte.

—Atado —corrigió Isis—. Se haya atado a la Muerte.

—Ya, pero…

—Y no. Es más bien un detalle desafortunado.

—Además, estamos dando por hecho que Fox va a superar a Brandt —dijo Vi con un suspiro—. Quien, por cierto, no parece tener el más puro de los motivos. Resulta que está asociado con tu marido.

Isis se sorprendió.

—Imposible. —Hizo una pausa—. ¿O no?

—Las recientes revelaciones sugieren que no —comentó Vi con tristeza—. Él fue quien mató a Tom. Y le dio a Volos el registro de su libro.

—¿Le dio todo el libro a Volos?

Vi se encogió de hombros.

—¿Importa eso?

—No sé decirte. Podría. Pero no hay forma de saberlo sin verlo —murmuró, pensativa.

Vi retrocedió sin apartar la mirada de la jaula.

—¿Supongo que no hay forma de salir de ahí?

—Ya sabes lo que dicen de las suposiciones. Pero en este caso, tienes razón.

Vi se dio un golpecito en la boca, pensativa.

—En la física, para cada acción hay una reacción igual y una contraria. La tercera ley de Newton, una especie de versión mortal de «el equilibrio es el rey» —aclaró sin necesidad. Isis frunció el ceño sin llegar aún a la conclusión—. Lo que quiero decir es que, si estás hecha a partir de la magia de Volos, entonces esto está hecho a partir de tu magia, así que ¿no puedes destruirla sin más del mismo modo que él la ha hecho?

Isis parpadeó.

—En un nivel filosófico —continuó Vi—, puede que tú te hayas metido en una jaula. ¿Correcto? Así que tal vez puedas, con la misma facilidad, no sé… —Se encogió de hombros—. Hacerla desaparecer.

—¿De verdad me necesitas? —preguntó Isis con el ceño fruncido—. Tienes a un ángel muy inteligente. Y a un segador que no es del todo estúpido.

—Han desaparecido. —Vi sacudió la cabeza—. Y aunque no fuera así, incluso si no hubiera nada que pudieras hacer tú, eres mi amiga, Isis. Prefiero que estés conmigo a dejarte aquí.

Isis se quedó mirándola un momento, pensando; se levantó entonces y se acercó donde estaba Vi al otro lado de los barrotes.

—Lo siento. —Le dedicó una mirada inescrutable, inquietante—. Por Tom. Sé que te gusta.

Vi se tragó un nudo de dolor y lo alejó de su mente.

—Me dijiste que dejabas en paz a las criaturas —protestó.

—Sí, pero tú eres mi amiga.

Vi suspiró.

En un parpadeo, la jaula dorada había desaparecido. Isis se miró las manos.

—Vaya —dijo.

—Vaya —repitió Vi.

—Pues vamos a detener a mi marido, ¿no? —declaró con un tono alegre.

—¿Qué vas a tomar de mí si pierdo, Fox D'Mora?

—Información —respondió con un matiz sombrío—. No necesito nada más de ti.

Lainey se adelantó, estudió los ángulos de su rostro como si pudiera ver las facetas de su carácter por debajo; resolverlo, deconstruirlo.

—Eres más amable que el hombre que te crio —observó.

Fox sacudió la cabeza, consideró que tal vez ella lo había reconstruido de una forma imperfecta, basada en su deducción.

—La Muerte no es un hombre —le recordó—. Y he oído que la amabilidad es una invención mortal.

Lainey se quedó pensativa, sus ojos oscuros se suavizaron ligeramente.

—No puedo ayudarte a vencerlo. —Sacudió la cabeza—. Lo siento.

—¿Te refieres a Volos?

La mujer sonrió.

—No sé cómo vencerlo. Si no, ya lo habría hecho yo misma.

—Ah. —Fox se encogió de hombros—. No pasa nada.

—Pero puedo ayudarte a vencer al diosecillo, si lo necesitas —añadió.

Fox se lo pensó. Nunca antes había vencido en nada a Brandt.

Y sin embargo...

—No, gracias. Creo que necesito ganar esa ronda por mí mismo.

Lainey asintió.

—Si sirve de ayuda, creo que es un buen primer paso.

Se volvió para marcharse. Fox sabía que en otra parte, simplemente apartaría las manos de la mesa y trataría de limpiárselas, se alejaría para aguardar su inevitable castigo.

—Una cosa —se dirigió a ella, vacilante—. ¿Me...?

—¿Te ha traicionado? —preguntó ella y Fox asintió—. Creo que es mejor que no lo sepas. Que es mejor que no sepas nada, en realidad.

—Ah. De acuerdo.

Lainey asintió, se volvió y desapareció de la vista.

—Fox D'Mora gana —oyó decir a Rafael.

Abrió los ojos y se encontró a solas en la mesa.

—¿Y ahora qué? —preguntó. Pasó las puntas de los dedos por encima de las lunas crecientes que habían formado sus uñas en las palmas de las manos.

—Vamos —susurró Vi, tirando de Isis—. Está empezando.

—Estará cansado —señaló ella con el ceño fruncido—. O hambriento. Los mortales tienen la horrible tendencia a sentir hambre o agotamiento.

—Probablemente las dos cosas —coincidió Vi, apresurándose—. Pero estos juegos no duran mucho.

—Cierto, puede que Volos tenga una agenda apretada. Normalmente opera en el reino de la inmediatez, así que supongo que eso es lo más delicado que puede ser una agenda relacionada con el tiempo, ¿no te pa...?

—Aquí estás —la interrumpió Tom, acercándose a Vi—. Escucha, necesito hablar contigo de lo que pasó antes.

—Ahora no —repuso Vi. Se le revolvió un poco el estómago. Isis le lanzó una mirada de soslayo, pero, por suerte, tenían muchas otras cosas de las que preocuparse.

—¿Como qué? —preguntó Isis, pero Vi no se molestó siquiera en quejarse por la desagradable invasión a sus pensamientos.

—Está empezando —repitió y vio a Fox pasando a la siguiente ronda en la mesa y apoyando las manos en la madera.

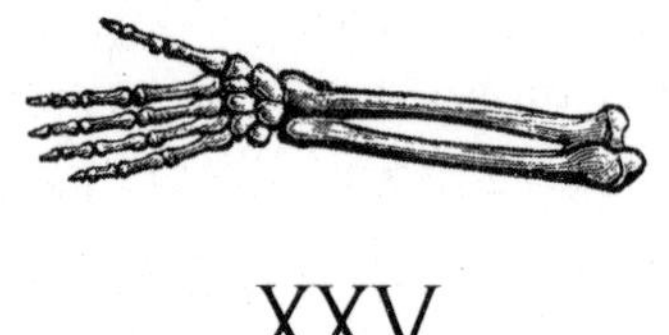

# XXV

## DECONSTRUCCIÓN

Fox miró a Brandt al otro lado de la mesa, observó cómo se sentaba. Brandt por otra parte, no se fijó en Fox y saludó a la mesa como si fuera un viejo amigo. Sus dedos flotaron justo por encima de la madera y Fox no pudo evitar preguntarse, como siempre hacía, qué estaría pasando por la mente laberíntica de Brandt.

Esa mente que creía conocer en el pasado.

Abrió la boca, dispuesto a hablar, pero Brandt se le adelantó sin alzar la mirada.

—Ahórratelo. Para el juego, quiero decir.

Fox tensó la boca.

—¿Tanto significa este juego para ti?

La mirada de Brandt recorrió miles de pensamientos furtivos para encontrar un lugar en el que aterrizar y lo hizo en la cara de Fox.

—Ahórratelo —repitió.

Fox puso una mueca.

—Pues juguemos entonces —declaró. Agarró el borde de la mesa y cerró los ojos.

Aparte de la luz brillante, que era como mirar directamente al sol, la única diferencia entre el mundo real y el juego era lo silencioso que estaba todo. No había susurros de inmortales, ni ojos que siguieran cada movimiento, cada muestra de inseguridad, cada atisbo de falsedad.

—Supongo que empiezas tú —dijo Fox de malas formas.

Brandt parpadeó y, de forma instantánea, la cegadora habitación blanca se convirtió en la vieja taberna que solía frecuentar Fox en su pueblo, a las afueras de Frankfurt. Brandt señaló la mesa y le ofreció una jarra de cerveza, pasándosela por encima de la mesa. Después Brandt se sentó en el banco, se acomodó y dio un sorbo, totalmente tranquilo, como si no hubiera pasado nada importante.

Como si no estuvieran jugando en este momento por el destino de la humanidad, o, como mínimo, por las cenizas de lo que un día fueron.

—No quiero beber —le dijo Tom.

Como casi todas las cosas que Fox le decía a Brandt, era del todo inconsecuente.

—Tómate una.

—He dicho que no.

—No seas crío, Fox —repuso Brandt y a punto estuvo Fox de estallar de rabia, pero recordó que se trataba de un juego.

Esto era un juego y tenía que jugar bien.

—Supongo que piensas que esto va a ser fácil —comentó y se sentó a regañadientes en el banco vacío, frente a Brandt. Giró la jarra para poner el mango por su lado—. Pero te olvidas de que soy la única alma en cualquier mundo que sabe quién eres en realidad, Brandt Solberg. Siempre seré quien encuentre en ti lo que nadie más puede ver.

Fox esperaba que Brandt se encogiera, pero no lo hizo.

Simplemente dio otro sorbo a la cerveza, jugueteando cuidadosamente con su respuesta.

—Ya sabes lo que dicen de las suposiciones —comentó al fin y Fox pensó si estrangularlo le daría algún punto en el juego. (La violencia a veces sí era la respuesta).

—¿De verdad estás tan enfadado con la Muerte? Sabía que eras propenso a la venganza, pero…

—Venganza, no —lo corrigió—. Restitución.

—De acuerdo, restitución. —Fox aguardó un momento, aferrando con fuerza el mango de la jarra—. ¿Planeaste esto antes incluso de conocerme?

—No. De hecho, no sabía que sería una necesidad hasta que te conocí.

—Pero ¿qué es lo que quieres de la Muerte? —insistió Fox—. ¿Su poder? Nunca has querido eso. —Estaba seguro, aunque no podía explicar por qué, de que Brandt había sido muchas cosas, pero nunca ambicioso. Nunca rencoroso.

Nunca cruel.

—¿Qué te hace pensar que no quiero poder? No hay nadie que no quiera poder, Fox.

—No es verdad —replicó—. Tú nunca has querido. —Volvió a callarse un momento—. Tienes que estar haciendo esto por otro motivo.

Brandt bajó despacio la jarra. No dejó un círculo de condensación en la mesa.

—¿De verdad piensas que me sigues conociendo tan bien? —preguntó con calma.

Fox consideró si se trataba de una pregunta trampa.

Decidió que no le importaba.

—Sí. Siempre te he conocido.

Un breve pulso de tiempo pasó entre ellos y entonces Brandt tomó aliento y levantó la mirada.

—Esto no tiene nada que ver con la Muerte —admitió al fin—. Solo de forma incidental porque necesitaba su ayuda y él, de manera bastante grosera, se negó una y otra vez a prestármela. Pero esto no ha sido nunca por él ni por su poder.

Otro pulso de silencio.

—Esto es por ti.

Fox parpadeó.

—Solo hay un modo de mostrarte la verdad —continuó Brandt—, y es que la veas por ti mismo. Por culpa de los errores que he cometido, solo hay un lugar donde puedo mostrarte la verdad de lo que he hecho, y es aquí.

Fox parpadeó de nuevo.

—¿Qué?

—Tú bebe, Fox —le aconsejó, señalando la jarra.

Fox bajó la mirada.

Suspiró.

Y se llevó entonces la jarra a los labios.

*—¿Dónde estamos? —preguntó Fox. Miró a su alrededor, era una habitación idéntica a donde estaba actualmente su cuerpo con las manos sobre la mesa, transportándolo al reino del juego. Al contrario que el juego al que estaba jugando ahora, sin embargo, todas las mesas del atrio celestial estaban ocupadas. Fox y Brandt, observadores invisibles, estaban apoyados en la pared más lejana, mirando la mesa que había bajo el techo abovedado, la más alejada de donde estaban ellos.*

*—Creo que la pregunta que quieres formular es cuándo —dijo Brandt y señaló la entrada al atrio, donde una versión mucho más joven y arrugada de él cruzaba la puerta. Los inmortales que había en la habitación se movieron para mirarlo; algunos parecieron reconocerlo, pero la mayoría no. Él trotó (en serio, no había otra palabra para describirlo) hacia la mesa que había bajo el ábside, apartó de un codazo a un oponente que estaba allí esperando y se colocó frente a quien Fox comprendió con un sobresalto que era su padrino; una versión espectral e incorpórea de la Muerte que solo había visto una vez, y tan solo un momento.*

*—De acuerdo —gruñó—. ¿Cuándo estamos entonces?*

*—En el principio —respondió Brandt cuando su versión más joven abrió la boca.*

*—Quiero un turno —anunció el joven Brandt. No hablaba en inglés, comprobó Fox, pero entendió lo que dijo.*

*(Eran salas mágicas, supuso).*

*—¡Vete a la mierda! —respondió la Muerte.*

*—Mi padre es Odín —declaró el joven Brandt, impávido—. Y exijo un turno en la mesa.*

*—Puede que no haya sido muy claro —le informó la Muerte—. Con «vete a la mierda» quería decir que no.*

*—La claridad es el rey —respondió Brandt de forma irreverente y la Muerte titiló y desapareció un momento de la vista.*

*—Sé quién eres, diosecillo —señaló y sonaba disgustado—. Eres un ladrón. Un tramposo.*

*—Sí, y un estafador. Un verdadero timador, si lo prefieres.*

*—No —fue todo cuanto respondió la Muerte.*

*—Bien, es muy simple librarse de mí. —Brandt estaba cegado por la arrogancia, rebosante de juventud—. Solo pido un juego.*

*La Muerte titiló. Fox intuyó que se trataba del equivalente a una ceja enarcada.*

*—¿Un juego? —Parecía divertido—. No ganan muchos.*

*—Yo sí —alardeó Brandt—. Y si no gano, pues ya está. Tengo más para ganar que para perder.*

*—Ah, sí —murmuró la Muerte—. Maldecido con una vida mortal, ¿no?*

*—Me alegra que estemos de acuerdo —afirmó Brandt.*

*Fox miró de reojo al Brandt que tenía a su lado, quien se estaba mirando los pies.*

*Consideró que tal vez había reproducido la escena tantas veces en privado que se sabía ya su contenido. Devolvió la atención al joven con la cicatriz en la boca; al niño de la mesa que un día cambiaría su fortuna.*

*—Ya sé que tú juegas al juego —murmuró, y Brandt alzó la mirada y asintió.*

*—¿Nos adelantamos? —preguntó con tono neutral y Fox asintió.*

La habitación cambió, el juego había terminado.

*—He ganado —anunció el joven Brandt y le dedicó una sonrisilla de suficiencia a la Muerte—. Quiero mi recompensa.*

*—¿Cuál es? —preguntó la Muerte.*

*Brandt no vaciló.*

*—Quiero el derecho que tienen los otros hijos de mi padre. Quiero conocer el secreto para ganar la lealtad de Iðunn y poder poseer la fuente de inmortalidad que ofrece a otros dioses.*

*—¿Por qué no deseas sencillamente la vida eterna? —preguntó con tono cortante la Muerte, que no se mostraba impresionado.*

*—No se trata de vivir para siempre.*

*—¿Entonces qué?*

*Brandt se encogió de hombros.*

*—¿Una especie de venganza más suave?*

*La Muerte puso los ojos en blanco.*

*—Bien. El secreto de Iðunn no es tanto un secreto.*

*—Cuéntamelo de todos modos —le pidió Brandt y la Muerte se lo pensó un momento antes de responder.*

*—Anhela el mundo —terminó diciendo—. Dale el mundo y ella te devolverá el favor. Te dará la juventud que crees que mereces.*

*—¿Cómo voy a darle el mundo? —Brandt parecía irritado por la tarea.*

*La Muerte se encogió de hombros.*

*—Si fuera tan fácil de lograr, tal vez otros lo habrían intentado.*

*—De acuerdo. Entonces tal vez pueda darle mi mundo.*

*—No es tarea fácil —le advirtió la Muerte.*

*—Como bien has dicho, si fuera fácil, cualquiera lo habría hecho.*

*La Muerte lo miró detenidamente, como si hubiera experimentado muy dentro de él un arrebato de reconocimiento.*

*—No te faltan virtudes —señaló.*

*—No se lo cuentes a nadie —respondió él y la Muerte frunció el ceño, examinándolo de nuevo.*

*—Estarías mejor viviendo el derecho de nacimiento de un mortal —comentó la Muerte, o tal vez se lo advirtió—. Puede que sea más inteligente que vivas solo una vida. Que la llenes de cosas mundanas. Ya sabes, compañía y esas cosas.*

*—Gracias, pero no.*

*La Muerte no pareció sorprenderse.*

*—No eres muy inteligente, ¿no?*

*—Ni lo más mínimo —confirmó Brandt—. Pero soy muchas otras cosas. Tengo recursos.*

*—Sí, ya lo veo.*

*—Curioso, no pareces impresionado.*

*La Muerte suspiró. (Igual hizo Fox, que no comprendía el propósito de contemplar esta escena excepto por ver un lado de Brandt que ya entendía que siempre había estado ahí).*

*—No le tienes mucho aprecio a la honestidad —adivinó la Muerte—. Veo las grietas en tus cimientos. Has venido aquí creyéndote invulnerable, pero no habrías decidido venir si no sufrieras una inmensidad que nunca podrías superar.*

*—La verdad me parece sobrevalorada —respondió Brandt—. Pocas personas la quieren de verdad. Menos incluso se preocupan por ella. ¿Qué gracia tiene?*

*—Interesante. —La Muerte se tocó la barbilla—. ¿Podrías seguir sin ella entonces?*

*—¿Sin qué? ¿La verdad? —Brandt parecía sorprendido.*

*—Tus verdades —lo corrigió la Muerte.*

*—Yo no tengo verdades —contestó Brandt, testarudo, y solo entonces lo entendió Fox.*

*Solo entonces comenzó a dolerle el corazón.*

*—Entonces eso es lo que tomaré —decidió la Muerte. Fox estaba de pronto seguro de qué era—. Como recompensa, diosecillo, tendré…*

—Para —dijo Fox y la escena se quedó congelada cuando se volvió hacia Brandt.

Por un momento, simplemente se quedó mirándolo. Miró y miró y miró, y cuando había reparado en cada línea de cansancio y de reticencia, cuando casi había tocado la mejilla de Brandt con el peso de la claridad que tanto ansiaba, tragó saliva con dificultad.

—Muéstramelo —logró pronunciar.

Brandt pareció entender.

—¿Qué te gustaría ver?

Fox exhaló un suspiro.

—Todo.

*Al fin*, pensó Brandt. *Al fin.*

(Estaba la eternidad y luego estaba esto).

*—¿Qué es lo que le das a la diosa? —preguntó una versión más joven de Fox al fantasma de Brandt en el lugar de siempre en el bosque, su antiguo punto de reunión, junto al río.*

Brandt, el real, se adelantó y acercó los labios a la oreja de Fox, que contemplaba a su versión del pasado desviar la pregunta, apartar la mirada de forma ambigua (cruel, como veía ahora a través de los ojos de Fox).

—Escribo los libros por ella —le admitió ahora Brandt, y el sabor de la confesión era amargo en la lengua—. Le di mis pensamientos más íntimos, mis deseos, mis anhelos. Ella me preguntaba por mi mundo y al principio era feliz con las historias triviales. Pero después ya no se sentía satisfecha meramente con mi descripción del cielo al anochecer o de cómo huele la tierra cuando llueve. Me pidió mi mundo y yo se lo di.

—¿Y luego? —preguntó Fox y Brandt tomó aliento.

Adelantó la escena.

*—¿Es sexo? —preguntó Fox con tono infantil.*

—Durante un tiempo, sí —respondió Brandt.

Fox parpadeó.

—Adelante —pidió.

*—¿Por qué me ofreces las manzanas?*

—Como te dije, me parecía grosero no hacerlo.

Fox puso una mueca.

—Además —continuó Brandt—, me temo que siempre me he sentido inclinado a compartir contigo mis posesiones. —«A compartirlo todo contigo», no dijo.

—¿Por eso robaste mi anillo? —preguntó sin rodeos, señalándose del dedo.

Brandt sacudió la cabeza.

—Tengo más talentos aparte del robo. Te lo dije. Lo hice yo.

Fox frunció el ceño.

—¿Es verdad?

De haber tenido más tiempo, Brandt se habría reído hasta llorar.

—No te he traído aquí para mentirte —dijo sin más y Fox parpadeó. Ladeó la cabeza como si fuera a responder, pero decidió no hacerlo.

—Adelante.

*—¿A dónde vas cuando no estás aquí?*

—Con Iðunn —respondió Brandt y Fox asintió.

—¿Por qué regresabas siempre? —preguntó— ¿Era… por aburrimiento?

Brandt sintió un escalofrío, la decepción se alojó en su pecho.

—Por ti. —Una de las pocas verdades que había conseguido admitir, en virtud de un vacío legal conversacional absurdo que se había llevado la mayor parte de la proeza para nada insignificante de Brandt como jugador.

Fox, sin embargo, no lo había creído. Pareció llegar a esta conclusión con la misma intensidad que Brandt.

—Adelante —musitó.

Brandt asintió.

*—¿Me estás diciendo que esto va a terminar?*

—Yo nunca quise que terminara —dijo Brandt.

Fox se encogió.

—Adelante.

*—Llámame «amor»…*

—Lo era —admitió Brandt—. Lo es.

Un pulso de silencio.

Un gemido esta vez.

—Adelante.

*—¿Crees que seguirás amándome? Si nos hacemos viejos y grises.*

Brandt notó que Fox se quedaba sin aliento y se inclinaba hacia delante.

—Sí —afirmó y Fox cerró los ojos.

—Adelante —farfulló.

—*Entonces es un «no». ¿Me quieres ahora acaso?*

—Sí —volvió a decirle Brandt y Fox tensó la boca.

—¿Cómo puedes hacerme pasar por esto y no querer que pierda?

Brandt detuvo el montaje de sus vidas en un destello de luz blanca y brillante.

—No he hecho esto porque quiera que pierdas. —Se volvió para mirarlo—. Lo he hecho porque creo que eres el único que puede salvarnos a los dos.

Fox puso una mueca.

—Solo necesitamos salvarnos porque tú nos hiciste esto.

—No había otro modo de llegar hasta ti —insistió Brandt—. La Muerte me prohibió el acceso a las mesas. No te habría encontrado, ni aunque lo hubiera intentado. Y lo intenté —añadió—. Créeme, Fox, lo intenté. No te puedes hacer una idea de lo mucho que lo intenté.

—Pero ¿por qué volviste para jugar? ¿No era lo bastante buena para ti la vida que teníamos?

Fox se alejó por tristeza, o por rabia, pero Brandt había permitido que el silencio viviera demasiado tiempo entre ellos. Le agarró el brazo a Fox.

—¿Qué vida podríamos haber tenido cuando no podía decirte que te quería? —murmuró y estaba roto, y era indigno, todo, cada aliento, todo por Fox—. ¿Qué clase de vida habría bastado si no podía confesarte que te querría cada día mientras estuviera en este mundo?

Fox lo recibió como una bofetada y reverberó por el impacto.

—La inmortalidad está vacía sin ti —continuó Brandt con la esperanza de que por una vez en su vida testaruda e imposible Fox D'Mora lo escuchara—. La juventud eterna no es nada sin ti, Fox.

—No —espetó Fox y soltó el brazo—. No. no puedo perder este juego, Brandt, sabes que no puedo. Gracias a ti, tengo una responsabilidad para con mi padre de ganar esto —añadió con dureza—, y ganar este juego después. Tengo que derrotar a un jodido rey demonio, Brandt, y… —Se quedó sin aliento—. Siempre te he parecido débil, y ¿cómo puedes decirme esto ahora? —preguntó, pasando sin esfuerzo a la ira, a la indignación, a una visión vengativa y rencorosa del dolor—. Si has renunciado a tus verdades, ¿cómo voy a creerte ahora?

—No hay reglas en el juego —le recordó Brandt—. Ya te lo dije. Esta era la única forma que tenía de poder decirte lo que necesitaba decir, porque el juego no tiene reglas.

—Tiene una regla —lo corrigió Fox.

—Sí. Pero, por ti, la romperé encantado.

Fox se quedó mirándolo.

—Escúchame —insistió Brandt, apresurándose antes de que pudiera decir nada—. Puedes odiarme si es eso lo que necesitas, Fox, y puedes enfadarte si quieres, pero escúchame: hay un mortal ahí. —Hizo una pausa para asegurarse de que Fox lo estuviera escuchando y entonces prosiguió con energía, como si no tuviera el corazón roto en el pecho—. Hay una conciencia viviendo en el huésped del rey del vicio y solo uno de los seres puede jugar. Ahora mismo, Volos es el jugador. El mortal está inactivo. Para el juego, la conciencia del mortal no existe. Pero para asegurar el control sobre el cuerpo, Volos está jugando con dos oponentes al mismo tiempo y la única forma de ganarle es forzándolo a perder la batalla con su propio huésped.

—¿Cómo diablos voy a hacer eso? —preguntó Fox y Brandt negó con la cabeza.

—No puedo responder a eso por ti.

—Qué útil.

—Fox —intentó Brandt, apenado—. Escúchame. No habría hecho esto si no creyera que pudieras terminarlo.

—¿Por qué no? Solo he sido un mortal para ti —espetó—. Para ti y para mi padrino.

—Siempre has sido más que eso. Fox, por favor, siempre has sido más…

Se adelantó, le tomó el cuello de la camiseta y tiró de él para abrazarlo.

—Por favor —susurró y una vez que la palabra se había derretido y convertido en sirope en el pequeño espacio que los separaba, Brandt cerró los ojos y acercó los labios a los de Fox.

Fox no se movió.

No respiró.

Brandt recordaba cómo era besar a Fox. El recuerdo le había perseguido durante siglos; sabía cómo se inclinaba Fox hacia él; sabía cuál era el grado preciso de cercanía que prefería Fox D'Mora. Brandt había viajado por todos los mundos portando nada más que un libro y el conocimiento de los lugares que a Fox le gustaba tocar y dónde le gustaba que lo tocaran; o dónde había querido conquistar y dónde se había abandonado a las manos a menudo temblorosas de Brandt.

Brandt le dijo una vez que él lo destruiría. Brandt tenía una sobrecarga de ego por entonces, pero dos siglos de búsqueda afectan a una persona. Doblegan a una persona a los propósitos del dolor, a los caprichos de la memoria, a los temores de la soledad. Brandt Solberg había pasado mucho tiempo buscando cada rincón del universo para saborear a Fox D'Mora una vez más en sus labios y ahora que lo había hecho, se había quedado sin nada más.

Consumadamente vacío, dolorosamente, pues Fox no se movía.

No respiraba.

*No te vayas*, pensó, pero antes incluso de que sucediera, supo que Fox D'Mora, por primera vez, sería quien se separaría de él.

Esperó, notó cómo todas sus partes se preparaban para romperse, y Fox no lo decepcionó.

—Yo no te habría apostado a ti —señaló con tono ronco y las palabras se volvieron tóxicas en los labios de Brandt.

Despacio, Brandt cayó de rodillas.

Y entonces, por encima del sonido de su corazón (justo por debajo del zumbido sordo, la corriente de sangre que le recorría las venas), Brandt Solberg oyó la voz del arcángel Rafael.

—Fox D'Mora gana.

—Fox —murmuró Brandt con voz rota—. Fox, espera, por favor...

Se apartó de la mesa, tambaleándose, separando las manos.

—Fox, ESPERA...

—Está claro que me has traicionado con gusto, diosecillo —oyó la voz de Volos en su oído—. Por suerte, estoy acostumbrado a estas cosas. No se puede confiar en el vicio, como ya sabrás. —Volos murmuró algo para sus adentros y se convulsionó con una carcajada—. Pero eres consciente del precio de semejante decisión tan estúpida, ¿no?

Brandt se amilanó al notar la ausencia de Fox en el otro extremo de la mesa y saber que esto, al fin, era el final.

—Sí.

Notó la sonrisa de Volos en su mejilla, la sensación fría en la piel.

—Bien. —Volos desapareció tras una serie de barrotes dorados que ascendieron del suelo alrededor de Brandt—. Pero el resto de tu pago tendrá que esperar, diosecillo. Ahora, si me disculpas, tengo que acabar con un mortal —declaró.

—¿Estás bien? —preguntó Vi, nerviosa, al llegar junto a Fox—. ¿Estás...?

—¿Dónde está Cal? —preguntó él, mirando a su alrededor. No podía pensar en lo que acababa de pasar, no podía permitir que lo debilitara con tantos juegos que le quedaban aún por jugar—. ¿Dónde ha ido?

Vi dudó.

—¿Qué? —bramó Fox—. ¿Qué pasa?

—Que no lo sé —murmuró Vi y miró a Isis—. Pero desde que Mayra perdió su juego...

—Se lo ha llevado Volos —confirmó Isis—. Como castigo por perder, Volos se ha llevado lo que más le importaba. Suele hacerlo

—añadió—. La idea del vicio es que el amor puede ser una virtud, pero las líneas de separación suelen ser borrosas.

—¿Y tú no puedes hacer nada? —preguntó Vi. Isis sacudió la cabeza.

—Aunque pudiera, vuestra mejor opción sigue siendo que Fox derrote a Volos antes de llegar a la Muerte —comentó, mirando a Fox—. Tienes que ganar este juego. Por Mayra, por Cal, por la Muerte, por Bra...

—Déjalo a él fuera de esto —replicó Fox y miró por encima del hombro—. Ya ha hecho suficiente.

Vi parpadeó, sorprendida, y se acercó a él.

—Fox, ¿estás...?

Él se apartó sin mirar siquiera.

—Tengo que terminar un juego —murmuró y se abrió camino hacia Volos.

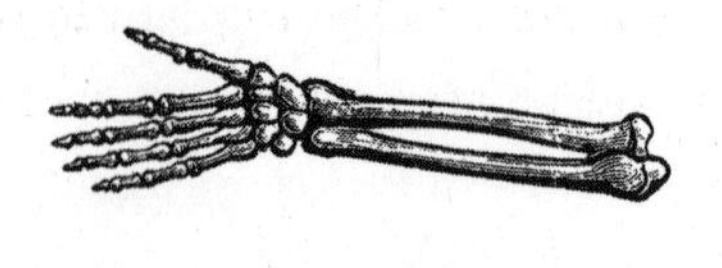

# XXVI

## EL REY DEMONIO

Volos miraba hambriento a Fox desde el momento en el que accedió al juego.

—Hola, mortal —saludó—. Supongo que a estas alturas ya estarás familiarizado conmigo.

—Si crees que voy a llamarte «su majestad», estás equivocado —respondió Fox y Volos se encogió de hombros y pasó a rodearlo.

—Así que los arcángeles me mintieron. No eres un mortal normal, ¿no?

—Soy un mortal —respondió Fox, tratando de contenerse para no seguir con la mirada el recorrido de Volos a su alrededor—. No entiendo por qué te preocupan las condiciones de mi mortalidad.

—No, lo cierto es que no. —Volos se inclinó brevemente y olfateó el espacio junto a la mejilla de Fox—. Mortales —suspiró—. Un sabor peculiar. Sin embargo, creo que el diosecillo me hizo un favor —musitó, mirando a Fox, que trataba de no reaccionar y apretaba el puño—. Saber que tienes relación con la Muerte no me sirve de mucho ahora y desde luego no te hace ningún favor; pero saber que la Muerte tiene una debilidad, por otra parte… —ronroneó—. Es información gratificante para alguien como yo, ¿no te parece?

Fox movió la cabeza y miró al demonio.

—¿Es esto de verdad un juego para ti?

De nuevo, Volos se rio.

—Cualquier cosa es un juego si juegas bien —le advirtió y se encogió de hombros—. Pero tu instinto es acertado: esto es una guerra. Y me temo que tú eres meramente uno de los peones, mortal.

Fox no dijo nada.

—¿Sabes una cosa? —musitó Volos, dándose un golpecito en la boca—. A todo esto le ha faltado cierto elemento de frivolidad. Una triste escasez de fantasía, por así decirlo —lamentó—. ¿Deberíamos jugar ahora a un juego para recordarnos lo que vamos a divertirnos? O al menos lo que me voy a divertir yo —corrigió. Parecía totalmente encantado.

De nuevo, Fox permaneció callado mientras Volos seguía su soliloquio demente.

—Los otros con los que has jugado en el torneo claramente te han dejado ganar —comentó Volos y su expresión se oscureció ligeramente—, pero como adivinarás, yo no voy a hacerlo. ¿Qué te parece esto? —Le rodeó la nuca con una mano—. Juguemos a dos verdades y una mentira, ¿de acuerdo?

El dolor era abrasador donde las uñas de Volos se hincaban en el cuello de Fox. Se contuvo para no hablar, se mordió con fuerza el interior de la boca hasta que notó un sabor metalizado; una mezcla de sangre y odio, un toque salado de desesperación.

—Escena uno —anunció Volos.

Apareció una imagen en la mente de Fox, vidriada sobre sus párpados; podría haberlo adivinado sin siquiera mirar, se trataba de un momento con Brandt. Uno de los primeros. Los dos estaban sentados junto al círculo de árboles, a la orilla del río. Fox vio la mirada en el rostro de Brandt, el rastro familiar de sus ojos. Brandt tenía siempre una forma de mirar, de buscarlo en silencio con la mirada, y nunca había visto nada igual. Nadie había mirado jamás a Fox igual que Brandt y ahora la sensación le abrasó las retinas, lo dejó temporalmente ciego, hasta que convulsionó y soltó un grito involuntario.

—La gente tiene secretos, Fox —le dijo Volos al oído con una imitación perfecta de la voz de su padrino—. Comprende el corazón de una persona, lo que la vuelve blanda y la hace dura, y encuentra la fuente. Luego... —El rey demonio soltó una risa delicada—. ¿Cómo era? Ah, sí. —Volvió a tensar los dedos—. Úsalo como si fuera un cuchillo.

La imagen cambió. Esta vez, Fox no vio más que oscuridad.

Oyó la voz de Brandt; la sintió como un trueno ensordecedor en los oídos. Sintió los labios de Brandt también y los saboreó, y olió la dulzura en su aliento, la ineludible y persistente astringencia de la manzana que era tan inseparable de haber amado al hombre; al inmortal; al diosecillo.

Fox luchó por sacarlo a la fuerza; a fin de cuentas, los recuerdos eran suyos y trató desesperadamente de protegerlos, pero no había forma de esquivar la inevitabilidad de la verdad. Isis era prueba suficiente de ello.

No podía esconderse de un demonio.

—Veamos —murmuró Volos—. ¿Y la última escena?

Fox abrió los ojos frente a un espejo dorado y reluciente, y miró la versión endurecida de su propio reflejo inconfundible.

—Yo no te habría apostado a ti —dijo el Fox reflejado con voz pétrea, y Fox se estremeció al comprender que esto debía de ser lo que había visto Brandt en el momento final del juego.

—Ahora dime —lo invitó Volos con una risa maniática en su oído—. ¿Quién es el mentiroso?

Sus últimas palabras al amor de su vida. Cierto, pero no la verdad. Fox entendía ahora lo que quería decir Brandt, que no había vida si había que vivir con una ausencia eterna. Ahora y para siempre, Brandt viviría el resto de sus días con el vacío de una mentira, y sería Fox quien más sufriera por ello. No la Muerte. No el rey demonio. Ni siquiera Brandt.

Pierde el juego, comprendió al fin Fox, y piérdelo todo.

*¿Por qué aceptaría nadie esto?*, oyó en su mente, un eco de la voz de Brandt.

*Porque querías algo más, claro.*

—¿Ni idea? —habló Volos, suspirando con fingida lamentación—. No hay respuestas incorrectas —lo animó y pronunció sus palabras con otra risa maliciosa—. Bueno, sí hay respuestas incorrectas en realidad, pero ya quemaremos ese puente cuando lleguemos. Lo siento —añadió con el ceño fruncido—, ¿es ese el aforismo mortal correcto?

*¿Por qué aceptaría nadie esto?*

*Porque querías algo más, por supuesto.*

—Ya veo que no estás para adivinanzas. Qué pena, esperaba que fueras más divertido. Aunque tendré que estropearlo. Me temo que tú eres el mentiroso esta vez, necio —declaró; parecía del todo encantado y en absoluto arrepentido—. ¿No? Has apartado al diosecillo para ganar un juego, así que, al final, no eres diferente a él. Por supuesto, esto es un delicioso giro de los acontecimientos. —Se humectó los labios.

*Tienes que estar dispuesto a sacrificarlo todo para ganar lo que más te importa*, le repitió un fantasma de Brandt.

—¿Jugamos un poco más? —sugirió Volos—. Solo de pensar en las cosas que podemos ver… el dolor que podemos infligir…

*No eres uno de nosotros, Fox, y, por una vez, eso te da ventaja. Porque por ti hay cosas que merecen la pena ganar*, apareció la Muerte en su cabeza.

*Recuerdo cuando era mortal. Recuerdo lo que sentía; la duda, el dolor…*, oyó a Mayra suspirar en su oído.

*Yo quería la mortalidad y descubrí que no podía soportarlo. Siento tanto vacío, tanto anhelo, tanta pérdida…*, susurró Lainey.

*Yo ya no siento. Y te juro que antes lo sentía todo*, se lamentó Vi.

—Vamos, mortal —insistió Volos, aventurándose alegremente por el espacio y pintando las escenas de la memoria de Fox, llenando la habitación blanca con imágenes de la cabeza destructiva del propio Fox—. Como puedes ver, tenemos mucho que hacer y, ciertamente, no tengo tiempo, pero un poco de reconocimiento nunca es una elección irresponsable.

*En general, los mortales tienen reglas diferentes*, murmuró una versión pasada de Brandt.

*Sentimientos diferentes, materia diferente, en realidad*, añadió Isis.

*Volos está jugando con dos oponentes al mismo tiempo y la única forma de ganarle es forzándolo a perder la batalla con su propio huésped*, le recordó la voz de Brandt.

—¿Qué sientes? —le preguntó Fox con calma, aunque se refería en parte a él mismo.

Volos se apartó del *collage* que estaba creando con los recuerdos de Fox, frunció el ceño y lo miró con impaciencia.

—¿Qué?

—Lo siento, no es a ti —le aseguró Fox y sacudió la cabeza—. Tú eres una criatura. Un demonio. Obviamente no sientes nada.

—Soy un inmortal —lo corrigió—. Pero sí, obviamente.

—Como he dicho, no te estaba preguntando a ti —repitió, encogiéndose de hombros—. Hay una cosa que tú no entiendes, Volos: lo que significa sentir. Sentir pérdida, específicamente —aclaró y se acercó varios pasos hasta quedar cara a cara con él—. Pero sospecho que el cuerpo que estás ocupando actualmente ha conocido lo que yo he conocido.

Volos se apartó y entrecerró los ojos.

—Juegas a un juego peligroso, mortal —le advirtió y Fox sacudió la cabeza.

—Puede —afirmó—, pero puede que no me des lo que me corresponde.

—¿Y qué es? —Volos soltó una risotada—. ¿Quién te crees que eres, mortal, comparado con el rey del vicio?

Y ahí fue cuando Fox lo entendió.

—Yo soy Fox D'Mora —respondió—, y soy un mortal criado por la Muerte. Soy un hombre que ha amado y ha sido amado por un dios. Me ha guiado un ángel y me ha protegido un segador; soy amigo de una vampira y un fantasma y también un demonio. He conocido a criaturas, mortales e inmortales. No tengo poderes, pero he conocido la dicha, el dolor y el sufrimiento, y durante doscientos años mortales he sentido cada faceta de todo ello. Puede que no sea el rey de nada —informó al rey demonio—, pero quién soy importa más que todo lo demás.

—¿Y? —Volos puso una mueca, poco impresionado.

—Y —comenzó despacio y esbozó una sonrisa petulante al tiempo que miraba los ojos del huésped mortal de Volos—, ahora, la única pregunta que queda es esta: ¿quién eres tú, Tom Parker?

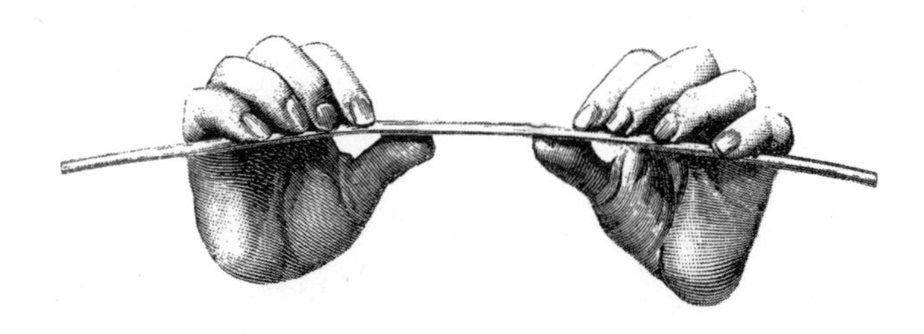

# INTERLUDIO VII

## EL PASADO ES PASADO, PARTE III

### THOMAS EDWARD PARKER I
### 1865

—Extraño, ¿no? —dijo uno de los soldados, volviéndose hacia Tom—. La guerra ha terminado y se supone que tenemos que volver a casa y empezar de nuevo. —Sacudió la cabeza y soltó un suspiro. Se volvió de nuevo hacia Tom—. Te llamabas Palmer, ¿no? ¿Alguna relación con los Palmer de Prairie Avenue?

—No, es Parker —lo corrigió Tom—. Tenemos un pequeño almacén y maíz cerca de DeKalb.

—Ah —respondió el hombre con tono ronco—. Bueno, supongo que allí la vida es fácil. ¿Te está esperando una chica?

—Sí. Creció en la casa de al lado.

El hombre enarcó una ceja.

—No suenas muy emocionado.

Tom se encogió de hombros.

—Ya, es muy predictible, ¿eh?

—Pre-dic-ti-ble —repitió el hombre, masticando la palabra y escupiéndola—. Vas a tener que hablar más…

—Me refería a que parece planeado —aclaró Tom—. Se supone que voy a volver a casa, casarme con Betsy, tener varios hijos y… arreglármelas, igual que hizo mi padre. —Le dio una patada a una piedra del suelo y ladeó la cabeza—. No sé, tal vez debería ir al oeste.

—Tal vez. —El hombre se encogió de hombros—. He oído que allí tienen mucho oro.

—Ja —exclamó Tom—. Claro. Y yo tengo habichuelas mágicas. —Puso una mueca—. Betsy nunca lo aceptaría.

—Eh, no tiene nada de malo llevar una vida corriente después de algo como esto —le aseguró el hombre—. Es una suerte poder morir en tu propia cama, chico. Dios sabe que hemos estado a punto de palmarla en el campo de batalla más de una vez.

—Y, sin embargo, nunca me he sentido más importante que cuando he estado cerca de la muerte —comentó Tom—. Te juro que lo he visto un par de veces —murmuró, cediendo a un momento de certeza caprichosa.

—¿A quién? ¿A la Muerte? —El hombre se rio—. Un caballero muy hospitalario. Nos lleva a muchos de nosotros, ¿eh?

Tom puso una mueca.

—Cierto.

—Tú aún eres joven. Tienes una larga vida por delante. No hay necesidad de que hables pronto con la Muerte.

—Ojalá pudiera. —Tom se protegió los ojos del sol—. Me gustaría preguntarle para qué ha valido nada de esto.

—¿El qué? ¿Hombres pobres muriendo por los ricos? Así es el mundo. Dudo que ni siquiera la Muerte lo sepa.

—Aun así, me gustaría creer que hay más.

—¿Más qué?

—No sé. —Tom se encogió de hombros—. Más vida, supongo.

—Dicen que hay un alemán en Chicago que habla con los muertos —se mofó—. Búscalo. Intercambia tus habichuelas mágicas por sus fantasmas, parece que lo hace bastante bien. A lo mejor necesitas una falda bonita para conseguir que hable contigo, pero, eh, igual él tiene respuestas.

—Sí, claro. Puede —respondió, valorando la idea.

—Tiene un anillo —le informó una de las chicas—. Lo toca y así es como habla con los muertos.

—Interesante —musitó Tom, mirando al hombre que iba claramente por su segunda o tercera ronda de bebidas.

Desde ahí, no fue especialmente complicado liar a Fox D'Mora para que hablara.

Fox tenía un aire melancólico singular, una pesadumbre, un hastío que estaba arraigado por una sensación de pérdida sin resolver, y, como Tom había apostado, no estaban de más unos cuantos tragos con un extraño siempre y cuando Tom hiciera que llegaran sin pausa. Fox parecía un hombre lo bastante normal, demasiado normal, y habría sido así de no haber sido por la rareza de sus artefactos: el reloj roto, el anillo de sello sin rostro. El anillo era la clave, Tom estaba seguro de ello. Las chicas estaban seguras de ello y, fueran o no ciertas sus historias, unas cuantas habían contado la misma historia de la que Tom formaba parte.

—Bueno —dijo Tom cuando Fox intentó, sin éxito, ponerse en pie y cayó de nuevo en el banco—. Una noche larga, ¿no crees?

—Mphmhph —balbució Fox de forma incoherente.

—Venga, vamos a salir de aquí. —Se echó encima de los hombros uno de los brazos de Fox y les hizo un gesto a los demás clientes—. Ha bebido demasiado —explicó.

—No me importa —respondió el camarero.

Tom se movió debajo del brazo de Fox.

—Voy a llevarlo a casa —le dijo al camarero indiferente y tuvo que soportar la totalidad del peso de Fox mientras avanzaban tambaleantes hacia la puerta.

—¿Dónde vives? —le preguntó con dificultad, resollando ya.

—Mphmm —contestó Fox, y logró decir algo que se parecía a un punto.

El paseo no fue largo, por suerte, y Tom ya sentía la anticipación en las venas, ardiendo con cada paso que daban con dificultad hacia la puerta de la casa de Fox. Tom tenía que irse ya a casa con su esposa, lo sabía, pero no estaba en Chicago todos los días, ¿no? Tendría que aprovechar estos días lejos de la dura granja. Estaba harto del maíz.

Lo bastante harto como para invocar a la Muerte.

Cuando llegaron a la habitación de Fox (alquilada a un posadero que, igual que el camarero, no parecía muy sorprendido de ver su procesión tambaleante), Tom ayudó a Fox a tumbarse en la cama con una sacudida y cayó abruptamente a su lado. Se detuvo para recuperar el aliento. Fox, por su parte, extendió el brazo y soltó un gruñido fuerte e incomprensible. El anillo de su mano cayó en el pecho de Tom y resplandeció a la luz de la lámpara de gas.

—Eh, ¿puedo ver esto? —le preguntó, señalando el anillo.

Acercó la mano despacio, con cuidado; el otro hombre gruñó algo parecido a un «no», estaba a punto de resistirse, pero en el momento en el que su cabeza cayó en la cama, soltó contra la almohada una serie de resoplidos que parecían ronquidos.

Tom esperó.

—¿Hola? —dijo y esperó a ver si Fox estaba dormido. Lo estaba—. Solo lo tomaré prestado —prometió (probablemente una mentira, aunque no había garantías). Le quitó el anillo del dedo y lo observó en su palma. Frunció el ceño, mirando la habitación, y luego salió al pasillo de puntillas.

—Eh —oyó y se volvió con brusquedad. Se encontró cara a cara con un hombre alto y encapuchado—. Devuélveme ese anillo.

—Es mío —dijo rápidamente Tom y lo escondió detrás de la espalda.

—Y una mierda es tuyo —respondió el hombre—. Pertenece al mortal que hay dentro de la habitación y puede que sea un mierda, pero no tienes derecho a llevarte sus cosas.

Tom parpadeó.

—¿Muerte? —preguntó, vacilante.

El hombre se encogió de hombros.

—Entre otros apodos.

Tom tragó saliva con dificultad.

—Tenía algunas preguntas para ti —comenzó.

—Que te jodan—replicó y luego suspiró y le dio un tirón a una pequeña goma que tenía en la muñeca—. Lo siento. Quiero decir que no. —Se dio la vuelta.

—Pero... espera —protestó Tom y se lanzó tras él—. Solo me preguntaba si hay una forma de... ya sabes...

—No la hay —respondió la Muerte y levantó la mirada—. ¿Qué estás haciendo tú aquí? —preguntó y Tom se volvió, sobresaltado, al reparar en que había alguien detrás de él.

A unos metros, un hombre de pelo rubio y liso con una cicatriz en el labio superior se apoyaba en la pared y mordía una manzana.

—Ah, ya sabes. Lo de siempre —respondió el hombre rubio y la Muerte entrecerró los ojos.

—Te dije que te alejaras de él, diosecillo.

—Eh, lo siento, pero... —vaciló Tom, mirándolos a los dos.

—Sí, me lo dijiste —afirmó el diosecillo—, y yo, fiel a mis costumbres, he decidido no hacerte caso. Por supuesto, si me dejaras que lo viera...

—No —lo interrumpió la Muerte, irritado—. Está mejor sin ti.

—¿De verdad? —musitó el diosecillo y, aunque en su tono había aún cierto elemento de indiferencia, a Tom le dio la sensación de que la discusión estaba empeorando—. Qué curioso, pensaba que un ladrón mortal le acababa de robar del dedo el anillo que le hice...

—Perdón, ¿qué está pasando? —volvió a probar Tom.

—Nada —respondieron al unísono la Muerte y el diosecillo.

—Y devuélvele el anillo —añadió el diosecillo, que se volvió para fulminar con la mirada a Tom—. No me gusta el robo.

—Qué irónico —murmuró la Muerte.

—Oh, madura —espetó el diosecillo—. Tu oposición a mí está quedándose anticuada.

—Fuiste tú quien perdiste, diosecillo —contratacó la Muerte—. El juego ha terminado. Pasa páginas.

—¿El juego? —repitió Tom—. ¿Qué juego?

—Hay un juego al que juegan los inmortales —canturreó el diosecillo con voz dramática—, y no tiene reglas…

—Salvo una —intervino la Muerte—. No perder, y tú perdiste, Brandt Solberg. No tendrías que haber apostado algo que no querías perder.

—No tendrías que haberme engañado —repuso el diosecillo llamado Brandt—. Me quitaste algo sabiendo muy bien que llegaría el día en el que lo necesitaría de nuevo.

—Sí —confirmó la Muerte—, porque eres un fastidio para mí, diosecillo. Enorme.

—No —replicó de nuevo Brandt. La atención de Tom rebotaba entre ellos como si contemplara un partido de tenis—. Entonces te gustaba, estoy seguro. Solo me odias ahora porque crees que he hecho daño a tu…

—No —le advirtió, mirando fijamente a Tom; Brandt también pareció reparar en su traspié y cerró la boca con firmeza para no soltar lo que estaba a punto de decir—. Y ya le has hecho daño, ¿no?

—Pero ha sido por tu culpa —dijo Brandt, impaciente—. Si me dejaras verlo…

—No. Y deja de buscarlo.

—Nunca. Y si crees que no puedo encontrar sus huellas en todas las épocas y mundos, estás equivocado.

—¿De verdad crees que voy a dejar que lleves a cabo otra de tus *vendettas* inmortales egoístas? —replicó la Muerte—. Las coleccionas como el ladrón que eres, pero no dejaré que Fox sea una de ellas. Y en cuanto a ti —continuó, volviéndose bruscamente hacia Tom—, devuélvele el jodido anillo.

—La goma —le dijo Brandt.

La Muerte lo fulminó con la mirada y le dio un tirón a la goma.

Y entonces, antes de que Tom pudiera pedirle que se quedara, la Muerte desapareció y dejó a Tom solo con Brandt en el pasillo.

Tom estaba decepcionado.

Estaba también muy confundido.

—¿Qué es el juego inmortal? —preguntó.

Brandt tensó la boca y la cicatriz se tornó más severa que nunca.

—Los inmortales —comenzó—. Se aburren. Apuestan. La única forma de ganar es no tener nada que perder —añadió, desviando la mirada hacia Tom—. ¿Tú no tienes nada que perder, mortal?

Tom lo pensó.

—No tengo nada que perder —confirmó—, y tengo todo que ganar.

—Ja. —Brandt se volvió para marcharse—. Bueno, yo también sé un par de cosas sobre la desesperación.

—Espera, ¿y si jugara? —preguntó Tom, acercándose a él—. Si le devuelvo el anillo a Fox —añadió, sacándoselo de detrás de la espalda—, ¿me llevarás a jugar al juego?

Brandt se detuvo, pero no se volvió.

—No tengo permitida la entrada a las mesas.

Tom se desanimó.

—Oh.

—No he dicho que no fuera a hacerlo. —Brandt entonces se giró con brusquedad, como si hubiera tomado una decisión—. Puedo llevarte allí, sí, pero la Muerte enfurecerá.

—Oh —repitió Tom con el ceño fruncido.

—No importa. —Brandt puso una mueca—. Siempre está enfadado, la Muerte. Consecuencia de… no sé, el morbo. Los ciclos de la luna. La naturaleza perpetua de su existencia. En cualquier caso —añadió, mirando a Tom con resignación—, si voy a ayudarte con esto, tendrás que estar seguro de que puedes ganar.

—Puedo ganar —declaró con tono firme—. Estoy seguro.

Brandt lo contempló un momento.

—Entonces devuelve el anillo y vamos.

Tom asintió, se volvió hacia la puerta de la casa de Fox y se detuvo.

—¿Quieres verlo? —le preguntó.

Brandt cerró los ojos un momento y sacudió entonces la cabeza.

—No puedo. Las reglas.

—Pero…

—No puedo —repitió, con más dureza esta vez.

Tom asintió.

—De acuerdo —dijo y entró en la habitación.

Tom ganó el juego fácilmente. No tenía conexión con su vida, después de todo. Se dio cuenta de que la Muerte trató de irrumpir en sus secretos, de sonsacarle algo que pudiera utilizar, pero no había allí nada y, de todos modos, Tom tenía la sensación de que a la Muerte no le interesaba jugar más.

—Es una adicción —le había contado Brandt para prepararlo—. Le ha prometido más de una vez a Fox que no va a volver a jugar, pero la Muerte no está exento de limitaciones.

—¿Qué va a tomar de mí? —preguntó Tom y el diosecillo se encogió de hombros.

—No sabría decirte. Eres el único mortal al que han permitido jugar.

—¿Y Fox? —preguntó, con el ceño fruncido.

—Fox no ha jugado nunca, ni lo hará. No es un juego para mortales.

Un apunte que la Muerte también se había apresurado a señalar.

—No deberías estar aquí —le dijo la Muerte, pero Tom iba preparado.

—Ni tú —lo retó y la Muerte puso una mueca.

—Muy bien —aceptó y le señaló la mesa.

Al final, el juego terminó con un empate. La Muerte nunca perdía, le había dicho Brandt, y esa vez tampoco lo hizo. Pero, más importante, tampoco lo hizo Tom.

—Quiero éxito —pidió como recompensa—. Quiero tener más.

—¿Más qué? —preguntó la Muerte con tono irritado—. ¿Dinero? ¿Fama? ¿Prestigio?

Tom lo pensó.

—Sí.

La Muerte suspiró.

—De acuerdo. —Se dio la vuelta para marcharse, pero Tom lo detuvo.

—Espera. ¿Tú no tomas nada de mí?

La Muerte volvió a suspirar, con una mueca esta vez.

—Pasa menos tiempo con el diosecillo —le aconsejó—. Es egoísta.

—De acuerdo, ¿cuál es entonces tu coste?

La Muerte lo consideró un momento.

—Si quieres una recompensa tan mortal —decidió—, tendrás también un castigo mortal. Dejemos que el precio de tu éxito sea el mismo al que cualquier otro mortal tendría que enfrentarse.

—¿Ya...? —Tom parpadeó—. ¿Ya está?

—Sí. Ya está.

Durante un tiempo, Tom no supo qué había sucedido realmente, si era que había pasado algo; incluso comenzó a preguntarse después de varios meses si lo habría soñado todo.

Pero entonces aquel invierno se echó a perder el grano para todos excepto para Tom.

Tomó el excedente y comenzó a venderlo en Chicago tras alquilar un espacio en State Street y dirigir allí su negocio. Alquiló también una habitación en Chicago y pasó la mayor parte del tiempo en la ciudad. Se comunicaba con regularidad con otros empresarios emergentes, recordaba con ellos la guerra y compartía parte de su riqueza con el fin de conseguir una fraternidad que lo apoyara. Al final convenció a otros hombres para que aunaran esfuerzos, y convirtieron la calle (con la ayuda de los amigos que había hecho con el tiempo) en algo así como un éxito minorista.

«Tu hijo nació la semana pasada —le escribió su mujer Betsy—. Un niño sano con tus mismos ojos, así que lo he llamado Thomas Edward, como su padre. ¿Vendrás pronto a casa?», le preguntó esperanzada, pero Tom no podía soportar pensar en regresar a su vida sencilla. Observó cómo florecía el comercio de la calle y arrojó la carta a un lado.

Fox D'Mora, por su parte, se mudó a la zona norte de la ciudad, o eso escuchó Tom, aunque no volvió a buscarlo. Él tenía otras cosas de las que preocuparse por entonces y dudaba que Fox supiera lo que había hecho.

Brandt, sin embargo, era un visitante semifrecuente.

—¿Eres feliz ahora? —le preguntó el diosecillo—. Tienes todo lo que querías.

Como respuesta, Tom frunció el ceño. Tenía todo lo que siempre había querido, sí, pero todo era trabajo, ¿no? No le parecía el regalo que esperaba que fuera. Estaba empezando también a hacer mella en él; el pelo se le había salpicado de blanco, algo de lo que no estaba particularmente orgulloso.

—¿Cómo es posible que no envejezcas? —le preguntó a Brandt con desconfianza, mirando la manzana que tenía en la mano—. ¿Es porque eres un dios?

—Un semidiós —lo corrigió—. Y no, es porque gané mi juventud en un juego.

—¿Crees que la Muerte me dejará jugar de nuevo? —preguntó, esperanzado—. Por la juventud esta vez.

—Ja. No. No quieres volver a jugar.

—Me parece un desperdicio tener todo este dinero y solo una vida corta.

Brandt se quedó callado un momento.

—Cuidado con lo que deseas —le advirtió y entonces se volvió para marcharse. Desapareció por una puerta invisible sin previo aviso.

Unos días después, Tom comenzó a oír voces.

Al principio creyó que eran simplemente sus pensamientos. *Más*, parecían decirle, martilleando en su cabeza. *Más, más, más*, hasta que acabó convirtiéndose en una pregunta.

*¿Quieres más?*, le preguntó una voz al oído.

—Sí —murmuró a la nada.

*Bien, pues supón que hacemos un trato*, le dijo la voz al oído.

Tom no entendía qué había pasado hasta que abrió los ojos y vio sus manos ensangrentadas y el cuerpo de su esposa inmóvil delante de él. Pensó, por un momento, soltar un grito, pero se detuvo en el instante en el que notó algo frío y húmedo en las manos: un cuchillo. Un cuchillo con sangre.

El cuchillo con sangre que estaba enterrado en el pecho de su esposa, comprendió.

Se acercó y pegó la oreja al pecho de la mujer.

No tenía pulso.

Completamente muerta.

—No —musitó.

De pronto, su pecho se expandió y Tom cayó hacia atrás, sobre el trasero, cuando los ojos de su mujer muerta se abrieron y volvió la cabeza hacia él.

—Tengo que decir que es una máscara bonita —dijo Betsy—. Tu mujer tiene unos rasgos adorables.

Tom se acercó.

—¿Bets? —preguntó con cuidado.

Betsy, que casi seguro que no era Betsy, se rio.

—No exactamente. ¿De verdad no me reconoces?

Tom se estremeció.

—¿Eres un demonio? —susurró.

—No cualquier demonio —le dijo no-Betsy—. El rey de los demonios, en realidad. Aunque puedo entender por qué no eres capaz de procesarlo por completo, siendo un mortal y todo eso.

Tom se quedó mirándola, el corazón le latía con fuerza.

—¿Está entonces… muerta? —preguntó y tragó saliva con dificultad.

—Ah, sí —respondió el demonio con una carcajada que sonaba demasiado dura proviniendo de Betsy—. Ese era el trato. Tú me dabas a un mortal y, a cambio, yo te he dado juventud. ¡Tachán! —añadió su esposa muerta para crear efecto.

—No sabía que te llevarías a mi mujer —respondió. No estaba especialmente enamorado de Betsy, cierto, pero aun así. Ella significaba algo. La conocía de toda la vida. Era la madre de su hijo. No sabía que ella sería el coste.

—Oh, mis disculpas, pensaba que era obvio —dijo el demonio, poniéndole ojitos con la cara de Betsy—. Bueno, no te preocupes, ahora puedes ser joven durante los próximos… eh, cuarenta años. ¿No te parece un intercambio divertido?

—¿Qué? —Tom frunció el ceño—. Pero… pero eso…

—Una vida mortal —le recordó el demonio, que se incorporó y se quitó el polvo de la falda manchada de sangre de Betsy—. Si quieres más de eso, tendrá un coste.

—¿Qué coste? —preguntó Tom, pero ya debería saber la respuesta.

—Ah, ya sabes. —El demonio se dio unos toquecitos en los labios con la sangre de Betsy para pintárselos y le dedicó una sonrisa aterradora—. Estoy seguro de que se te ocurrirá algo.

—Se llama Volos —dijo Brandt, que parecía asqueado—. ¿Has hecho un trato con él?

—No —mintió Tom.

—Bien —suspiró Brandt con alivio y sacudió la cabeza—. No quieres hacerlo. Es peor que la Muerte.

—No sabía que pensabas que había alguien peor que la Muerte —comentó Tom y Brandt se encogió de hombros.

—La Muerte es un fanfarrón engreído, pero no es Volos.

Tom se encogió de hombros, indiferente.

—¿Qué es eso? —cambió de tema y señaló el libro que tenía Brandt en la mano.

—Ah, un secreto, sobre todo —respondió él sin pensar—. Pero también contiene todo lo que he visto y oído nunca.

—Ah, ¿aparece Fox?

Brandt se encogió.

—Sí.

—Perdona.

—No pasa nada —murmuró Brandt sin mirarlo—. Tú acabas de perder a tu esposa.

—Sí.

—¿Cómo le va a tu hijo? ¿Se está adaptando?

Tom miró a su hijo, que estaba detrás del mostrador, hablando con su calidez carismática usual con los clientes. Cuando los clientes salieron por la puerta, sin embargo, el porte entusiasmado de Ned se desinfló y miró a Tom. Los hijos de su hijo, tan similares a los suyos, aterrizaron fríamente sobre él justo antes de marcharse sin decir nada en dirección al almacén.

—Cree que yo maté a su madre.

Brandt enarcó las cejas.

—¿Lo hiciste?

—Por supuesto que no —volvió a mentir, aunque esta vez, Brandt parecía menos propenso a creerle—. Da igual, cuéntame más del libro.

Brandt se lo acercó al pecho y lo metió en el bolsillo de la chaqueta.

—Otro día tal vez —dijo y le lanzó una mirada curiosamente desconcertante.

Ned tenía casi dieciséis años cuando Tom se enteró de que se estaba muriendo.

*Es que tienes los órganos de un hombre mucho mayor. No fuiste muy específico y el diablo está en los detalles,* le recordó la voz de Volos al oído.

—El diablo está en mi cabeza —gruñó Tom.

*En realidad, el diablo es una compañía agradable. Creo que lo juzgas mal.*

—Pensaba que te habías ido.

*Un tiempo. Estabas aburrido. Pero necesito unas cosillas, así que creo que todavía te puedo sacar algo de partido, si es que quieres hacer otro trato.*

Tom se detuvo, lo consideró.

—No puedes tener a mi hijo —dijo con tono ronco. «Todavía me odia y estoy muy seguro de que lo hará siempre», no añadió—. Tiene un futuro brillante por delante, estoy orgulloso de él.

*Oh, así es. Sería una pena llevármelo, pero sigo necesitando algo.*

—¿Qué?

*Una plaza en el juego de los inmortales. La Muerte no va a permitir que juegue y no puedo acosar a los dos arcángeles estúpidos para que me ayuden. Necesito que lo hagas tú.*

—¿Por qué?

*Tú ya figuras en el registro. Has jugado una vez. Además, ningún otro ser será tan estúpido para dejar que entre en su cabeza.*

Tom gruñó, en desacuerdo.

—¿Entonces lo único que quieres es jugar? —le preguntó—. ¿Ya está? Tú juegas y yo obtengo… ¿qué?

*Otra vida. No voy a ofrecerte la inmortalidad por esto. Pero sí, una vida me parece suficiente.*

—Necesito la capacidad de viajar entre los mundos —señaló tras pensar en las puertas invisibles de Brandt—. Me tienes que dar también eso, además de otra vida.

*De acuerdo, pero estarás asumiendo una gran deuda, dijo Volos.*

Tom apartó las dudas de la cabeza.

—Tú dame lo que quiero y te juro que te conseguiré una plaza en los juegos.

—No —dijo sin más la Muerte—. Volos no tendrá nunca una plaza en las mesas.

*No puede apartarme para siempre de ellas.*

—No puedes apartarlo para siempre de ellas —repitió Tom.

—Pues considera entonces las mesas permanentemente cerradas —replicó la Muerte—. De todos modos, me he cansado de este juego. Ya no quiero jugar más.

—Entonces déjame jugar a mí —sugirió Tom y sintió una punzada de dolor en la mente, como una uña que escarbara para hundirse—. Solo… auch.

*¿Crees que puedes echarte atrás en nuestro trato retando a la Muerte? Oh, mortal, eres un completo necio. Es demasiado tarde para ti, ¿no lo entiendes? Eres. Mío.*

Tom reprimió un grito de dolor y la Muerte frunció el ceño y apretó la boca con desconfianza.

—No deberías haber jugado a este juego —señaló, como si pudiera ver tras los ojos de Tom.

*El pasado es pasado*, dijo Volos con una risita burlona y Tom tragó saliva.

—El pasado es pasado —repitió.

*Nos quedamos sin tiempo, mortal. Te he concedido amablemente otra vida, pero la existencia de un mortal es como un parpadeo, como un picor que se va enseguida. Solo te has puesto en deuda conmigo, Tom Parker, y tendrás que acabar pagando el precio. Dime, ¿qué crees que te pasará cuando mueras? ¿Qué recibimiento vas a tener cuando la Muerte se entere de los tratos que has hecho? No todo el mundo acepta el vicio tan bien como yo, ya sabes, y tú tienes algunos de los peores. Orgullo. Avaricia. Una terrible inclinación por el engaño. Puedes huir de este reino, pero no puedes huir de tu deuda conmigo, ni puedes escapar de tu destino.*

*No serás bien recibido, te lo aseguro. Quiero una plaza en las mesas, mortal, no voy a esperar pacientemente.*

—Me ha dicho que vendrías a por mí —señaló Ned sin levantar la mirada.

Para entonces, Tom había buscado una solución en todos los mundos, sin éxito.

*El tiempo se ha acabado. Requiero otro pago, mortal, a menos que estés por fin preparado para renunciar y enfrentarte a tu deuda,* dijo Volos.

No lo estaba.

Las almas de Tom Parker y su único hijo pertenecían por entonces a hombres viejos; su hijo, por supuesto, tenía un aspecto mucho más viejo que él por la ausencia de pasados inmortales, pero los dos estaban ya cansados y consumadamente exhaustos por sus vidas respectivas.

—¿Quién te ha dicho eso? —preguntó Tom—. Que vendría.

—El hombre rubio —respondió Ned, mirando por la ventana de su habitación—. El que era tu amigo.

*Ah, el diosecillo,* dijo Volos en la mente de Tom.

—Ah —repitió Tom—. ¿Y qué te ha dicho?

—Que tenía que mantenernos a salvo a mi familia y a mí. —Se volvió hacia Tom con el ceño fruncido—. Por eso tardé tanto en casarme. Por eso no tuve hijos. Para protegerlos de todo el mundo, de ti...

—Pero sí tienes hijos —le recordó Tom—. Uno al que pusiste mi nombre, de hecho.

Ned tragó saliva con dificultad.

—Porque cometí un error —admitió en voz baja—. Pensaba que ya no estabas. Pensaba que estaba...

—¿A salvo?

Ned asintió, desolado.

—El hombre rubio me dio algo —añadió—. Un libro. Me dijo que lo mantuviera alejado de ti.

—¿Un libro? —repitió Tom, sorprendido.

—Me dijo que vendrías un día. —Ned tragó saliva—. A por mí o a por el libro. Así que dime, padre, ¿a qué has venido? —le preguntó con tono neutro.

Tom se encogió.

—Yo…

*Hazlo. Hazlo ya,* le exigió con firmeza Volos.

—Lo siento mucho, hijo mío —le dijo y cerró los dedos en torno al mango del cuchillo.

La vida del único hijo de Tom Parker le ofreció otra vida de juventud.

—¿Por qué pensaba Ned que quería el libro de Brandt? —murmuró Tom en voz alta, mirando la nada.

*El diosecillo dijo que contenía todo lo que había visto. Es posible que haya partes del registro del juego,* sugirió Volos.

—¿Qué importa eso? —preguntó Tom.

*Significa que la Muerte podría verse obligada a jugar una vez más al juego. Quien sea que posea el registro puede obligarlo a acudir a las mesas.*

—Y supongo que tengo que encontrarlo para ti. —Tom suspiró.

*Aún tienes una deuda conmigo.*

—He matado a mi hijo por ti.

*No. Has matado a tu hijo por ti. Yo solo puse el precio, no sostuve el cuchillo.*

Tom se estremeció.

—¿No puedes irte a torturar a otro? —preguntó, infeliz, y en su cabeza, Volos se rio.

*Llámame «sentimental», pero por ahora prefiero torturarte a ti.*

—Veo que has vuelto —comentó Brandt con la mirada fija en la mesa que tenía delante. (Al parecer, cada vez más, la gente se mostraba reacia a mirar a Tom a los ojos)—. ¿Qué tal tus viajes?

—Necesito el registro —dijo sin molestarse en contestar—. Tienes que dármelo.

Al escucharlo, Tom desvió en silencio la mirada hacia él.

—No puedo dártelo sin más —contestó con tono frío y petulante al mismo tiempo—. Aunque quisiera, que no quiero —aclaró—, le dejé ese libro a Ned para que lo protegiera. Ya no me pertenece a mí.

Tom frunció el ceño.

—Pero ¿por qué Ned?

—Me gusta el chico. —Brandt se encogió de hombros—. Tiene buen corazón, trabaja duro; es lo opuesto a un ladrón y me parece adorable. Además, sabía que no te lo daría nunca, y eso era lo que quería de verdad. —Apartó el vaso y lo dejó con fuerza en la mesa—. El objetivo era que nunca tuvieras acceso a ese libro, Tom Parker, y Ned será quien se asegure de que sea así.

Tom sintió que su mismísima alma se encogía.

—Él… —intentó, pero vaciló—. Está muerto, Brandt.

Brandt parpadeó.

—Yo no quería, pero… —añadió en voz baja.

—Entonces el registro pertenece a tu estirpe —lo interrumpió Brandt, agachando la cabeza con una mezcla de dolor y culpa—. No a mí. Si deseas ver tu propia sangre derramada sobre él, que así sea. Es cosa tuya.

Se dio la vuelta, pero Tom lo agarró del brazo.

—Por favor, Brandt.

—¿Con qué frecuencia está ahí, Tom? —preguntó sin volverse a mirarlo—. Volos. ¿Sigue todo el tiempo ahí?

Tom quería protestar, persistir en la mentira de que no había dejado nunca que un demonio entrara en su cabeza, pero no tenía sentido negarlo.

—No —admitió—. No, a veces se va, pero…

—Bien. Entonces no estás del todo perdido. Aférrate a eso antes de que sea demasiado tarde.

—Brandt, espera, por favor…

El diosecillo se marchó.

—Tengo una deuda —gritó Tom, lanzándose hacia delante, y solo entonces se detuvo Brandt—. Por favor, tienes que ayudarme… está esperando otro pago y yo no puedo… no puedo hacer esto otra vez, tengo que… —Se inclinó, el cuello dolorido—. Tengo que vivir con los precios, Brandt, por favor…

—Todos tenemos que hacerlo —lo interrumpió con tono frío—. Todos tenemos precios, Tom, y vivimos con ellos. Eso es la vida.

Se volvió para marcharse una vez más y Tom soltó un grito de angustia y frustración.

—¡Destruyes cada vida mortal que tocas! —le chilló—. Si no fuera por ti, si no fuera por ese juego, mi hijo seguiría vivo.

—No me culpes por eso —replicó Brandt—. Yo no soy responsable de tus decisiones.

—¿Y qué pasa con Fox D'Mora? —exclamó a la desesperada—. ¿Cómo lo destruiste a él?

Brandt miró por encima del hombro y, por un breve momento, parecía a punto de ahogarse con un sollozo, de asestar un puñetazo o de sacar un arma; parecía preferir aplastar con el pie a Tom antes que ayudarlo, incluso cuando este cayó de rodillas.

Pero entonces…

—¿Cómo destruí a Fox? Así —dijo con firmeza justo antes de retirarse.

—Esta vez quiero más —dijo Tom—. No puedo matar a mi nieto igual que maté a mi hijo y a su madre. La gente ya piensa que hay una maldición. —«Y no puedo seguir haciéndolo así», no dijo.

*¿Qué quieres? ¿Magia?*

—Sí —respondió Tom—. Quiero poder.

*Sabes que tu deuda aumentará.*

—De acuerdo —respondió él.

¿Qué eran a estas alturas dos deudas para él?

*Concedido, entonces.*

—Te lo dije, no quiero tener nada que ver con esto —protestó Brandt—. Deja de buscarme, deja de seguirme. Ya has pagado con las vidas de tus nietos. ¡Solo te queda un descendiente! ¿Cuánto más puedes soportar perder?

—Solo me queda una oportunidad —dijo Tom de forma mecánica—. Una oportunidad, Brandt, y necesito el registro.

—No. El coste es demasiado elevado, Tom, mucho…

—Pero ¿y si hubiera un precio que valiera la pena?

Brandt resopló.

—No lo hay.

Tom sacudió la cabeza.

—¿No? —lo retó.

Brandt entrecerró los ojos.

—Si esto es una amenaza…

—No es una amenaza. Es una oferta —lo interrumpió Tom—. Si me escuchas.

—Te lo he dicho, no hay nada que…

—Fox —volvió a interrumpirlo—. Si Volos reta a la Muerte y gana, te dará a Fox.

Vio cómo se le quedaba la boca paralizada, detenida al oír el nombre de Fox.

*Solo necesita un motivo convincente*, le había sugerido Volos y Tom Parker sabía cuál era.

—Revertirá todo lo que te ha hecho la Muerte —le aseguró—. Si me das el registro, podrás ver de nuevo a Fox.

Brandt frunció el ceño, desconfiado.

—No soy tan idiota como para hacer un trato con el rey demonio.

—¿De verdad? —preguntó Tom—. Porque las mesas están cerradas, Brandt. No puedes recuperarlo por medio de la Muerte. No puedes jugar más. Tu única oportunidad es hacer un trato con Volos si quieres volver a ver a Fox.

Brandt valoró la idea con cuidado.

—¿Sabe Volos quién es Fox?

—No. —Tom sacudió la cabeza—. No tiene ningún interés en ti ni en mí. Solo quiere a la Muerte.

Brandt tensó la boca y entrecerró los ojos, concentrado.

—Sería un necio si confiara en Volos.

—Un necio desesperado —coincidió Tom—. Igual que yo.

Brandt se quedó de nuevo pensativo.

—Tendré que ser yo quien mate a tu descendiente. El trato es solo el registro, y la única forma que tengo de estar seguro de ello es siendo yo quien acaba con la estirpe. Tengo que conseguir el acceso al libro yo mismo. —Tragó saliva—. Volos no puede ver qué más existe en él hasta el momento adecuado —murmuró.

—¿Y cuándo será el momento adecuado? —preguntó Tom, aunque ya estaba resistiéndose.

Por entonces, solo unos pocos pensamientos seguían siendo suyos. La autonomía de su mente era fugaz y dolorosa, y no había forma de saber cuándo regresaría Volos.

—Cuando sea demasiado tarde para dar marcha atrás —declaró Brandt.

—¿De veras no sientes nada? —preguntó el espíritu del agua llamado Elaine con voz susurrada—. ¿Ni remordimiento?

—¿Yo? Por supuesto que no —respondió Volos con la boca de Tom, riéndose—. Mi huésped, sin embargo…

Tom, para entonces solo una mota en su propia conciencia, se imaginó un mundo donde pudiera estremecerse.

—Debe de estar matándolo —murmuró Lainey y Tom consideró que así era.

—Su deuda conmigo es lo que lo está matando, como bien sabes —contestó Volos—. Si de verdad quería una vida digna, tendría que haber sido más específico con lo que pedía.

—¿Y culpas al mortal por eso? Sabes que es culpa de la Muerte, ¿no?

—Qué ironía, ¿eh? O lo sería… pero no es precisamente culpa de la Muerte. Es obra de la Muerte, claro, pero si somos más específicos, es en realidad culpa de la vida… aunque eso nos deja muy poco a lo que culpar. En cualquier caso, se está debilitando, y voy a necesitar más.

—¿Y qué es más exactamente?

—Lo que se me debe. Ni más ni menos. Soy bastante razonable.

—¿Qué te ha prometido?

—¿El mortal? Da igual lo que me ha prometido. Tu deuda no tiene relación con la de él.

—¿De veras?

—Bueno, supongo que desde un punto de vista general. Pero no creo que merezca la pena que te preocupes de forma prematura.

*Ayuda*, pensó Tom.

Nadie lo oyó.

—¿Fox D'Mora? —musitó Volos, rodeando a la pareja de arcángeles atados—. ¿Dónde he oído antes ese nombre?

Tom, por entonces atrapado en un rincón de su propia muerte, no podría haber respondido ni aunque fuera a él a quien le estuviera preguntando Volos.

—Bueno. —El rey demonio suspiró y sacudió la cabeza de Tom—. Supongo que ya da igual.

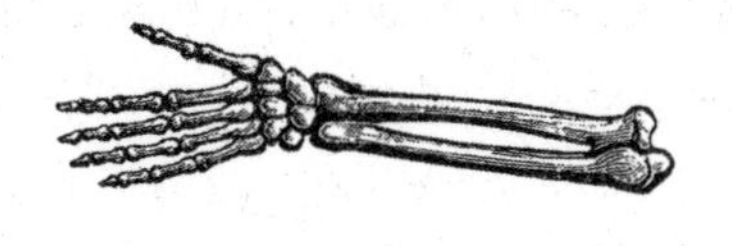

# XXVII

## COMBATE MORTAL

Volos soltó un grito horrible; el sonido vibró alrededor de ellos y rebotó de forma violenta en las blancas paredes cegadoras.

—¿Qué es esto? —siseó el rey demonio con los dientes apretados y Fox, que lo sabía bien, tan solo se encogió de hombros.

—Culpa, seguramente. —Tomó la cabeza de Tom Parker por detrás para levantarla y lo miró directamente a los ojos—. Los mortales nada tienen que ver con los dioses o las criaturas en cuanto a poder, Volos, pero sabemos un par de cosas sobre autodestrucción. Dolor —señaló y una imagen del joven Ned Parker apareció en la habitación—. Pérdida —añadió y proyectó la sonrisa ensangrentada de Betsy Parker—. Arrepentimiento —terminó y vio cómo entraba y salía la conciencia en los ojos de Tom Parker, la extraña cualidad inhumana titilando cada vez con más violencia cuanto más hablaba Fox—. ¿Qué es lo que lamentas, Tom Parker? —preguntó y el hombre cayó de rodillas, sobre los antebrazos.

Por un momento, se meció adelante y atrás, llorando, angustiado, batallando con sus demonios.

Su demonio, que debía de estar rabiando dentro de sus huesos.

Entonces, despacio, se fue calmando y pasó a ser poco más que un hombre tembloroso a los pies de Fox.

—¿Qué lamentas? —le preguntó de nuevo y el hombre que había a sus pies alzó la mirada.

—Todo —gimió Tom Parker.

Fox se agachó y se colocó a la altura de sus ojos.

—¿No es dolorosa? —preguntó—. La persistencia. ¿No es una terrible bendición y una maravillosa maldición?

Los ojos de Tom, rojos, se desviaron por encima de la cabeza de Fox.

—Tengo miedo —susurró—. Tengo miedo. Tengo miedo. Tengo miedo…

Fox exhaló un suspiro y se puso en pie.

—Un impulso muy mortal, el miedo —le dijo y retrocedió dos pasos.

Al otro lado de la mesa, se produjo un silencio impactante.

Y entonces:

—Fox D'Mora gana.

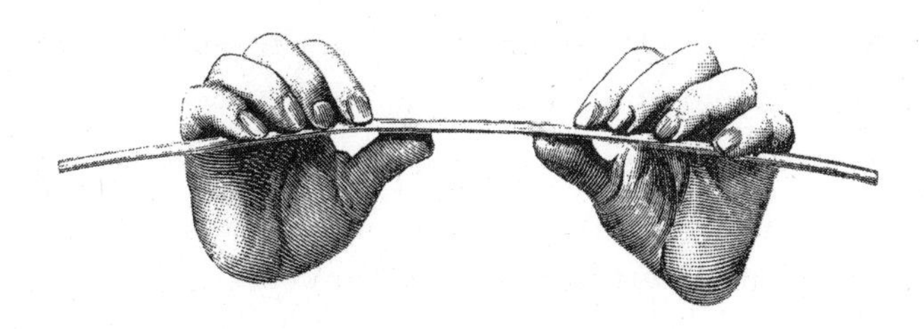

# INTERLUDIO VIII:

## INCORPÓREO

El rey del vicio no tenía cuerpo.

No era estrictamente necesario poseer una forma corpórea (le había ido bastante bien sin ella), pero no era propio de un rey no poseer algo cuando lo quería. Volos, que finalmente había sido expulsado del mortal Tom Parker por un juego (y, supuso, por el propio mal estado del ser), sufrió un momento de frustración abyecta, expulsado del reino del juego de nuevo al otro mundo y levitando por encima de la mesa.

Los inmortales a los que había atrapado empezaban ya a descubrirse liberados de sus jaulas; en otro lugar, un ángel se volvió con cara de sorpresa hacia un segador y pidió disculpas a sus pies. El segador, por su parte, se agachó de rodillas junto a ella y colocó la mano con tanto cuidado, delicadeza, reverencia, encima de su espalda que ella no supo de inmediato si se estaban tocando de verdad. «No tienes que disculparte por nada», decía el contacto.

No había lugar para el rey del vicio ahí.

Un espíritu del agua marcado por la destrucción contaba sus secretos como si fueran cartas, extendiéndolos delante de ella, leyéndolos entre medias como si fueran líneas de un texto. Despacio, empezó a transformarse: de las piernas brotaron aletas, los labios se cerraron formando ondas y los ojos regresaron a las profundidades del mar. Despacio, muy despacio, se convirtió de nuevo en lo que un día fue, no un ser, sino una corriente, una fuerza, un espíritu. Se disolvió en la espuma, exhaló un suspiro que saló la orilla de la tierra y arremetió contra cosas más grandes, cosas más fuertes. Con sus secretos restaurados, volvió a convertirse en nada; se convirtió, de nuevo, en todo; y el rey del vicio no podía tocarla allí.

Un diosecillo levantó la cabeza despacio y su mirada recayó en el hombre por el que tanto y con tanta fuerza había luchado por amar, siempre regresando a él con el ímpetu y la inevitabilidad de la marea del espíritu del agua. Había habido mentiras ahí, y engaño, pero seguía siendo el hijo de un dios; poseía la armadura divina de un dios, incluso cuando las costillas de su mortal envolvían un corazón mortal.

Y entonces fue cuando Volos tuvo una idea.

Fox D'Mora estaba allí de pie, con las manos sobre la mesa, todavía en guerra con el alma fracturada de Tom Parker y, por un momento, Volos se lamió los labios espectrales por la anticipación. *Imagina la posesión del ahijado de la Muerte*, pensó; *¡menudo poder!, ¡cuántas posibilidades!* Aún podía ganar a la Muerte e incluso solo una pequeña parte de Volos, incluso solo un aliento de él, que había visto el corazón del mortal y conocía el deseo que ahí había, el ansia, el anhelo…

—No —dijo la reina de la virtud. Chasqueó los dedos y Volos sintió que algo lo rodeaba con un silbido y lo arrastraba al centro de la mesa como un ancla—. Tú ya has terminado, esposo. Creo que ya has hecho suficiente daño por una vida mortal, ¿no crees?

Lo había atrapado en oro. Volos forcejeó con el metal.

—¿Lo retendrá eso? —preguntó una vampira y la reina de la virtud se encogió de hombros.

—Para siempre no. Acabará encontrando una forma de salir.

—¿Y entonces qué?

—Bueno, entonces tendrá que vérselas conmigo, claro —respondió la reina de la virtud con tono dulce.

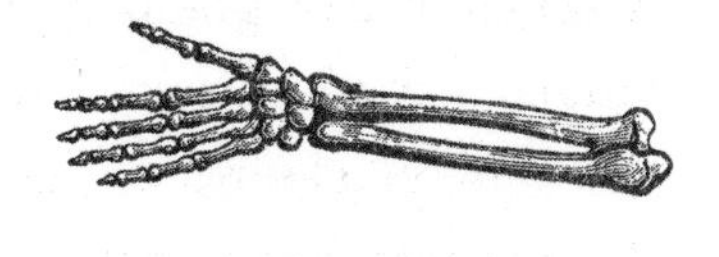

# XXVIII

## PECADOS DEL PADRE

—¿Tengo que hacer esto? Todo el mundo está ya bien —dijo Fox. Señaló a Mayra y a Cal, que se sonreían en silencio, refractando cariñosamente sus respectivos planos de luz—. Y los inmortales han salido de las jaulas de Volos, ¿no? Así que no entiendo la necesidad de seguir jugando al juego.

—En primer lugar, no todo está bien —corrigió Isis. Señaló a Vi y un espacio vacío donde Fox imaginó que se encontraba Tom Parker IV, apartados el uno del otro. Se fijó también en que Isis llevaba a su esposo en la cabeza, como una corona; un contraste extraño con la ropa deportiva mortal que vestía y que no valía la pena destacar por el momento—. Y segundo...

—Disculpa —la interrumpió Rafael con una mirada seráfica de indignación—. Diría que es nuestro trabajo exponer los detalles de lo que debe o no debe hacer el mortal...

—¿Sí? —preguntó Isis con escepticismo—. ¿De verdad lo es?

—Bien, segundo —continuó Gabriel, tratando de retomarlo donde lo había dejado Isis y frunció el ceño—. Un momento, ¿qué era lo primero?

Rafael, amablemente: Que las cosas no están bien.

Gabriel, reafirmado: Correcto, las cosas no están bien.

Rafael: Por una parte, aunque esto termine, tendremos todos que enfrentarnos a una investigación.

Gabriel: Sí, y no será agradable.

Fox, con tono amable: Las investigaciones no suelen serlo.

Rafael: No vamos a fingir que no se han cometido errores.

Gabriel: Se nos ha pasado por la mente que tal vez se hayan cometido errores.

Rafael: Algunas confusiones menores...

Gabriel: ... fallos totalmente inintencionados, por supuesto...

Rafael: ... y prácticamente inofensivos...

Fox, poniendo los ojos en blanco: Sí, prácticamente inofensivos. Que casi destruyen a la humanidad...

—¿Ha pasado eso? —replicó Rafael—. ¿Eh?

—Sí —lo apoyó Gabriel—. ¿Estás ahora al servicio de un rey demonio?

—No, pero...

—No —confirmó con énfasis Rafael—, así que, básicamente, no pasa nada.

—No entiendo cómo ha sucedido todo esto —comentó Vi, que dio un paso vacilante para mirar a Fox—. ¿Son normalmente los demonios tan poderosos?

Isis a Vi: No, esta era una excepción contractual.

Rafael: Sí. Cláusulas sobrenaturales, etcétera.

Fox, con un gruñido: No, nada de etcéteras. Explica lo que quieres decir.

Gabriel: Todo ser que juega al juego firma un contrato.

Rafael: Una renuncia de responsabilidad, si lo prefieres.

Gabriel: Sí, que lo deja en deuda con las leyes de las mesas.

Vi, con el ceño fruncido: Entonces cuando las mesas están en juego...

—Se contempla a los distintos jugadores —confirmó Rafael—. Y luego, por supuesto, está el pequeño problema de lo poderoso que es Volos en lo que respecta a situaciones de vicio, y eso no ayuda, desde luego.

—Sigo sin entender por qué no podemos parar ahora —protestó Fox—. La situación de Volos está controlada, ¿no? ¿Por qué no acabamos aquí el juego?

—No podemos acabar el juego —respondió Gabriel con tono serio—. Nosotros no lo hemos empezado.

—Sí, y tampoco lo hemos inventado —añadió Rafael—. Las mesas no responden ante nosotros, simplemente las operamos.

—¿Y por qué? —preguntó Vi.

Los dos arcángeles se encogieron de hombros.

—Aburrimiento, más que nada —contestó Gabriel.

—También porque somos expertos en contratos —señaló Rafael.

—Aunque sobre todo porque tenemos una gran cantidad de tiempo —lamentó Gabriel— y tan poco que hacer con él.

—Pero no quiero jugar con mi padrino —protestó Fox, no fuera que se olvidaran del tema. (Los arcángeles ya parecían haber superado espiritualmente su grave error, que había puesto en riesgo la mortalidad)—. ¿No puedo renunciar?

—Quien controla la mesa controla el juego —respondió Rafael, así que tal vez no se habían olvidado del todo—. Si juegas y tú o la Muerte ganáis, entonces el torneo termina y no hay necesidad de volver a jugar al juego nunca más.

—Sí —afirmó Gabriel—, así que mejor cerrar ahora el ciclo, a menos que quieras que la humanidad sufra esta particular amenaza una segunda vez.

Fox levantó la cabeza y miró en dirección a la Muerte, que aguardaba en la mesa, aunque ya no estaba esposado. Más allá, también vio a Brandt sentado solo en uno de los asientos del estadio, dándose golpecitos en los labios con los dedos.

Fox apartó la mirada y se concentró en su problema inmortal del momento, que no era otro que un hombre, o un no-hombre que lo había criado.

Se encaminó a la mesa final y subió los escalones uno a uno.

—Papá —dijo cuando llegó y los asientos comenzaron a llenarse con los ocupantes de todos los mundos—. No quiero hacer esto.

—Qué lástima —respondió él—. Ya has escuchado a esos ángeles de mierda.

—Papá —gruñó—. La goma.

—No me digas lo que tengo que hacer, mortal —replicó—. Yo te he criado, ¿no?

Fox suspiró para sus adentros.

—¿De verdad tengo que hacer esto? —preguntó de mal humor.

La Muerte se encogió de hombros.

—Solo si te importa no tener que volver a jugar.

Un argumento bastante convincente. Fox puso una mueca y asintió.

—Muy bien, papá. Vamos a jugar.

Vi esperó hasta que Fox hubiera llegado a regañadientes a la mesa final antes de permitirse mirar a Tom, cuya mirada ya estaba fija en ella.

—Hola —la saludó, y le pareció, en cierto modo, decepcionante.

Vi repasó sus opciones. Podía salir corriendo, que siempre era una buena opción. La necesidad de tumbarse sobre una pila de sábanas limpias era también cautivadora. Ninguna de las dos, sin embargo, era de ayuda.

—Hola —respondió con una sensación de concesión reforzada al notar que Isis, todavía con Volos como corona, se había marchado.

—Ha sido una forma extraña de descubrir que la maldición Parker se debía en realidad a que mi bisabuelo estaba en deuda con un demonio —continuó Tom, que se acercó a ella flotando—. Por no decir que mi novia nunca fue en realidad mi novia. —Parecía como si aún no hubiera llegado a entender del todo esa parte—. Pero creo que es mejor no obsesionarse con eso.

—Al menos tú tienes una respuesta —le recordó Vi—. Y a lo mejor ya puedes… ya sabes. Seguir adelante. —Hizo una pausa—. ¿No?

Tom ladeó la cabeza, pensativo.

—No lo había pensado —admitió—. Pero supongo que sí.

—Y pensar que todo esto ha sido por una discrepancia contractual —señaló Vi con un pragmatismo superficial. (Era un misterio que saliera de su boca con tanta tristeza)—. Si le hubiera pedido a Sly que mirara las escrituras de la casa antes, tal vez no tendríamos que haber pasado por esto. No tendríamos que haber cruzado mundos, ni tendríamos que salvar a la Muerte. —Se quedó callada unos segundos—. Ni derrotar a ningún demonio.

—Aunque puede que tampoco nos hubiéramos llegado a conocer —expuso Tom.

—Es verdad. Pero igual habríamos estado mejor.

Tom flotaba muy callado, sin decir nada.

—Gracias, por cierto —dijo un momento después con la voz inusualmente brusca—. Por haber venido, quiero decir. A pesar de que era obvio que no tenías que hacerlo.

—Tenía que asegurarme de que todo estuviera bien —le recordó—. Tenía una responsabilidad con la casa. Y, ya sabes, la venta.

—Ya. Sí, por supuesto.

Otra pausa.

—Y siento… —Tom suspiró.

—No te preocupes por eso —lo interrumpió Vi, y si sonó triste, probablemente fuera solo un engaño del oído interno o algún tipo de problema acústico—. Solo era un juego. Todo esto era solo un juego para inmortales aburridos, así que nada de esto significaba nada. Nada era real.

En especial, las partes que parecían más reales que cualquier otra cosa, pensó al recordar cómo había entrelazado los dedos con los de él.

—Bien —dijo Tom y asintió. Se volvieron para observar la partida final de Fox—. Bien.

—Hola, papá. —Fox abrió los ojos en la habitación blanca brillante por la que deseaba con desesperación que fuera la última vez.

—Hola, Fox —respondió la Muerte. Se materializó frente a Fox con su forma habitual. La que conocía de toda su vida, que ahora sabía que era solo una fracción de la existencia de la Muerte.

—Nunca se me ha ocurrido pensar mucho en por qué tienes este aspecto —comentó al tiempo que señalaba la forma corpórea de la Muerte—. ¿Todo el mundo te ve así?

—No —respondió la Muerte—. Diseñé esta forma para ti. Ojos marrones que fueran como los tuyos. Pelo oscuro como el de tu madre. La altura de tu padre —añadió—. Podría continuar, pero creo que ya te haces a la idea.

—¿Por qué? —Nunca antes lo había pensado, pero ahora, de pronto, le parecía relevante. Importante incluso.

—¿Por qué qué?

—¿Por qué la hiciste para mí?

—Eras un bebé. —Se encogió de hombros—. No podía no tomar la forma de algo familiar. Habría sido... no sé, un intento pobre de adaptación al hábitat. Aunque tengo otra ropa —añadió—. La capa y lo demás, ya sabes. Pero es más fácil así, creo.

Por un momento, Fox recordó lo que había visto en los recuerdos de Tom Parker; la conversación entre la Muerte y Brandt que suponía que los dos seres en los que Fox confiaba con toda la fragilidad de su corazón le habían estado ocultando siempre secretos. Una parte de él quería enfadarse, una gran parte de él se sentía, de hecho, enfadada, traicionada y profunda e irrevocablemente herida.

Pero la dureza del sentimiento parecía una carga pesada. Algunas cosas, razonó Fox el coleccionista, con su reloj roto y su anillo sin sello, simplemente no merecían la pena.

—Muy poco prácticas las capas —señaló—. Siempre se meten por medio.

—No me falta cierto dramatismo —respondió la Muerte—. Tengo otras formas también. Femeninas en ocasiones, aunque el género es un constructo poco sólido. Puedo también ser animales, elementos; esa sensación vaga de haber olvidado algo en casa…

—Pero elegiste esta porque… —lo interrumpió Fox.

—Porque era la que más te gustaba —contestó sin problemas y, un momento después, Fox asintió.

Pasaron unos segundos.

—No tengo que ganar de verdad, ¿no? —preguntó.

—Me temo que sí. Los arcángeles tienen razón. Si los dos perdemos el juego, podría suceder todo de nuevo y Volos no permanecerá retenido mucho tiempo.

Fox negó con la cabeza.

—Pero ¿por qué estás tan convencido de que vas a perder?

—Ya te lo he dicho. Porque tengo un remordimiento.

—Sí, ya lo has dicho, pero…

—Tengo un remordimiento —repitió— y es muy poco práctico. Una sensación mortal. Me resulta molesto lo debilitante que es y ningún otro inmortal lo compartiría.

—¿Y yo? —preguntó Fox—. Yo también tengo cosas de las que arrepentirme.

—¿Sí? ¿Hubo cosas que no dijiste?

—Yo… No, no exactamente, pero…

—¿Algo que habrías hecho de otra forma?

—Bueno. —Era una pregunta muy compleja para un ejercicio de pensamiento espontáneo—. No estoy orgulloso de muchas cosas que he hecho, pero ¿de otra forma? No…

—Yo tengo un arrepentimiento —repitió la Muerte—. Y por eso voy a perder este juego.

Fox se mordió el labio.

—Alejaste a Brandt de mi lado —dijo—. ¿Es eso?

La Muerte parpadeó y la escena cambió a su alrededor.

*—Por favor —estaba suplicando un Brandt agotado—. Por favor, tienes que devolvérmelo. Tienes que devolvérmelo, te lo suplico…*

*—No —respondió la Muerte, y Fox no sabía si su voz era fría de verdad o si la Muerte la recordaba así—. Lo has apostado a él, diosecillo, y has perdido. Eres egoísta; deseas poseerlo todo, como siempre has hecho. Siempre has sido un ladrón y un mentiroso, un tramposo y un estafador, ¿y ahora te crees con derecho a poseer el amor de mi ahijado? No, diosecillo. No será así.*

*—Quítame otra cosa entonces —le pidió Brandt—. Quítame lo que quieras, pero por favor, por favor, no me quites a Fox.*

*—Nunca volverás a verlo —respondió la Muerte—. No mientras yo tenga el control sobre el mundo mortal. Y tienes prohibido volver a las mesas, diosecillo, igual que siempre. No volverás a forzarme aquí.*

Fox, que conocía tanto de Brandt y al mismo tiempo tan poco, vio en el rostro del hombre que las consecuencias de este juego eran mucho peores que sus más oscuras imaginaciones.

*—Pero me está esperando. —La voz de Brandt era un aullido de resignación, un esfuerzo quebrado—. ¿Vas a contarle lo que he hecho?*

*—¿Si le voy a contar que lo has apostado? —se burló la Muerte—. Sí, joder, estoy seguro de que le va a encantar que…*

*Brandt sacudió la cabeza.*

*—No, tú no lo entiendes. —No se trataba de su testarudez habitual, sino que era algo más oscuro, algo más duro y más condenatorio lo que había en su rostro cuando miró a la Muerte a los ojos—. Escúchame, tú no lo entiendes a él. Es un mortal, va a sentir dolor en mi ausencia, creas o no que es lo mejor para él…*

*—Lo entiendo todo —lo corrigió—. Soy un ser inmortal, diosecillo, y ciertamente puedo igualar el intelecto de un ladrón callejero. ¿Eso es todo?*

*Brandt parecía dolido, tenía la cabeza gacha.*

*—¿Le dirás que lo quiero?*

*—No.*

*Brandt se llevó una mano a la cara y se tapó la boca un momento. Asintió.*

*—Bien —contestó—. Tal vez sea mejor así.*

En otro lugar, Fox supo que una versión pasada de él se estaba despertando sola.

—Puedes pararlo ya —dijo desde el interior de la visión. Tragó saliva con dificultad cuando la imagen de Brandt se puso en pie y se volvió para desaparecer de las mesas—. Papá, ya entiendo el motivo de tu remordimiento.

La escena titiló y la Muerte se materializó de nuevo a su lado.

—No, no es eso —dijo—. Simplemente quería que lo vieras. No creía que estuviera haciendo nada terrible —comentó con cautela, casi con tono infantil—. Pensaba que te estaba protegiendo.

De nuevo, Fox podría haberse enfadado. En realidad, estaba muy enfadado.

Pero dos siglos de rabia no le habían servido tan bien como un día de honestidad. Ni tan bien como un momento de paz.

—Me estabas protegiendo —comentó. Eso lo entendía y podía perdonarlo, aunque no se lo pidiera su padrino—. En cierto modo. Pero también me causaste el dolor más terrible de toda mi vida.

—Sí, y en parte por eso me arrepiento.

Fox frunció el ceño.

—¿Solo en parte?

—Sí.

—Pero entonces…

—Me arrepiento porque pasé tanto tiempo tramitando los Finales de los mortales que subestimé sus habilidades. Podría haber pasado una eternidad sin saberlo —añadió y Fox asintió—, pero me volví débil cuando acepté a un ahijado mortal.

Se quedó callado.

—Cuando elegí a un hijo mortal —rectificó.

Primero absorbió la frase y Fox se quedó sin aliento.

Y luego se instaló la confusión.

—¿Te arrepientes de haberme criado? —preguntó, parpadeando, y la Muerte sacudió la cabeza.

—No, de eso no. Nunca. Me arrepiento de haberte subestimado —aclaró—. Me arrepiento de haber pensado que eras tan pequeño y frágil que amar a un inmortal era algo para lo que necesitabas mi protección. Me arrepiento de que, en mi intento de aislarte de los seres que creía más complejos que tú, te causé un dolor inimaginable... Y es algo que yo no debería de sentir, pero que he aprendido por ti —determinó.

—¿Qué? ¿El dolor? —preguntó, perplejo.

—Sí.

—¿Porque te he hecho daño?

—No. Porque me duele cuando te duele a ti —aclaró la Muerte, avergonzado.

Por un momento, tras escuchar la confesión más oscura de su padrino y saber que lo había estado atormentando durante tantos años, le dieron ganas de confortarlo.

Pero en lugar de ello se echó a reír.

—¿Qué? —preguntó la Muerte.

—Papá. —Fox suspiró y sacudió la cabeza—. Ese dolor que sientes es amor.

La Muerte se quedó callado.

—¿Sí?

—Sí —respondió Fox.

—Pues entonces es jodidamente estúpido —gruñó.

—Sí —afirmó Fox—. Y un impulso muy mortal.

—Lo odio. Preferiría que desapareciera.

—No funciona así —dijo Fox, encogiéndose de hombros—, pero si sirve de algo, me alegro de escucharlo.

—¿Sí? —preguntó de nuevo la Muerte, con el ceño fruncido—. Suena falso.

—Sí, ya, supongo que, para la mayoría de los mortales, que el ahijado de la Muerte juegue en un torneo inmortal también suena falso, así que es lo que hay.

—Imaginación ilimitada —comentó la Muerte—. Diría que es una estupidez que los mortales puedan creer que solo hay un mundo para ellos.

—Hay un mundo para ellos —repitió Fox—. ¿No es esa la idea?

—*Shh* —fue la respuesta predecible de la Muerte—. Siempre has sido demasiado listo para tu bien.

—En realidad me gustaría haber sido un poco más listo —admitió Fox—. Si hubiera comprendido más, tal vez podríamos haber sufrido un poco menos.

Se quedaron callados un momento.

—¿Y si ganas? —preguntó Fox, carraspeando—. ¿Qué tomarás?

—No puedo ganar.

—Con esa actitud no, desde luego.

—No, no puedo de verdad —insistió la Muerte—. Solo estoy esperando a que ganes tú.

—¿Y cómo se supone que voy a hacerlo?

—¿Cómo lo voy a saber yo?

—Eres la Muerte —le recordó—. Lo sabes todo.

Su padrino se encogió de hombros.

—Si ganas, puedes pedirme algo —cambió de tema.

—¿Sí?

La Muerte asintió.

—Ese es el motivo por el que juega la mayoría de los seres. Debería de ser muy sencillo. Puedes tener lo que quieras. Inmortalidad —sugirió—. Dinero, riqueza. Cualquier cosa.

Fox se lo pensó.

—Me gustaría que te llevaras a Tom Parker. Estaría bien que te mostraras amable con él. Creo que ha sufrido ya bastante por tener una deuda continua.

—Eso está hecho —aceptó la Muerte—. El final, no la amabilidad. Aunque eso me parece más un favor personal y no una recompensa.

—El fantasma —añadió Fox—. Ayúdalo a que él también encuentre su final.

—De acuerdo. Sí, es posible. ¿Y la vampira?

—¿Por qué? —preguntó Fox, sorprendido—. Ella está bien, ¿no?

—Está enamorada del fantasma.

—¿Qué? ¿Cómo lo sabes?

—Yo lo sé todo, jovencito —le recordó la Muerte.

—Ah. Entonces pregúntale qué quiere ella, supongo.

—Les diré a Rafael y a Gabriel que lo averigüen. Aunque a saber qué les pasará cuando Dios y Lucifer descubran lo que ha sucedido.

—¿No lo saben ya? Por eso de la omnipotencia.

—Omnisciencia —lo corrigió la Muerte—, y sí, técnicamente puede que lo sepan, pero ¿cómo llevar el seguimiento de todo lo que sabes cuando lo sabes todo?

—Vertiginoso, pero tienes razón.

—¿Algo más?

—Mayra —respondió Fox—. Y Cal.

—Ah, sí —aceptó su padrino—. Hecho. ¿Y?

Fox guardó un instante de silencio.

—Perdona a Brandt.

—¿Qué? ¿Que le perdone el registro? —protestó—. Es más fácil decirlo que hacerlo, Fox.

—No. —Fox sacudió la cabeza—. Solo… perdónalo a él.

—Ah, bueno. De acuerdo, hecho. Eso solo es difícil para los mortales.

—Bien —dijo Fox, pensando que probablemente era cierto.

—¿Necesitas ayuda? —La Muerte enarcó una ceja—. Con lo de perdonarlo, quiero decir. Por lo que ha hecho.

Fox se tomó un momento.

—No —respondió, sorprendido por lo fácil que le había resultado—. Lo quiero, papá. Lo perdoné en el momento en el que volvió conmigo. Seguiría queriéndolo aunque me dejara de nuevo. Lo querría durante muchas vidas, creo —determinó, resignándose a la verdad— y lo querría en cada mundo.

—Oh —dijo la Muerte—. Oh.

Y entonces puso una mueca.

—Suena estúpido.

—Lo es —coincidió Fox—. Inmensamente. —Si pudiera elegir otra cosa, probablemente lo haría, pero eso nunca estuvo a su alcance como mortal, o como el hombre al que un semidiós había escogido de forma necia, autodestructiva y, al final, verdadera para amar.

—¿Quieres la eternidad entonces? —le preguntó la Muerte con tono amable—. Podría concedértela si es lo que deseas.

—No. —Sacudió la cabeza—. Si te soy sincero, creo que puede que esté sobrevalorada.

—Vaya, interesante.

—Sí. Yo... en realidad no quiero nada. Es decir... —Se encogió de hombros—. Sí, hay muchas cosas que puede que quiera en el futuro, pero creo que puedo arreglármelas solo, así que...

—Bien —lo interrumpió su padrino, que parecía gratamente sorprendido—. ¿Estás preparado entonces para ganar el juego?

—¿Qué? —preguntó, perplejo—. ¿Cómo?

—Así. —La Muerte dio un paso hacia él—. Te quiero, Fox.

Fox parpadeó. ¿Eso era todo? Parecía sumamente decepcionante y, al mismo tiempo, incomprensiblemente sorprendente. Su padrino lo aceptaba, lo valoraba, lo quería (lo único que Fox había deseado siempre) y que eso fuera una pérdida hacía que el juego entero resultara asombrosamente enrevesado y también impenetrablemente jodido.

Porque por un momento pareció que su única opción era la indiferencia, sin otra alternativa para eludir el dolor. ¿Conque amar era perder? ¿Eso era siempre verdad? ¿Era necesariamente resignarte a algo horrible, tan cargado de ironía cíclica que el único final que podías lograr por haber abierto tu corazón a otro ser era uno que causaba dolor de una forma tan invariable, porque no importaba lo que pasara, para bien o para mal, su único final plausible era la pérdida? La elección era insostenible porque no era una elección en realidad. Todo esto estaba escrito, ¿qué gracia había? Si la única manera de ganar era no sentir, entonces parecía muy claro que la única forma de no perder era no jugar nunca. No vivir nunca, en realidad.

Entonces la existencia era una maldición. La vida era una sentencia de muerte e incluso el más dulce de los amores acabaría terminando siempre. Fox, un mortal, no tenía más elección que aceptarlo.

*Aunque...*

Se le ocurrió, absurdamente, que tal vez había un defecto en su deducción. Porque, como su padrino no se cansaba nunca de recordarle, él era un mortal. No era uno muy bueno, obviamente, pero seguía siendo uno y, tal vez, lo había estado malinterpretando todo este tiempo. Asumió que lo hacía inferior, había asumido todo este tiempo que, al hacer referencia de forma rutinaria a su mortalidad, la Muerte había tratado siempre de menospreciarlo, pero estaba equivocado a este respecto, ¿no? La mortalidad no era vergonzosa. Y no era una debilidad, pero era lo que lo hacía diferente de los demás que habían jugado en las mesas y habían perdido.

Porque tal vez, pensó con una claridad repentina, tal vez fuera una elección. Amar, perdonar, perder, vivir... siempre era una elección y el hecho de que é fuera un mortal era digno de celebrar por fin. ¡Porque terminaría! Quizás ese era el secreto y, por lo tanto, todo era en realidad sorprendentemente simple. Que una y otra vez, se encontraba ante la misma decisión imposible (vivir y sufrir, amar y penar), pero cada vez, con todo su ser, su respuesta era y sería siempre «sí». Sería diferente y doloroso, y terminara como terminara, terminaría, pero, así y todo, podía elegir. Vivir, amor; era siempre una elección, y una intrínsecamente valiente, la de enfrentar cada fatalidad con los brazos abiertos.

Fox D'Mora no sería nunca más invulnerable que en el momento en el que comprendió que podía sentirlo todo, sin importar los costes, y así y todo decir que sí.

Y eso hizo.

—Yo también te quiero, papá —le dijo.

La Muerte sonrió.

Y entonces...

—Fox D'Mora ha ganado el juego inmortal —anunció Rafael y, despacio, los muros blancos se derrumbaron.

III
XV

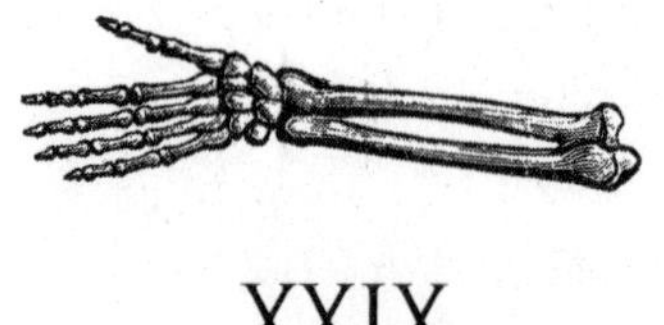

# XXIX

## EL «PARA SIEMPRE» ES UN REGALO

## (… Y UNA MALDICIÓN)

—Tendrás que quedarte —dijo Rafael.

—Sí —afirmó Gabriel—, porque el equilibrio es el rey.

—Exacto —añadió Rafael—. Y sí, Volos ha sido derrotado por ahora…

—Pero no hay forma de librar al mundo de él por completo —concluyó Gabriel—. Él es el vicio, y sigue presente necesariamente.

—Y aunque no fuera así —lamentó Rafael—, se liberará pronto.

—Correcto —afirmó Gabriel, como solía hacer—. Y no podemos tenerlo por ahí corriendo sin vigilancia.

—Sí —dijo Rafael—, porque, repetimos, el equilibrio es el rey.

Isis exhaló un suspiro y se cruzó de brazos.

—Sabéis que si estuviera aquí diría que Volos es el rey —les recordó.

—Claro —indicó Gabriel—, pero Isis es la reina, ¿no?

Sorprendentemente, teniendo en cuenta la trayectoria de los arcángeles, era la respuesta correcta.

—Cierto —afirmó, satisfecha a su pesar—. ¿Tengo que devolver este cuerpo mortal? —Se señaló con lascivia los pechos humanos.

—Sí —confirmó Rafael—, aunque estoy seguro de que se pondrá muy contenta con lo que has hecho con él, si sirve de algo.

—Parece que está considerablemente realzado —añadió Gabriel.

—¿Me estáis tirando los tejos? —preguntó Isis.

—¿Qué? No. —Rafael palideció—. Solo es un cumplido.

—Uno asqueroso —contestó Isis.

—No hay necesidad de ser grosera —murmuró Gabriel, herido.

—Bien.

—Además, podrías tratar de ser un poco más virtuosa —señaló Rafael, y eso agradó a Isis bastante menos.

—No soy la personificación de la virtud —le recordó—. Solo soy la reina.

—De acuerdo —suspiró Gabriel—. Aunque creo que te haces una idea de lo que queremos decir.

—De acuerdo —repitió Isis—. Tal vez. —Hizo una pausa—. Y si soy sincera, añoro un poco a Volos. Es entretenido.

—Ah, muy entretenido —coincidió Rafael—. Pero ese es el problema, ¿no?

—Sí, claro, es lo peor —confirmó Isis—. Pero ya sabéis, de un modo adorable.

—Acepta las diferencias —dijo Gabriel.

—Además, como hemos dicho, el equilibrio es el rey… —le recordó Rafael.

Isis ladeó la cabeza, pensativa.

—Bueno, ¿puedo visitar a Lupo y los demás?

—Eres la reina demonio —respondió Rafael—. Puedes hacer lo que quieras.

—¿Qué va a pasarles a ellos?

—Están viviendo en la casa Parker ahora —indicó Gabriel—. Como nadie va a volver para reclamarla, supongo que es de ellos para siempre.

—No creo que los abogados se estén divirtiendo con nada de esto —comentó Isis.

—Ya, bueno, no nos preocupan demasiado los abogados —declaró Rafael.

—¿No sois vosotros abogados, básicamente?

—Somos más bien jueces —corrigió Gabriel— y no sé si te has dado cuenta, pero somos un poco sospechosos.

—Sí me he dado cuenta, en realidad —respondió Isis y puso los ojos en blanco.

—En cuanto al tema de vuestros registros… —comenzó Rafael.

—Anteriormente no conocíamos la naturaleza de vuestras buenas obras en nombre del ahijado de la Muerte —dijo Gabriel—, pero ahora se ha tenido en cuenta.

—Vuestro servicio en el más allá ha finalizado —concluyó Rafael.

—Podéis seguir —indicó Gabriel.

—Seguir —repitió Cal—. ¿A dónde?

—Adelante —dijo Rafael.

—¿Con qué? —preguntó Mayra.

—No lo sabemos —contestó Gabriel.

—Nunca hemos estado allí —admitió Rafael.

—Pero nos han contado que es bonito —les aseguró Gabriel.

—Sí —afirmó Rafael—, pero no tenemos la confirmación, así que tomad la información con pinzas.

Mayra y Cal se miraron.

—Una contraoferta —sugirió Mayra—. Seguiremos haciendo lo que estamos haciendo ahora, pero tendré más milagros al año.

—Sí, y podemos tener la reliquia el uno del otro —añadió Cal.

—Ah, sí, buena idea —comentó Mayra, asintiendo con firmeza—. Sí.

Hubo una pausa.

—Disculpad, ¿qué? —preguntó Gabriel.

—Nos gusta lo que hacemos ahora —dijo Cal—. Ya sabéis, ayudar a la humanidad y todo eso.

—Sí —confirmó Mayra—. Además, es muy obvio que os han sobornado.

—Ah, muy, muy obvio —añadió Cal—. No hay forma de compensar nuestros registros. ¿Habéis visto lo que hemos hecho en nombre de Fox?

—Muchas cosas buenas, no —expuso Mayra—. Es un poco mierda.

—Sí —estuvo de acuerdo Cal—. Así que damos por hecho que la Muerte ha hablado con vosotros.

Rafael y Gabriel se miraron.

—Sí, de acuerdo —admitió a regañadientes Gabriel—. La Muerte ha negociado vuestras respectivas jubilaciones.

—Lo sabía —exclamó Mayra, chasqueando los dedos—. Es un amigo de verdad, la Muerte.

—Decir eso es abusivo —protestó Rafael.

—Es verdad, pero aun así, lo mantenemos —señaló Cal.

—Además —añadió Mayra—, no podemos irnos aún a ninguna parte. Tenemos que seguir echando un ojo a Fox, ¿no?

Rafael y Gabriel volvieron a mirarse.

—Vais a declinar la oferta del paraíso —aclaró Gabriel con calma—, ¿para poder echar un ojo al ahijado de la Muerte?

—Él es también el señor de la Muerte ahora, ¿no? —repuso Mayra—. Además, se mete en muchos problemas.

—Sí —confirmó Cal—. Es un desastre.

—Y lo queremos —admitió Mayra—. Por desaconsejable que sea.

—Muy desaconsejable —reafirmó Cal.

—Sí —añadió Mayra—. En cualquier caso, este parece un buen compromiso.

Rafael suspiró.

—De acuerdo. Podéis tener las reliquias del otro.

—Y siete milagros al año —aceptó Gabriel.

—Diez —contratacó Mayra.

—Ocho —indicó Rafael.

—Doce —aumentó Mayra.

—¿Puedo tener yo algunos? —probó Cal.

—De acuerdo —dijo Rafael—. Doce milagros entre los dos.

Mayra y Cal se miraron, debatiendo en silencio.

Rafael y Gabriel esperaron.

—Quince —propuso Mayra y Rafael gruñó.

—Bien —aceptó Gabriel—. ¿Hemos terminado ya?

Cal Sanna le ofreció a Mayra Kaleka una de sus cinco sonrisas.

(La que reservaba solo para ella, por supuesto).

—Sí —respondió Mayra—. Creo que sí.

—Menudo registro —murmuró Rafael con el ceño fruncido.

—¿Has cometido un asesinato? —preguntó Gabriel, que miraba por encima del hombro de Rafael—. Eso… No voy a mentir, no es bueno.

—Es que me comí su corazón —explicó Vi con cierta timidez—. Pero, en mi defensa, tenía hambre y no tenía el control total de mi… eh… apetito.

—Esa es una defensa excepcionalmente pobre —le informó Rafael.

—Sí, Viola, *shh* —habló Tom—. Como su representante en este asunto, a partir de ahora hablaré en nombre de mi clienta.

Vi consideró indicar que Tom no iba a hacer tal cosa, pero le pareció que, dadas las circunstancias, el esfuerzo sería en vano.

—¿Qué haces tú aquí? —le preguntó Rafael a Tom.

—Claramente estoy defendiendo a mi clienta —respondió él—. ¿Es que no escucháis?

—No eres abogado —le recordó Gabriel—. Tienes estudios en Administración de Empresas, no en Derecho, y la Muerte especificó que lo único que teníamos que hacer con vosotros era ayudaros a seguir adelante.

—Minucias —objetó Tom, moviendo una mano—. Además, Vi tiene problemas, ¿no? Por eso estoy aquí. Viola Marek es un ser humano singularmente bueno. Se preocupa por los demás más que cualquier otra persona a la que haya conocido. Me ayudó a mí —añadió, mirándola con confianza—, cuando ella no ganaba nada con hacerlo.

—Estaba intentando vender una casa —repuso Rafael.

—Lo dijo más de veinte veces —añadió Gabriel, mirando de nuevo los documentos.

—Minucias —repitió Tom con énfasis—. Todo el mundo sabe que estaba mintiendo. —La miró—. Era a mí a quien quería ayudar, ¿verdad?

Vi suspiró, no veía ya los beneficios de continuar esta farsa.

—Sí —confesó por fin.

Como era de esperar, Tom se mostró poco digno en su triunfo.

—Lo sabía —dijo con un tono más apropiado para el mensaje «Tenía y siempre he tenido razón sobre esto y sobre todo».

—Para —le dijo Vi.

—Bien —continuó Tom, su pedantería incontenible seguía dominando el ambiente de la habitación—, hizo todo lo que tenía en su poder para no abandonarse a sus impulsos, ¿no? No es su culpa que la convirtieran en vampira —informó a los arcángeles—, y no debería ser castigada por daños incidentales.

—No estoy del todo seguro de que entiendas la ley de enjuiciamiento criminal —comentó Rafael.

—Nadie la entiende —replicó Tom—. Es producto del sesgo político.

Vi lo miró, anonadada. (Tom la había estado escuchando con más atención de lo que pensaba o… no… no podía siquiera imaginar la alternativa. Mejor seguir escuchando hasta que llegara a una conclusión más razonable).

—Aun así —dijo Gabriel—. No podemos hacer nada con un registro tan negativo.

—Sigo sin saber cómo se ha vuelto positivo el mío —admitió Tom—. Tuve mucho sexo prematrimonial.

—Y es multimillonario —murmuró Vi—, y republicano.

—En realidad, no —observó Rafael.

—¿No qué? —preguntó Vi y entonces se acordó—. Ah, vale. Solo es millonario.

—No es republicano —la corrigió Gabriel. (Tom apartó la mirada, al parecer avergonzado porque lo hubieran delatado).

—Además, somos más permisivos de lo que crees con el tema del sexo —continuó Rafael—. Y has llevado a cabo mucho trabajo filantrópico. De ahí que no sea multimillonario —le dijo a Vi, que no sabía de la aparente conciencia social de Tom.

—Sí —afirmó él, todavía visiblemente ruborizado—, pero hice esas cosas porque tenía que hacerlas. Vi es una buena persona solo porque lo es. Dios —exclamó y se volvió para mirarla—. Es la mejor persona y creo que merece ser feliz.

Vi parpadeó y se dio cuenta de pronto de que llevaba varios segundos sin respirar.

Y entonces exhaló poco a poco el aire.

—No me importa si tengo que trabajar —señaló, carraspeando—. Mayra me concedió un deseo, así que ya he recibido suficientes favores divinos.

—¿Qué deseaste, por cierto? —preguntó Tom y a Vi se le encendieron las mejillas.

—A ti. Aunque en ese momento no lo sabía.

Tom parpadeó.

—Oh.

Vi tragó saliva y lo miró a sus ojos curiosos como si, de algún modo, con suerte, eso fuera respuesta suficiente.

—Puedes trabajar como ángel si quieres —le ofreció Gabriel, interrumpiendo el momento.

—O más bien de segadora —dijo Rafael.

—¿Y las otras opciones? —preguntó Vi tras apartar la mirada de Tom—. Solo por curiosidad.

—Podrías reencarnarte —contestó Rafael—. Con un registro como este, podrías ser… eh… eh… —Bajó la cabeza para mirar una gráfica que se manifestó de la nada—. Un loro.

—Podría ser divertido —comentó Tom con optimismo—, pero creo que no, ¿no?

—No —coincidió Vi—. Ser un gato parte del día estaba bien, pero preferiría no ser siempre un pájaro.

—Podrías unirte a Odín —propuso Gabriel—. Ser una de sus guerreros.

—Eh… Tal vez eso no —declaró; no tenía una coordinación especialmente buena.

—Hay un lugar en el inframundo de Hades —añadió Rafael con el ceño fruncido—. Una especie de zona donde Perséfone tiene un jardín.

—Las almas pueden resultar ruidosas por la noche —explicó Gabriel—. No es un buen vecindario.

—Desde luego no es el paraíso —añadió Rafael.

—Pero ¿podría vivir allí de verdad? —quiso saber Tom—. Y, eh… ¿sentir?

—¿No son la misma cosa? —preguntó Gabriel.

—No —contestó Vi.

—Bueno, en cualquier caso, la respuesta es «no», creo —indicó Rafael—. Las reglas del más allá. Además, probablemente tendrías que hacer algunos trabajos extraños de vez en cuando, lo que podría ser un inconveniente.

—¿Trabajos extraños? —se sorprendió Vi.

—Sí —confirmó Gabriel—. Alimentar a Cerbero cuando no está Perséfone, etcétera.

—¿A quién no le gustan los perros? —intervino Tom.

—¿Tienes mucha experiencia con los de tres cabezas? —preguntó Rafael con desconfianza.

—Bah. —Tom se encogió de hombros—. Está bien.

—Un momento —dijo Vi, volviéndose hacia Tom—. Es una locura. Yo… —Miró a los arcángeles y tragó saliva—. No sé. Trabajaré en mi registro como vosotros queráis y puede que... puede que después siga adelante. Y, no sé, te encuentre. ¿De acuerdo? —le dijo a Tom, cuyos ojos se tornaron cálidos de pronto, o húmedos, u otra cosa con la que temía equivocarse—. Estará bien. No tienes que hacer esto. No tienes que defenderme, Tom. Voy a estar bien —repitió—, y tú puedes seguir adelante y ser, no sé. Feliz, supongo. Eso es todo cuanto quiero —murmuró y bajó la mirada a las manos—. Es todo cuanto quiero.

Tom la miró; le lanzó una mirada extraña, ilegible.

Y luego...

—Sí, en realidad sí que tengo que hacer esto —declaró Tom con tono firme—. ¿No lo entiendes, Vi? ¿No ves que...? —Soltó un gruñido—. ¿No te ha demostrado nada todo esto? —Se volvió hacia los arcángeles—. Tiene que haber un lugar —insistió, furioso, y los señaló con el dedo—. Tiene que haberlo. De todos estos mundos, ha de haber uno al menos donde Vi pueda... —Puso una mueca—. Vivir, ¿de acuerdo?

Rafael miró a Gabriel.

Gabriel puso mala cara.

Rafael respondió ladeando la cabeza.

Gabriel sacudió la cabeza.

Rafael hizo pucheros.

—Eh, disculpad, pero... —dijo Vi, desconcertada.

Gabriel suspiró y se volvió hacia ellos.

—Esperad —dijo de malas formas y Vi parpadeó.

Cuando Vi abrió los ojos de nuevo, se encontró con una visión borrosa de un techo que le resultaba demasiado familiar.

—Oh, no —murmuró—. Esta maldita casa otra vez.

Al decir esto, el rostro de Sly apareció por encima de ella.

—Ah, bien —dijo alegremente—. Te has despertado.

Vi se incorporó con dificultad y sintió de repente náuseas.

—Dios, estoy hambrienta —gruñó—. ¿Qué ha pasado?

—¿Un cartón de zumo? —le ofreció Sly. Se lo tendió y Vi lo apartó tras sufrir una arcada por el olor...

—¿Qué diablos...?

—Sly, ya sabes que es de nuevo mortal —lo reprendió Louisa, que entró en la habitación sacudiendo la cabeza en un gesto reprobatorio—. Tendrás que darle otra cosa, no sé. ¿Nachos? ¿Patatas con queso? ¿Una pastilla de jabón?

—Pizza —pidió Vi, parpadeando—. Pizza estaría bien. La Chicago Classic, bien hecha.

—Ah, sí, ahora la llamamos Reina de la Virtud. —Lupo entró en la habitación justo cuando Louisa salía, marcando en el teléfono. Se sentó en la cama, a los pies de Vi, y le ofreció una sonrisa amable—. ¿Cómo te sientes?

—Famélica. Dolorida. ¿Emocionada? Hambrienta. Enfadada. No, espera, confundida. No, otra vez emocionada. No, ¿nerviosa? Más bien... ¿agobiada? Y siento que todo irá bien de nuevo. Más o menos. Pero también, no sé, ¿aliviada? O tal vez... no, perdona. No importa, sobre todo hambrienta.

—Esa amiga tuya, el ángel, dijo que podría ser así durante un tiempo —comentó con tono de disculpa Lupo—. Tardarás un tiempo en adaptarte.

—¿Mayra ha estado aquí? —preguntó, sorprendida.

—Te dejó esto. —Levantó un pergamino pequeño—. Me dijo que te lo diera cuando te despertaras. Volverá pronto —añadió—. Dijo que quería hacer algo con un huracán en Puerto Rico, pero que regresará enseguida.

—Ah. —Vi desenrolló el pergamino y lo leyó en voz alta—. Ser amable con un extraño: cinco puntos. Perdonar un resentimiento: quince puntos. Esperar cinco segundos antes de tocar el claxon cuando cambia el semáforo: un punto. Elegir dar en lugar de recibir: tre...

—¿Tiene que ver con el sexo? —la interrumpió Louisa, esperanzada, al reaparecer en el marco de la puerta—. Eh, probablemente no. La pizza está de camino —añadió y salió de la habitación de nuevo.

—Parece una lista de buenas acciones —murmuró Lupo—. ¿Necesitas mejorar tu registro?

—Sí —respondió Vi y soltó el pergamino—. Supongo que los arcángeles me han dado otra oportunidad.

Notó algo incómodo, algo que se hinchaba dentro o alrededor de los pulmones, y Sly frunció el ceño.

—¿Qué pasa? Pareces estar sufriendo una especie de indigestión.

—Creo que estoy triste. —Midió el desgarro que había en algún lugar de sus vísceras—. Sí —pensó en voz alta y notó que era dolor y luz al mismo tiempo, como confesar una verdad o romper un corazón—. Sí, estoy triste.

—Bueno —oyó en la puerta y se sobresaltó—. Eso no nos va a servir, ¿no?

Y de pronto el sol se alzó en su pecho y le calentó las mejillas, la boca, y curiosamente, también la vagina.

—Tomas Edward Parker IV —exclamó al verlo y Tom sonrió, dio un salto desde la puerta y cayó a su lado en la cama. Le tomó las manos.

—En realidad, se sabe que Tom Parker está muerto, así que necesitaba un nuevo personaje. Estaba pensando que podría adoptar tu apellido —sugirió—. ¿Tom Marek?

—Qué progresista —dijo Vi.

—Sí, bueno, por desgracia he estado desactualizado —suspiró.

—Por desgracia —coincidió Vi y se llevó la mano libre al pecho.

—¿Qué? —preguntó Tom, que parecía preocupado por el movimiento—. ¿Qué pasa?

—Nada —le aseguró—. Es solo que… —Tragó saliva—. No sé. Algo está… —Se quedó callada y parpadeó—. Oh, mierda —exclamó al notar la humedad en los ojos—. Mierda, estoy llorando, yo no… qué dia…

—Si es intestinal, es culpa —le advirtió Sly.

—No, creo que... —intentó y tragó saliva—. Que estoy muy feliz de que estés aquí. —Suspiró tímidamente y Tom la tomó en sus brazos con una sonrisa inmensa. Le caía el pelo oscuro en los ojos y Vi se lo apartó. Notó de nuevo una hinchazón en los pulmones y sufrió un crujido de euforia en el pecho al sentirlo cerca, cómodo y real.

—Creo que querréis iros, chicos —les dijo Tom a Lupo y a Sly sin molestarse en volverse hacia ellos—. La situación aquí se va a tornar del todo inapropiada.

—No tardéis mucho, que viene la pizza —les recordó Lupo y salió con Sly por la puerta. (Sly menos rápido, como si quisiera echar un vistazo a lo que iba a suceder, por lo que iba a ser necesario mantener una conversación con él)—. Y si vas a vivir aquí, tendrás que pagarnos un alquiler —se dirigió a Tom antes de salir.

Tom giró la cabeza al escucharlo y lo fulminó con la mirada.

—Esta es mi casa —les recordó, exasperado.

—No —repuso Sly—. La compramos por siete dólares. Ahora es nuestra.

—Podéis quedárosla —les aseguró Vi.

—Lo sabemos —dijo Sly, guiñándole un ojo, y entonces Lupo y él salieron por la puerta y dejaron solos a Vi y a Tom.

—Bien... —Vi sintió una picazón en los brazos, supuso que por la anticipación.

No...

*Excitación,* rectificó al notar de pronto los dedos de Tom en el brazo.

—Bien —repitió Tom.

—¿Qué deberíamos de hacer ahora? —preguntó ella, un poco falta de aliento por su cercanía.

Tom sonrió.

—¿Estás feliz con cómo han salido las cosas?

Vi lo pensó.

—Tan solo quería ser normal, así que sí, supongo que ahora por fin lo soy.

No le sorprendió en absoluto que Tom se burlara de su afirmación.

—Nunca has sido normal, Viola Marek —protestó, sacudiendo la cabeza.

—¿Por qué? ¿Porque soy paranormal?

—Para —gruñó él y la apartó, pero ella le agarró la mano y le pasó el pulgar por los nudillos con movimientos lentos, trazando la forma, viajando por toda su extensión, deleitándose en la felicidad de su «para siempre». (O, al menos, su «ahora»).

»No eres normal, Vi —murmuró, entrelazando los dedos con los de ella—. Ni siquiera un poquito, y lo digo en serio.

—¿Qué más dices en serio? —preguntó y Tom volvió a sonreír, esta vez una sonrisa brillante.

Y cuando la besó, ella lo sintió todo de golpe.

—Bien —dijo Rafael—. ¿Cuál es nuestro castigo?

Dios y Lucifer se miraron.

—Ninguno —respondió Dios.

—O todos —aclaró Lucifer.

—Depende de cómo se mire —coincidió Dios.

—Un momento —probó Gabriel, tosiendo—. ¿Entonces no estamos metidos en un lío?

—Ah, sí que lo estáis —señaló Dios—. Erais corredores de apuestas en un juego ilegal.

—No es algo ideal —comentó Lucifer.

—Definitivamente no —afirmó Dios.

—De acuerdo, sí, pero… —murmuró Rafael.

—Tendréis que seguir llevando a cabo vuestros trabajos actuales para toda la eternidad —sugirió Dios y se volvió hacia Lucifer—. ¿Bien?

—Bien —aceptó Lucifer—. Suena justo.

—Oh —dijo Gabriel.

—Oh —coincidió Rafael.

Dios y Lucifer asintieron.

—Podéis iros —se despidieron al unísono y enviaron de vuelta a los dos arcángeles a su vacío.

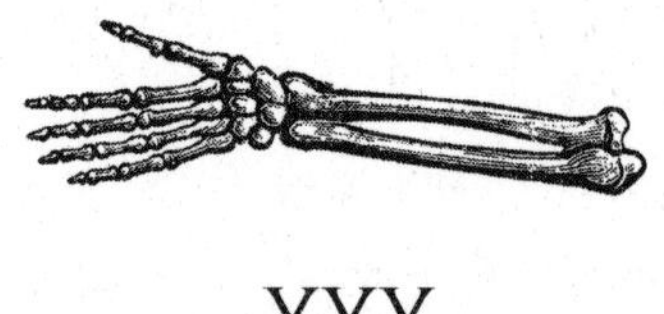

# XXX

## SEÑORES DE LA MUERTE

En el momento en el que terminó el juego y Fox y su padrino siguieron temporalmente caminos separados, Fox fue a buscar a Brandt, que estaba solo en los asientos vacíos del estadio, mirando con aire ausente a los inmortales de nuevo libres.

—Diosecillo —lo saludó desde abajo, a unos escalones de distancia de la mesa en la que había ganado su futuro.

Brandt parpadeó al oír el sonido y se levantó despacio. Pareció contener el aliento antes de descender los escalones en dirección a Fox.

—*Lillegutt* —lo saludó y se acercó a él, junto a la mesa.

Fox puso los ojos en blanco.

—Te lo repito: ¡no soy un crío!

—Lo sé. Ahora eres el señor de la Muerte, ¿no?

Los dos se quedaron mirando la mesa.

—Creo que es solo un tecnicismo —dijo Fox—, pero agradezco que me des por fin lo que me corresponde.

—Bueno, nunca fuiste solo un mortal, Fox —señaló Brandt y parpadeó, impactado.

*Estaba empezando*, pensó Fox.

De nuevo, por todas partes, otra vez.

Torció la boca hacia arriba sin poder evitarlo.

—Eso era una verdad, ¿no?

Brandt se quedó mirándolo, confundido.

—No debería poder hacer eso. —Se llevó la mano a la boca, asustado, o maravillado.

—Ahora sí puedes —le informó Fox, encogiéndose de hombros—. He tirado de algunos hilos.

—Oh. —Brandt tragó saliva.

Los dos se quedaron callados.

—¿Te has fijado alguna vez en lo mal que sabe la verdad? —preguntó Brandt, monologando como solo Brandt podía hacer—. Las verdades reales, quiero decir. Son amargas y desagradables. Estoy desentrenado, claro, pero aun así, creo que debería reflejarse en alguna parte de las actas que la verdad es de sabor amargo y…

—¿Qué te gusta más? —lo interrumpió Fox, que sabía que no tenía ese tiempo—. ¿La venganza o yo?

Brandt se quedó paralizado.

Parpadeó.

Espiró.

—Bueno, es más bien…

—Restitución, disculpa —corrigió Fox—. Sí, qué descuidado he sido. —Tragó saliva—. Espero que sea yo, porque…

Se calló y levantó la muñeca. Brandt parpadeó.

—El reloj —señaló con el ceño fruncido—. ¿Te lo has quitado?

—Sí. No quiero un «para siempre». Solo quiero… —Se calló de nuevo. (Como Brandt había dicho, Fox estaba desentrenado. Pero aprendía rápido)—. Solo quiero una vida contigo, si es que puedo tenerla. Y si no puedo —añadió y exhaló las dudas de su pasado—, definitivamente solo quiero una vida, porque un «para siempre» sin ti me parece una mierda.

En alguna parte, probablemente, se quebró un palo, la brisa movió una rama, un pájaro alzó el vuelo.

(La vida, como siempre, continuaba).

Y entonces…

—La goma —dijo Brandt.

Fox parpadeó.

Y obedientemente le dio un tirón.

—Bien —dijo Brandt, carraspeando—. Imagino que aceptaste devolver el reloj a Tiempo a cambio de mis verdades.

—Sí. —Fox asintió—. Ya sabes lo mucho que les gustan los tratos a los inmortales. Están todo el rato con sus contratos.

—¿Y si te dijera que prefiero la inmortalidad? —preguntó con tono neutro Brandt.

—Seguiría sin arrepentirme. Es lo que me han asegurado últimamente que es la parte importante. —Se encogió de hombros.

Brandt asintió con calma.

—Llevo mucho tiempo haciendo esto —dijo un momento después.

—¿El qué?

—Existir. Es raro dejarlo. Nunca he considerado la posibilidad de perder el pelo —determinó, pensativo, y se pasó la mano por él—, ni de envejecer en realidad.

—Ni yo. Por un tiempo, al menos. Pero supongo que la posibilidad me parece aceptable bajo ciertas circunstancias.

—¿Como cuáles? —preguntó Brandt.

—Si puedo hacerlo contigo.

Brandt volvió a tragar saliva, procesándolo.

Extendió entonces los dedos y los posó con cuidado en la mejilla de Fox.

—Para mí nunca te harás viejo, Fox D'Mora —le prometió y, de inmediato, puso una mueca—. Puaj. —Se puso a toser y sacó la lengua—. Sabe horrible.

A Fox le dieron ganas de reír, pero había apostado demasiado a un solo movimiento y aún no estaba seguro de cómo conseguirlo.

—Es mejor que tomes una decisión —comentó y de pronto notó la garganta muy seca—. Ya no tengo un «para siempre», ya sabes.

La cicatriz del labio de Brandt se niveló cuando sonrió.

Se sacó una manzana dorada del bolsillo y se quedó mirándola.

—¿Crees que otras manzanas sabrán igual de bien? —preguntó. Se la llevó a la nariz y la olió con cautela.

Fox contuvo la respiración.

—Bueno, supongo que pronto lo descubriré —musitó Brandt y se movió para colocar la manzana en la mesa que tenían al lado; la centró justo en el punto donde Fox había derrotado a la Muerte y había ganado el juego inmortal.

Fox aguardó; sabía que lo que Brandt dijera a continuación podría bendecirlo o destruirlo.

Brandt no lo decepcionó.

—¿Me amarás, Fox D'Mora? —murmuró sin apartar la mirada ni la mano de la manzana en la mesa—. ¿Todo el tiempo que estés en este mundo?

Una pregunta sencilla, para alivio de Fox.

Extendió el brazo y le agarró la muñeca.

—Más —le prometió.

Y esta vez, cuando Brandt lo besó, no se apartó.

—¿De verdad es necesario esto? —preguntó Fox a los arcángeles—. Ninguno de los dos estamos muertos.

—No, no lo estáis —dijo con palpable alivio Rafael—. Por suerte, no sois nuestro problema.

—Pero tenemos que cerrar las investigaciones —suspiró Gabriel.

—De acuerdo —aceptó Brandt—. ¿Qué queréis que digamos?

—¿Que no vais a volver a hacerlo? —sugirió Rafael, buscando la confirmación en Gabriel—. ¿Está bien eso?

—Es un buen comienzo —confirmó Gabriel.

—Un momento —interrumpió Fox—. ¿Queréis que digamos que no vamos a asistir forzados de forma involuntaria a un torneo inmortal… otra vez?

—¿O es lo de replicar un registro que acaba matando a una o dos personas lo que os molesta? —musitó Brandt, sin levantar la mirada de las uñas.

—Las dos cosas. Ninguna —respondió Gabriel.

—No lo sabemos en realidad —admitió Rafael.

—Aunque, ya que estáis aquí, deberíamos hablar de vuestros registros —añadió con tono acusador Gabriel—. ¿Tenéis idea de la de adulterio que hay aquí?

Fox miró a Brandt con el ceño fruncido.

—¿Tuyo?

—Tuyo —lo corrigió el diosecillo—. Aunque sí, yo también he tenido algo.

—Has seducido a una diosa casada —le recordó Rafael.

—He dicho que he tenido algo —repitió Brandt.

—También hay una cantidad increíble de robos…

—Tuyos —le informó Fox a Brandt con firmeza.

—Y tuyos —le dijo Gabriel a Fox.

—De acuerdo, pero… menos —insistió Fox.

—Los dos sois bastante horribles —les informó Rafael—. ¿Estáis seguros de que queréis ser mortales? Va a ser una vida muy cuestionable.

—Creo que podremos arreglárnoslas para conseguirlo juntos —les aseguró Fox.

—Y si no, vendremos aquí y trabajaremos para vosotros, ¿eh? —añadió Brandt.

Rafael y Gabriel intercambiaron una mueca.

—Ah —continuó Brandt—. Por cierto, me quedo la llave.

Gabriel suspiró y se pellizcó el puente de la nariz.

—¿Cuál era tu plan, diosecillo? —le preguntó Rafael—. ¿Cómo es posible que haya acabado todo de forma tan favorable para ti?

—Sabemos con seguridad que Fortuna te odia —agregó Gabriel.

—La verdad es que hubo muchas oportunidades de que saliera desastrosamente mal. Aunque supongo que no era tanto una apuesta como pensabais —contestó, mirando a Fox—. Obviamente, nunca habría aceptado a Fox como premio de Volos. No soy idiota.

—Tampoco hay necesidad de fingir que eres inocente —le informó Fox y Brandt puso los ojos en blanco.

—Tú no sabes ni la mitad —murmuró él con un suspiro—. ¿No lo habéis entendido vosotros dos ya? —Se volvió hacia los arcángeles—. Sabía que elegiríais a un mortal y sabía que Fox sería la opción obvia para jugar al juego.

—No lo sabías —espetó Rafael.

—¿Tú? ¿Predecir nuestros movimientos? Imposible —protestó Gabriel.

—Muy bien. —Brandt se sentó en la silla y se encogió de hombros—. Entonces es un misterio y nunca lo sabremos.

—No hagas eso —le pidió Fox con un gruñido—. Yo quiero respuestas, aunque estos dos no las quieran. Parecías sorprendido de verdad cuando te encontraste conmigo en la casa Parker —señaló y Brandt se encogió de nuevo de hombros—. ¿Sabías que iba a pasar esto incluso entonces?

El diosecillo sacudió la cabeza.

—Estaba sorprendido de verdad de verte tan rápido. Era una posibilidad, claro, pero no pensaba que fuera a funcionar tan pronto. —Señaló a los ángeles en un gesto fingido de deferencia—. Por supuesto, no puedo ver todo lo que se me puede presentar por delante, a diferencia de nuestros actuales acompañantes omniscientes.

—Pero ¿cómo sabías que me elegirían a mí? —insistió Fox. Gabriel y Rafael optaron por pasar por alto el tono sarcástico de Brandt a favor de acicalarse beatíficamente el uno al otro—. ¿O que iría contigo después de todo? ¿O que podría ganar?

Brandt suspiró.

—Demasiadas preguntas, *lillegutt*.

—No —gruñó Fox y Brandt se rio; la risa sin restricciones, sin límites de un hombre que poseía al fin la felicidad.

—Puede que solo tuviera un poco de fe —dijo Brandt, volviéndose hacia él despacio.

—Entonces se ha acabado —dijo Iðunn con tristeza mientras pasaba los dedos por el último libro de Brandt—. El ahijado de la Muerte ha ganado el juego inmortal, ha huido con el hijo de un dios ¿y la historia se ha terminado?

—Oh, la historia está lejos de terminar —le aseguró Fox, mirando a Brandt, quien asintió—. Y podemos volver a visitarte, por supuesto. No tiene por qué haber ningún tipo de intercambio.

—Suena bien —respondió Iðunn con un suspiro—. Echaré de menos escuchar tus historias hasta entonces, *gudssønn*, me temo que me sentiré bastante sola sin ellas.

Brandt se agachó y le rozó la mejilla con los labios.

—Te agradezco mi juventud —le dijo—, y todo lo que me has hecho ver de mi mundo.

—Y yo te agradezco que lo hayas compartido todo conmigo —respondió ella. Levantó la mirada y sonrió a Fox—. Aunque veo que su mundo te pertenece ahora, señor de la Muerte.

—Oh, eso es solo una historia —le aseguró Fox, sonriendo—. Solo soy un mortal corriente. Nada especial.

—Lo dudo mucho —replicó Iðunn mientras deslizaba las manos por encima del libro de piel—. ¿Es algo real? —preguntó, señalando las páginas ajadas de dentro antes de mirarlos con expresión esperanzada.

—Las partes importantes, sí —dijo Brandt.

—Aunque tal vez recordemos mal parte del diálogo —añadió Fox.

La sonrisa adorable de Iðunn se ensanchó cuando acercó la mano a Fox y entrelazó los dedos con los de él.

—Entonces marchaos. Tened vuestra vida juntos y que sea larga y esté llena de maravillas.

Le soltó la mano y Fox retrocedió para ofrecerle a Brandt una despedida más privada.

—¿Ha sido eso otra de tus bendiciones inmortales? —preguntó Brandt en voz baja una vez que Fox estuvo fuera del alcance del oído—. Me parece una especie de bendición y también una maldición.

Iðunn soltó una risa juvenil que los llenó a ambos de belleza.

—No —respondió con tono amable—. No, *gudssønn*, esta vez no. Esta vez es tan solo el deseo de una mujer boba —murmuró.

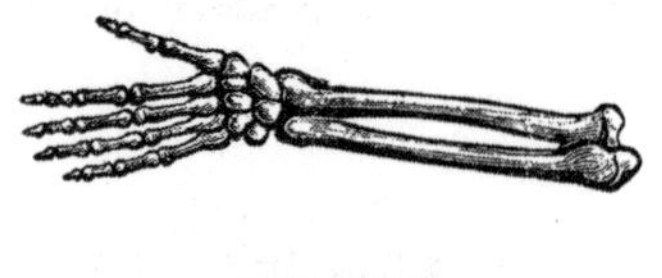

# XXXI

## UN MENSAJE DE NUESTRO PATROCINADOR

¿Sabes una cosa? Fox tiene razón. Solo un mortal podría haber ganado.

No cualquier mortal, obviamente, pero el juego fue diseñado para continuar para siempre por seres que solo saben cómo continuar para siempre, así que, por extensión, solo un ser que comprende cómo acabar podría acabarlo.

Vertiginoso, lo sé.

No te voy a retener mucho más. Solo quería decir que empecé este episodio triste de tonterías mortales con los detalles de tu mundo y de los otros mundos, y ahora puede que lo entiendas. O puede que no. No es tu culpa. No estás diseñado para comprender todo como yo lo entiendo. Aun así, he pensado que posiblemente quieras terminar con una lección de Fox; aunque él no es, en ningún caso, un modelo apto para nada. Como he dicho, no lo recomendaría como amigo, ni como consejero, ni como amante, ni básicamente como nada importante a menos que desees robar un banco o cometer un atraco.

O ganar una especie de apuesta arriesgada por la humanidad.

Fox dice que está limpiando su acta, pero aún es joven (en general) y estoy seguro de que volverá a meter la pata mientras prosigue su deambular de mundo en mundo. Al fin y al cabo, es un mierda, por mucho que lo quiera, y el diosecillo no es una influencia maravillosa, como seguro que ya habrás entendido. Podría haber elegido a otro como ahijado, pero, según tengo entendido, no estoy en posición de emprender eso, así que supongo que simplemente seguiré emprendiendo mis otras tareas.

(¿Lo entiendes? Es un juego de palabras, me han dicho que es el colmo del lenguaje).

Mientras sigues aquí, deja que te recuerde que, aunque Fox D'Mora es técnicamente el señor de la Muerte (por haberme ganado en un juego inmortal de voluntades, como bien sabes), eso no quiere decir que lleve un lazo de oro atado al cuello ni nada por el estilo. ¿Podemos deshacernos de este concepto erróneo, por favor? Es difamación. Una verdadera masacre a mi reputación sin tacha. Sí, Fox D'Mora no es un mortal normal; sí, lleva un anillo que hizo para él el hijo de un dios, y sí, tenía la reliquia de un ángel y la de un segador, y llevó en el pasado un reloj que pertenecía a Tiempo, pero eso es todo. Se ha dejado llevar con el relato de la historia; aunque, una vez más, atribuyo esa flagrancia particular al diosecillo.

(Escritores, tienen una tendencia imperdonable a contar mentiras).

En cualquier caso, tengo muchas cosas que hacer, así que voy a despedirme de ti con esto: intenta no tomártelo de forma personal cuando vuelva a verte. Está destinado a suceder y me gustaría que nuestra relación fuera amigable, si pudiera ser. Los dos estamos cumpliendo nuestros fines, ¿no? Tú eres un mortal y yo soy la Muerte. Nunca podría suceder de otro modo.

Pero si Fox tiene razón, lo peor entonces no es encontrar un final.

Haber vivido es recompensa suficiente, como dice él.

(Pero, por supuesto, él dice muchas tonterías, así que…).

(Lo más probable es que esté mintiendo).

# AGRADECIMIENTOS

## ENERO DE 2018

El libro que tienes delante no existiría sin un buen número de personas que tengo en mi vida. Gracias en especial a mi madre por escuchar mis divagaciones sobre mi muy, muy recalcitrante trama; a mi abuela por enseñarme sobre vampiros; y a mis padres por el apoyo infinito, a pesar de que sé perfectamente bien que no teníais ni idea de lo que estaba hablando. Tine, gracias por ayudarme a dar forma al diosecillo nórdico. Créditos de edición y mi eterno amor a Aurora (mi amiga de quejas y diosa del amanecer), a Cynthia (la primera persona que leyó este libro en su totalidad) y a Sally (mi compañera de asesinato y muro de rebote): gracias a cada una de vosotras por ayudarme a arreglar mi desastre.

Y, por supuesto, por último, pero no por ello menos importante, muchas gracias a mi afamada ilustradora y amiga Little Chmura, que es la responsable de dar vida a mis personajes: eres una bendición y nunca podré recompensarte por la belleza que aportas a mi trabajo.

En cuanto a la historia, te habrás fijado en que he usado algunas ubicaciones reales de Chicago junto con otras inventadas. La ciudad fue mi hogar durante tres años y me sentí lo bastante apegada a ella como para alterar con cariño su historia. Algunas notas sobre los personajes: la familia Parker está basada en el legado de Potter Palmer, cuya mansión Lake Shore ya no existe, pero fue para mí una inspiración excelente. La maldición Parker está vagamente basada en la maldición Kennedy (aunque en esa no hay demonios, que yo sepa) y la historia de Fox está inspirada (también vagamente) en la historia *La Muerte Madrina*, de los hermanos Grimm. (Esa no termina muy bien para el ahijado... solo es una advertencia).

Suelo decir que escribir es un proceso solitario; ahora mismo estoy sola, bebiendo un Red Bull (no es un anuncio, aunque si estás considerando venderlo, llámame, Red Bull) y con la esperanza de no haber hecho un desastre con los personajes que daban vueltas en mi mente y exigían que contara sus historias. He estado valorando cómo poner en palabras todo lo que siento y creo que se resume de forma insuficiente con un «gracias». Me considero una contadora de historias (una artista en mis buenos días) y no soy nada sin alguien a quien contar la historia. Este relato significa mucho para mí y te doy las gracias, desde lo más profundo de mi corazón, por leerla.

Si todo sale según lo planeado, tal vez te haya ofrecido algo que se quede contigo durante un tiempo. Si todo sale mal, entonces... lo arreglaré en el próximo libro.

Por ahora, basta decir una vez más que ha sido un honor escribir estas palabras para ti. Espero de verdad que te haya gustado la historia.

## SEPTIEMBRE DE 2022

Como mis libros siguen recibiendo la bendición de una segunda oportunidad en la vida, tengo más gratitud que repartir. Muchas gracias a mi querida agente Amelia Appel y al Dr. Uwe Stender de Triada US. A mi increíble equipo de Tor: a mi editora Lindsay Hall, que es un regalo, y a Aislyn Fredsall; a mis publicistas: Desirae Friesen y Sarah Reidy; a mi equipo de marketing: Eileen Lawrence, Andrew King y Emily Mlynek; a mi equipo de producción: Megan Kiddoo, Rafal Gibek, Jim Kapp y Michelle Foytek; a mis editores Devi Pillai y Lucille Rettino; a mi agente de derechos de traducción

Chris Scheina; a Christine Jaeger y al equipo de ventas; al productor de audios Steve Wagner. Por la parte del Reino Unido, gracias a mi editora Bella Pagan; a Lucy Hale y Georgia Summers; a mi equipo de marketing: Ellie Bailey, Claire Evans, Jamie Forrest, Becky Lushey, Lucy Grainger y Andy Joannou; a mi equipo de publicidad: Hannah Corbett y Jamie-Lee Nardone; y a Stephen Haskins, de Black Crow PR; a mi equipo editorial y de producción: Holly Sheldrake, Sian Chivers y Rebecca Needes; al equipo de ventas: Stuart Dwyer, Richard Green, Rory O'Brien, Leanne Williams, Joanna Dawkins, Beth Wentworth y Kadie McGinley; al equipo del audiolibro: Rebecca Lloyd y Molly Robinson.

En el aspecto artístico, un enorme gracias al diseñador de la cubierta Jamie Stafford-Hill y al diseñador para Reino Unido Neil Lang, y, por supuesto, a Little Chmura (@littlechmura) por las impresionantes ilustraciones nuevas del interior y a Po (@Polarts_) por las preciosas guardas.

A Garrett y a Henry, siempre, tantas veces como pueda decirlo, tan profundamente como pueda.

Y por último a las comunidades de lectores en las redes sociales, cuyo amor por estos libros me han dado la oportunidad de mi vida. No desperdiciaré ni un segundo. Gracias por haber dejado que os contase una historia y espero que estéis disfrutando el viaje.

OLIVIE